FARFALLE

W0461394

Karin Smirnoff

Gli occhi della lince

traduzione dallo svedese di Laura Cangemi *e* Katia De Marco

Marsilio

I versi riportati a pag. 26 sono tratti da *Man in the Moon* dei Grinderman.
I versi riportati a pag. 100 e a pag. 101 sono tratti da *So long, Marianne* di Leonard Cohen.
I versi riportati a pag. 138 sono tratti da *Don't You Worry Child* dei Swedish House Mafia.

Titolo originale: *Lokattens klor*
© 2024 Karin Smirnoff & Moggliden AB
Published by agreement with Hedlund Agency

© 2024 by Marsilio Editori® s.p.a. in Venezia
Prima edizione: novembre 2024
ISBN 978-88-297-1844-3
www.marsilioeditori.it

GLI OCCHI DELLA LINCE

Lo raccontan storie e miti:
della stella fissa a nord,
oltre il sole e oltre la luna
ogni pietra è oro e argento:
focolari e anche zavorre,
brilla argento, splende oro,
si rispecchiano nel mare
cime, soli, lune e stelle
e sorridono a se stesse.

ANDERS FJELLNER, *Figli del sole* (poema epico in lingua sami del 1849)

All'inferno c'è un posto riservato agli industriali e ai *venture capitalist*. Uomini con piedi palmati e braccia capaci di sostenerli in volo.

Come gli uccelli migratori, se ne vanno appena cambia il tempo, ma ne arrivano sempre di nuovi. Quelli che sfidano il gelo e si rimboccano le maniche anche se fischia un vento freddo.

Prospettori che fiutano soldi. Tanti soldi, altrimenti se ne resterebbero al sole.

Come indovini, appoggiano l'orecchio alla roccia e dicono «qui». «Qui ci sono ricchezze così immense che nessuno potrà dire di no.»

Quando poi finisce la parte divertente, quando la vena si esaurisce o i prezzi dei metalli precipitano, non sono loro a ritrovarsi in una mensa stracolma a dire che il momento è critico. Hanno a disposizione un intero reparto risorse umane per il lavoro sporco. Loro sono già lontani. Lontani da corsi d'acqua inquinati e terreno contaminato, lontani da minatori disoccupati i cui polmoni hanno respirato polveri, amianto ed esalazioni di gasolio.

Gli industriali e i *venture capitalist* sono già in viaggio, diretti verso nuovi posti, nuove montagne. Sotto nuove denominazioni societarie.

Con consigli d'amministrazione rinnovati e l'ennesima mazzetta di denaro da sventolare sotto il naso dei politici, vengono accolti ancora una volta come eroi, quelli che faranno decollare i comuni scarsamente popolati, creeranno posti di lavoro e infonderanno fiducia nel futuro.

1

È notte. Diversi gradi sotto zero, anche se è maggio inoltrato. L'erba scricchiola gelata sotto le scarpe quando l'uomo taglia attraverso il bosco puntando duecento metri a monte lungo il corso del Njakkaurabäck, un torrente che passa poco lontano da quella che un tempo era la miniera di Gasskas, o il Buco, come la chiama la gente.

Sotto la luce intensa della luna, gli edifici e i cumuli di sterile si ergono come un villaggio alpino abbandonato. Dal punto in cui è, non vede il Buco vero e proprio, e comunque non è quello lo scopo.

Un brivido di agitazione lo scuote, ma non è un pivellino. Sa quello che fa. Deve solo riposare un attimo. Si toglie lo zaino, apre lo sgabello ed estrae un thermos.

Un paio di tazze più tardi si sente di nuovo in forze. Il cuore è sotto controllo. La respirazione pure.

Tira fuori la canoa dal nascondiglio sotto un abete in cui si trova da un anno. Non ci ha fatto molti giri. In realtà uno solo. Controlla se il fondo è rovinato. La trascina in acqua e la lega a un albero. Poi deve aspettare di riprendere fiato.

Quando si dà la spinta con l'aiuto della pagaia, l'acqua sciaborda piano intorno allo scafo. Ora può tranquillamente lasciarsi portare dalla corrente per qualche centinaio di metri, giù verso il ponte.

Pare che la struttura risalga al Settecento. La forma attuale l'ha assunta all'epoca in cui è stata avviata la miniera, verso la fine degli anni Quaranta: putrelle di ferro per rinforzarla, in modo che reggesse il peso dei vagoni carichi di minerale grezzo diretti alla costa. Da sotto scorge l'antica orditura, con i blocchi di granito perfettamente incastrati tra loro, costruita in un'epoca in cui la bellezza aveva ancora un valore.

Frena la canoa. Lentamente, per non perdere l'equilibrio, assicura le cinghie dello zaino a un anello di ferro arrugginito e lo fissa meglio con qualche giro di filo di nylon. Dodici chili dovrebbe tenerli. Sicuramente anche milleduecento.

Come si fa una bomba lo sanno persino i dodicenni delle baby gang, ma è probabile che abbiano conoscenze limitate sugli effetti in rapporto alla quantità di esplosivo. Il raggio di rischio per un grammo è di venti metri. La carica che ha predisposto lui, sovradimensionata, dipende dal fatto che la superficie è aperta. L'efficacia è maggiore in uno spazio chiuso, un'auto o altri ambienti del genere, e lui vuole essere sicuro che il ponte salti davvero in aria.

Gli piacerebbe poter stare a una certa distanza e assistere allo spettacolo, ma ha scacciato la tentazione. Tecnicamente non ha importanza se ci lascia la pelle. Tra non molto avrà vissuto appieno la sua vita. Il fatto è che gli restano delle cose da fare prima di affidare la propria anima alla luce celeste.

Solleva l'orologio verso il fascio della lampada frontale. Le tre e venti. Dà qualche colpo di pagaia e prende velocità per poi lasciarsi scivolare nell'acqua primaverile la cui temperatura è intorno ai due gradi, finché il ponte alle sue spalle non si vede più.

La canoa la nasconde di nuovo sotto un albero. Qualche frasca d'abete ci starebbe bene, ma gli mancano le forze. Lungo l'ultimo tratto fino alla macchina deve fermarsi più volte. Il respiro non sibila: gli si mozza.

Lenzuola fresche sulla pelle sudata. Il quotidiano e un

altro caffè. Solleva i cuscini dietro le spalle e tira fuori il cellulare con la sim senza intestazione.

Le quattro e un quarto sono un buon orario per far svegliare gli abitanti di Gasskas da un boato da Terza guerra mondiale. La sua guerra personale. Mette giù il telefono. Si gira verso il muro e ascolta il rimbombo lontano dell'esplosione.

Peccato, era un buon thermos, è l'ultimo pensiero prima di addormentarsi.

Ma avrà poi dormito davvero? Il dolore è tornato.

Per un attimo si era illuso di essere libero. La concentrazione su qualcos'altro e il senso di euforia avevano smorzato l'intensità delle fitte alla schiena, e la tosse si era ritirata in buon ordine come un gattone sazio.

Ora gli scortica di nuovo il petto. Un quarto d'ora dopo riesce ad andare in bagno. Fa la pipì, decide di radersi – non è mai stato un barbone –, mette su dell'altro caffè e aspetta il notiziario locale delle sette.

Alle quattro e un quarto di stanotte si è verificata un'esplosione che si è sentita in vaste aree del comune di Gasskas. Secondo la polizia si è trattato di una carica molto forte che, tra le altre cose, ha danneggiato il ponte sul Njakkaurabäck, in passato usato per il trasporto del minerale grezzo dalla miniera locale.

«Al momento stiamo cercando di valutare la situazione e soprattutto di assicurarci che non ci siano vittime o feriti. L'attentato rimarrà classificato come danneggiamento di cosa pubblica con pericolo per la pubblica incolumità finché non verrà chiarita la causa dell'esplosione» dice Hans Faste, della sezione reati gravi, polizia di Gasskas.

Un buon inizio, constata, e scorre la versione online del *Gaskassen*. A dispetto delle circostanze, sarà una bella giornata.

2

Di chi è stata l'idea?

Di Svala, per diverse ragioni.

La prima: Ester Södergran, nuovo acquisto del *Gaskassen* in cerca di pezzi diversi dal solito. La seconda: Svala Hirak che fa un tirocinio al giornale e la aiuta per qualche settimana. La terza: Lisbeth Salander che le ha mandato un drone come regalo di Natale.

«Conosci qualche edificio abbandonato interessante?» chiede Ester. «Potremmo inventarci un reportage sui luoghi infestati dai fantasmi e farlo uscire sabato.»

«Di posti disabitati ce ne sono parecchi, ma non so se i fantasmi ci siano» risponde Svala.

Fanno un elenco e scelgono i più particolari. In un comune come Gasskas c'è abbondanza di case vuote, per la maggior parte semplici costruzioni di scandole o di tronchi che per motivi diversi non vengono usate. Un vecchio proprietario senza parenti, una contesa tra eredi o una posizione vicina a una strada trafficata che in passato rispondeva a uno scopo ma che adesso rende difficile vendere la casa a qualche olandese.

L'ultimo edificio dell'elenco è il sanatorio.

Come altre strutture dello stesso tipo si trova in una posizione isolata, sopraelevata e molto bella, vicino a un lago.

«"A differenza del vicino sanatorio di Sandträsk, che è

rimasto aperto per mezzo secolo e in cui sono state curate quasi trentamila persone, quello di Gasskas occupa un posto di scarso rilievo nella storia della medicina svedese"» legge Svala a voce alta dopo aver googlato.

«"Progettato per ospitare trenta pazienti, fu costruito nel 1945 principalmente allo scopo di alleggerire Sandträsk, che accoglieva i profughi tubercolotici. Nel 1963 vennero trasferiti gli ultimi degenti. In seguito l'edificio è stato utilizzato come comunità di recupero per persone affette da dipendenze e centro per rifugiati nel corso della guerra nei Balcani. Dalla metà degli anni Duemila è inutilizzato. A causa della posizione isolata e dello stato di degrado in cui versa la struttura, si è discusso della possibilità di demolirla."»

«Se ne hanno parlato, dev'essere stato prima del dicembre 2021» commenta Ester. «A quanto pare, è allora che l'hanno venduto. Andiamoci subito. Se c'è qualcuno, tanto meglio. Magari sa anche se ci sono i fantasmi» dice Ester senza alzarsi e continuando a scrivere.

Svala osserva il suo profilo serio che si è bloccato su un pensiero, lo sguardo perso lontano.

Nelle settimane di tirocinio, tra loro è nata un'amicizia. Come una sorella, pensa Svala. Una sorella maggiore con cui si può parlare, scherzare. Una che ascolta e risponde senza sarcasmo e senza agitare il dito come fanno gli adulti. Una che le manda sms la sera chiedendole che cosa sta facendo. Una che condivide, che insegna.

Svala assorbe tutto quello che le dà. Compone titoli, elabora sommari. Fa sì che le parole trovino il loro posto nel formato rigoroso degli articoli.

«Per la miseria, Svala, io so scrivere ma tu... tu sei un'artista delle parole» capita che esclami Ester.

Eppure sono altri i complimenti che più la lusingano. Come «cavoli, Svala, guarda questa foto che ti ho fatto... ma ti rendi conto di quanto sei bella?». E qualcosa si risveglia nel bruco che sta cominciando la metamorfosi verso la farfalla.

C'è stato un cambiamento nell'osservazione di sé, così come in quello che vede negli occhi di altri. Non è più invisibile.

Seguono il percorso indicato dal gps attraverso paesini, lungo laghi e su e giù per una serie di colline, finché arrivano alla fine della strada.

C'è persino un cartello, anzi due: uno più vecchio con il nome della località e uno più moderno con cui si informano i visitatori che l'area è privata e soggetta a sorveglianza. Inoltre è stata aggiunta una sbarra che impedisce il passaggio.

«Cosa facciamo?» chiede Svala.

«Parcheggiamo e ci arriviamo a piedi.»

Il cortile circolare con la fontana al centro, circondato da basse siepi di sorbo e un tempo sicuramente sontuoso, ha l'aria abbandonata come l'edificio. Nessun segno di veicoli o esseri umani. Una vecchia betulla è stata abbattuta dai venti invernali e lo stesso vale per l'asta della bandiera. Nelle zone all'ombra ci sono ancora cumuli di neve.

«Neanche un'anima» dice Svala.

«In compenso le zanzare non mancano» risponde Ester agitando le mani.

Svala lascia che una zanzara le resti sul braccio finché non smette di succhiare.

«Quelle che si svegliano adesso sono femmine sopravvissute all'inverno» dice. «Sicuramente hanno fame.»

«Una bella fortuna, per loro, che ci siano degli animalisti a cui cavare sangue» risponde Ester, e ne uccide un paio.

Provano ad aprire diverse porte chiuse e poi fanno un giro per le costruzioni di servizio, senza riuscire a entrare da nessuna parte. Ogni tanto hanno l'impressione di sentire dei rumori, ma quando si fermano e tendono le orecchie regna il silenzio, a parte il sottofondo costante della natura.

Si spostano sul retro. Al piano terra i vetri delle finestre sono stati sostituiti da pannelli di truciolato. In diversi punti l'intonaco si è scrostato.

«Difficile trovare dei fantasmi, se non si riesce a entrare. Mi sa che dobbiamo rinunciare, oppure ci tocca cercare qualcuno che ha le chiavi» dice Ester, fermandosi di botto. «La senti? Sembra una macchina. Forse è meglio che non ci vedano. In fin dei conti è proprietà privata.»

Corrono nel bosco e non si fermano finché la strada vicinale non sfocia in quella comunale.

Tra gli alberi intravedono l'auto della redazione. Lì accanto c'è un uomo che parla al telefono.

In realtà non c'è niente di strano nella situazione. Ester salta il fosso e va verso di lui.

«Buongiorno!» dice quando è ancora a una certa distanza. «Vuole che sposti la macchina?»

Svala non sente la risposta. Aspetta dietro un albero finché lui non si allontana.

3

«Ancora non capisco perché sia stato così antipatico» dice Ester qualche giorno dopo, mentre stanno scegliendo le immagini dei vari edifici abbandonati. «Non abbiamo nemmeno avuto il tempo di fare qualche foto. Forse ci toccherà tornarci.»

Svala la vede in modo un po' diverso. "Antipatico" non è l'aggettivo giusto.

Finora non ha detto niente. Non che abbia identificato l'uomo, ma non importa. Il tipo è quello. Un pelo sopra quello sfigato del suo ex patrigno Peter – detto appunto il Petrigno –, che teneva moltissimo a muoversi e comportarsi come un vero gangster.

Se si concede il paragone con delle specie estinte, il Petrigno è un troglodita e il tizio in questione un uomo di Neanderthal: in pratica, quello che gli dà lavoro. Gli *dava* lavoro, si corregge. Se non altro quel bastardo è depennato, cosa che non impedisce, purtroppo, che in giro ce ne siano altri. Sulla lista di Svala restano diversi nomi per cui non ha preso provvedimenti, ma anche provvedimenti senza nomi. Persone che, direttamente o indirettamente, hanno provocato la morte di sua madre. Fa linee dritte con il righello, segna croci. Delle cinque colonne previste, le più importanti sono due: vivo e deceduto.

Sopra gli uomini di Neanderthal ci sono altri. Scimmie

antropomorfe, giubbotti da motociclisti, anelli con sigillo. Più in alto di tutti si trovano quelli in giacca e cravatta, che si sono integrati nella società e grazie ai loro capitali hanno potuto saltare sul treno industriale del futuro. Quelli che ultimamente partecipano ai dibattiti o si pronunciano sui giornali riguardo all'importanza della meritocrazia, cioè al fatto che minoranze, autoctoni, ecoattivisti e altri integralisti non devono mettere i bastoni tra le ruote a quelli che sanno da che parte deve andare la Svezia.

Ed è qui che Svala lancia l'idea del drone che Lisbeth Salander le ha mandato per Natale con un biglietto in rima.

Per Svala, un regalo dalla zia. Per le ricognizioni non è da buttar via.

Secondo lei delle foto dall'alto potrebbero essere una figata, soprattutto al crepuscolo, ed Ester accetta subito.

«Posso ritagliare qualcosa da altri articoli sul sanatorio. Oppure chiamare Elina.»

«Elina Bång?»

«Esatto. L'indovina della Palude Solitaria, come si chiama adesso. Bel nome d'arte.»

Stavolta imboccano una strada forestale un paio di chilometri a ovest dell'edificio. L'idea è aggirarlo a piedi e proseguire fino alla cima di una collinetta nei pressi.

«Spero proprio che ne valga la pena. L'hai già provato, vero?» dice Ester, ansimando lungo la salita.

Sì, anche se solo a casa, nella corte. Ci sono dei punti interrogativi da risolvere, ma l'articolo deve andare in stampa già domani. Dalla collina la visuale è completamente libera: un prerequisito perché il drone possa eseguire i comandi ricevuti. Se perde il contatto, precipita.

In generale, la situazione è favorevole. Gli ultimi raggi del sole formano una cupola dorata sul tetto del sanatorio mentre il terreno nero più sotto sembrerà popolato di ombre spettrali. Svala avrebbe qualcosa da dire sulla presenza dei morti e sull'energia che non si disperde mai dall'universo, ma lascia perdere. Lei ed Ester non si conoscono bene fino a questo punto.

Il drone si solleva. L'insetto ronzante vola verso l'obiettivo.

Svala gli fa compiere un rapido giro sulla costruzione e poi lo guida di nuovo verso la collinetta.

La presenza dei morti è una cosa. I vivi sono peggio.

Quando Ester propone di riprovare a entrare nell'area dice di no. Gli edifici abbandonati non hanno telecamere di sorveglianza o grate alle finestre chiuse con pannelli di truciolato. Lì c'è qualcuno.

«Devo tornare a casa perché i miei zii sono via, stasera, e ho promesso di dare da mangiare ai cani.»

Tornano verso Gasskas e proseguono per Björkavan. Svala passa davanti al canile e si porta in camera Kallak, il più grande e coccolone, che le si stende sui piedi. A casa da sola, svuota la memoria del drone e trasferisce le immagini sul computer. Ne sceglie alcune per il giornale e le apre con Photoshop.

Una cosa che non si vede da terra è che l'edificio ha dei lucernari. La definizione non è altissima. Solo con la modalità di ingrandimento dei pixel distingue delle sagome di persone.

Chiude il portatile. Rimane immobile per un po', con lo sguardo sulla corte. Sotto molti aspetti la sua vita è migliorata. Dall'autunno scorso abita dagli zii materni, a Björkavan, nella casa d'infanzia di Mammamärta. Le hanno dato la sua camera, il suo letto. La sera esce a guardare le stelle, l'aurora boreale, la luna e le ombre sfuggenti che si muovono nel cortile. Non c'è niente di cui avere paura ma molto di cui sentire la mancanza.

All'inizio era un conforto. Lei chiamava, Mammamärta rispondeva. Adesso è il contrario. Per lo più Svala preferisce non rispondere. Mammamärta è un lutto da consumare a piccole dosi, altrimenti è facile che le vada di traverso.

Anche se è tardi, Ester è sveglia. Risponde subito, come se aspettasse la chiamata.

«Mi dispiace, la qualità delle immagini è insufficiente» le dice Svala. «Dovrai usare delle foto di repertorio.»

Sente che digita sulla tastiera e si chiede cosa sta facendo.

«Assurdo» dice Ester. «Pensa che il sanatorio è di proprietà della Mimer Mining.»

Lei chiede cos'è.

Prima che arrivi la risposta i tasti crepitano per un po'.

«La casa madre della Sveagruv Ab, che ha avuto l'autorizzazione per le trivellazioni di sondaggio nell'area della nuova miniera. Se facciamo saltare l'edificio forse i loro progetti non verranno realizzati. Scherzavo, dai, però è interessante, no?»

«Da dove ti è arrivata quest'informazione?» chiede Svala.

«Da Ante, un amico. Frequenta uno di quei corsi da nerd della tecnologia a Luleå ed è un hacker con i controfiocchi. A proposito, domani vieni alla riunione, vero? E non dimenticare lo striscione! Sabato ci serve. Se ti va, dopo possiamo andare a mangiare una pizza. Ho una nuova idea che vorrei discutere. Non la più semplice del mondo ma... vabbè, ne parliamo domani. Dormi bene, mia piccola anemone dei boschi.»

Mia piccola anemone dei boschi. Svala si sente pervadere da qualcosa di caldo e morbido.

«Anche tu» risponde.

4

«Riunione da Petra alle 18. Dobbiamo esserci tutti.»

Messaggio nella chat di gruppo. Non vale la pena di passare da casa. Svala si apparta in un'area poco frequentata della biblioteca di Gasskas, tira fuori il quaderno e legge l'ultimo testo che ha scritto. Prima c'erano solo singole parole, che messe su righe diverse diventavano poesie. Adesso emergono sotto forma di frasi che si uniscono a formare dei racconti. Ogni racconto ha un nome. Non li ha letti nessuno e probabilmente nessuno li leggerà mai. Lei considera quei testi un'assicurazione. Una specie di testimonianza di vita.

Aspettano fino alle sei e un quarto. Bevono tè e sgranocchiano biscottini. Oltre al solito gruppo ci sono due persone nuove, ma Ester manca all'appello. Svala controlla il cellulare. Nessun sms non letto.

«Qualcuno può chiamarla?» chiede Petra mentre riempie la teiera.

Dato che non risponde, cominciano la riunione.

«Come vedete, abbiamo dei nuovi arrivi, che avete incontrato solo brevemente. Simon e Levi, direi che potete presentarvi da soli.»

Levi Grundström si accontenta di un «ciao» e un nome. Aggiunge che ormai è un vecchio e che secondo lui stanno lavorando bene. Forse potrà dare un contributo, non sa bene quale. Prima che abbia finito di parlare, l'altro si alza e li scruta a uno a uno, come se volesse lasciare il segno su ciascuno di loro. Lo sguardo si ferma su Svala.

«Mi chiamo Simon, appunto, e sono tornato in Svezia l'anno scorso per studiare ingegneria energetica a Luleå. Penso possa essere uno strumento utile per infiltrarsi nel cuore del mondo dell'industria. Spero che la mia competenza torni utile al gruppo. La mia opinione personale è che dobbiamo contrastare la distruzione della natura perpetrata dai capitalisti opponendo resistenza, anche fisicamente se necessario.»

Si siede e viene ricompensato con un applauso spontaneo. Gli versano anche dell'altro tè. Svala capisce Petra e gli altri: occhi ammirati accarezzano i riccioli scuri. Non è solo bello, ha anche fascino. Una sorta di attitudine naturale a trascinare le folle che di colpo cambia l'atmosfera da scuola materna a consiglio d'amministrazione. Quando il suo sguardo si posa di nuovo su di lei, Svala non distoglie gli occhi. Vede un'anima gemella.

«Al primo punto dell'ordine del giorno abbiamo la manifestazione del weekend» continua Petra. «Come abbiamo deciso la volta scorsa, dobbiamo fare qualcosa di più che legarci agli alberi e appendere striscioni. Nemmeno i giornalisti hanno più voglia di venire. Sì e no ce l'abbiamo noi.»

«Posso dire una cosa?» la interrompe Simon.

Stavolta rimane seduto.

«So che avete fatto un ottimo lavoro intorno alla nuova miniera. Le vostre proteste hanno indotto il mondo circostante a puntare gli occhi sul Sápmi, e in particolare sull'allevamento delle renne. La battaglia non è ancora persa, ma prima che vengano avviati i lavori veri e propri propongo di concentrarci sulla vecchia miniera di Gasskas, invece.»

«Il Buco?» chiede qualcuno.

«Esatto. Si sta muovendo qualcosa, lì intorno. A quanto pare ci sono montagne di risorse non sfruttate, sia nei mucchi di sterile che nel sottosuolo. Se hanno intenzione di riaprire la miniera avremo davvero qualcosa contro cui protestare. L'intera area è una bomba ecologica a orologeria.»

«Sono d'accordo» dice Levi Grundström. «Adesso basta con queste follie. La miniera di Gasskas andrebbe bonificata meglio, invece di peggiorare la situazione con l'estrazione di altri materiali.»

Svala ascolta e rimugina una risposta. Sono tutti più grandi. Si occupano di quelle cose da tempo. Lei invece è un uccellino che deve mettere alla prova le ali.

«Ma non è un bene che vengano utilizzate le risorse che ci sono già?» chiede, sentendosi precipitare verso terra. «Invece di aprire nuove miniere, intendo...»

Simon la guarda come un genitore guarda un figlio ingenuo.

«Sì, certo, è legittimo pensarlo, ma anche le vecchie miniere richiedono nuove infrastrutture. Il ponte che è saltato in aria ci ha svegliati tutti, no? Niente ponte, niente treni. Ora il minerale grezzo dovrà essere trasportato su gomma, e per poterlo fare servono strade migliori, più strade. Il giorno in cui le infrastrutture ci sono, si aprono le porte a nuove miniere. In altre parole, il Buco non è la fine ma l'inizio, non sembra anche a voi? Mossa piuttosto geniale far saltare il ponte, vero?»

Sulla stanza cala il silenzio.

I membri del gruppo – nove persone escluso Simon – si guardano. *È stato lui?*

«Tu cosa proponi?» chiede Petra alla fine.

«Forse sembrerà un po' eccessivo, ma provate a ragionarci. In linea di principio potremmo far saltare qualsiasi cosa minacci direttamente o indirettamente il clima, la natura o gli esseri umani. Gli attentati sono rari. Nessuno mette in conto quel rischio. Prendete la fabbrica di batterie per auto elettriche di Skellefteå, per esempio. Secondo voi hanno davvero il controllo su tutti gli operai, e poi i falegnami, gli elettricisti o gli impiegati che vanno e vengono? Quel posto pullula di ditte in appalto i cui dipendenti cambiano di continuo.»

«Stai dicendo che dovremmo far saltare la fabbrica di batterie?» chiede Petra.

No, non sta dicendo questo. Non subito, almeno.

«Lo spero proprio» dice Petra, beccandosi un'occhiata infastidita da Simon. «Sono convinta che possiamo fare più di quanto facciamo oggi» continua lei, «ma non intendo partecipare ad attentati. Possono morire persone innocenti. Non siamo la Baader-Meinhof.»

Finita la riunione, si separano per strada.

Svala e Levi Grundström vanno dalla stessa parte. Mentre camminano, lui perde l'equilibrio per un attimo. Sembra che gli faccia male qualcosa. Svala lo prende sottobraccio.

«Maledetti lastroni di ghiaccio» borbotta. «E dire che siamo a maggio.»

Simon li raggiunge e le chiede se va a casa. Levi abita da tutt'altra parte.

«Posso darti un passaggio» dice. Anche in capo al mondo, pensa Svala, e risponde che può andare a piedi. Si gira un'ultima volta a guardare se è arrivata Ester. A quanto pare si è dimenticata anche della pizza.

«Salta dentro, dai» dice lui, e parte verso l'ansa del fiume che precede le cascate, oltre la quale si trova Björkavan.

Allo specchietto è appeso un abete. La pelle dei sedili è fredda. Lui accende la radio e il paesaggio sfreccia senza dettagli né fine.

«Come fai a sapere dove abito?» chiede lei per sicurezza.

«Io so tutto» risponde lui facendole l'occhiolino. «No, scherzo: l'ho chiesto a Petra.»

Svolta nel viale d'ingresso che porta alla casa. La luna illumina la corte. In cucina la luce è accesa. Svala mette la mano sulla maniglia.

Kallak abbaia e la femmina ulula.
Dice che deve andare e grazie del passaggio.
«Tu hai qualcosa di speciale» dice lui.
Svala non sa cosa rispondere.
«Sei così adulta, anche se sei giovanissima. Quanti anni hai? Sedici, diciassette?»
«Quasi quattordici» risponde lei, e alza il volume della radio.

My daddy was an astronaut
That's what I was often taught
My daddy went away too soon
Now he's living on the moon

«Cosa sarebbe la Baader-Meinhof?» chiede.
«Un'organizzazione tedesca di estrema sinistra i cui membri erano pronti a sacrificare sia se stessi che altri per le proprie convinzioni. Non del tutto diversi da te e me. O forse tu preferisci abbracciare gli alberi e agitare bandierine?»
Mette una mano sulla sua. Lei non sa se ritrarla. Forse facendolo si perderebbe qualcosa. O si risparmierebbe qualcosa.
«Comunque ci vediamo sabato» dice Simon. «C'è qualcun altro che ha la macchina, oltre a me?»
«Io» risponde Svala pronta. «O meglio... sì, ce l'ho.»
Nella penombra non riesce a leggergli in faccia cosa pensa. Probabilmente che è ridicola. Una ragazzina di neanche quattordici anni che vuole fare colpo su un uomo adulto.
«Bene» dice lui. «Può tornarci utile. Ti chiamo domani.»

Uno zio le mette davanti da mangiare. Chiede dov'è stata.
Una Svala mangia il *palt* riscaldato e risponde più o meno la verità.

Uno zio vuole che si faccia viva quando cambia programmi. Chiede chi l'ha portata a casa.

Simon, pensa lei, e spegne la luce. Se lo vede davanti. Le mani che si muovono quando parla. Il modo in cui la guarda. I capelli che gli ricadono sulla fronte.

Riaccende la luce e finisce il testo che stava scrivendo. Lo piega riducendolo a un quadratino e lo infila nella scimmia, la sua personale cassaforte di peluche.

Ti chiamo domani.

5

Se nella vita ottantunenne di Kurt Vikström c'è una circostanza attenuante è, forse, il fatto che con l'inizio dell'estate è arrivato un po' di caldo. L'inverno è stato lungo e difficile. Ha quasi rischiato di morire di freddo.

Ha appena fatto un pisolino. Apre la portiera e si solleva lentamente dal sedile. Il dolore si sposta continuamente. In questo momento è la gamba destra a fargli più male.

Tra un paio d'ore si godrà il pasto caldo della giornata. Raggiunge in macchina il centro abitato, va in bagno all'Okq8 e parcheggia allo Stadshotell, o Statt, come lo chiamano tutti.

Le elezioni del prossimo autunno si fanno già sentire, anche se l'inverno ha appena mollato la presa.

«Abbasseremo le tasse sui carburanti in modo che le persone normali possano permettersi di andare al lavoro in auto. I cambiamenti climatici sono solo una leggenda messa in giro dai socialdemocratici. I nostri pensionati meritano di passarsela bene almeno quanto i delinquenti e gli immigrati. La qualità dell'assistenza agli svedesi deve venire prima dei sussidi ai rifugiati.»

Un gruppetto di cosiddetti amici della Svezia batte le mani e Kurt impreca.

«Maledetti neonazi» borbotta, rischiando di inciampare. Dovrebbe usare il bastone. O addirittura un deambulatore.

Il giro dei cestini dei rifiuti nella zona pedonale va più a rilento del solito e i risultati sono scarsi. Otto lattine e due bottiglie da mezzo litro non arricchiscono nessuno. Non bastano a riempire né il serbatoio della macchina né la pancia, ma Kurt non ragiona mai così.

Nel carrello della spesa mette tanti oggetti. Cose che altre persone considerano immondizia. Per lui rappresentano piccoli tesori. Li infila dentro con cura, riempiendolo fino all'orlo, e torna alla macchina.

Mette la multa nel vano portaoggetti insieme al resto della contabilità. I tesori trovati li infila a forza dentro un sacchetto di plastica e poi lo aggiunge alla pila degli altri che riempiono il baule e anche i sedili, eccetto un piccolo spazio al posto di guida, giusto quello che basta per starci dentro.

In una giornata normale fa tre volte il giro tra il centro e la discarica abbandonata che ora è casa sua. Oggi no. È stanco. Scende la sera ma mai la notte. Il sole, che negli ultimi sei mesi quasi non è spuntato all'orizzonte, è brillante. Sonnecchia qualche ora in una penombra inquieta per poi tornare brioso e vivace.

Forse Kurt si è appisolato un attimo, cullato dal piacevole calduccio creato dai batteri e dai vermi che si cibano del contenuto dei sacchetti. Il rumore di una macchina che si avvicina su per la salita lo sveglia del tutto.

La sua è parcheggiata dietro una baracca prefabbricata che un tempo era un ufficio. Nell'ufficio lavorava un caposquadra. È passato molto tempo. Per Kurt Wikström è quasi come se fosse ieri.

Come lui, anche l'auto è sciupata. Ormai è così malconcia che si confonde con tutte le altre cianfrusaglie che la gente trascina fino a qui nonostante i cartelli di divieto. Si affretta ad abbassare i pulsanti di chiusura delle portiere anteriori, scivola più in basso che può, si tira addosso dei sacchetti sulla testa.

«Figa, questa carretta.»

La voce è giovane e sicura di sé. Un calcio contro la lamiera. Uno strattone alla portiera.

«Lascia perdere la macchina. Tira fuori la tipa così concludiamo la faccenda.»

«Be', possiamo anche divertirci un po', prima.»

Prima? Sotto il mucchio di sacchetti che lo nasconde alla bell'e meglio l'angina gli stringe il petto.

«Vogliamo solo parlare con te» dice uno dei due quando la ragazza protesta.

E ridono. Si stanno proprio divertendo, ora. Dopotutto è venerdì. Vogliono solo farle un po' di paura. Le sbarbine spaventate hanno un buon sapore, eh eh! Si prestano a qualsiasi cosa senza protestare, e lei non protesta. Li segue ubbidiente con i piedi che strisciano per terra e braccia giovani e forti che la sostengono.

Kurt pensa che dovrebbe... forse... fermarli. Qualsiasi cosa stiano facendo. Assumersi la responsabilità. Riavvolgere il tempo. Mettere le cose a posto. Invece non fa niente. Come al solito, non fa niente. Si limita a sollevare un sacchetto quando li sente allontanarsi. Allunga il collo in modo da riuscire a sbirciare dal finestrino. Capisce dove sono diretti. Durante la bonifica il terreno ha ceduto e hanno messo una recinzione intorno al baratro.

Segue con lo sguardo i tre, con la ragazza che, in mezzo, viene spinta verso la scarpata.

L'ossigeno comincia a scarseggiare. Cerca tentoni la manovella del finestrino e lo abbassa di un centimetro.

I rumori gli arrivano di nuovo. La mano che gli stringe il cuore è un coltello, adesso. Ancora una volta si tira i sacchetti sulla testa e si lascia sprofondare, perdendosi nelle proprie immagini. L'uomo che era. La famiglia che aveva. La casa in cui abitavano... ed ecco l'incendio. Il fumo, il calore, le fiamme. Cerca di salire al piano di sopra. Sente le urla. Risponde gridando che devono buttarsi. Quanto a lui, arretra. Esce dalla porta del balcone. Solleva una scala a pioli. Le fiamme si propagano di stanza in stanza. I vetri esplodono. Qualcuno che salta. *Buon Dio, fa' che sia il bambino.*

Quando si sveglia il cielo è chiaro. All'inizio non trova la sicura e gli viene il panico. Lancia via i sacchetti, riesce finalmente a spalancare la portiera e rotola fuori, per terra.

L'aria è limpida. È vivo. Riesce a respirare. Ha solo la vescica piena. Striscia fino alla ruota anteriore e lentamente si alza in piedi.

È stato un sogno? Non ne è sicuro.

Va verso il baratro, attirato dalla recinzione. Del corpo di Kurt Vikström non ci si può più fidare, ma di solito la memoria funziona. Ha visto qualcosa. Ne è quasi sicuro, ma adesso deve davvero pisciare. Apre la patta e segue l'arco tracciato dall'urina oltre il bordo e giù per la scarpata.

Là sotto, in fondo. Piegata in avanti, come se stesse annusando i primi fiori della primavera.

La notte gli si ripresenta all'improvviso. L'angina si risveglia, gli blocca le gambe quando cerca di tornare di corsa verso la macchina e lo costringe a fermarsi, riprendere fiato. Magari sono ancora lì, o stanno per tornare, o l'hanno visto. I pensieri attingono ossigeno dalla paura, dal panico. È un testimone. I testimoni vanno eliminati. Deve andarsene ed ecco che arrivano le lacrime, le immagini che non hanno mai perso nitidezza. Il senso di colpa e la vigliaccheria. La sua colpa per la morte di altri. La ragazza davanti al baratro, il bambino che brucia e, ai margini, sempre al sicuro e ai margini, lui stesso.

L'auto scende in folle lungo il pendio fino alla provinciale.

Subito prima dell'uscita per Gasskas finisce la benzina. La Amazon copre tossendo gli ultimi metri fino al bordo della strada.

Aria. Gli serve aria.

Qualcuno si ferma, chiede se serve aiuto. Gli mette una mano sulla schiena. La toglie appena sente l'odore.

«Lupi alla discarica» sibila Kurt Vikström. «Lupi, lupi, lupi...»

Poi sviene.

6

La prospettiva di saltare sulla radiomobile e partire verso mete che forse si somigliano tutte ma sono sempre diverse è liberatoria. Il sole è alto nel cielo. In piedi nel parcheggio, rivolgono il viso verso l'alto e lasciano che i duri raggi primaverili trafiggano la pelle grigia e pallida da ufficio.

Il mondo è un'orribile escalation di guerre, catastrofi naturali e Democratici svedesi, ma per un attimo la vita è perfetta.

«Forse dovremmo andare» dice Birna Guðmundurdottir. «Scommetto qualsiasi cosa che Faste ci sta guardando con il binocolo.»

Faste nel senso di Hans Faste, il responsabile della sezione reati gravi. Lisbeth Salander scriverebbe qualcosa di diverso sul suo biglietto da visita.

«Che ci guardi pure. Solo due minuti, dai» risponde Jessica Harnesk. Poi rilassa le spalle e permette ai raggi del sole di ammorbidirle le giunture doloranti.

Pling. Merda. Il cellulare non è in modalità silenziosa, e *pling* di nuovo. Prima di salire in macchina si fruga in tasca, tira fuori una pastiglia di ibuprofene e la manda giù con la saliva. Ancora una settimana di quel lavoro di merda. Poi basta.

«Allora, dove si va?» chiede, anche se ha già sentito le indicazioni concitate di Faste nella riunione della mattina. Non passa giorno che non pensi di dimettersi. Solo che ci sono anche gli altri, Birna, per esempio, e forse l'idea di un eventuale futuro.

Prima o poi dovrà pure andare in pensione, quello stronzo. O magari crepare, già che c'è. Lei non lo rimpiangerà, non fingerà nemmeno. La radio crepita.

«Prima a Svartluten» risponde Birna toccando il display. «Virkesvägen 7b. Un certo Ivar Eriksson ha telefonato parlando di strani rumori dal vicino.»

Lo chiama.

«Buongiorno» dice quando l'uomo risponde. «Cos'è successo?»

«Niente, devo aver sentito male.»

Birna gli chiede cos'ha sentito ma lui rimane muto.

«Pronto?» dice, e lo ripete un'altra volta, ma Ivar Eriksson ha riattaccato.

Svoltano da Industrigatan in Virkesvägen. Birna lancia un'occhiata a Jessica.

«Tua madre non sta da queste parti?»

«Sì» risponde lei. «Però si è trasferita, mi sa. Se non ricordo male, qualche anno fa è arrivato un biglietto di cambio indirizzo.»

«Se vuoi possiamo passare a trovarla» dice Birna.

«Perché dovrei averne voglia?» chiede lei, e parcheggia davanti al 7b. «Che facciamo, andiamo anche in Islanda a trovare la tua?»

Si guardano storto e suonano il campanello di Ivar Eriksson. Poi passano al 7a e premono l'altro. O meglio, più che passare, scavalcano un sacco di ciarpame ammucchiato davanti alla porta d'ingresso. Pezzi di un tavolo da cucina, una poltrona sventrata, scatoloni e altre cianfrusaglie scaricate davanti a casa e abbellite da pneumatici e sacchetti dell'immondizia.

A differenza delle porte vicine, che sono state sostituite o almeno riverniciate, quella sghemba del 7a è ancora l'originale, che ha lottato duramente contro le intemperie.

«Ti ammazzo, maledetta puttana!» grida qualcuno all'interno, e un'altra persona risponde: «Dai, fallo, bastardo impotente!»

Birna strattona la porta che non si apre e alla fine infilano insieme le dita nello spiraglio che sono riuscite a creare e la spalancano.

Le voci vengono dal fondo della casa. Anche se gridano «polizia», il litigio continua con la stessa violenza.

Non riescono a stabilire in cosa consistano i rumori. Una testa che viene sbattuta contro un muro, o forse oggetti lanciati attraverso la stanza. Niente di particolarmente insolito. Gli scontri scatenati dalle sbornie sono di routine, soprattutto nei venerdì di paga come oggi.

Le bifamiliari in Virkesvägen e Timmervägen sono state costruite all'inizio degli anni Settanta e hanno tutte la stessa disposizione interna. Un piccolo ingresso, un paio di camere da letto e un bagno in un lungo corridoio. Cucina, lavanderia e soggiorno suddiviso da una penisola. Uscita su un giardinetto e vista sulla fabbrica di cellulosa.

Se contro ogni previsione qualcuno fosse riuscito a rimuovere il vero motivo dell'esistenza di Svartluten, cioè la vicinanza alla fabbrica, se ne ricorderebbe aprendo una finestra. Il tanfo che aleggia in tutta la zona somiglia a quello di pesce marcio, soprattutto se il vento viene da ovest.

«Odore di soldi.» Non era così che diceva quella carogna di Göran con cui era andata a stare sua madre? E lei, poi: «Questa è la camera degli ospiti. Potresti venire a dormire qui, qualche volta. Se vuoi possiamo piantare qualcosa insieme. Le fragole, magari. Ti sono sempre piaciute.»

Invece a Jessica non piacevano. Anzi, era così allergica che quando lei gliele aveva messe di nascosto nella torta di compleanno era finita al pronto soccorso.

Il 7a ha ancora la carta da parati a losanghe verdi, rosa e gialle e la moquette marrone scuro. Un mediatore immobiliare direbbe che la casa è «nello stato originale, con tutto il suo fascino intatto».

Si spostano verso le voci facendo lo slalom tra mucchi di vestiti e sacchetti dell'immondizia che non sono mai riusciti ad arrivare al bidone.

Birna apre la porta di una camera. Socchiude quella successiva ma la richiude subito.

«Oddio che tanfo. Lì dentro è morto qualcosa. Dopo dovremo verificare.»

Nauseante come il primo incontro con Göran.

«In questa casa sono io che decido, tanto perché tu lo sappia.»

Prima vedono il divano ad angolo e qualcuno steso sopra. Poi l'uomo in piedi e subito dopo la donna, seduta contro la parete con il sangue che le scorre sul viso. Gli occhi sono due fessure in mezzo a pelle lacerata, ma la bocca non ha niente che non va.

«Ammazzami, dai, buono a nulla che non sei altro. O non ne sei capace?» grida.

Lui ha qualcosa in mano. Un attrezzo. Jessica non trova la parola giusta, ma non importa. Proprio quando l'uomo solleva il braccio, lei prende lo slancio e gli si getta addosso da un lato, facendolo cadere. L'attrezzo viene deviato dalla sua traiettoria verso la testa della donna e sfonda la finestra, ma lui non è più solo arrabbiato: è furibondo. Spinge via Jessica, le sferra un calcio che va più o meno a segno sul ginocchio e si rimette in piedi.

Ubriaco come una pigna ma veloce come una donnola, afferra un posacenere a pressione in metallo pieno di mozziconi fumanti e lo fa oscillare davanti a sé, travolgendo tutto quello che trova sul suo cammino: lampade, piante in vaso, quadri e la scontata destinazione finale. La donna non grida più, ride. Come una pazza.

«Mollalo, altrimenti sparo!» grida Birna, e lui si blocca come se la sentisse per la prima volta.

«Mollalo!» ripete lei, e il posacenere finisce a terra con un tonfo pesante. Lui si gira. Alza le braccia in un gesto di resa, ma ha qualcosa negli occhi. Adesso sorride. Si guarda intorno come se volesse prendersi il merito di tutto quello che è riuscito a fare. Gli occhi dicono: «A me non riuscite a tenere testa. In questa casa sono io che decido.» Fa un passo avanti, un altro.

«Alt!» grida Birna, e d'un tratto lui è così vicino che sente il tanfo del suo alito.

«Dietro di te!» L'urlo di Jessica arriva troppo tardi. Il corpo che era sul divano si è alzato e ha afferrato il braccio a Birna. L'arma le sfugge di mano ma lei riesce a calciarla sotto il divano.

Jessica prende una decisione immediata. Il primo sparo si ripercuote sui timpani e si propaga fino alla punta dei piedi, seguito a breve distanza da un secondo.

Un corpo ricade sul divano e vomita. Un altro si rannicchia in posizione fetale. Due poliziotte chiudono manette intorno a polsi. Voci crepitano dalla radio. È in arrivo un'ambulanza, così come altri colleghi e probabilmente anche la stampa.

Solo quando torna il silenzio, rotto da qualche singhiozzo isolato, sentono il mugolio.

«Ci sono dei bambini in casa?» chiede Birna. Si è infilata dei guanti di lattice e sta esaminando la donna insanguinata, che almeno ha smesso di ridere. Lei scuote la testa.

Dai fori nel soffitto scende un po' di segatura. Jessica piega il ginocchio un paio di volte per verificare se è in grado di sostenerla. Poi scavalca il corpo dell'uomo sul divano, che ha smesso di singhiozzare e forse si è addormentato.

Anche Göran si addormentava, alla fine. Possibilmente con il sangue della mamma sulle nocche.

«Se non mi facesse un male del diavolo, ti farei sputare le budella a calci» dice, zoppicando verso la cucina. Il mugolio va e viene. Dietro la porta della lavanderia si sente più chiaramente.

«Penso sia un cane» dice, e socchiude la porta. La stanza è immersa nel buio, a parte uno spiraglio tra il vetro e la coperta che tiene fuori la luce del giorno.

Gli occhi le si riempiono di lacrime a causa dell'odore di piscio e merda.

Gli occhi le si riempiono di lacrime a causa di un animale abbandonato a se stesso che quasi non riesce a tirare su la testa.

Jessica non dovrebbe, ma tende la mano.

«Su, su» dice accarezzando l'orecchio sporco del cucciolo. «Ti portiamo via noi da qui.»

La donna parte in ambulanza, gli altri due su un'auto della polizia.

Mentre si lasciano alle spalle Svartluten, Jessica e Birna incrociano la macchina del *Gaskassen*.

«Non tutti i giornalisti sono da buttare» dice Jessica, dando a Birna una piccola stretta al ginocchio quando la vede storcere la bocca. «Non hai più avuto notizie di... com'è che si chiama? Blomkvist. Mikael Blomkvist, giusto?»

«Piantala. Tra noi non c'è mai stato niente.»

«Non l'ho detto, infatti.»

«Allora smettila di fare domande» dice Birna. Il nome rimane sospeso nell'aria, come sempre quando il discorso finisce su Mikael. È arrivato. Se n'è andato. Punto e basta.

Con i finestrini abbassati vanno dal veterinario. Il tanfo che proviene dal cucciolo è insopportabile. Jessica l'ha avvolto in una coperta e lo tiene sulle ginocchia. È immobile. Spera che stia dormendo, o forse è già morto.

«Che razza di stronzi» dice. «Una cosa è ammazzarsi a vicenda, ma un cucciolo...»

Birna le mette una mano sul braccio, lasciandola lì come una sorta di barriera contro immagini, rumori, odori, voci. A tempo debito avranno modo di discutere della mattinata con cani e porci, il loro capo soprattutto.

Hans Faste ha già chiamato. Birna gli ha risposto che purtroppo al momento non possono parlare, così lui chiama di nuovo. E di nuovo. Hanno appena il tempo di farsi la doccia per togliersi di dosso sangue ed escrementi e indossare vestiti puliti che lui si presenta nel loro ufficio chiedendo un rapporto. Al tempo presente, grazie!

«Rispondiamo a una chiamata, è in corso una lite, si verifica una situazione pericolosa, un uomo minaccia e fa per sferrare un colpo con un oggetto contundente, al che Birna sfodera l'arma e intima di fermarsi ma viene sorpresa da una persona che le salta addosso da dietro e le fa cadere la pistola dalla mano» riassume Jessica.

«Dalla mano» ripete Faste, e guarda Birna. «Non la impugni a due mani?»

«Eh... sì, certo, ma vengo colta di sorpresa dalla persona alle mie spalle.»

«Chi è?»

«Uno che dorme sul divano.»

«Quindi sei colta così di sorpresa che lasci cadere l'arma?» chiede Faste.

«Sì, ma riesco a calciarla sotto il divano.»

«Ah, ma che brava.»

La voce ha come sempre un'intonazione sarcastica, a dimostrazione che Faste ha già deciso che non sono state capaci di valutare la situazione. Rimugina sulle parole nel tentativo di trovare dei punti deboli. Nessuno sarebbe più felice di lui se venisse fuori che hanno commesso una negligenza.

«Birna si comporta in maniera ineccepibile» dice Jessica, e lo sguardo di Faste torna su di lei. «A quel punto io giudico la situazione così critica che estraggo l'arma e sparo due colpi al soffitto.»

«Non ne basta uno? E come fai a essere sicura che non ci sia nessuno al piano superiore?»

«È una casa a un piano» risponde lei. Vanno avanti così per un po', botta e risposta, finché Faste conclude dicendo che chiederà un'indagine interna.

«Bene» risponde Jessica. «Così magari potremo riferire la successione dei fatti a una persona imparziale.»

Faste gira intorno alle scrivanie, solleva fogli, si china a studiare da vicino una foto del gatto di Birna, Sture, per poi concludere la sua peregrinazione piazzandosi alla finestra e guardando il fiume.

«Il fatto è» dice, «che a quanto risulta avresti minacciato una delle persone mentre si trovava in posizione di inferiorità.»

«Come?» chiede Jessica. «Cosa intendi?»

«L'hai minacciato di fargli "sputare le budella a calci"» continua lui, e Jessica si rende conto che lui sta godendo di quell'istante.

Mentre con le mani dietro la schiena constata che sul lungofiume stanno spuntando le giunchiglie, gode della sensazione di potere. Avrebbe dovuto offrire conforto o almeno solidarietà, e invece niente. Ora canticchia pure. Mugola una melodia orecchiabile, si gira verso di loro e dice: «Come dicevo, l'indagine interna accerterà quello che è successo effettivamente stamattina. Quindi vi do un piccolo consiglio: non escludete qualche particolare, perché tanto salta sempre fuori, prima o poi.»

E se ne va. Birna apre la finestra per far uscire la puzza di stronzo.

«Solo gli psicopatici e le casalinghe canticchiano» dice. «Secondo te in quale delle due categorie rientra?»

«Io non ce la faccio più» sospira Jessica. «Ho intenzione di dimettermi.»

«Però se lo fai vince lui.»

Jessica sa che ha ragione, ma non importa. Prima per lei il lavoro era una valvola di sfogo, un posto dove poteva respirare. Dall'arrivo di Faste non sa cosa sia peggio tra i messaggi demenziali del padre dei suoi figli e il cosiddetto capo che si ritrova.

Squilla il telefono. Nessuno accenna a rispondere.

«Vieni» dice Birna. «Faste può dire quello che vuole. Scendiamo allo Statt e vediamo se hanno già i tavolini all'aperto. Prendo il portatile. Il rapporto possiamo scriverlo lì.»

«Comincia tu, io arrivo subito.» Jessica prende la chiamata.

7

Un'auto a bordo strada. Una persona in situazione d'emergenza. L'ambulanza è appena ripartita. Niente di grave, a quanto ne sa l'uomo all'apparecchio.

«Quindi, come mai chiama la polizia?» chiede Jessica al trentasettenne Fredrik Berg, che si schiarisce la voce al telefono.

«Non so se ha presente Kurt-Lattina, quello che raccoglie i vuoti a rendere... Insomma, appena sono arrivato è svenuto, ma si è ripreso e ha ripetuto più volte di aver visto dei lupi alla vecchia discarica. E niente, ho pensato che potrebbe essere utile saperlo. I lapponi... cioè, volevo dire i sami... spesso hanno il grilletto facile quando si tratta di animali predatori.»

Jessica Harnesk sospira. Una birra ci sarebbe stata bene, ma dei lupi vicino al centro abitato non sono una bella notizia. Ringrazia Fredrik per l'informazione.

Stavolta è Birna a prendere il sole nell'angolo del cortile che dà sul fiume.

«Sapessi di quanto poco sole ho potuto godere in vita mia. A me sono toccate in sorte nubi temporalesche ed eruzioni vulcaniche.»

Jessica si rende conto di sapere pochissimo della collega islandese, anche se ormai lavorano insieme da qualche anno. Ogni tanto ci provano. Vanno fuori a mangiare. A volte guardano un film insieme dopo che si sono addormentati i bambini. Non fanno fatica a chiacchierare, eppure finiscono sempre per parlare di lavoro.

«Due minuti.»

Jessica ne approfitta per leggere sms non richiesti e email a cui avrebbe dovuto rispondere da un pezzo. Chiamate perse arrivate da persone che non vuole richiamare.

Mentre si dirigono verso la vecchia discarica si risvegliano ricordi d'infanzia, ma lei li ricaccia dove devono stare: proprio in una discarica, per lo più.

Si siedono sui gradini del vecchio ufficio. Quel posto ispira serenità. Ronzio di insetti, cinguettio di uccellini.

«Ogni tanto io e Göran venivamo qui a sparare ai ratti.»

«Chi è Göran?»

«Uno dei fantastici uomini di mia madre. Quelli che facevano la fila per arricchirci la vita.»

Birna si alza, fa qualche giro intorno alla baracca. Tira fuori il cellulare e lo rimette via.

«Okay. Da che parte cominciamo, e cosa stiamo cercando?»

«Dei lupi, o le tracce del loro passaggio. Renne abbattute, corvi.»

Varie impronte di pneumatici e rifiuti recenti, tipo lattine di birra schiacciate e carte di hamburger, indicano che il posto è ancora frequentato. Tracciando cerchi sempre più ampi, Birna e Jessica si spostano verso la recinzione. Diversi cartelli sgretolati dal tempo mettono in guardia dal precipizio ma non c'è traccia di renne ferite o della presenza di predatori.

La vedono contemporaneamente. Il corpo inginocchiato come se pregasse, perfettamente visibile in fondo alla scarpata.

«Cazzo» dice Jessica, e si porta una mano alla bocca come se le venisse da vomitare. Il pensiero di un cadavere femminile, o peggio, dell'omicida, le risulta insopportabile. Vorrebbe andarsene da lì, chiedere a qualcun altro di occuparsene, dire che non ce la fa, che non ne ha la forza. Gridare chiaro e tondo che ne ha abbastanza e vuole tornare a casa. A casa, dai bambini. Infilare il naso nell'incavo morbido del collo dei suoi figli. Chiudere la porta e tagliare fuori il mondo. Invece Birna, accanto a lei, non ha l'aria per niente turbata. Anzi, sembra quasi un po' euforica, carica di una strana energia.

«Chiama ambulanza e rinforzi» dice. «Io vado a prendere il binocolo.»

Dato che la persona là sotto ha il viso girato dall'altra parte, non è possibile stabilire se è morta o solo incosciente. Se però esiste una minima possibilità che siano arrivate in tempo, non possono sprecarla. Non è che Birna non percepisca la paura di Jessica, o la propria, se è per questo, ma facendo una rapida valutazione e un calcolo dei rischi decide che è possibile.

«Fare il giro richiede troppo tempo» dice. La recinzione è così poco robusta che le basta sfilare un paletto dal terreno e scavalcarla con un lungo passo. «Vieni?» dice. «Tranquilla, basta evitare di guardare giù. Ci sono dei rami a cui tenersi.»

Le gambe di Jessica, che vogliono fare dietrofront e correre via, avanzano di un passo verso la scarpata. Un sasso si stacca. Lei ne segue i rimbalzi fino ai piedi del precipizio.

«Secondo me dovremmo fare il giro» dice.

«Tu fallo, allora» risponde Birna, e comincia a scendere.

Jessica si fa coraggio e la segue.

Frasche di betulla, radici e pietre le tengono per mano. Per l'ultimo tratto si lasciano scivolare finché i piedi non toccano terra.

Il corpo è immobile. La donna è giovane. Jessica cerca segni di vita. Le manca un occhio. I corvi non riposano mai.

«Non è...?» chiede Birna senza concludere la frase.

«Stai pensando a... come si chiama?»

«Quella che voleva intervistarti l'ultima volta che abbiamo portato dentro un paio di abbraccia-alberi.»

«Veramente stavano protestando contro la miniera.»

«Vabbè, è uguale. In quel caso però non era lì come giornalista. Partecipava alla manifestazione.»

«Dopo mi ha chiamato» risponde Jessica. «Mi ha detto che lavorava al *Gaskassen* e ha chiesto cosa ne pensavo della nuova miniera. Si chiamava Södergran, mi pare.»

«E tu cosa le hai risposto?»

«Che quello che penso io è irrilevante.»

«Quanto a diplomazia non ti batte nessuno» commenta Birna, e tira fuori carta e penna.

Il percorso del corpo lungo la scarpata è chiarissimo. Il terreno intorno al punto di atterraggio sembra intatto. Il caldo ha reso rigogliose ortiche, gramigna e robuste erbacce di ogni genere. Jessica scosta i capelli dalla fronte della ragazza. La guancia è morbida come l'orecchio di un cucciolo.

«Tutti questi uomini che odiano le donne, da dove vengono?»

«Ne nascono a bizzeffe tutti gli anni» risponde Birna continuando a prendere appunti. Causa di morte sconosciuta, braccio destro in posizione innaturale, grossa ferita alla nuca, nessun altro segno di violenze esterne. «Forse però non dobbiamo dare per scontato che sia stato qualcuno – un uomo – a ucciderla. Potrebbe essere caduta. O essersi suicidata.»

Il sudore le cola lungo la schiena. Si toglie la giacca e si siede su una pietra.

«Senti, ma quel Göran...» dice.

«Tieni, bevi un po' d'acqua» le risponde Jessica. «Quaggiù sembra di essere sul fondo di una pentola.»

La giornata è stata più lunga del solito. E non è ancora finita.

Un indirizzo. Due nomi. In casa c'è solo il padre. Il cane abbaia. Il gatto fa le fusa. Nell'ingresso si sente profumo di pane in forno. Portano una notizia difficile.

«Ehi, ciao» le saluta l'uomo. «Il venerdì rimango a casa dal lavoro. Entrate, vi faccio un caffè.»

Lo sguardo è limpido. Il mondo, come quello della maggior parte delle persone, sembra semplice, tranquillo e prevedibile.

«Se volete vi taglio anche qualche fetta di pane» continua, tirando fuori formaggio e affettati dal frigorifero.

«Si tratta di Ester» dice Jessica.

«Immaginavo. Ha detto che forse nel pomeriggio vi sareste fatte vive.»

Esce dalla cucina e torna con diversi libri.

«Sono questi, no?» dice.

Spinge la pila verso di loro.

«Nils» dice Jessica. «Siamo della polizia.»

«Chiamatemi pure Nisse.»

L'uomo si alza, apre il forno. Taglia qualche fetta del filone fumante. Versa il caffè, prego servitevi pure.

Presto quella casa accogliente e profumata di pane si trasformerà in un luogo di dolore.

Jessica costringe la voce a dar forma alle parole.

Anche se non è lei il boia, è il suo messaggero.

8

«E se è da me che viene la polizia, la prossima volta? Henke è di nuovo strano. Ha in ballo qualcosa. Me lo sento, ma sembra che non interessi a nessuno, né ai suoi genitori né a mia sorella, che addirittura mi fa spesso notare quanto è gentile ultimamente, e forse ha ragione. Nei loro confronti.»

Jessica si strofina gli occhi e Birna tira fuori dal vano portaoggetti un pacchetto di fazzoletti di carta.

«Abbiamo avuto una brutta giornata, ma questo non significa che succederà qualcosa ai tuoi figli. Se vuoi possiamo passare a dare un'occhiata. Voglio dire, non perché sia necessario, solo così.»

Invece vanno verso l'ospedale.

«Tanto vale che cerchiamo di fare una chiacchierata con Kurt-Lattina» dice Jessica. «Il fatto che abbia vaneggiato a proposito di lupi alla discarica può significare che ha visto qualcosa ma non ha avuto il coraggio di parlare chiaro. Sai chi è?»

«Certo» risponde Birna. «Lo sanno tutti.»

Venerdì sera, weekend di paga, nonché prima giornata calda della primavera. Il pronto soccorso è sotto pressione. Sangue, sudore e lacrime scorrono su pazienti e personale. Birna riesce a fermare un'infermiera.

«Kurt Vikström. Dove lo trovo?»

«L'abbiamo mandato a Solgläntan perché qui siamo pieni. Stava abbastanza bene. Più che altro gli serviva una doccia.» Fa una smorfia. «Gli abbiamo prestato qualche vestito. I suoi li abbiamo buttati via.»

Alle nove e un quarto sono di nuovo insieme in macchina. E no, nessuno ha avuto il tempo di parlare con Kurt Vikström.

Alla casa di riposo Solgläntan, un collezionista di lattine ha mangiato e si è addormentato.

Jessica decide che riprenderanno in mano la pista domani. Parcheggia alla stazione di polizia e sta per dire «ciao, ci vediamo» quando Birna propone la birra di cui avevano parlato qualche ora prima.

Lo Statt un venerdì sera, ragazze vestite a festa con le tasche piene dello stipendio appena arrivato: un tavolo possono scordarselo. Si guardano intorno e stanno per fare dietrofront quando un uomo di una certa età seduto da solo le chiama con un cenno.

«Io sto per andare via. Sedetevi, intanto. Vado a prendervi qualcosa da bere. Birra?»

Annuiscono. Male al corpo, male all'anima. Stordirsi con l'alcol sembra un'ottima idea. Bevono a ritmo, grate all'uomo che sta andando al bancone per un secondo giro.

«Ingvar Bengtsson, agente Säpo in pensione, altrimenti detto IB» dice Jessica.

«Lo conosci?» chiede Birna.

«Non proprio. Sua figlia Malin è scomparsa qualche anno fa. Probabilmente è stata uccisa, ma non è mai stata trovata. Pensavamo che saltasse fuori dal mucchio di ossa scoperto nella capanna nel bosco a Spadnovaure, invece no, anche se aveva tutte le caratteristiche della vittima perfetta: una tossica che si era indebitata per pagarsi la droga. Se lo chiedi a IB, però, non corrisponde: a sentire lui Malin non aveva problemi di dipendenza. Giura e spergiura che è sparita per altre ragioni.»

«Be', è più semplice» commenta Birna. «Mettiti nei suoi panni.»

Jessica non vuole pensare ai propri figli, e nemmeno al loro papà. Per un po' sembrava che le cose andassero meglio, però ultimamente sulla mente dell'ex è di nuovo calato il buio. Lei non si fida, ma è costretta a farlo. Si è dato una regolata, è in terapia e ha un reddito fisso, il che vuol dire che l'affido esclusivo è diventato condiviso.

«Maledetto Henke» si lascia scappare, e nello stesso momento due bicchieri pieni vengono appoggiati sul tavolo.

«Sembrate uscite da una giornata difficile» dice IB.

«E la tua com'è stata?» chiede Jessica per evitare di entrare nei dettagli.

«Così così» risponde lui, e forse non gli sfugge che l'espressione della poliziotta si è fatta ancora più stanca. «La vita da pensionato non è delle più avventurose, ma abbastanza tranquilla.»

«Jessica mi ha appena detto di Malin» dice Birna, strappando un sospiro alla collega.

Adesso figuriamoci se IB andrà via.

«Malin, già...» dice lui facendo ruotare il bicchiere. «È sparita e non è mai tornata. Siete state voi a trovare la donna alla discarica?»

«Come fai a sapere che abbiamo trovato qualcuno proprio lì?»

Domanda superflua. Sicuramente il *Gaskassen* sa già tutto e ha scritto qualcosa sull'edizione online.

Capita che sparisca qualche giovane uomo, nella maggior parte dei casi volontariamente. Ogni tanto un raccoglitore di bacche o un cacciatore si imbatte in un corpo, ma di solito svaniscono nel nulla e basta. Quando a mancare all'appello sono le donne è diverso. E se per caso vengono trovate, come oggi, l'intera Svezia mediatica ci si butta a pesce. I femminicidi offrono maggiore intrattenimento.

«Chiaramente c'entra con tutto il resto» dice IB. «È inconcepibile che la polizia non faccia di più per fermare la criminalità organizzata. E meno male che siamo nel 2022, anno di elezioni.»

«Cosa intendi con "tutto il resto"?» chiede Birna.

«Le gang, i motoclub, gli spacciatori, giusto per citarne una parte.»

«Be', del motoclub Svavelsjö non è rimasto granché, se non altro. Sono tornati a sud con le loro code di cavallo bisunte tra le gambe.»

«Può darsi, però non siete arrivati da nessuna parte con le ossa trovate nella capanna nel bosco, dopo l'incendio al bunker. Anche se c'erano dei testimoni.»

«Di testimoni io non so niente» risponde Birna. «Ti riferisci a qualcuno in particolare?»

Jessica le appoggia una mano sulla coscia: le sta dicendo «smettila, stai zitta, l'indagine non è pubblica».

IB si guarda intorno. Beve due veloci sorsi di birra e poi appoggia il bicchiere con un colpo secco.

«A volte penso che Flashback Forum sappia del mondo più della polizia. Potete dare un'occhiata al *thread* "proprietario bunker legato a suprematismo bianco". Se prendete quel folle forse si risolve anche qualcos'altro.»

«Sembri arrabbiato» osserva Birna.

«Sono arrabbiato.»

«Perché ti manca tua figlia.»

«Anche.»

«A proposito di testimoni e bunker incendiati, quello là al bancone non è Henry Salo?» dice Jessica. Salo, il vip numero uno di Gasskas. «L'avete visto il titolo di stamattina? *Il city manager tuona: Invece di piscine, costruite campi da padel.*»

«Ah ah!, no.» Birna accenna un sorriso. «Ma l'altro chi è?»

«Non ne ho idea. Sarà qualcuno in visita d'affari dalla Cina, magari.»

«Adesso gliene dico quattro, cazzo» sibila IB. In un paio di passi è al bancone del bar.

Non sentono cosa dice. Agita le braccia. Salo lo spinge via.

«Forse dovremmo...» dice Birna.

«Stasera non ho la forza di fare la poliziotta. Lasciamo che siano i buttafuori a occuparsi della Säpo.»

La quarta birra le attutisce l'udito come una cuffia antirumore. Jessica si estrania. Neanche si accorge che Birna va verso l'uscita tenendo saldamente IB per un braccio.

«Ciao Lisbeth, sono allo Statt. Mi manca qualcuno con cui ballare. È un pezzo che non ci si sente. Baci, J.»

Domani se ne pentirà, ma in questo momento le sembra la decisione giusta.

Pochi secondi e vede che il messaggio è stato letto. Aspetta, ma non succede niente. Quando alza la testa, un uomo dai lineamenti asiatici solleva il bicchiere in un brindisi. Ha gli occhi di un verde incredibile.

Distoglie lo sguardo, lo riporta su di lui. Il gesto non si può fraintendere. Jessica annuisce.

9

La lince è un felino schivo che grazie all'udito, alla vista e alla sensibilità percettiva ha la capacità di evitare il suo unico nemico: l'uomo. Le stesse caratteristiche la rendono anche uno dei predatori più temibili della foresta. Forse è per questo che è riuscita a sopravvivere a cacciatori di pellicce, scarsità di prede, deforestazione, scabbia canina e altre minacce secondarie create dall'uomo. Perché l'uomo è fatto così: prende, e non solo per soddisfare i bisogni basilari come gli altri predatori. Arraffa per vanità. Veste le sue signore di pellicce sontuose. Abbatte foreste per avidità. Caccia alci, cervi, caprioli fino all'ultima zampa. L'uomo prende e poi dà. Dichiara protette specie che per motivi diversi devono essere tutelate. Nonostante tutto, la lince è un bell'animale.

Quando Marcus Branco dà a Marika Vikström un nuovo nome, è in dubbio tra Visone e Lince. La presenza allo stato brado del visone in Svezia è innaturale quanto la pelle ricostruita di Marika Vikström. Con la sua età indefinibile è a metà strada tra donna ed essere asessuato. Si muove come un bambino, ma senza il registro emotivo tipico dell'infanzia. La combinazione delle sue caratteristiche ne fa la creatura più libera che conosca.

Si è guadagnata il proprio posto nella gerarchia mostrandosi dignitosa, preparata, incorruttibile. Però non è il suo primo felino. Quello è stato investito l'autunno scorso. Lui ha sempre messo in conto le perdite nelle truppe, ma dato che nella maggior parte dei casi i visoni vivono in cattività, battezza Lince anche Marika.

Lince come la predatrice silenziosa.

Lince come la signora della notte.

Lince che inizia per L come leale.

Parcheggia l'auto in una strada forestale a un paio di chilometri dalla casa di riposo Solgläntan.

In realtà l'edificio è piuttosto isolato. È solo una precauzione di routine.

Si stanno avvicinando le due.

Manca ancora un po' all'angosciosa ora del lupo e a quelle successive dell'alba, in cui gli esseri umani si alzano per sfuggire ai propri incubi, vanno in cucina a bere un bicchier d'acqua e vedono per caso qualcuno che cammina per strada.

Lince è già stata lì quella stessa sera con un'identità diversa: una figlia premurosa in visita a un padre subito dopo che il personale di turno è andato a casa per essere sostituito dai pochi sorveglianti notturni. Ha suonato al citofono, è stata fatta entrare da un certo Soheil, ha lasciato una treccia danese sul bancone e ha proseguito fino alla quarta camera a destra nell'ala est. Dopo essersi accertata di aver campo libero per il breve tratto del corridoio, è sgattaiolata attraverso la porta posteriore, che per motivi di sicurezza antincendio non è mai chiusa a chiave, e ha sceso le due rampe di scale fino alla porta della cantina, constatando che l'allarme non viene inserito dato che il personale – oggi come quindici anni fa, quando ha lavorato lì per un'estate – usa il minuscolo cortiletto per fumare.

A distanza di alcune ore si sposta tra gli alberi ed esce dal bosco a pochi metri dal retro di Solgläntan. Il sasso che impedisce alla porta di chiudersi è ancora lì. Lei prosegue su per le scale e tende le orecchie da dietro la porta tagliafuoco. Tira fuori il passamontagna, pronta ad andarsene per la stessa strada da cui è entrata, se qualcuno dovesse scoprirla.

Il corridoio dal pavimento lucido di cera è silenzioso come previsto. Kurt Vikström ha già avuto la sua targhetta con il nome circondato da cuori e fiorellini. Incredibile quanto poco sa la gente delle persone.

Dorme. Russa, respira a bocca aperta. La luce di un lampioncino esterno s'insinua nella stanza attraverso le lamelle delle veneziane. Lei avvicina una sedia. Per il resto la camera è spoglia, priva di qualsiasi oggetto personale. Osservarlo da vicino le dà una sensazione strana. È uguale a com'era, almeno nel sonno.

È tentata di svegliarlo per un ultimo addio. Comunicargli che finalmente potrà lasciare la vita terrestre e ricongiungersi con una parte della sua famiglia. Quando all'improvviso lui apre gli occhi, lo sguardo è limpido e presente. Persino mite.

«Sei tu, Marika?» dice dopo un po', cercando di sollevare la testa. «E tuo fratello dov'è?»

«Peter è morto ventidue anni fa, non ti ricordi? Hai salvato te stesso, lasciando che lui e la mamma bruciassero vivi.»

«Il vile muore mille volte, il coraggioso una sola» sussurra lui, facendo scorrere lo sguardo su di lei.

«Invece tu sei sopravvissuta, a quanto pare. Hai vissuto una bella vita?»

«Bellissima» risponde Lince. «Ho la pelle dura. Ho pensato che magari volessi vedermi un'ultima volta, prima che ci separiamo.»

Si sfila la maglia e gira lentamente su se stessa.

«Mi dispiace, non sono riuscito a fare diversamente» dice lui piano, chiudendo gli occhi.

Non è chiaro a cosa si riferisce. Se al fatto di non aver

salvato la sua famiglia o di non essersi mai preso cura di lei che, a dispetto di tutto, è sopravvissuta.

Kurt Vikström è l'ultimo anello di congiunzione alla vita precedente di Lince. Un vecchio sconfitto, che raccoglie lattine. Prende il cuscino in più e aspetta che lui riapra gli occhi.

«Fallo» dice lo sguardo. «Non vedo l'ora.»

Le braccia non oppongono resistenza. Qualche spasmo delle gambe sotto la coperta, un ultimo rantolo degli alveoli polmonari rovinati dal tabacco ed è finita.

Lei gli sistema il cuscino sotto la testa. Liscia i capelli spettinati e gli chiude gli occhi.

«Riposa in pace, Marika Vikström.»

10

Le vie deserte dell'alba verso sud si percorrono facili e veloci. All'altezza di Tierp, Lince svolta verso l'entroterra e si dirige alla cava di ghiaia ora trasformata in lago, Trollsjön. Qualcuno riparte in una Volvo, lei prosegue con una Toyota.

Verso l'ora di pranzo entra a Stoccolma, gira in Birger Jarlsgatan, scende in un garage privato e prende l'ascensore che la porta all'appartamento.

Gli occhi sono segnati dalla stanchezza, ma invece di andare a letto corre per un'ora sul tapis roulant, prepara un caffè espresso e si collega con il gruppo.

«Come ve la passate?» chiede, immaginando di essere proiettata in formato ingrandito sullo schermo della sala riunioni.

«Ci manchi» risponde Lupo. «Non abbiamo nessuno che prepari il caffè e lavi i piatti.»

«Ah, grazie» dice lei. «Però avete Volpe, no?»

Volpe, a cui mancano completamente senso dell'umorismo e capacità di non prendersi troppo sul serio, sembra voler dire qualcosa, invece cambia idea e torna con lo sguardo allo schermo. Lince non sa cosa pensare di lui, ma probabilmente non è importante. L'attività si basa sulla lealtà interna del gruppo. Lei e Volpe sono sostituti di seguaci precedenti che, stando alle scarsissime informazioni che le sono state date, sono caduti durante un regolamento di conti tra Branco e agenti esterni a lei finora sconosciuti. Dell'originale compagnia d'infanzia di Umeå, nella cerchia ristretta sono rimasti solo Lupo e Orso.

«Pensavo che partissi domani» dice Volpe con un tono da cui sembra che le abbia letto nel pensiero e voglia andare al contrattacco. «Abbiamo fatto una riunione di programmazione. Peccato che tu non abbia potuto partecipare.»

«Stanotte è morto mio padre. Ho dovuto passare alla casa di riposo» dice, e tutti tranne Volpe le fanno le condoglianze.

«Era vecchio, non è stata una sorpresa» dice Lince per chiudere il discorso.

Lupo, che è tanto duro di comprendonio quanto è sentimentale, mette le mani a cuore e le manda abbracci di incoraggiamento. C'è da chiedersi come faccia uno così sensibile a essere contemporaneamente così spietato. Al suo posto, invece di usare un cuscino, Lupo si sarebbe scatenato per tutta la casa di riposo con un mitra.

La stanchezza si fa sentire di nuovo. Sono quasi ventiquattr'ore che non dorme.

Lince chiede se c'è qualcosa in particolare che dovrebbe sapere, invece no, le solite cose. I Democratici svedesi che chiedono soldi per finanziare i loro account anonimi e qualche altra cosuccia che possono discutere al suo ritorno.

«Tra l'altro abbiamo appena saputo che il testimone della discarica è deceduto stanotte. È triste che Gasskas abbia perso uno dei suoi personaggi più noti.»

«Davvero triste» ripete lei. «Allora ci sentiamo domani. La mattina ho un paio di appuntamenti, poi riparto.»

Sta per scollegarsi quando Branco solleva una mano: «Aspetta, c'è un'altra cosa.»

Quando Lince scalcia via le scarpe e si sfila le calze con l'aiuto dell'alluce, i piedi lasciano delle orme nella moquette soffice. Stoccolma sta chiudendo i battenti e le formiche laggiù in basso corrono a casa nei loro formicai.

Tocca a lei e Branco, adesso. Gli altri escono dalla stanza in fila.

Branco va avanti e indietro sulla sedia a rotelle. Lince si aspetta che venga fuori qualcos'altro.

«Hai mai incontrato Märta Hirak?»

«Sì, qualche volta. È morta, no?»

«Donna affascinante. Quasi immortale, ma alla fine ha commesso anche lei degli errori. E ora pare che gli errori siano stati tramandati.»

«Ti riferisci alla figlia?»

«Esatto, Svala: un bellissimo nome per una bellissima ragazza.»

La voce ha qualcosa di strano. Branco si schiarisce la gola. Si versa una tazza di tè. Ci mette un pizzico di zucchero e mescola per raccogliere le idee. È restio ad ammettere di avere dei nemici. Ci sono sempre stati, in forme diverse. E finora li ha tenuti sotto controllo o tolti di mezzo.

La piccola Hirak è un'altra cosa. Sono anni che la rondinella vola sotto i radar, perché chi sospetterebbe di una bambina tranquilla? Nemmeno quando è spuntata al bunker c'era ragione di credere che fosse venuta per un motivo diverso dal cercare sua madre.

Il ricordo della ragazzina con la mamma in fin di vita tra le braccia non si cancella, forse perché lui aveva dato per scontato che la mente dietro tutta la faccenda fosse Lisbeth Salander, quella creatura scimmiesca. Finché dai bassifondi hanno cominciato a venire a galla certe informazioni.

«La piccola ha le mani macchiate di sangue. Tra gli altri, quello del suo patrigno Peter Sandberg.»

«Pensavo si fosse suicidato.»

«Esatto, come un altro paio di tizi della stessa risma.»

C'è stato un tempo in cui anche Lince si muoveva ai margini del clan di Peter Sandberg. Mai nel nucleo centrale, sempre all'esterno, ma la notizia della sua morte si è diffusa in un lampo nei vari strati di persone che in un modo o nell'altro avevano servito i suoi scopi. Quanto a lei, ha scelto di rimanere anonima. Oggi è un vantaggio. Il collegamento alla rete di Peter Sandberg è invisibile e dovrebbe restare tale. Il posto da Branco se l'è guadagnato sulla base dei propri titoli, grazie a una combinazione di raccomandazioni e competenza richiesta. Finora si è occupata esclusivamente degli aspetti giuridici in merito agli accordi d'affari di alcune delle tante società appartenenti al gruppo. Sente che le sue mansioni potrebbero cambiare.

«Märta Hirak voleva fare strada» dice Branco. «In cambio della soppressione di Peter Sandberg e della sicurezza e del benessere futuri della figlia ci ha offerto un hard disk con dei bitcoin. Il problema è che qualcuno ci ha anticipato, sia per Sandberg che per l'hard disk. Davamo per scontato che fosse stata Märta stessa a nasconderlo, o comunque lei ce l'ha fatto capire. Fino all'ultimo si è rifiutata di rivelare la password che aveva usato. La coppia Sandberg-Hirak ci doveva dei soldi. L'hard disk era destinato a saldare il debito. Invece quella ha pensato bene di morire.»

«Quindi cosa c'entra la figlia?» chiede Lince.

«Secondo una fonte non necessariamente affidabile, è lei ad averlo.»

«E ora hai intenzione di riprenderlo?»

«È più che giusto. Alla morte della madre il debito è stato ereditato dalla figlia, come succede con i peccati originali. Voglio che esamini la questione. Naturalmente senza esercitare violenza gratuita: in fin dei conti siamo solo imprenditori seri. Usa la tua intelligenza e il tuo stile prudente. Troverai sicuramente un modo per attirarla qui, così possiamo tastare il polso alla rondinella.»

Personalmente gli piacerebbe tastarla anche in altri

posti. Nel migliore dei casi somiglia a sua madre, quanto a orgoglio e coraggio. E se è così diventa tutto molto più divertente.

«Abbiamo finito?» chiede Lince cercando di non sbadigliare.

Branco ha esaminato la situazione da diverse angolature. Una delle sue grandi qualità è la capacità di non agire in modo affrettato. È raro che si lasci andare a mosse impulsive, se rischiano di mettere a repentaglio progetti più ampi. La ragazzina l'avrà, prima o poi, ma al momento ci sono cose più importanti a cui pensare e di cui eventualmente preoccuparsi.

«Svala Hirak ha una zia paterna a Stoccolma, una certa Lisbeth Salander. La stessa Salander collabora con un ex giornalista di *Millennium*, Mikael Blomkvist.»

Evita consapevolmente di nominare il bunker e il tentativo di Blomkvist di ficcare il naso negli affari del gruppo. In questa prima fase, Lince è un'osservatrice. Meno sa, più sarà aperto il suo sguardo.

«Salander frequenta un club di arti marziali in Ringvägen e un terapeuta in Grindsgatan diverse volte alla settimana. Avvicinala, per cominciare. Conosci il tuo nemico, diciamo.»

«E in che senso Salander è mia nemica?»

La domanda è legittima. Se la donna è un'antagonista deve sapere perché.

Si accorge della voce strozzata di Branco e della mano destra chiusa a pugno. Fare collezione di punti deboli le viene spontaneo. Per il momento lavora per lui. Benissimo, ma le cose possono cambiare, come succede sempre.

Lui fa compiere alla sedia a rotelle un giro nella stanza e torna allo schermo. Con più emozione nella voce di quanto vorrebbe, informa Lince della sconfitta subita l'autunno scorso: la distruzione del Nido dell'aquila e la fuga del gruppo dal suo rifugio sicuro. Evita però di parlare della voglia che avrebbe di fare a brandelli quella faccia da scimmia e di arrostire la stronza sul fuoco vivo. Potrebbe essere frainteso.

«Non va dimenticato nemmeno Mikael Blomkvist» dice. «Può darsi che la sua epoca d'oro come giornalista sia finita, ma lui e Salander, affiatati come sono, rappresentano una potenziale minaccia nei confronti della nostra attività e dei nostri progetti futuri. Grazie ad altri collaboratori sappiamo che c'è qualcosa in ballo. Tu sei un'ulteriore garanzia che il loro ficcare il naso non andrà oltre.»

Di questa storia dei progetti Lince chiederebbe volentieri di più. In qualità di nuovo membro del consiglio d'amministrazione, anche se forse la carica non è ufficiale, fatica a capire l'entusiasmo di Branco per qualcosa di così incerto come la prospezione mineraria. I soldi ci saranno di sicuro, non ne dubita, ma come per la maggior parte dei nati a Gasskas, per lei dire "miniere" equivale a dire "perdite". Grazie al dottorato in legge con indirizzo in economia industriale, ha anche la capacità di considerare l'attività mineraria da una prospettiva più ampia, però chissà, magari Branco è un banale cercatore d'oro che tenta di realizzare il suo sogno d'infanzia.

«Scusa la domanda, ma non voglio commettere errori inutili: Salander e Blomkvist vanno eliminati?»

«Se intendi "eliminati" nell'accezione di "fatti fuori", la risposta è no. Segui il piano così com'è e il problema Salander-Blomkvist si risolverà da solo. Le informazioni che ti servono ti sono già arrivate sotto forma di un'email criptata, insieme ai recapiti di nostri collaboratori, se dovessi averne bisogno.»

«Capito. Un'ultima domanda prima di chiudere il collegamento. Il ponte che è stato fatto saltare: c'entriamo in qualche modo, e in questo caso, perché?»

«Il ponte? Sono l'ultimo che farebbe saltare in aria

un monumento settecentesco, ma ovviamente per la Mimer Mining è un vantaggio. Nuove strade dirette a nord dalla vecchia miniera spianano la via alle autorizzazioni preliminari.»

11

Fanculo al cellulare e a chi lo ha inventato. Jessica Harnesk si solleva contro la testiera del letto, cerca a tentoni il telefono e risponde pronunciando il suo cognome, anche se vorrebbe solo vomitare, per poi pentirsi subito di non aver controllato prima chi chiamava.

«Giù dalle brande!» Hans Faste cinguetta come un avvoltoio. «Mi pare di capire che ieri sera Kurt Vikström non sia stato interrogato.»

Pausa ad arte. Silenzio. Lei prova a parlare ma la voce viene rotta da un colpo di tosse.

«Chiedo scusa, sono allergica al polline. Possiamo sentirci tra un attimo?» dice, chiudendo la chiamata. Poi corre in bagno e svuota lo stomaco dei resti di birra, Jägermeister, drink e un numero imprecisato di bicchieri del bianco che aveva in frigo.

Le è sembrato di scorgere nel letto dei capelli neri lisci. Si siede sul coperchio del water e cerca di ricostruire la nottata. Si sono divertiti. È stato piacevole sentirsi addosso lo sguardo di qualcuno che non è stato allattato a Gasskas. Settimane, mesi di frustrazione per il lavoro e per il padre dei suoi figli, con le sue crisi, hanno assunto un'altra forma. I pensieri le sfrecciano nella mente come un asteroide verso il punto di impatto: Lisbeth Salander.

Stronza. Se almeno avesse risposto. Non si sentono

dall'autunno scorso e probabilmente è colpa di Jessica. Ci ha pensato molte volte, cercando tra i contatti del cellulare per poi rinunciarci sempre. Non dipende da quello che è successo, dalla mancanza di limiti di quella donna e da come è riuscita a farla sentire una specie di sbirra all'americana con la pistola nella cintola e gli stivali pronti a stendere a calci il maggior numero possibile di bastardi del motoclub.

No, si tratta di una cosa banale come i sentimenti. Ha preso una sbandata. Si è innamorata. E si è resa conto che era un amore incongruo.

Dopo ha scritto un'email che non ha mai inviato.

Dopo ha cancellato tutti gli sms che si erano scambiate tranne uno.

Dopo ha sperato che fosse Lisbeth a fare il primo passo, invece no.

Jessica manda giù due compresse di analgesico e si trattiene dal vomitare di nuovo. Spera solo che le passi il mal di testa. Se va bene, il tipo che sembra un cinese si è vestito e se n'è andato, comunque si chiamasse. Ah sì, Kostas qualcosa. Non si ricorda. Non le importa, ma deve sparire.

Lo trova in cucina. Sta mettendo il filtro nella macchina del caffè e cerca il barattolo.

«Ho dimenticato di comprarlo» dice lei.

Occhi verdi scintillano nel sole mattutino. Nessun segno di doposbornia.

«Bella foto dei bambini» dice. «*Very beautiful, look like you.*»

Lei gliela sfila dalle dita e la rimette sul ripiano. Gli spiega che deve lavorare e che bisogna che lui vada.

«Allora ci vediamo stasera» dice lui. «Prenoto un tavolo.»

Lei quasi non riesce a protestare. Gli chiede di lasciarle il numero e vedendo che non accenna lo stesso a uscire lo sospinge verso la porta d'ingresso.

«Vedremo, ti chiamo più tardi.»

Esiste niente di meglio di una casa vuota? Calcola quante ore sono passate. Mettersi al volante è escluso. Birna si sveglia al decimo squillo.

«Sbaglio o oggi non siamo in servizio?»

«Sì, però l'interrogatorio con Kurt-Lattina non è mai stato fatto. Potrebbe aver visto qualcosa di diverso dai lupi.»

«Non può andarci qualcun altro?» geme Birna.

«Qualcun altro non ha tempo. Sei in grado di guidare?»

«Certo. Passo a prenderti tra mezz'ora.»

La casa di riposo in cui è ricoverato Kurt-Lattina puzza di urina e cloro. Jessica sente che dai pori le esce odore di sbornia e decide di limitarsi a un caffè con un goccio di latte. Niente dolcetti, non avrebbero un buon sapore. Sia la direttrice che un infermiere si siedono con loro.

«Come sta Kurt?» chiede Jessica, ma si accorge dell'occhiata interrogativa.

«Se intende Kurt Vikström, è morto stanotte.»

«Morto? Ma come? In ospedale hanno detto che stava bene.»

«Bene è una parola grossa: qui non arriva nessuno che "sta bene", ma era riconoscente e contento di avere da mangiare, e un letto. Vero, Soheil?»

«Sì» annuisce l'operatore. «Siamo passati a controllarlo verso mezzanotte. Avremmo dovuto dargli un analgesico, ma dato che dormiva profondamente l'abbiamo lasciato stare. Quando il personale del turno mattutino è entrato nella stanza l'ha trovato senza vita.»

«Sapete di cos'è morto?» chiede Birna.

«No» risponde la direttrice. «Difficile stabilirlo. Kurt soffriva di parecchie cose. Pressione alta, dolore, vecchiaia, denutrizione, disagio psichico... Non ha avuto vita facile, Kurt-Lattina.»

«In che senso?»

«La moglie e il figlio morirono in un incendio molti anni fa» si inserisce Jessica. «Kurt riuscì a salvarsi ma non a salvare la famiglia, e dopo è andato in tilt. Prima lavorava alla discarica, e quando ha chiuso lui ha cominciato a raccogliere lattine, invece. È saltato fuori che accumulava anche sacchetti di rifiuti nel suo appartamento. Il padrone di casa ha cominciato ad avere problemi di ratti, ha scoperto quell'orrore e l'ha sfrattato. Da allora Kurt ha sempre vissuto in macchina.»

«Qual è la sua stanza?» chiede Birna, e si alza. I due si scambiano un'occhiata.

«Il corpo è già stato trasferito dalla Fonus. In genere vanno diretti all'obitorio per la cremazione. Di parenti non ne aveva.»

«Ma sì, scusa» dice Soheil. «Ieri è venuta a trovarlo sua figlia. Una persona simpatica. È stata lei a portare la treccia danese.»

«Questo non lo sapevo» risponde la direttrice. «Avete appena detto che l'intera famiglia morì nell'incendio.»

Ha ricominciato a nevicare. La primavera è durata due giorni giusti giusti.

«Meno male che non ho ancora cambiato le gomme invernali» dice Birna, e la giornata si preannuncia già come una salita al Golgota.

Se Kurt-Lattina aveva una figlia.

Se Ester Södergran del *Gaskassen* era coinvolta in qualcosa di losco.

Se i lupi c'erano davvero e se la primavera è già tornata a rifugiarsi nell'inverno.

Jessica si addormenta con la testa contro il finestrino. Le labbra del greco-cinese sono sottili e hanno un buon sapore.

«NO! NON POSSO!» grida all'improvviso.

«Non puoi cosa?» chiede Birna.

«Niente, sognavo. Non ricordo cosa.»

12

Parlano tutti di una giovane donna che è stata trovata morta alla discarica. Qualche ora dopo la polizia diffonde nome e foto. Nell'edizione online il *Gaskassen* ha come titolo d'apertura «Omicidio»? e nel catenaccio *Ventiquattrenne trovata morta in discarica*. Poco più sotto, nel testo, si legge del lavoro come giornalista di Ester Södergran e dello shock della redazione. «Abbiamo perso una collega e un'amica benvoluta da tutti» dichiara il suo diretto superiore. «A quanto ci risulta, non c'è niente che possa collegare la sua morte alle mansioni che svolgeva al giornale, dato che si occupava di cultura e intrattenimento.»

I media nazionali si mobilitano velocemente e Hans Faste si concede un giretto nel mondo reale. Fa domande ai capiservizio del *Gaskassen* e ad altri, tutti uomini, cogliendo l'occasione per salutare il direttore responsabile Jan Stenberg, suo vecchio amico d'infanzia.

Le veneziane si abbassano. Un cassetto della scrivania si apre. Whisky? Molto volentieri. Uno shottino di prima mattina pulisce lo stomaco. Lo sanno tutti i danesi.

Se Faste avesse fatto qualche domanda a Svala, lei probabilmente avrebbe detto qualcosa sia sul sanatorio che sugli altri edifici popolati dai fantasmi, ma a una tirocinante non fa caso nessuno. E nemmeno a cosa succede dentro di lei. Dolore, rabbia, nostalgia, vergogna. Nell'attimo in cui Ester è stata scaraventata giù da un dirupo lei era tutta concentrata sulla propria delusione per il fatto che l'amica non si era fatta viva. Avrebbero dovuto mangiare la pizza insieme, parlando di nuovi spunti per i prossimi articoli. Lancia un'occhiata verso la postazione di Ester. Ricaccia in gola il pianto. Cerca di imbrigliare il senso di solitudine che ha di nuovo occupato il posto principale nella sua vita.

Inserisce la password del computer di Ester e copia su una chiavetta tutte le cartelle degli articoli. Cancella i file e sta per spegnerlo quando sente il *pling* dell'email. Il messaggio non ha oggetto, ma il mittente sì.

Ante. L'amico hacker di Ester.

Ha giusto il tempo di leggere il primo paragrafo prima che il redattore responsabile dell'edizione del weekend le metta il fiato sul collo.

«Scusa, Svala. So che questa storia di Ester dev'essere un duro colpo anche per te, ma com'è andata a finire con gli edifici fantasma? Riusciamo a pubblicare un articolo?»

«Non saprei» risponde Svala. «Ester non ha fatto in tempo a scriverlo, ma so che stava lavorando a qualcosa sulla nuova miniera.»

«No, dai» dice lui con una smorfia. «Non ce la fa nessuno a leggere roba così pallosa, di sabato. Non hai niente di un po' più leggero?»

«Un articolo sui supercibi e i viaggi interplanetari. Te lo giro?»

«Cosa sarebbe una redazione senza tirocinanti?» dice lui, dandole un colpetto leggero sulla spalla.

Supercibi e viaggi interplanetari. Da dove le è venuta? Finisce di leggere l'email di Ante l'hacker, fa una ricerca a ritroso e ne trova altre. Sono più che semplici amici. La Mimer Mining è il loro comune progetto d'indagine.

«Presto saremo pronti per la pubblicazione» aveva scritto Ester nel *thread*. «Che figata. Douglas Ferm si atteggia a paladino del territorio. In qualche articolo ha addirittura dichiarato di sostenere la lotta dei sami contro la miniera, dicendo che le foreste della sua infanzia non devono diventare aree industriali. E adesso è uno dei finanziatori della MM. Maledetto ipocrita. Cazzo se sei bravo! Non vedo l'ora di vederti.»

Cosa che probabilmente non è avvenuta. Copia il suo indirizzo e scrive due righe dal proprio indirizzo personale.

«Ciao Ante, lavoravo con Ester. Possiamo vederci? Svala Hirak»

«Tra un'ora al massimo!» le grida il responsabile dell'edizione del weekend.

«Sto studiando per un esame. Forse sabato o domenica. Ci sentiamo.»

Svala mette insieme qualcosa di digeribile su stelle, pianeti e cibi del futuro. Aggiunge qualche immagine di repertorio e un paio di proposte per il titolo.

Da quando è uscita la notizia su Ester, una frase sgradevole le gira in *repeat* nella testa.

La prossima volta tocca a te.

Ragionamenti logici del genere «non sanno chi sei» e «non è detto che si siano accorti del drone» reggono poco. Solo un leprotto si illude di avere vie di fuga. Sanno da sempre chi è. Fin dalla sua più tenera infanzia.

Controlla il cellulare. Nuova riunione da Petra. Stampa l'articolo sui supercibi nello spazio e lo mette su una scrivania, ricevendo un cenno come ringraziamento.

Ester Södergran si sarebbe ricordata che per Svala è l'ultimo giorno di tirocinio.

13

«Avete visto tutti cos'è successo» dice Simon, abbassando gli occhi. «Quindi ora sappiamo perché Ester non è venuta all'ultima riunione.»

Nessuno trova strano che sia lui a condurre la discussione. Parla dell'impegno ecologista di Ester e del lavoro al *Gaskassen*.

«A quanto dice Svala, stava scrivendo un articolo sui nuovi giacimenti. È un'ulteriore dimostrazione che siamo sulla strada giusta. Adesso, un minuto di silenzio per Ester.»

Il minuto passa. Sul tavolo fanno la loro comparsa caffè e dolcetti. Simon prende un *kanelbulle*. Occhi femminili seguono le sue mani.

«I migliori che abbia mai mangiato, garantito» dice prendendone un altro. Petra s'illumina per il complimento. Anna-Maria si alza e va in cucina. La conversazione continua, un po' incerta, e torna su Ester.

«E se l'omicidio ha a che fare con noi? Dopotutto avete già ricevuto minacce in passato» dice Levi.

Il pensionato. Quello che non dice molto ma pensa tantissimo. Ora cerca il sostegno di Anna-Maria. «Voglio dire... forse dovremmo parlare con la polizia.»

«Secondo me qualche email rabbiosa non la considerano nemmeno» risponde lei.

«Che email?» chiede Svala.

«Di idioti a cui piace odiare la gente come noi. Non vale la pena di sprecarci del tempo.»

«Ma perché proprio Ester?» dice Levi. In quel momento gli viene un accesso di tosse che sembra non finire più. Si alza e Svala si affretta ad avvicinarsi, si mette il suo braccio sulle spalle e lo accompagna in bagno. Il viso è coperto di sudore, lo sguardo stanco, il bianco degli occhi giallastro.

«Sei malato, vero?» chiede Svala, e lui annuisce.

«Moribondo, ma non dire niente agli altri. Le riunioni con voi sono l'unica cosa bella che mi rimane.»

Tornato in soggiorno, sembra essersi rimesso quasi completamente.

«Non capisco. Come si fa a prendersela con una ragazza? È da vigliacchi. La violenza sulle donne mi fa troppo incazzare» dice Simon leccandosi lo zucchero perlato dalle dita. «Dovremmo organizzare una manifestazione, non vi pare?»

Svala evita di controbattere. Secondo la polizia, niente indica che Ester sia stata sottoposta a violenze. Le lesioni sul corpo sono dovute alla caduta in sé.

«La federazione giovanile socialdemocratica e l'associazione delle case rifugio hanno indetto una fiaccolata per venerdì» dice invece. «Possiamo fare degli striscioni e unirci a loro.»

La proposta viene approvata. Lo sguardo di Simon la riscalda e dentro di lei prende forma una bella sensazione. La sensazione di appartenere a qualcosa, di essere ascoltata.

«Per quanto riguarda sabato prossimo» dice Simon, e strappa una pagina da un quaderno. «Ho fatto un piano, dividendo i compiti.»

Attacca il foglio alla porta della cucina e tutti si avvicinano per guardare, come studenti che controllano i risultati di un esame.

Svala non vede il proprio nome da nessuna parte.

«Siamo davvero sicuri di questa cosa?» chiede Anna-Maria. «Passare da urlare slogan a bloccare strade è un grosso passo. Qualcuno verrà ritenuto responsabile. Do per scontato che sia tu, Simon, giusto?»

«Tutti o nessuno, è lì il punto» risponde lui. «Lo facciamo per una buona causa, non dimenticatelo. Per la natura, per gli allevatori di renne, e soprattutto per la generazione che sta crescendo e raccoglierà il testimone. Vero, Svala? Non vuoi che Per-Henrik o qualcun altro della tua famiglia abbia ancora più difficoltà a tenere in vita le renne, no?»

Come fa a sapere come si chiamano?

Di nuovo le dà un passaggio fino a casa. Dopo qualche chilometro lei prende il coraggio a due mani e chiede: «Perché io non ero nell'elenco?»

«Perché volevo che il tuo compito restasse segreto. È il più importante in assoluto. Io e te insieme. Per puro caso so che l'ente stradale devierà il traffico dal percorso lungo cui si terrà la nostra protesta. Non per noi, ma per il ponte del Njakkaurabäck saltato in aria. Le comunicazioni tra Gasskas e Kiruna seguiranno un'altra strada. Ho pensato che dovremmo bloccare anche quella, almeno temporaneamente. Non ho tutti i dettagli precisi, ma mi serve il tuo aiuto. Tu hai qualcosa che manca agli altri» dice, senza spiegare meglio cosa intende.

Svala non può fare a meno di sorridere. È qualcuno. Forse addirittura qualcuno che vale. Quella riflessione le concede una breve pausa dai pensieri su Ester.

Quando arrivano a destinazione, lui spegne il motore.

«Ester ti manca?» le chiede.

«Sì, moltissimo. Come a tutti, immagino.»

«Vieni qui» le dice lui, e l'attira a sé. Le accarezza i capelli. Le mani le danno la stessa sensazione di quelle di Mammamärta. Svala chiude gli occhi. Inspira l'odore della sua giacca.

«Dobbiamo essere coraggiosi, adesso, per Ester. Conto su di te.»

14

Stavolta è Elias, il più anziano degli zii, ad averla aspettata alzato e a chiederle dov'è stata.

«Avrai letto di Ester, immagino» risponde Svala. «Faceva parte del gruppo di attivisti, anche se un po' ai margini. C'è stata una riunione da Petra. È rimasto qualcosa da mangiare?»

Chiede anche se Per-Henrik è andato a Gällivare, ma lui non risponde. Vuole sapere, invece, cosa fanno gli attivisti. Lei risponde che si legano agli alberi, scrivono lettere ai giornali e protestano in generale. Quanto a lei, non è che faccia molto. Ascolta, forse impara. Gli altri sono più grandi, più esperti. Lei è una bambina che non conta.

«Siediti» le dice lui, e le mette in un piatto fondo del minestrone con la carne. Le fa una carezza sulla testa. È un gesto di tenerezza dettato dal bisogno di dimostrarle che è dalla sua parte, nonostante il modo in cui si muove comunichi inquietudine. C'è qualcosa, Svala lo sente, ma Elias è più taciturno del fratello. Si tiene dentro le parole finché non sono indispensabili. Non sempre questo coincide con il momento in cui sono necessarie a lei.

Gli gnocchetti di farina galleggiano in superficie. Il minestrone la riscalda. Lo fa fuori tutto e pulisce il piatto con il *tunnbröd*. Sarebbe capace di mangiarne una seconda porzione se non fosse che...

«È successo qualcosa?» chiede.

Elias rimette in frigo burro e formaggio. Chiude il *tunnbröd* in un involto di tela. Spegne la luce ma rimane nella stanza, come se certe cose si potessero dire solo al buio.

«Per-Henrik ha trovato delle renne buttate una sull'altra, con il piccolo dell'anno scorso in cima al mucchio, ancora vivo. È giù, nel macello. Se vai ad aiutarlo secondo me gli fa piacere.»

Il terreno in discesa si sgretola sotto le scarpe. Il minestrone le brucia in gola. Dal locale rimbomba la musica dello stereo con il volume al massimo. Il coltello incide metodico l'anatomia della renna. Il piccolo è rimasto per ultimo. È ancora coperto di pelo, morbido sotto il palmo di Svala.

Maggio è il mese dei parti. Gli zii sono tutti impegnati a sorvegliare i movimenti delle femmine. O meglio, a pedinare gli orsi che non vedono l'ora di farsi una bella scorpacciata di piccoli appena nati. Quando è il momento, la femmina va a cercare il posto che ha scelto. Dal suo punto di vista, il periodo non è dei migliori: con la scarsità di cibo dei mesi freddi, le riserve di grasso sono esaurite. Per il piccolo invece è un vantaggio. Più mesi di pascolo ha davanti, maggiori sono le possibilità di sopravvivere al prossimo inverno.

Il piccolo nato l'anno scorso sembra essersela cavata bene, nonostante la tanta neve caduta. Durante l'estate sarebbe cresciuto.

Per-Henrik alza gli occhi, prende una cote e gliela lancia.

Lei affila una lama. Si mette un grembiule e fa quello che deve.

Nessuno sa com'è morta Ester, né perché. Qualcuno ha dato a Svala un'amica e gliel'ha portata via con la stessa mano. La sua prima amica, forse l'unica. E adesso è colpa sua se sono morte le renne.

Il coltello segue la sua strada, scuoia e taglia. Sono corpi, adesso: Svala non ha la forza di considerarli altro. La musica e il freddo dell'ambiente tengono a distanza le emozioni. Quattrocentocinquanta corone per un paio di bistecche in un ristorante raffinato a Luleå. Carne del piccolo che aveva appena capito che il mondo andava oltre le mammelle della madre. E della femmina di Svala, prossima al parto. La prima generazione di renne a cui alla fine di quell'estate sarebbe stato fatto il taglio all'orecchio con il suo marchio personale.

Chiunque può possedere una renna. Solo i sami hanno il diritto di mandarle al pascolo. Durante i mesi dell'autunno e dell'inverno Svala ha imparato a conoscere la mandria. A distinguere i segni che rendono unico ogni capo. Il piccolo è bianco, con delle macchiette scure. La femmina bruna con il collo bianco.

«Può essere stato un incidente?» chiede, anche se sa rispondere da sola.

«Può darsi» dice Per-Henrik, anche se sa benissimo pure lui che non è così.

Si tolgono i grembiuli. Lavano i banconi. Strofinano via il sangue con il sapone di fiele. Lui spegne la musica, lei la luce. Le stelle sono indifferenti.

Svala invece no.

«Non voglio creare problemi» dice mentre tornano verso casa e i brividi la scuotono dalla testa ai piedi.

Lui l'attira a sé. Dice che ha freddo e che non deve pensare troppo. Le renne hanno sempre avuto nemici.

«Butta sul fuoco dell'altra legna e siediti. Vado a prendere una cosa.»

Sta via per un po'.

Il caldo le fa venire sonno.

«Tieni» dice lui appoggiando a terra uno scatolone. «Märta l'ha tenuto per te. Io vado a letto ma... insomma, ho il sonno leggero.»

Svala aspetta di sentire la porta della camera che si chiude, poi apre i lembi dello scatolone.

Le stoffe sono ruvide. I colori intensi. Ne ha già visti di simili, ma mai qualcosa che avesse l'odore di Mammamärta impresso nei ricami e nell'ordito.

Chiedi scusa ed è tutto perdonato.

Le parole planano come scaglie di fuliggine quando attizza il fuoco.

Chiedi scusa.

Il *gákti* le sta grande. Lo scialle le provoca prurito. Stringe la cintura. La guaina del coltello ciondola vuota. L'astuccio da cucito, il ditale, il sacchetto in cuoio per il caffè, gli anelli in peltro e le frange di pelle pendono dalla vita. Si infila i pantaloni, le calze. Mette i piedi negli stivali con la punta ricurva e allaccia i nastrini. Allo specchio vede una bambina in abiti troppo grandi. Un aborto della natura. Un uccello del malaugurio. Una persona messa al mondo da un essere umano che non ha avuto abbastanza buonsenso per sopravvivere.

Qualcuno ha ucciso le tue renne, Mammamärta. O le mie, a ben guardare. È colpa tua. È tutta colpa tua. Mi hai sentita? Colpa tua!

Si strappa di dosso i vestiti, li ficca dentro lo scatolone e con un calcio lo spedisce verso l'ingresso.

Tu sei morta. Il tuo ultimo respiro è l'ossigeno che mi tiene in vita.

Comincia a esaurirsi.

15

«Almeno su una cosa possiamo essere d'accordo: che è andato quasi tutto a puttane. Forse cominciamo a invecchiare.»

«Soprattutto tu» dice Lisbeth Salander, e fa tintinnare i cubetti di ghiaccio versandoci sopra la Coca-Cola. «Forse dovresti andare dal barbiere. Gli uomini con i capelli corti sembrano più giovani.»

Mikael Blomkvist si passa istintivamente la mano nel ciuffo e Lisbeth sorride.

«Tasto dolente, però hai ragione, non eravamo al top, lassù nell'inferno del Norrland. Si vede che faceva troppo freddo.»

Fin da quando si sono salutati con un cenno alla stazione centrale, subito prima di Natale, Mikael ha tentato invano di mettersi in contatto con Lisbeth. Le ha telefonato, le ha mandato un sms dietro l'altro. Lei non ha mai risposto. Fino a oggi.

«Sono alla Åsö Konditori ancora per mezz'ora, se vuoi che ci vediamo.»

Si è vestito di corsa ed è saltato in sella alla bici. Ha tagliato per Mariatorget e proseguito lungo Swedenborgsgatan e Magnus Ladulåsgatan per poi svoltare in Åsögatan e appoggiare la Rex contro il muro. Dodici minuti dal risveglio all'arrivo.

Guarda il cardiofrequenzimetro che ha al polso. Dovrebbe toglierselo prima di entrare. È probabile che agli occhi di Lisbeth Salander comprarsi una cosa del genere sia patetico, ma quando si siede al suo tavolino con un latte d'avena macchiato e un bicchierone d'acqua che fa fuori in pochi sorsi, lei non alza nemmeno lo sguardo.

Mikael non sa da dove cominciare. È facile irritare Lisbeth Salander. Impossibile prevederne l'umore. Se non le va bene si alza e se ne va, che poi è la reazione più frequente. Eppure sente di essere felicissimo di rivederla. Lui sarà pure invecchiato in pochi mesi, ma lei è la stessa di sempre, con la frangia che le cade sugli occhi nel tentativo di evitare qualsiasi contatto visivo. Sotto la felpa sformata con il cappuccio si intuisce il contorno delle braccia. È in ottima forma, nonostante le schifezze che mangia. Lui invece deve lottare per tenere a bada i cuscinetti di grasso.

«Come te la passi?» le chiede, pentendosi subito della domanda. Se vuole una risposta più lunga di «bene» deve sfoderare le sue abilità giornalistiche.

«Racconta» aggiunge. «Cos'è successo dall'ultima volta che ci siamo visti?»

Finalmente lei alza gli occhi. Punta lo sguardo un po' sopra il suo viso e poi risponde alla domanda: «Niente.»

«Niente» ripete lui.

«Esatto.»

Ed è la verità. La vita è tornata al solito trantran di lavoro, allenamenti, pizza e Valium Ågren.

Si accorge da sola di quanto appaia noiosa, quasi deprimente. Eppure non riesce a sfruttare meglio il tempo, che scorre ticchettando finché non arriva il momento di morire. Ne sono arrivati diversi, peraltro, senza successo. *Senza successo.* Sembra quasi che non voglia vivere, ma è davvero così? Probabilmente no, anche se le settimane a Gasskas hanno aperto uno spiraglio che si è subito richiuso. Ora che è di nuovo esclusa da qualsiasi rapporto umano, è tutto come al solito: una vita comoda e parecchio solitaria.

Scruta l'uomo che ha davanti. Nota la barba non rasata, il cerotto che si intravede sotto la manica arrotolata, segno di un esame del sangue, e il cardiofrequenzimetro al polso sinistro.

In fin dei conti non sono poi tanto diversi. Se non altro, sono tutti e due dei disastri nelle relazioni amorose, anche se lui non lo ammetterebbe mai. Il suo atteggiamento da uomo di mondo in confronto a lei è evidente, anche solo nel modo di esprimersi. Come se fosse sempre lui a scegliere, nel senso che sceglie di andarsene.

Le viene una gran voglia di girare il coltello nella piaga e chiedergli come va con quella Birna dal cognome impronunciabile, o perché no, anche con Pernilla e Lukas, già che c'è. A giudicare dal suo aspetto trasandato: male.

«C'è mancato poco, lassù a Gasskas» dice Mikael, senza specificare se parla di sé o di lei. La conversazione procede a fatica, anche se è da Natale, quando si sono separati con un semplice «ci si vede», che lui si prepara.

«In ogni caso, ho cercato di ricapitolare quello che è successo.»

Tira fuori dalla borsa il computer e lo gira verso di lei. Lisbeth lancia un'occhiata allo schermo con aria annoiata.

«Ma che te ne frega? Accontentati del fatto che sia tu che il bambino siete vivi. Il resto è storia.»

«Un'uscita stranamente rinunciataria, per venire da te» risponde lui. «Quasi cinica, direi, considerando quello che è successo alla mamma di Svala. Potresti almeno leggere il documento.»

Certo che ha pensato a Svala e a sua madre, di sicuro più di lui, che non era neanche lì. L'immagine della donna che muore tra le braccia della ragazzina le è rimasta incollata alla retina. Le attraversa i sogni. Salta fuori ogni volta che abbassa la guardia.

Potrebbe dire qualcosa su cosa significa convivere con dei ricordi. Ogni genere di ricordi. Talmente tanti che alla fine diventano una massa indistinta. Potrebbe farlo, se lo considerasse in grado di capire. Non è così.

«Quindi parti dal presupposto di sapere più di qualche mese fa» gli dice.

«Non ne sono sicuro, però sì, in effetti. Se non altro, organizzato per paragrafi e colonne diventa più chiaro. Ci è sfuggito qualcosa, forse parecchio. Apprezzerei che tu dessi almeno una scorsa al documento.»

«Mandami quella roba, allora» dice lei, chiudendo il computer con un colpo secco.

E con questo si chiude anche la loro breve conversazione. Lui si passa la mano nel ciuffo e le chiede se non può fermarsi ancora un pochino.

«Come ti dicevo, il trucchetto dei capelli funzionava meglio prima che ti stempiassi» risponde lei.

E senza un «ciao» o un «ci si vede», esce dal locale.

Il latte d'avena freddo fa proprio schifo.

16

Le serate si allungano, i tramonti su Skeppsholmen diventano sempre più spettacolari. Seduta nella nicchia della finestra, Lisbeth si lecca le dita dopo aver mangiato alcune Gorbys nella versione originale.

Il documento di Mikael Blomkvist è prevedibile come pensava, con l'eccezione della parte su Plague. Se il cervello è un tunnel che le intuizioni più profonde devono attraversare per arrivare alla coscienza, è molto lungo. Lisbeth non vuole pensare a Plague se non come Plague, appunto: un hacker geniale che è sempre stato sullo sfondo. Una sorta di sicurezza. Un amico. Qualcuno di cui si fida.

Le allusioni di Blomkvist secondo cui Plague potrebbe essere stato convinto in qualche modo a servire poteri oscuri, in questo caso probabilmente Branco, sono assai poco plausibili. Lui non le farebbe mai una cosa del genere.

Si collega alla loro piattaforma comune e scrive un messaggio. Il giorno dopo, Plague non ha ancora risposto. Lisbeth considera la possibilità di contattare qualcun altro di Hacker Republic ma esita, incerta su chi ne faccia parte al momento. I tempi sono cambiati, e anche gli scopi. Quello che vent'anni prima era idealismo, che si concretizzava soprattutto in giocosi attacchi ai centri del potere della società, si è via via trasformato nella possibilità di far soldi con lo stesso metodo.

D'altra parte, Plague non ha mai goduto di buona salute. Può essergli successo qualsiasi cosa. Lisbeth decide di aspettare altre ventiquattr'ore. Se non si farà vivo, andrà a cercarlo nella sua grotta a Hökarängen.

Il resto della giornata la dedica al lavoro. Perde la concentrazione, fa un giro per i seicentocinquantadue metri quadrati dell'appartamento e poi riprova a occuparsi di una delle tante questioni di ordinaria amministrazione finite sulla sua scrivania.

Di solito non spreca tempo a chiedersi se le mansioni che svolge appagano le esigenze dei suoi neuroni. Fa quello che deve, qualunque sia il livello del compito specifico, risolve quello che altri non sono riusciti a fare e va avanti.

Di solito, ma non oggi. In un'altra epoca si sarebbe accesa una sigaretta, si sarebbe accoccolata nella nicchia e avrebbe lasciato fluttuare i pensieri insieme al fumo finché non si fossero depositati da soli. Ma la sigaretta è spenta per sempre e il cervello troppo irrequieto per potersi dedicare a riflessioni profonde. O alla *mindfulness*, come direbbe Valium Ågren. *Deve vivere nel presente.*

Come se non lo facessero tutti, eccheccazzo.

Diverse volte al giorno si sente pronta a chiudere con lo psicoterapeuta dottor Valium Ågren. Quando però arriva il martedì, fila dritta in Grindsgatan e aspetta un quarto d'ora nel portone prima di salire la rampa di scale fino al suo studio.

Nella sala d'aspetto risuona musica classica a basso volume. La fruttiera piena di mele rosse sembra identica alla settimana prima. Anche se Lisbeth non ha freddo, si infila un paio di pantofole in vello di pecora e spegne il telefono.

«L'ultima volta ha accennato a Jessica Harnesk» dice Valium dopo che l'ha fatta entrare e lei si è seduta sulla solita poltrona. «Vuole riprendere da lì?»

«Mica è colpa mia se il timer è suonato proprio quando ho pronunciato il suo nome, giusto?» dice lei, e beve un sorso della tisana che in onore della giornata è rossa e sa di merda di cavallo.

«No, ma se riesce a riprendere il filo potrebbe continuare il ragionamento.»

Ragionamento. Non è un ragionamento, è un punto fermo. Non è Lisbeth ad avere la palla in mano, ora, ma la sbirra dai capelli rossi che le ha girato le spalle. Spalle arrabbiate, scese dall'auto per andarsene senza voltarsi.

Un errore, dice Lisbeth a se stessa. Sia prendersi una sbandata per una sbirra sia illudersi che tra di loro ci fosse qualcosa di speciale. Non resta che lasciar perdere. Il mondo è pieno di relazioni possibili. *Non per tutti, forse.* Il fatto che la sbirra le abbia inviato un sms quando era sbronza non significa niente. Che senta pure la sua mancanza quanto le pare.

«Non ci sarà mai niente tra noi» dice.

«Ma se avesse lei il potere di dirigere il corso degli eventi, cosa farebbe?» chiede lui.

E proprio in quel momento suona di nuovo il timer. *Saved by the bell.* Lei rimette nella cesta le pantofole di vello, infila i piedi nelle sue sneakers malconce, pigia gli auricolari nelle orecchie, si tira il cappuccio sulla testa e via, verso casa.

Proprio non sa cosa dovrebbe fare. Andare a nord, forse. Salire sul treno notturno, cambiare a Boden per prendere l'automotrice, filare dritta alla villetta di Jessica Harnesk e suonare il campanello?

«Stronzate» borbotta poco dopo.

Si fa fuori una scatola di cibo indiano da asporto, ficca il kimono nello zaino, chiude a chiave la porta e si avvia verso il *dojo*.

All'idea dell'allenamento serale l'umore migliora. Dal primo inchino del *seisan* all'ultimo, un'ora e mezza più tardi, i pensieri vanno in pausa. La concentrazione del cervello sui movimenti del corpo mette in ombra tutto il resto: dai dettagli del *kata*, sempre perfezionabile, alle possibilità del *kumite*, il combattimento, nei secondi tra attacco e difesa.

Di solito non le importa chi si trova davanti, che sia un adolescente o un uomo da centoventi chili. Le regole sono le stesse per tutti: dare il massimo ma fermare pugni e calci appena prima del contatto. Una mezza verità, ovviamente. Un *gyaku-tsuki* ben assestato nella pancia di uno spaccone dà una sensazione impagabile.

Un pugno femminile supera la parata e si ferma con le nocche a un millimetro dal suo mento. Da dove cazzo è arrivato?

Hajime, e il combattimento ricomincia. Pugno, parata, calcio, parata. Pugno, pugno, parata, parata.

Lisbeth non l'ha mai vista prima. Dev'essere nuova. Cintura nera di grado ignoto. Tecniche un po' strane. Un altro stile, forse. Quando arriva il colpo successivo, Lisbeth fa un passo di lato e nello stesso tempo le fa perdere il contatto con il terreno grazie a una spazzata. La donna finisce giù di schiena e Lisbeth è subito sopra di lei e si aggiudica il punto conclusivo con un pugno che si ferma davanti al naso della donna e un *kiai*.

«Sei nuova?» le chiede più tardi nella sauna. «Non ti ho mai vista.»

Le lancia un'occhiata. Dev'essere piuttosto pudica, visto che si tiene su l'asciugamano fino alle ascelle. Una lesione della pelle le si snoda intorno al collo come un rettile lucente.

«Ci siamo appena ritrasferiti qui da Londra» dice la donna, per poi parlare della carriera del marito nel mondo della finanza e del fatto che lei si occupa soprattutto dei figli.

«In attesa di trovare qualcosa da comprare abbiamo preso una casa in affitto a Stora Essingen» continua. «Le gemelle vanno a danza a Fridhemsplan ed Edward gioca a calcio nel...»

«Non fa abbastanza caldo» la interrompe Lisbeth, gettando sulle pietre diversi mestoli d'acqua.

Magari l'improvviso aumento del vapore servirà a dare un taglio al narcisismo familiare. Vedendo che invece la donna quasi non se ne accorge e si mette a farle domande sul suo lavoro e su dove abita, Lisbeth dice «*see you*» ed esce.

Quando sbuca dalle docce, trova l'altra già vestita nello spogliatoio.

«Scusa se ho chiacchierato troppo. Non sono noiosa come devo esserti sembrata. Se ti va, un giorno o l'altro potremmo prendere un caffè insieme. Praticamente non conosco più nessuno, in città.»

Lisbeth la scruta per la prima volta dalla testa ai piedi. È sicurissima che non si sono mai viste prima.

Eppure ha qualcosa di familiare. Raramente "familiare" è qualcosa di positivo. Probabilmente è proprio quello che dice di essere, una casalinga noiosa. Decide di restare sul vago.

«Può darsi. Ci vediamo domani, se vieni all'allenamento.»

Le lancette avanzano. Ancora nessuna risposta da Plague. Potrebbe lavorare un altro paio d'ore, o anche otto, ma decide di dormire. Chiude le tende per tenere fuori la luce impietosa della serata primaverile.

L'ultima cosa che pensa prima di addormentarsi è che avrebbe dovuto lavarsi i denti. E una sequenza di parole altrettanto familiare. *«Non dimenticarti i denti, zia Lisbeth.»*

Sono passate diverse settimane dall'ultima volta che si sono sentite. Non doveva venire a Stoccolma, tra poco? Scrive uno dei suoi innumerevoli promemoria mentali e lo mette bene in vista, in cima alla pila dei precedenti: cambiare le lenzuola, comprare i dolcetti per il caffè al lavoro, prenotare il dentista. E ora: chiamare Svala.

Sette ore dopo, quando si sveglia, non è ancora arrivata nessuna risposta da Plague.

17

L'ascensore scende fin giù nel garage. L'auto è rimasta a Gasskas, mentre la moto è nuova. Piega la copertura in tela e passa la mano sulla sella della KTM Enduro personalizzata. Personalizzata nel senso che è stata abbassata per adattarla alla sua altezza.

Avrebbe voluto regalare a Svala anche la moto vecchia, ma a quanto pareva era troppo. Lo zio ha detto di no.

«E basta girare senza patente» ha aggiunto.

Che sciocchezze. La ragazzina sa già guidare.

Lisbeth si tira su la cerniera del giubbotto di pelle e allaccia il casco. Apre il portone del garage ed esce in Fiskargatan.

L'acceleratore reagisce immediatamente facendo sollevare la ruota anteriore dall'asfalto. Il bolide balza in avanti per poi inchiodare quando lei stringe il freno. Lisbeth deve mettercela tutta per non ribaltarsi. La moto è molto più pesante della Honda, anche se sembra agile. Evidentemente un motore più potente di trecentoventicinque centimetri cubici fa la differenza. Si è già pentita, ma di sicuro non sarà lei ad arrendersi.

Il primo semaforo rosso, in Folkungagatan, fila liscio, anche se Lisbeth deve inclinare la moto per toccare terra con i piedi. Il traffico mattutino è intenso. Con i battiti del cuore ancora in stato d'allerta attraversa Södra Hammarbyhamnen per poi proseguire su Nynäshamnsleden e aumentare la velocità appena il traffico in uscita dalla città si dirada.

Anche se sono passati anni da quando è stata da Plague, ricorda bene la strada per il palazzo color giallo sporco degli anni Cinquanta dove, se non si è trasferito, affitta un anonimo seminterrato in cui probabilmente non sarebbe nemmeno legale fermarsi di notte. Ma dato che non esce quasi mai dalla sua grotta e non fa rumore, pochi sanno che lui ci vive.

Lisbeth lascia la moto nel parcheggio visitatori e fa un giro intorno all'edificio, d'un tratto insicura su quale sia il portoncino giusto. Tra l'altro sono tutti chiusi a chiave. Ancora con il casco in testa, aspetta per un po' davanti a quello che le sembra più familiare. Aspetta e aspetta, ma non succede niente. Il seminterrato aveva delle finestre? Gira l'angolo e torna indietro.

Dopo altri venticinque minuti di attesa, la serratura scatta e un vecchietto che cammina lentissimo esce dal portoncino.

«Grazie, vado a trovare un amico» dice Lisbeth, sgattaiolando dentro.

Controlla il tabellone con i nomi degli inquilini per vedere se le dice qualcosa e prende la rampa che scende nel seminterrato. Un ventilatore produce un fruscio costante. L'odore di detersivo che filtra da una presa d'aria risveglia ricordi lontani.

Un altro locale lavanderia in un'altra vita. Due sorelle appollaiate su un mangano, una mamma che stende le lenzuola. Mentre si asciugano, tira fuori un thermos. Bevono il caffè e mangiano un *kanelbulle*. Lo zucchero perlato scricchiola sotto i denti.

Piantala, ordina a se stessa. Si slaccia il casco e apre un pochino la cerniera, ma il ricordo non desiste.

Sulla porta c'è Zalachenko, altrimenti detto "papà".

Non per Lisbeth, che non pronuncerebbe mai quella parola.

La sua gemella Camilla, invece, la ripete spesso e volentieri, ben sapendo che vantaggi comporta.

Anche Lisbeth ha delle parole per definirlo. Le formula in silenzio tra sé. Lascia che le riempiano la bocca come un liquido amaro ma, invece di sputare, manda giù. Non per il proprio bene. Per quello di sua madre.

«Papà» dice Camilla, e salta giù dal mangano. Lui le fa passare veloce le dita tra i capelli e poi la mano prosegue la traiettoria verso la mamma. Con o senza thermos e sacchetto dei dolci in mano, lei non ha difese. Quando nello sguardo di lui si accende la luce della follia, Camilla chiude gli occhi, mentre Lisbeth guarda.

Questa volta vede la cesta della biancheria che lui le infila su testa e spalle come un calzino. Ride. Picchiare una cesta della biancheria è divertente.

«Vaffanculo» dice Lisbeth a voce alta, e il film si blocca nel momento in cui la plastica intrecciata della cesta si spacca e il sangue si mescola all'acqua gorgogliante del risciacquo sul pavimento.

Si prende un attimo per ricomporsi. La luce ha qualcosa che non va. A un'estremità del corridoio lampeggia freneticamente, mentre all'altra rimane spenta. Lisbeth sta ferma e aspetta che gli occhi si abituino. In fondo scorge uno spiraglio luminoso. Si accorge che non sono le lampadine a essere fuori uso, ma il portalampada. È rotto e le scricchiola sotto le scarpe.

La luce viene dalla fessura larga un centimetro sotto una porta. Lisbeth sente che è il posto giusto, ma qualcosa non quadra. Tende l'orecchio e poi apre piano la pesante porta di metallo.

L'odore che la investe è l'esatto opposto del detersivo. Rifiuti. Sporcizia. Escrementi? Tutto in una volta.

Dall'ultima volta non è cambiato niente. Lo stesso letto

senza lenzuola. Un angolo cottura con uno scomparto per le scatole di fast food. Una lunga scrivania che, se ricorda bene, veniva tenuta in un ordine maniacale. Alcuni cavi galleggiano in una piccola pozza di Coca-Cola rovesciata ma non c'è nessun computer. Nemmeno uno schermo.

«Plague» dice a voce alta, e spinge la porta del gabinetto.

Il tanfo proveniente da un water mai pulito le toglie il fiato, ma Plague non è neanche lì.

Rimette in piedi la poltroncina della scrivania. Considerando che il locale confina sia con la lavanderia condominiale che con le cantine individuali dotate di porte a rete, Lisbeth trae la conclusione che, qualsiasi cosa sia successa, è recente, altrimenti la gente se ne sarebbe accorta. Avrebbe chiamato il custode lamentandosi delle luci malfunzionanti, si sarebbe avventurata in fondo al corridoio come ha fatto lei, guidata dalla fessura più chiara sotto la porta.

La luce viene da una lampada da tavolo puntata verso l'alto. Quando la spegne, la stanza priva di finestre diventa nera. Lei chiude la porta e la riaccende. Scandaglia il locale in cerca di qualche indizio, senza sapere quale. Non ci sono macchie di sangue né di altri fluidi corporei che potrebbero indicare una colluttazione violenta. Apre il frigo e si affretta a richiuderlo.

L'unico oggetto utile che trova è una chiave. Se la mette in tasca ed esce all'aria aperta.

La pioggia cade leggera e l'aria è fresca. Lisbeth fa alcuni respiri profondi per ripulirsi la gola dall'odore di immondizia e dai vecchi ricordi.

Quando arriva in Fiskargatan, dopo aver seguito un percorso tortuoso, è bagnata fino al midollo. Si sveste, si avvolge in un telo di spugna e si mette nella nicchia della finestra.

Non sa ancora quale sarà il passo successivo. Qualcosa la rode fin dall'autunno scorso, dall'inizio della caccia a Branco, ma le concatenazioni di pensieri che normalmente non si sarebbero mai interrotte hanno dimostrato di avere anelli deboli, quando ci si è messo di mezzo altro. Altro sarebbe a dire Svala, e certo una nipote tredicenne ha la precedenza su un hacker asociale, ma Plague è Plague.

Si collega alla piattaforma di comunicazione che condividono e controlla tutti i messaggi.

«Sono in gamba» aveva scritto Plague. «Non riesco a entrare nel loro sistema», cosa che invece avrebbe dovuto fare. Una persona in grado di forzare quello della Corea del Nord e di uscirne senza farsi notare può riuscire in qualsiasi impresa.

Quanto alla propria disattenzione, Lisbeth fa più fatica a digerirla. Avrebbe dovuto allertarsi, e invece ha scelto di non farlo. Per riguardo a Plague? Forse, anche se sa molto di pretesto. *Stai perdendo colpi. Ammettilo: dovevi capire che qualcosa non andava. Hai fatto il tuo tempo e ormai ti lasci sfuggire di mano le situazioni.*

E non perde solo colpi, ma anche l'interesse. Sono passati gli anni e gli hacker invecchiano come chiunque altro. Si stufano del lavoro e commettono errori. La parola "indifferenza" le impasta la bocca. Una parola che la conduce direttamente alla Milton Security.

«Mi licenzio» dice quando Dragan Armanskij risponde.

«Ciao, Lisbeth, come stai?»

«Bene. Però voglio licenziarmi.»

«È successo qualcosa di particolare?» chiede lui, ma Lisbeth rimane muta.

«No, eh?» mormora lui per tenere viva la conversazione. «Passa in ufficio, così pranziamo insieme» dice, ma lei continua a non parlare. «Sei socia dell'azienda e quindi è ovvio che decidi autonomamente come vuoi lavorare» tenta lui, «ma almeno un pranzo puoi concedermelo.»

Sa benissimo che Lisbeth non cambia quasi mai idea, una volta presa una decisione. Fa parte del suo fascino, ma è vero anche il contrario. È abbastanza sicuro di essere una delle persone che la conosce meglio, sempre che si possa conoscere Lisbeth Salander. Per lei prova tenerezza come per una figlia e gli capita di arrabbiarsi con lei come con una figlia. In questo momento è più vicino alla seconda situazione.

«Okay» dice. «Naturalmente possiamo programmare questa cosa, però prima devi portare a termine i lavori che hai in corso. La ricapitolazione sul gruppo Nordsvahn è...»

Non fa in tempo a completare la frase.

«Pronta» dice lei. «Ce l'hai sulla scrivania. Il resto ti arriva in giornata.»

«E il pranzo?» ritenta lui.

«Un altro giorno» risponde Lisbeth, e chiude la comunicazione.

Non è per fargli un dispetto. Armanskij le va a genio, al punto che merita più dell'indifferenza. Prima o poi lei finirà per commettere degli errori lasciandosi scappare aspetti essenziali, e questo avrà conseguenze per la reputazione senza macchia della Milton, una delle agenzie di sicurezza più quotate al mondo. Una nuova generazione di analisti geniali, affamati di dettagli imbarazzanti da cercare nei recessi più reconditi delle persone, ha già sostituito quelli che erano i pionieri del loro tempo, lei compresa. La contitolarità dell'agenzia è il mastice che l'ha tenuta lì, e adesso è venuto il momento di andare avanti.

Una volta presa, la decisione è irrevocabile.

Fa come sempre ha fatto. Chiude la porta per non riaprirla mai più. Dedica qualche ora a mettere ordine nel computer. Scalda nel microonde l'ultima Gorbys e la manda giù con una Coca-Cola. Controlla l'orologio. Prepara il borsone del karate. Tra mezz'ora dovrebbe andare al *dojo*. La puntualità è una virtù, così come un *gi* stirato, le unghie dei piedi tagliate, un *obi* perfettamente annodato e così via. *Il collo è sgualcito, dieci flessioni. Via gli anelli, dieci flessioni.*

Il pensiero della casalinga inglese punita per aver violato diverse delle sacre regole del *dojo* la fa sorridere. Stranamente prova anche un vago senso di aspettativa. Quella donna ha qualcosa di particolare, ma quando cerca di ricordarne il viso si vede davanti quello di Jessica. *Sei uno sgorbio, Lisbeth. Non ti vuole nessuno. Sei brutta e squilibrata. Con te non ci vuole stare neanche una sbirra, pensaci. Neanche una sbirra.*

«Fanculo» impreca rivolta allo specchio a figura intera, battendosi i palmi sulla testa.

«Il mondo è pieno di mentecatti. Sei solo una dei tanti.»

Se parla a voce alta i pensieri compulsivi si ritirano in buon ordine in qualche recesso dell'area di Broca. Avendo ancora qualche minuto va a prendere il portatile, apre l'email di Blomkvist, fa un gran sospiro al pensiero della sua meticolosa ricapitolazione e la legge più volte. Sottolinea alcune frasi, mette dei punti di domanda accanto ad altre.

«Letto» scrive poi. «Lilla Harem ore 20.»

«Altrimenti ci sarebbe il Kvarnen. È un pezzo che non ci si va» risponde lui immediatamente.

«Così puoi lamentarti del volume della musica? No, grazie. Meglio l'Harem.»

18

Lo spazzino si guarda intorno. Come una talpa appena spuntata da una tana invernale si stira, si alza il colletto, si abbottona il giaccone e comincia a camminare.

Tutto quello che gli serve per il prossimo capitolo della sua vita sta nella borsa in tela mimetica che lo accompagna dall'epoca della naja. Dopo si vedrà. Un ultimo incarico, come ha detto il fattorino. Poi sarà libero.

Non che la parola "libertà" abbia un sapore particolare. La libertà che provava nel bosco non tornerà mai indietro. Dentro di lui le aquile di mare volteggiano ancora sopra la terra, lanciando i loro gridi per chiedere cibo. Incrociano il suo sguardo, riconoscenti, e ripartono veloci come sono arrivate.

I mesi successivi sono un periodo di fuga. Pezzo dopo pezzo, rimuove quello che è stato. Le aquile, i relitti umani, il fratello. Uno spazzino non può permettersi di avere una coscienza: è nella sua natura. In ogni caso, lui è solo uno strumento. Un esecutore. Non quello che decide della vita e della morte: questo lo fanno altri. Se non fosse per il bambino.

Il bambino. Torna continuamente alla conversazione con lui. Al momento in cui gli rivela la propria identità. Perché? Perché si è lasciato andare ai sentimenti, a guardare se stesso da una prospettiva diversa. D'un tratto era lui il bambino. Nove anni, nessun diritto. Come un'ombra gemella era scivolato nel suo corpo, diventando tutt'uno con la sua vulnerabilità. Aveva provato compassione per lui. La frase si ripete più e più volte. «Hai provato compassione per lui. Hai voluto aiutarlo. Aiutando lui pensavi di aiutare te stesso.»

Il traffico mattutino aumenta via via che il sole si alza su Copenaghen. I ciclisti diretti a scuola e al lavoro gli passano accanto in un turbinio di ruote.

Taglia verso Øksnehallen, il vecchio mercato coperto della carne nella parte più antica di Kødbyen. I buoi hanno smesso da un pezzo di muggire, anche se l'edificio marrone ottocentesco ha ancora l'aspetto di un Auschwitz riservato agli animali.

Affretta il passo. Quel posto ha qualcosa di particolare, una sorta di indelebile sgradevolezza impressa nei cubetti di porfido del selciato e nei muri degli edifici. Bestie terrorizzate in attesa di essere soppresse. Gli esseri umani possono scegliere. Gli animali mai.

Sono mesi che si sposta verso sud, dormendo in sistemazioni provvisorie messe a disposizione da persone senza nome, attento a eventuali indizi di essere stato scoperto. Ha ricevuto informazioni da fonti affidabili ma anche seguito le notizie locali provenienti da Gasskas, che si sono lentamente assottigliate per cedere il posto ai play-off di hockey e alle proteste contro i nuovi insediamenti minerari.

Non potrà mai esserne sicuro, ma niente indica che qualcuno sappia chi è, a parte suo fratello Henry Salo e, appunto, il suo figlio acquisito. Il nome ha smesso di pronunciarlo. Adesso è solo un corpo.

Nel piano rientrava anche l'intenzione di tagliare i ponti una volta per tutte con il committente, ma un giorno il fattorino si è presentato da lui. Un aspetto grigio e anonimo che quasi non è possibile ricordare. Nemmeno la voce si riesce a riconoscere da una volta a quella successiva.

In altre parole, il fattorino perfetto. Nato per confondersi con altri topi grigi e sparire in silenzio com'è arrivato.

«C'è un incarico per te» gli dice. Informazioni che avrebbe potuto ricevere per via elettronica.

«No» risponde lo spazzino, e riceve in cambio uno sguardo che forse contiene uno sprazzo di sorpresa prima di tornare neutrale.

«Avrai ulteriori informazioni sul posto.»

«No» ripete lo spazzino. «Ho chiuso.»

«Hai un debito, visto che hai lasciato libero il bambino.»

«Di questo tu non sai niente» risponde lo spazzino. Nuova occhiata sorpresa.

«Io non so niente di niente. Riferisco ordini e basta. Stavolta l'ordine è venire a cercarti di persona e affidarti l'incarico.»

Si fruga nella tasca interna. Tende una busta e ripete la stessa ridicola frase di sempre: «*Burn after reading*. Hai un mese di tempo a partire da oggi. E come abbiamo detto: è il tuo ultimo incarico. Poi sarai libero.»

Un accenno di sorriso increspa le labbra del fattorino. Un attimo dopo è sparito.

19

Verso sera, così tardi che il sole è tramontato e i visi delle persone gli passano accanto come un'anonima massa con una meta precisa, lo spazzino esce dall'appartamento nella parte più alta di Gammel Kongevej e si dirige verso Vesterbro.

È in anticipo. Il nervosismo gli si è depositato nei piedi. Cammina veloce. Fa un giro in più per Saxoparken prima di spingere la porta di legno del Café Absalon e immergersi nel fumo e nel brusio.

Lei non è ancora arrivata. Si mette in un angolo del bar, ordina una *pilsener* e osserva la sgangherata clientela di individui puzzolenti, sdentati, vocianti e scarmigliati che hanno comunque trovato un posto al caldo. Qui il confine tra chi sta bene e chi non ha niente è meno netto che in altre città, e infatti lui ci si sente quasi normale. Controlla l'ora. Quindici minuti di ritardo.

Finisce la birra e ne ordina un'altra, ma proprio quando si porta la bottiglia alla bocca riceve uno spintone. La *pilsener* gli bagna tutta la faccia e gli cola dentro il colletto.

«Oh, scusa, non l'ho fatto apposta! Mi è scivolata la borsa e ho perso l'equilibrio» dice lei, ridendo dello spettacolo che ha davanti. «Per un attimo sembrava che volessi uccidermi, comunque piacere di rivederti e scusa il ritardo. Non riuscivo a trovare un taxi.»

Con un gesto chiede dei tovagliolini, una birra per lui e un bicchiere di vino per sé.

«Racconta, come ti sono andate le cose?» continua dopo un abbraccio veloce.

«Abbastanza bene» risponde lui. «E a te?»

È più magra di come la ricordava. Più scattante, in qualche modo. Quando prende il bicchiere le trema la mano, nota. Quasi tre anni dall'ultima volta che si sono visti. Sì e no la riconosce.

Lei beve un paio di sorsi. Accende una sigaretta e incrocia il suo sguardo nello specchio del bar. Il trucco la fa sembrare più dura, forse più anonima.

«Ti sei fatto vivo e volevi che ci vedessimo. Non per prendere una birra, immagino.»

«Cerco una persona, un uomo.»

«Non ti devo nessun favore del genere» risponde lei, soffiandogli addosso il fumo.

Dieci minuti fa, in preda all'agitazione, lui aspettava una donna. Una persona che gli abitava nella mente, una ragione di sopravvivenza. Si rende conto di aver bruciato le tappe. Ricomincia.

«Ho pensato parecchio a te. È stato... bello.»

«Sì, come no» risponde lei con un pesante accento del Norrland.

«Non hai dimenticato come si parla lassù, a quanto sento» commenta lui sorridendo.

«No, però quasi tutto il resto sì. Mi hai chiesto come me la passo. Bene. Vivo una vita normale insieme a un uomo piacevole e tra poco vado al lavoro.»

«Dove lavori?»

«In ambito sanitario. Tu invece sei ancora nel settore delle pulizie?»

Ha qualcosa nella voce. Una nota particolare. Sa alcune cose di lui, anche se è probabile siano solo frammenti sparsi.

Malin Bengtsson è una vita risparmiata. Il contrappeso che tiene la sua coscienza colabrodo nei limiti del dignitoso.

«Mi sa che non abbiamo più molto di cui parlare, ma dato che sei qui, per caso hai notizie di mio padre?»

«È vivo» le risponde. «Manda lettere al giornale sul pessimo modo in cui la polizia svolge il suo lavoro. Altro non saprei dirti.»

Lo guarda di profilo, l'uomo che preferisce sempre evitare il contatto visivo. La schiena rivolta al bancone del bar, con il locale sotto controllo. Ha pensato a lui? Ogni tanto. Pensieri impossibili che si tiene dentro.

«Ti sono grata di avermi aiutata, all'epoca, ma dobbiamo chiudere qui. Non voglio più che ti faccia vivo o mi cerchi.»

Subito dopo vuota il bicchiere e rivolge un cenno sia a lui che al barista. Poi esce. E gira a sinistra.

Lui scola le ultime gocce di birra sgasata e si fa strada attraverso la ressa vociante. All'incrocio con Svendsgade esita ma decide di proseguire diritto.

A quello successivo la vede e rallenta. È chiaro che ha una meta. Non guarda né di lato né alle proprie spalle. A un certo punto tira fuori il cellulare e affretta il passo. Subito dopo, quando entra in un portone, lui non la segue ma torna indietro ripercorrendo i quartieri occidentali della città.

Prima di spegnere la luce, alla sera, va su Street View. Zooma il numero 55 di Vesterbrogade e constata che probabilmente non fa l'infermiera.

È passata l'ennesima giornata della vita di Joar Bark e del resto dell'umanità. Un giorno non ci sarà più nessuno, lui compreso. Quel pensiero lo tranquillizza.

Eppure non riesce a dormire. Si gira e rigira nel letto, finendo per arrendersi intorno alle cinque, quando attraverso le veneziane filtra un accenno di luce del giorno.

Orienta le lamelle in modo da aprirle, spalanca una finestra e osserva la via sottostante. Dei piccioni tubano su un tetto. In lontananza passa sferragliando un camion dei rifiuti. La sensazione di essere solo in una grande città è liberatoria.

Si allaccia le scarpe da jogging e corre in direzione di Frederiksberg Have. A parte un senzatetto rannicchiato su una panchina, è l'unico lungo i sentieri pedonali. Arranca su per la salita verso la parte meridionale di Søndermarken che termina in Valby Langgade e d'un tratto è di nuovo lì, fuori dal portone in cui è entrata la donna per iniziare un turno di notte. Ha qualcosa da perdere. Eppure suona lo stesso.

«E lei cosa vuole?» chiede l'uomo che gli apre. Si scrutano. Lo spazzino ne ha visti tanti, di quei grugni, che per un attimo pensa di averlo già incontrato.

«Cerco una persona che lavora qui. Malin.»

«Mi dispiace, qui non lavora nessuna Malin» risponde l'altro.

Prima che lo spazzino riesca a dire qualcosa di sensato, il portone si chiude. L'intero isolato torna a prepararsi per affrontare il risveglio.

Ci è rimasto male.

Ricomincia a correre per tornare indietro e i passi vanno a rilento come i pensieri. Si muovono lungo ragionamenti sul rischio inutile a cui si è esposto e sui pochi dettagli che ha registrato attraverso la porta socchiusa. Ci è già stato, lì. Non in quel posto preciso e non in quella città, ma l'odore è quello: un ricordo olfattivo di femmine semisvestite e maschi arrapati. È stato anche lui uno di loro. Quelli che pagano per concedere al corpo qualche ora di bonaccia.

«Pezzo d'idiota» dice al proprio riflesso nello specchio del bagno. «Quanto si può essere deficienti? Per una donna, poi.»

Tenta di dormire. Il corpo sussulta e nel cervello si aggirano come larve necrofaghe dei brani di canzoni.

So long, Marianne, it's time that we began to...

Si alza, tracanna diversi bicchieri d'acqua. Gli serve una strategia. Uno spazzino non lascia nulla al caso, quindi che cavolo sta facendo? Forse è esaurito. Uno spazzino in burn-out. Eppure l'incarico è difficile e semplice come sempre. Trovare la persona, toglierla di mezzo, ripartire. Mai lasciarsi distrarre. In particolare dalle donne.

So long, Marianne...

Ed eccolo di nuovo là. A Hultet. Nell'infanzia con la madre. In mezzo ai ricordi.

Aveva sempre saputo che Marianne Lekatt era rimasta nella casa del Björkberget, detta anche Hultet, e si era preso delle libertà. Sgusciando in mezzo alla vegetazione, piegato a metà, si era introdotto più volte nella proprietà. Dopo che le luci si erano spente e alla porta d'ingresso erano state date due mandate, tirava su la testa. Aspettava qualche ora, finché il sonno della madre era più profondo, per poi usare la chiave di scorta appesa al gancio nella cantina seminterrata ed entrare piano.

La prima volta è l'odore a prenderlo alla sprovvista. Il ricordo olfattivo accumulato di una madre, un padre e un fratello.

La seconda è preparato. Si tira sulla bocca il collo del dolcevita e va verso la cucina. Una pentola con del *palt* ancora tiepido è sul fornello spento.

L'orologio a parete fa rintoccare l'una. Dalla camera da letto arriva il respiro della madre addormentata, regolare come quello di un ventilatore meccanico. Lui torna verso l'ingresso. Mette il piede sul primo gradino che porta al sottotetto per verificare se scricchiola. A metà salita è disattento e la tavola geme forte. La madre mormora qualcosa dalla camera da letto.

Dopo un minuto di silenzio riprende a salire, oltrepassa

la stanza dei genitori senza aprire la porta e prosegue cauto fino a quella sua e del fratello. La tenda avvolgibile è abbassata dall'ultima volta che sono stati messi a letto i bambini. Annusa il lenzuolo. Profuma di tela stirata con il mangano. Vuole solo stare lì steso qualche attimo, ma ha freddo. Si tira addosso la coperta e si addormenta. Nel sogno la mano è calda e ruvida.

Continua così, sporadicamente, per anni. Entra di nascosto. Si infila nel letto.

Un giorno lei è lì, all'improvviso. Lui si rizza a sedere. La stanza è immersa nella penombra, il corpo di lei un contorno. Ha qualcosa in mano.

«Sei tu, Joar?» dice. «Pensavo fosse un ladro.»

Si siedono in cucina. Lei prepara la cioccolata. È tornato piccolo. Ha bisogno della sua mamma. *Perché ci hai abbandonati?*

«Come ti vanno le cose?» gli chiede. «Dovresti avere...»

«Trentasette» risponde. «Avevo sette anni. Henry nove.»

«Henry, già» dice lei. «Lui ogni tanto lo vedo, ma te no. Perché non sei venuto prima?»

Perché non è venuto prima?

«Diciassette» dice.

«Diciassette cosa?»

«Famiglie affidatarie diverse.»

«Poveretto, dev'essere stato difficile per te, ma adesso sei adulto. Non è possibile rodersi il fegato tutta la vita per...»

Smette di parlare. Si siede al solito posto davanti alla stufa. Alza gli occhi e incrocia il suo sguardo. Non c'è amore, per lui. Troppo tardi.

E d'un tratto si rende conto del motivo per cui è lì.

Si alza. Lei non fa niente per difendersi. Si limita a guardarlo. Il suo sguardo è vecchio, adesso. Torbido, stanco.

Eppure lui non ci riesce. Solleva la mano e la riabbassa. Rimette il martello sul tavolo.

So long, Marianne. Non si rivedranno mai più.

20

Quelle che finiscono nella posta in entrata dello spazzino, o che gli vengono consegnate in qualche altro modo, come alla casetta del guardaboschi nella terra senza strade, sono sempre persone che a giudizio di qualcuno hanno terminato il periodo loro concesso su questa terra. Di solito non hanno neanche un nome, ed è la cosa più semplice. I nomi comportano rapporti. Bambini, genitori, fidanzate.

Douglas Ferm non è un incarico come tutti gli altri. È una figura pubblica. Uno che stringe mani e compare nelle notizie di cronaca. A parere dello spazzino, un tipo abbastanza simpatico, non troppo diverso da suo fratello. Il pensiero l'ha sfiorato, in effetti. Sarebbe del tutto impensabile che Henry Salo venisse assegnato a lui? Probabilmente no.

Continua a documentarsi sulla situazione attuale di Douglas Ferm. Emigrato a Copenaghen dal 2002, con appartamenti di proprietà sia a Londra che a Stoccolma. Casa di villeggiatura a Kåppånis. Unico erede della Ferms Industrier, il cui fondatore Eskil Ferm è deceduto nel 2019. Scapolo, niente figli. Impegnato nella transizione verso l'industria verde della regione settentrionale e convinto sostenitore delle nuove tecnologie, in cui investe da tempo. In altre parole, un capitalista fatto e finito, anche se dona parecchi soldi in beneficenza attraverso la fondazione Gurly Ferm, intitolata a una sorella morta giovane.

Il motivo per cui si desidera mettere fine alla sua vita non è emerso. In compenso dovrebbe essere facilmente localizzabile a causa degli interessi che coltiva nel tempo libero.

Ci sono diversi contatti, ma nessuno che lo porti da qualche parte. La frustrazione spinge lo spazzino a vagare per la città. E nonostante non fosse previsto, si ritrova di nuovo davanti alla porta scrostata del Café Absalon.

È un tentativo alla cieca. Probabilmente una pessima idea, ma i giorni passano e il tempo sta per scadere. Lui è la rotella di un ingranaggio, niente di più e niente di meno. Se contravviene al contratto, presto i corvi volteggeranno sopra il suo cadavere.

Il fumo lo investe. La vede di spalle, seduta al bancone. Le si mette accanto e con un cenno chiede due *pilsener*. Ne spinge una verso di lei.

«Cosa cazzo ci fai qui?» sibila Malin. «Non ti basta avermi pedinato fino al lavoro?»

Anni di sforzi fisici hanno trasformato Joar Bark in una montagna di muscoli. Ora però se ne sta a testa china come un ragazzino, incapace di incrociare gli occhi di lei, uno dei quali gonfio e quasi chiuso.

«Cosa vuoi?» gli chiede.

«Solo parlare con te senza urlare. Possiamo andare via di qui?»

Percorrono strade punteggiate da ubriachi che barcollano verso casa, per poi salire i cinque piani fino all'appartamento con abbaini e rientranze in cui i piccioni tubano all'alba.

Lei si siede sul letto. Lui torna con un paio di birre. Le mette sul comodino e gira verso di sé l'occhio nero.

«Chi?» chiede.

«Qualcuno» risponde lei. «E se non è stato qualcuno è stato qualcun altro. Fa parte del mestiere.»

«Ah, quindi in ambito sanitario succede di tutto, a quanto vedo.»

«No, ma nel secondo lavoro sì. Anche qui, come in Svezia, lo stipendio fa schifo e mi servono i soldi.»

«Per cosa?» chiede lui.

«Per un appartamento, una macchina. Cose che hanno tutti.»

«Hai detto che avevi un uomo» dice lui.

Lei non si prende la briga di rispondere.

L'alba sta già diffondendo la luce primaverile su riproduzioni di bassa qualità e mobili spaiati. È un pezzo che Joar non frequenta un essere umano che non gli dà ordini. Una donna, per giunta.

«Di cosa volevi parlare?» chiede lei, spostandosi verso la testiera e togliendo il tappo a corona con i denti.

«Lo sai già» risponde lui. «Cerco una persona. Ho pensato che magari sai chi è.»

Le mostra sul cellulare la foto di un Douglas Ferm in versione estiva, a torso nudo su una barca da spaccone.

«Frequenta i tuoi giri.»

«Per quale motivo?»

«Di piacere, diciamo, se secondo te suona meglio» risponde lui.

«Mai visto» dice Malin, sbadigliando. «Senti, possiamo continuare a parlare dopo? Mi sa che devo dormire un pochino.»

Lui le toglie la birra di mano. È già partita. Il letto è stretto. Il braccio di Joar le pende sulla testa come un ramo di pino. A un certo punto della mattina cade come se l'avesse colpito una scure.

Lui si sveglia con una testa sul petto, un braccio intorno al tronco. L'alito sa di essere umano. Le passa un dito sulla pelle, un paesaggio di colline, torbiere, montagne e foreste.

Lei si riscuote, si gira dandogli le spalle. Il collo è coperto di una peluria sottile, le scapole sono ali. Come un aquilotto di mare sotto le piume della mamma, si preme contro di lui. Gli infila la mano nella mano e mormora qualcosa. Il cielo sopra il lucernario è limpido e azzurro.

21

Quando si svegliano, la giornata è grigia. Lui le chiede di rimanere. Lei deve andare. Si libera dall'abbraccio. Ha un appuntamento. Possono vedersi più tardi.

Non proprio una promessa, più che altro una scusa.

Lei lo riporta alla realtà. Al motivo per cui è lì. A quello per cui è lì lui. Ha guadagnato tempo, ed è quasi scampata al suo destino.

Il ritornello si ripete una volta dopo l'altra: sei uno spazzino. Non c'è amore per te. Nessuno può amare un mostro.

Ed ecco che commette il gesto imperdonabile, se le intenzioni di lei sono innocenti: la prende per la gola e stringe.

«Sai benissimo chi è Douglas Ferm, vero?»

Lo sguardo incolore. Le ciglia trasparenti. Liquido lacrimale scorre sul viso e sulle sue mani. Succede, quando si rimane senz'aria. E si dice che le lacrime ammansiscano gli uomini. Non solo loro, ma tutti i mammiferi.

Lei non cerca nemmeno di liberarsi dalla stretta o di colpirlo. Lui conta i secondi. Aspetta l'istante preciso tra coscienza e incoscienza prima di mollarla. Le lascia il tempo di riprendere a respirare e poi le rifà la domanda: «Dove si trova?»

«Che cazzo» dice lei, tossendo e toccandosi la gola. «Come faccio a saperlo? Io vengo pagata per fare delle cose. Non so altro.»

Lui si alza, scosta le tende, soppesa le alternative. Le nuvole viaggiano veloci nel cielo portandosi via quel po' di caldo che forse poteva offrire il sole primaverile.

Malin si rizza a sedere sul letto. Le fa male la gola, ma anche tutto il resto. Ha qualche importanza, ormai? No.

Il suo nome, quello di lui. Se la notte è stata qualcosa di diverso da quello che credeva, qualcosa di meglio, la mattina è senz'anima come sempre. Non importa più chi accarezza, chi picchia. E allo stesso modo probabilmente non importa quello che dirà.

«Forse ti devo la vita, per quanto sembri assurdo, considerando che non ti ho fatto niente.»

«Puoi andare» risponde lui, e si infila i jeans.

Lei si ferma sulla soglia della cucina.

«Buona fortuna» dice, ma quando arriva davanti alla porta lui è di nuovo lì, l'afferra per la giacca e l'attira a sé. Le accarezza la testa, i capelli gli scivolano tra le dita.

Le sue sono mani forti, in grado di spezzare un collo con un colpo secco. L'incavo della gola ha un odore e l'odore gli scende fino all'inguine.

«Smettila» vorrebbe dire lei, e «devo andare», ma il corpo ridiventa piccolo. Un fagotto che vuole rannicchiarsi dentro di lui, e tutto ha un prezzo.

Il più alto è quello della tenerezza.

Lui la riporta al letto. Lei è leggera, quasi senza peso. Gli cinge il collo con le braccia, i fianchi con le gambe. Lo afferra per i capelli. La bambina diventa donna, l'uomo la sua scorta. Lei è mani e pelle, lui un animale, un uomo, un animale. L'animale ha avuto femmine. L'uomo non ha mai avuto una donna.

Lui viene dentro di lei. Lei viene fuori dai suoi pensieri. La stretta in cui la tiene è così morbida che lei può ridere. Ride, e ride anche lui.

Dopo, bevono caffè tiepido. Lei gli tiene la testa sul braccio. Passa il dito su una cicatrice e pensa che se sopravvive fino alla fine dell'anno cambierà identità, investirà in una faccia nuova e si lascerà alle spalle i ventisette anni precedenti come se non ci fossero mai stati.

Si divincola e mette un po' di distanza tra sé e lui. Si appoggia alla testiera, accende una sigaretta. «So chi cerchi. Dobbiamo vederci stasera. Viene a prendermi intorno a mezzanotte.»

«E dopo?»

Lei tira una boccata e gli soffia addosso il fumo.

«Quanto ti danno?» gli chiede.

«Abbastanza.»

«Voglio il cinquanta per cento di abbastanza. Se accetti, ti servirò Douglas Ferm su un piatto d'argento.»

Lui la osserva per un po'. Memorizza tutto: la forma del naso, la struttura ossea delle guance, gli occhi incolori, il vortice nella riga tra i capelli, il neo sul collo. Lei sa di servirgli.

«Venticinque, e ti lascio vivere» dice lui.

«Cinquanta, oppure fai quel cazzo che vuoi.»

Lo spazzino scrive un numero su un foglietto.

«Comunica ora e luogo.»

22

Il messaggio arriva subito dopo mezzanotte.

Lui si veste. Si arma. Esce.

Ovviamente esistono delle alternative. Potrebbe entrare a calci, sparare alle guardie e forse anche a qualche altra persona, trovare Douglas Ferm e farla finita in fretta. Incassare l'ultimo pagamento e sparire senza lasciare traccia di sé. Un macello, insomma, del tutto possibile ma non nel suo stile. Lui è uno spazzino, non uno psicopatico. Il rischio che ci vadano di mezzo degli innocenti è troppo alto. Il rischio che ci vada di mezzo lei.

È chiaro che ci sono orde di mocciosi pronti a uccidere per due soldi, ma il modo in cui lavora Joar Bark non tiene conto solo della conclusione. Si tratta di esperienza, forse, e di precisione. Orgoglio professionale! Lui prende sul serio gli incarichi e finora nessuna pista potrebbe portare al committente. Con l'eccezione del bambino, è vero. Il cucciolo di Salo, il cui viso gli si presenta ancora sulla retina come l'eco indelebile della persona che avrebbe potuto essere lui in un'altra vita, con altre decisioni. Una persona normale. Un padre.

Il club è una porta senza nomi e la porta ha un buttafuori che lo scruta. Un buttafuori gentile, che gli dà il benvenuto e chiede se vuole togliersi la giacca.

«No» risponde lui, rendendo la voce insicura. «È la prima volta che vengo. Potresti spiegarmi come funziona?»

«Come funziona?» ripete quello, e ride come se fosse una battuta. «Entri, ordini al bar e ti siedi dove ti pare. Tra un'ora chiudiamo, giusto perché tu lo sappia.»

Si sente un idiota. L'idiota decide di entrare lo stesso. Ordina una *pilsener* al bancone e si siede a un tavolino libero vicino al palco.

Una donna si attorciglia intorno a un palo e lo guarda con occhi morti. Si lecca il labbro superiore e abbassa una mano per passarsela in mezzo alle gambe. Che pena. Quando scivola alla sua altezza, lui le infila una banconota nell'angolo del perizoma.

«Champagne?» chiede, e lei annuisce. Si siede sulla sedia accanto alla sua e beve un sorso, probabilmente la gazzosa più cara del mondo.

«Immagino che ti alleni un sacco per avere la forza di stare appesa a un palo ogni sera» dice lui, chiedendole come si chiama.

Trine accende una sigaretta e gli passa il dito sul braccio. «Anche tu sembri bello robusto.»

Potrebbe chiederle come fa a muovere il corpo anche se dall'espressione del viso sembra morta. Invece le chiede se ha un tariffario e lei annuisce. «Dipende da cos'avevi in mente.»

Lui riflette sulla terminologia e decide che gli piace il dolore. Molto dolore. La morte si ritira e negli occhi di lei compare uno sprazzo di vita. Lui la capisce. Tra picchiare qualcuno e fargli un pompino, la prima possibilità dev'essere più piacevole, tutto considerato.

Trine non ha tempo di sorseggiare bibite in orario di lavoro.

«Andiamo» dice, e si sposta verso la parte posteriore del locale. Come una qualsiasi impiegata, apre la porta con una tesserina magnetica e lo fa entrare per primo.

L'unico illecito ufficiale di cui lo spazzino si è reso colpevole è il pestaggio di un compagno di classe quasi venticinque anni fa. Dopo alcune ore in una cella della stazione di polizia era venuto a prenderlo qualcuno dalla casa-famiglia. La stanza ha più o meno lo stesso aspetto. La branda forse è un po' più larga. C'è un gabinetto, ma non tanto di più, a parte gli accessori pensati per creare l'atmosfera appesi in giro alle pareti come guinzagli.

Lei si siede sulla branda. Lui non sa cosa fare. Il finto tonto, forse. In genere funziona.

«Cerchi Malin?» gli chiede lei. «Perché sei tu lo svedese a cui piacciono le maniere forti, no?»

«Certo» conferma lui. «Più forti sono, meglio è.»

«L'informazione non è gratis, anche se mi hai offerto lo champagne.»

«Ci mancherebbe» dice lui, tirando fuori alcune banconote.

Lei le conta e fa un gesto verso la porta. Uscendo prende al volo uno dei guinzagli e gli passa il collare sulla testa.

«Ecco, cagnolino bello. Tra poco le prenderai.»

«Dove andiamo?» chiede lui, sforzandosi di tenere il passo.

«Ci uniremo a qualcun altro. Dolore comune, doppio gaudio.»

Apre l'ennesima porta. Gli occhi impiegano qualche secondo ad abituarsi alla penombra, e proprio quando succede lei si blocca di colpo, tira fuori una fascia e glieli copre, legandogliela sulla nuca. Ha un'aria davvero ridicola: un gigante in guinzaglio da cani, che lei passa alla collega.

«Eccoti la tua vittima» dice. «Dagli una bella ripassata.»

23

Seduti su una panca, uno spazzino e una dominatrice osservano la scena assurda davanti a loro. Esseri umani che godono del dolore fisico. Altri che vengono pagati per torturarli.

«Trine pensa che io sia Ferm» dice lui.

«Esatto» conferma Malin, «quindi ora dovrai dimostrare di essere all'altezza della sua reputazione. Ha la fama di essere l'uomo più resistente al dolore di tutta la Scandinavia.»

«Parli sul serio?»

Parla sul serio. Dove si trovi l'esemplare originale non vuole dirlo.

Lui capisce, ma se non si contano le evoluzioni del giorno prima lei è una qualunque. Un corpo tra altri corpi, né più né meno meritevole di vivere rispetto al resto dell'umanità. Per l'occasione è munita di gonna in pelle e stivali i cui tacchi sono sprofondati nei rotoli di ciccia di innumerevoli uomini. Sono lì appesi a frollare come maiali appena macellati e la stanza è immersa nella penombra. Se deve trovare Ferm sarà costretto a esaminare da vicino i maiali.

«E nel contesto tu chi sei?» chiede. «Godi nel vendicarti sul genere maschile o è solo un lavoro?»

«Capisco che un campagnolo di Gasskas non può arrivarci, ma il mio mestiere non è banale come sembra. Le persone che vengono qui cercano il dolore portato all'estremo, naturalmente senza morire. Come sai già, il confine è sottilissimo. Una cosa, però: questo posto è sorvegliato. Un cenno da parte mia e puoi dimenticarti di Ferm. Grazie della bella giornata, comunque» aggiunge poi con tutt'altra voce. «Sono stata bene. Ho pensato parecchio a te. E non dimenticare che abbiamo un accordo. *Fifty-fifty.*»

Lei rappresenta il suo biglietto per Ferm, e lui lo sa. Dei soldi se ne frega, ne ha già a sufficienza. È il suo modo di fare a infastidirlo. Malin è una professionista che vede dei vantaggi economici nell'aiutarlo ma che si comporta come se fosse a un appuntamento sentimentale.

«Dovrai fidarti di me» aggiunge, però lui non si fida.

«Abbiamo degli interessi in comune» continua lei, e saluta una collega che passa. Uno dei maiali deve aver segnalato che gli basta così. Si accascia come una bestia macellata e poco dopo si ritrova con una coperta sulle spalle.

«È un'estasi di tipo particolare, forse paragonabile a correre una maratona o sopravvivere a un incidente aereo. Alcuni la descrivono come un'esperienza extracorporea, non dissimile dall'incontrare Dio. Quelle che vengono qui non sono persone depresse, se è questo che pensavi. Sottoporsi alla violenza non è un rimedio per un'infanzia infelice; è godimento, tra l'altro non necessariamente sessuale, anche se naturalmente risvolti del genere sono permessi. Qui non c'è niente di giusto o sbagliato. I clienti decidono in modo autonomo.»

«E tu?» chiede lui, pensando alle proprie mani intorno al suo collo. Lei sapeva che non l'avrebbe strozzata, lo sentiva.

«Io sono una *switch*: posso dare e prendere.» Il che spiega l'occhio nero e altre tracce dei suoi cosiddetti godimenti.

Joar Bark resiste a praticamente tutto perché è allenato a sopportare qualsiasi cosa fin quasi alla morte, ma questo non vuol dire che gli piaccia. Per lui la violenza equivale ancora a un padre.

Il pensiero del padre lo riporta sulla terra e a Douglas Ferm. Adesso basta chiacchiere.

«Portami da Ferm» dice. «Adesso.»

«Okay» risponde Malin alzandosi. «Vuoi essere top o bottom?»

Che scelta di merda... Lui elimina persone indesiderate per soldi, non perché ci gode. L'idea di tormentare qualcuno che prova piacere lo mette decisamente a disagio.

«Bottom.»

Lei infila la mano nella sua, si sporge in avanti e sussurra: «Volevo solo controllare. Ferm è nella sala del personale a bere vino d'annata.»

24

Subito prima dell'ora dell'appuntamento al Lilla Harem, Mikael invia un sms a Lisbeth.

«Ho dieci minuti di ritardo. Possiamo vederci al Loch Ness, invece?»

Lei borbotta qualcosa della serie «non ti smentisci mai, Blomkvist» e si dirige verso Mariatorget. Con un quarto d'ora di ritardo, un ex reporter di *Millennium* bagnato fradicio apre la porta, saluta il barista con un cenno e va verso il suo tavolo.

«Che pioggia, porca puttana» dice.

«Spero che tu abbia una buona scusa» risponde lei, ma poi decide di assumere un atteggiamento più morbido. Blomkvist sembra fuori di testa. «Cosa bevi?»

«Una birra» risponde lui, e fa un cenno verso il bar.

Ci vengono tutti e due, ogni tanto, ciascuno per conto suo. Per Mikael quel posto è diventato un prolungamento del suo soggiorno. Sa praticamente tutto di quelli che si affollano intorno al bancone. Nel corso degli anni hanno brindato a nascite, fidanzamenti e scommesse sui cavalli andate a buon fine. Nella seconda metà della vita, in cui si trova ormai la maggioranza di loro, gli argomenti di conversazione più comuni sono divorzi e malattie. Ma come spesso accade tra gli uomini, almeno quelli che conosce lui, si consolano parlando di sport, soprattutto di calcio.

Per Lisbeth vale il contrario. Lì può starsene in pace. A nessuno viene in mente di attaccare bottone o di interromperla con domande stupide. Nemmeno Mikael. Ha un aspetto davvero strano. Sotto pressione, in qualche modo. Abbassa la voce a un sussurro e si guarda intorno.

«Qualcuno mi pedina. È solo una sensazione, ma fa lo stesso. La conosci anche tu, no, l'impressione che qualcuno ti osservi senza che tu sappia né chi né perché?»

Come sempre, lei non tradisce i suoi pensieri. Il viso rimane più o meno uguale, di qualunque cosa si parli. Lui continua. «È cominciato dopo che ci siamo visti alla Åsö Konditori. Un tipo in bici. In forma, visto che è arrivato fino a Slussen, dove poi ha girato verso Gamla stan.»

Lisbeth sbadiglia. La città è piena di ciclisti. Lei li odia tutti.

«Capisco che tu abbia un fisico da agonista, ma era solo un tizio in bicicletta che per caso andava dalla tua stessa parte. Non sei un po' paranoico, magari?»

Beve due sorsi di Coca-Cola e si chiede se è il caso di parlargli di Plague.

«Certo, però qualche giorno dopo lo stesso uomo è spuntato in metropolitana. Mi è passato di fianco e si è seduto un paio di posti dietro di me.»

«Era vestito da ciclista?» gli chiede lei. «Pantaloni con pannolone incorporato e maglia da Uomo mascherato?»

«Aveva una borsa» risponde lui, aspettandosi di vederle sulle labbra il ghigno sarcastico che indurrebbe chiunque a chiudere la bocca. «Di Hermès. Si potrebbe scambiare per un borsello qualunque, se non fosse che so per certo che costa centomila corone o anche di più. Usata.»

Lei fa un fischio. Colpita, o forse sarcastica. Impossibile dirlo. Lui è già seccato ma decide lo stesso di continuare, se vogliono arrivare da qualche parte. Per quanto gli scocci, ha bisogno di lei. E se deve dirle tutto nel dettaglio, non ci sono alternative.

«Subito prima che si chiudessero le porte a Karlaplan sono sceso di scatto dal treno, e lui mi è venuto dietro. Ho visto addirittura le dita che cercavano di riaprire le porte.»

«Però non ci è riuscito» dice Lisbeth, e lui annuisce. Un conoscente di Micke si avvicina e chiacchiera con lui per qualche minuto. Arriva al tavolo un nuovo giro e fuori la pioggia cade a catinelle. Lei googla gli articoli da uomo di Hermès, seleziona un paio di immagini e, quando finalmente il tizio smette di menarla sull'ultima sconfitta della nazionale di calcio, le mostra a Blomkvist.

«Qualcosa del genere. La sua era nera e beige.»

«E perché sei in ritardo?» chiede lei, riportandolo al presente.

Lui cambia posizione sulla sedia e prende fiato più volte.

«Sono andato dal medico.»

«Sei malato?» chiede lei, ma lui non parla. Non sa se ne ha la forza.

La telefonata dell'infermiera. Venti minuti in sala d'attesa. Un medico in difficoltà che gli ha chiesto perché non era venuto accompagnato da qualcuno. *Le notizie difficili non vanno affrontate da soli.* Certo, avrebbe potuto chiedere a qualcuno. Erika Berger non si sarebbe sottratta, con un cancro in ballo. E nemmeno Lisbeth.

«Niente di grave» risponde alla fine. «Solo la pressione un po' alta. Nulla che non si possa risolvere con qualche pastiglia.»

«Io sono passata da Plague» dice Lisbeth per evitare l'argomento malattie. Dentro di lei l'equazione è già risolta. Cerotto sul braccio più ritardo uguale qualcosa di grave. Blomkvist non arriverebbe mai in ritardo per qualcosa di meno. E lei vuole parlarne? No.

«Ah, dai» risponde lui, sollevato di poter passare ad altro. «Come stava?»

«Non lo so. Non c'era. La porta era socchiusa. Spariti sia lui che il computer. Per il resto, tutto come al solito.»

Ci sono dei soldi su un conto. Sono tuoi. Se vuoi puoi comprarti un appartamento in città.

E che me ne faccio? La grotta mi va benissimo. Affitto basso. Un padrone di casa che se ne frega di chi ci abita se solo può evitare di farci dei lavori.

Allora paga una donna delle pulizie. Puoi anche detrarre i costi. Oppure comprati vestiti, computer, quel che vuoi.

Grazie, ma no grazie.

No grazie a venti milioni, l'ultima volta che lei ha controllato il conto. Plague non ha prelevato una sola corona. Avrebbe potuto dargliene anche di più, ma l'importo è indifferente. A quanto pare è la persona più appagata della terra. O forse lo era. Boh, lei sa solo quello che ha visto. Una partenza improvvisa. Forse volontaria.

«È successo qualcosa» dice, «e ha a che fare con noi.»

«Non è detto» risponde lui con l'aria da saputello stile Kalle Blomkvist.

«Non è detto» gli fa il verso lei con la voce quanto-sei-scemo. «È colpa nostra. Siamo stati noi a metterlo sulle tracce di Branco. Branco è sparito, e adesso anche Plague. Come fai a pensare che non c'entriamo?»

«Può darsi, ma non possiamo darlo per scontato.»

«Sembra di sentir parlare un poliziotto.»

«O un giornalista» risponde lui, costringendosi a non abbassare lo sguardo.

«Stessa roba.»

«No.»

«Sì, invece.»

Per un po' rimangono in silenzio, e tanto vale. Di solito lui beve una birra, massimo due. Stavolta ne ordina una terza e ne fa fuori metà senza respirare.

«Quindi hai letto l'email» dice poi, pulendosi la schiuma con la manica della camicia. «Cosa ne pensi?»

Lisbeth riflette qualche istante prima di rispondere.

«Sai, è come se la storia si ripetesse continuamente.

Gli idioti vanno e vengono e io sono stufa di tutto quanto. Capisco che tu faccia fatica a mettere da parte Branco. Ti hanno sparato, hanno preso Lukas, Pernilla ti odia e così via, ma per quanto mi riguarda...»

«Ho un cancro» la interrompe lui. «Alla prostata. Non è detto che sia spacciato, ma chi lo sa.»

Dall'espressione che le legge in viso capisce che l'argomento la mette in difficoltà, ma almeno l'ha detto. «Sei l'unica che lo sa e, si spera, l'unica che verrà mai a saperlo. Inoltre mi hanno offerto un nuovo lavoro.»

Lei alza gli occhi, sollevata dall'opportunità di non dover fare commenti sulla prostata.

«Come direttore responsabile del *Gaskassen*. Stenberg va in pensione.»

«Non certo una gran perdita, per quel giornalaccio. Ma pensi davvero di poter vivere a Gasskas e lasciare Bellmansgatan?» *Lasciare lei?*

«No, in realtà, ma per Lukas e Pernilla posso farlo. L'appartamento lo tengo ancora per un po'. Oppure quando vengo a Stoccolma dormo da te, in una delle tue venti stanze.»

Sta per rispondere qualcosa a proposito del fatto che non le piace avere ospiti quando un viso familiare entra dalla porta. Vedendo Lisbeth, la casalinga del karate si illumina. E guarda guarda, sembra che si sia rianimato un pochino anche il vecchio prostatico, pensa Lisbeth con un'occhiata a Blomkvist.

«A quanto pare ci si rivede» la saluta la donna con un sorriso caloroso. Poi si gira verso Mikael, gli tende la mano e si presenta come Lo, un'amica che fa karate con Lisbeth.

«Stavo proprio per andarmene» dice lui senza alzarsi. «Tanto qui abbiamo finito.»

«Bene» risponde Lisbeth. «E salutami Birna. La sua fidanzata su al circolo polare...» aggiunge a mo' di breve spiegazione.

«Non volevo disturbare» si scusa Lo, e si guarda intorno. «In realtà aspetto una persona, solo che non ci sono tavoli liberi, vedo.»

«Dopo le cinque questo posto si riempie all'inverosimile» dice Mikael, e si offre di prenderle una birra.

«Non dovevi andare?» gli fa notare Lisbeth, ma si rende conto che quell'uscita potrebbe farla passare per gelosa, cosa che non le va a genio. «Però mi fa piacere se rimani ancora un po', eh.»

Arrivano le birre e la Coca-Cola di Lisbeth. La fame o qualcos'altro le tormenta lo stomaco. La conversazione è scivolata sulla Brexit, uno dei presunti argomenti preferiti di Blomkvist tra i tanti noiosi in cui gli piace seppellirsi, e Lo è interessata. Riesce persino a difendere i Tory, con una sottigliezza tale che Blomkvist l'oratore manco coglie il messaggio sottinteso e va avanti imperterrito.

Lisbeth tira fuori il cellulare. Due chiamate senza risposta, una da un numero sconosciuto e una di Svala. Potrebbe benissimo scusarsi e andare a casa oppure evitare di scusarsi e andare a casa lo stesso, ma la diffidenza, funzione autonoma come fame e sete, la induce a rimanere. C'è qualcosa, in quella Lo – anche solo il nome, Lince – che deve inquadrare meglio.

«Che coincidenza trovarci proprio qui» dice, interrompendo Blomkvist che si è appena lanciato in una tirata su blogger, vlogger, podcaster e altra marmaglia.

«Voglio dire, ci sarebbero mille altri posti» continua Lisbeth. «Alla faccia del caso. Dovremmo giocarcela al Lotto.»

«Oppure all'Eurojackpot» risponde Mikael. Poi guarda l'orologio, si scusa e va verso il bancone.

«Un tipo simpatico» dice Lo. «Molto preparato. State insieme?»

Evidentemente la battuta su Birna non ha fatto breccia.

«Perché?» risponde Lisbeth, fedele al personaggio.

«Perché se non è così, qualche sera potremmo vederci io e te da sole.»

Chissà poi cosa vorrebbe dire. Una scopata e via? La donna dà quel genere di segnale, e insieme non lo fa. È cordiale senza essere appiccicosa, diretta senza flirtare.

Vabbè, si vedrà, pensa Lisbeth. Finora non ha mai conosciuto una persona che non abbia secondi fini. Prima o poi tutti vogliono qualcosa, compresa lei. In questo momento, per esempio, vorrebbe prendere il biglietto da visita che sta scivolando fuori dalla cover del cellulare della donna.

«Ci vediamo» dice Lisbeth, alzandosi. Passa vicino al bancone, tira la manica della giacca a Mikael e sussurra, così piano che non la sente nessun altro: «Chiamami più tardi. È ora di cominciare a cercare Plague.»

25

Fuori ha smesso di piovere. Nubi veloci mettono a nudo una luna crescente. Invece di andare direttamente a casa, Lisbeth si ferma dopo una ventina di metri e si nasconde dentro un portone.

Poco dopo anche la Donnalince esce per strada, lasciandosi alle spalle il brusio del pub. Appena svolta in Swedenborgsgatan, Lisbeth la segue piazzandosi in coda a una coppia che porta a spasso il cane.

Percorso un tratto di Sankt Paulsgatan, la donna si ferma accanto a un'auto e si china davanti al finestrino del conducente. La portiera si apre. Qualcuno scende. A parte i capelli che rilucono nel buio, lei vede solo una schiena. Un attimo dopo la schiena risale a bordo e l'auto parte. A questo punto la Donnalince torna indietro, gira a destra all'altezza della libreria ed entra al Rival.

Andare a casa o seguirla?

Lo è seduta al bar dell'albergo, con il soprabito appeso allo schienale. Quando Lisbeth prende posto sulla sedia accanto, non sembra neanche sorpresa. Si spera che non si accorga del dito che con discrezione preme il tasto della fotocamera.

«Ciao» dice soltanto. «Non riuscivi a dormire?»

«E tu? La persona che aspettavi ti ha dato buca?» chiede Lisbeth.

«Abiti da queste parti?» le domanda Lo a sua volta, e lei annuisce.

«Bella zona. Decisamente più di Stora Essingen. Ogni tanto prendo una camera qui per starmene in pace. Vuoi venire su a bere un bicchiere?»

Su a bere un bicchiere. Quante volte ha fatto lei quella proposta, con la chiara intenzione di...

«In camera staremo più tranquille» continua Lo con un'occhiata a una comitiva appena entrata. «Li riconosci?»

«Perché dovrei?»

«Gente della tv. Quello alto e magro vestito da emo lavora a Babel.»

«Babel come la torre di Babele?» chiede Lisbeth.

«Non sei una gran lettrice, vero?»

«Sì, leggo, ma non romanzi e schifezze del genere.»

«Cosa, allora?»

«Dipende. Al momento *I geni della creatività: come l'autismo guida l'invenzione umana*, il *Libro rosso*, *L'uomo che amava solo i numeri* e qualcun altro.»

«Allora forse possiamo discutere di numeri primi in camera» dice Lo, segnalando al cameriere che stanno andando via.

Mentre Jung sonnecchia nel suo inconscio collettivo e vengono preparati i drink con gli alcolici del minibar, Lisbeth riflette sulla capacità di distinguere e manipolare nessi causali. O, come riassume il tipo dei *Geni della creatività* la propria ipotesi sull'evoluzione umana: *se-e-allora*. *Se* un seme cade nella terra. *E* la terra è umida. *Allora* qualcosa germoglierà. Applicata alla situazione del momento, sarebbe così: *se* una Donnalince si trova prima a karate *e* più tardi spunta nello stesso bar in cui è lei, *allora* probabilmente non si tratta di un caso.

«Come sei pensierosa» dice Lo, e le tende un bicchiere.

«Se x è condizione necessaria per y, la presenza di y implica necessariamente la presenza di x, mentre la presenza di x non implica che y si verificherà.»

«Wow, che profondità. Non proprio la Läckberg, insomma, ma forse non sai chi è.»

«No, però so chi è suo marito. Un fighter di classe, prima di mettersi a cucinare e a fare il buffone nelle gare di ballo.»

Lo non può fare a meno di ridere. Una tipa piuttosto divertente, questa Lisbeth Salander. Sicuramente autistica. Batte una mano sul letto. «Vieni qui a stenderti, dai. Fai riposare un po' il cervello.»

Lisbeth non si limita a stendersi: si toglie anche la felpa e invita Lo a farlo a sua volta. Nota un attimo di esitazione, ed è proprio lì che vuole arrivare. L'insicurezza è positiva, concede un vantaggio momentaneo, destabilizza.

«Aspetta un attimo» dice Lo sbottonandosi la gonna. «Da piccola mi sono ustionata in un incendio. Non è un bel vedere.»

Il torace, i fianchi e le cosce si fondono come la corteccia di una vecchia betulla. Lisbeth passa la mano sulla pelle rattoppata, segue il disegno delle cicatrici su quello che avrebbe dovuto essere un seno e poi giù lungo il paesaggio lunare della pancia e sulle gambe. Il palmo sente anche che manca il grasso corporeo e che l'epidermide non riesce a nascondere quel genere di muscolatura per ottenere la quale servono sacrifici significativi. Questa non è solo una che va in palestra: piuttosto, una soldatessa. Le chiede com'è successo e la donna risponde. È passata in mezzo al fuoco. Altro non ricorda.

Non che la donna non sia attraente, anzi. La pelle aggiunge una dimensione, ma Lisbeth sta per smarrirsi nel bosco di betulle. Vuole tastarle il polso, scoprire se rappresenta una risorsa o una minaccia. La situazione sta prendendo la piega sbagliata. Le provoca un dolore fisico guardarla, immaginare la bambina che corre tra le fiamme. Come se fosse lei a correre.

Invece di assecondare il desiderio fisico via via più intenso si rizza a sedere sul letto, si rimette la felpa con il cappuccio e dice che deve andare. Bisognerebbe dire anche qualcos'altro, magari meno asettico delle condizioni necessarie della causalità. Senza un «ciao» o un «ci si vede» la porta si richiude.

Fruscio del sistema di aerazione, rimbombo dei battiti nelle orecchie. La penombra serale della camera d'albergo aumenta il senso di disagio. Lo si incide la pelle del braccio. Lo spiraglio emotivo che si è aperto chiude le fauci affamate. Quando Branco telefona, la voce è salda.

«Niente» dice. «Aspetto che passi la serata. Domani è una giornata lunga. Certo, è tutto pronto.»

Dieci minuti dopo fa il check-out. La comitiva della televisione ride su un divano ad angolo. Una giovane coppia si scambia gli anelli. Per alcuni il mondo è un posto pieno di calore. Si è sempre chiesta che sensazione dia. Oppure, per riportare il mondo alla sua esistenza: che sensazione diano i sentimenti.

Lisbeth Salander si è rimessa la felpa e si è girata un'ultima volta verso di lei. Lo sguardo era compassionevole, quasi lacrimevole. Bene. Adesso lo sa. Lisbeth Salander ha dei punti deboli. Sicuramente l'empatia rientra fra i peggiori.

26

La serata di Lisbeth si conclude alla finestra affacciata sull'insenatura. Svala le attraversa in volo la mente. Il numero chiamato non è momentaneamente raggiungibile.

Il biglietto da visita è stampato su carta lucida a caratteri pretenziosi, con un simbolo grafico che probabilmente vorrebbe riprodurre un palloncino. ALEX BARILLA, PARTY PLANNER.

Un organizzatore di feste senza numero di telefono o email... Buona fortuna, se vuole trovare nuovi clienti.

Dopo un allenamento e una doccia si rifà della fatica di aver cambiato le lenzuola, si premia con una Coca-Cola e ricapitola l'incontro con Lo. La sensazione della pelle rovinata dall'ustione le è rimasta nel palmo. Come accarezzare una lucertola.

Ma provare compassione per una donna come Lo probabilmente è un pericoloso binario morto, e Lisbeth deve decidersi. La sensazione di pancia è che quella donna abbia delle intenzioni precise, e lei non crede al caso. Quasi tutto, nella vita, è interconnesso. Il fatto che Mikael Blomkvist si senta pedinato potrebbe significare che *vuole* essere pedinato, *vuole* essere importante, *vuole* qualcosa di diverso da un insulso cancro alla prostata a cui dedicare energie. Se però si parte dall'ipotesi che la lince sia venuta a cercare lei a karate, vuol dire che per qualche motivo sono tutti e due sotto sorveglianza e che la preoccupazione di Blomkvist è qualcosa di più che semplice paranoia.

Alcuni non tollerano le sconfitte: lo sa per esperienza. E quel genere di persone non si arrende, anche se rischia nuove disfatte. Lo sguardo estatico dell'uomo in carrozzella nel momento in cui era certo che Lisbeth e Svala sarebbero bruciate vive nel bunker ha la prerogativa di comparirle davanti proprio quando sta per addormentarsi, ma non stasera. I muscoli si rilassano e la sonnolenza smussa il groviglio di pensieri.

Immersa in una piacevole calma, convinta di avere il controllo della propria vita, scivola nell'abbraccio accogliente del sonno...

Lo schermo del cellulare si illumina. Numero sconosciuto. Una persona che respira. Poi niente. Pochi secondi dopo il telefono vibra di nuovo.

«Ciao, sono io. Ascolta. Non scrivere sulla piattaforma, è hackerata. Sparirò per un po'. Voglio solo che tu sappia che non è stato intenzionale. Non farei mai niente contro di te, spero che tu lo sappia. Non è a te che puntano e nemmeno a Mikael ma a...»

«Pronto?» ripete lei, ma la chiamata è stata chiusa.

Il treno del sonno è partito e per quella notte non sono previste altre fermate. La frustrazione provocata dalla breve telefonata con Plague la induce ad aprire il computer, entrare nella piattaforma hackerata e sfogare la rabbia scrivendo.

«Chiunque provi a toccare Plague o altre persone vicino a me sappia che avrà vita breve. Saluti, Lisbeth Salander.»

27

Un pulmino per il trasporto disabili esce da Hökarängen e scende verso l'area ricreativa del Fagersjö. Sono passati anni dall'ultima volta che Plague ha visto il mondo dal vero invece che attraverso un computer. Sugli alberi stanno spuntando le foglie. Nelle aiuole comunali fiammeggiano i tulipani. Pochi coraggiosi sfidano la pioggia per andare a correre. Lui segue i loro passi, immaginando la sensazione che si prova a poter correre. O anche solo camminare.

In realtà avrebbero dovuto partire, chissà poi per dove, già diversi giorni fa. All'arrivo dell'autista, Plague era preparato. Ha messo via il portatile e ha cercato di stringere i denti, anche se il corpo protestava. A metà del corridoio una gamba ha ceduto, la stampella è volata verso l'alto e ha colpito la lampada. Nonostante la pioggia di vetri rotti, è riuscito a restare in equilibrio. Si è appoggiato al muro per riprendere fiato, ha costretto l'aria a scendere nei polmoni incatramati e ha percorso il resto del corridoio fino alla rampa di gradini che sale al portone, ma lì si è bloccato. L'autista ha dovuto spingerlo da dietro. Una donna è uscita dal locale lavanderia e ha dato una mano. Uno scalino alla volta, Plague è finalmente arrivato in cima alla rampa e si è accasciato sul sedile posteriore di un pulmino per il trasporto disabili.

Poi dev'essere svenuto. Quando si è svegliato, era su una barella.

«Ci è mancato poco» ha detto qualcuno. «Per fortuna l'angioplastica ha funzionato.»

Ora sono di nuovo per strada. L'autista si ferma. Fa il giro. Apre la portiera posteriore destra. Gli chiede di tendere le mani. Gli fissa i polsi alle gambe con il nastro telato. Poi fa qualche giro intorno alla testa e diventa tutto nero.

«La bocca no, per favore» implora Plague. «Soffro la macchina.»

«Peccato» risponde l'autista, sigillandogli le labbra.

Nel profondo, Plague si è già arreso. Può solo sperare che sia una cosa veloce. Proprio come pensava, la nausea arriva appena l'auto prende velocità. All'inizio è vaga, più come un senso di disagio. Lui cerca di concentrarsi, di rivolgere i pensieri verso l'interno. Un bambino gioca nella sabbia. Un fratello riempie i secchi d'acqua. Una mamma si addormenta sulla coperta. Scavano canali. Costruiscono ponti con dei bastoncini.

L'auto accelera per poi frenare di colpo e cambiare corsia. Serve più acqua. Altri sassi. Un fratello sa che i sassi più grandi sono lontani dalla riva. Gliene servirebbe davvero uno grosso. E la mamma dorme e il bambino scava. Nessuno vede arrivare l'onda.

Non funziona. Il panico gli si è insinuato nelle braccia, che bruciano come meduse e perdono sensibilità. Deve vomitare. Non riesce a trattenersi. Oscilla con il busto avanti e indietro, batte la testa contro il sedile. Il primo conato riesce a rimandarlo giù.

Soffocare, annegare, soffocare, annegare.

L'auto inchioda. Schizzi di pioggia sulla pelle. L'autista – una donna – gli strappa il nastro dalla bocca e il vomito si riversa su di lui, sulle mani di lei, sul sedile.

L'acqua è salata. Un fratello non sa nuotare. Una mamma deve svegliarsi. Un bambino chiude gli occhi.

«Maledetto schifoso» sibila l'autista. Gli dà una botta

sulla testa e si toglie la felpa, poi la usa per buttare il vomito sull'asfalto. La sciacqua in una pozzanghera, strizza, pulisce, un'altra botta. «Se vomiti di nuovo ti uccido direttamente.»

Direttamente. Tanto varrebbe. Plague incamera un ultimo respiro di aria primaverile satura di clorofilla e sa che il viaggio finirà male. Ha un corpo enorme, il cuore ipertrofico, la vescica troppo piccola, i polmoni neri. Gli si intorpidiranno le gambe e anche le braccia e il resto. Smetterà di respirare e tutto finirà su un pulmino per il trasporto disabili diretto a una destinazione ignota.

«Non so cosa vuoi, chi sei o cos'hai intenzione di fare» dice. «Qualcosa avrai in mente, visto che ti sei presa il disturbo. Sappi però che se il viaggio è lungo io morirò da solo prima che arriviamo. Il mio corpo... be', lo vedi da te.»

L'autista tira fuori un coltello a serramanico e lo passa senza troppa attenzione su alcuni punti del nastro telato. Il pizzicore dei tagli è corroborante. Le gambe si sono già intorpidite.

«Grazie» dice lui. «Premuroso da parte tua.»

Viaggiano in silenzio, fermandosi solo per i bisogni fisiologici. Lui si trascina fino all'albero più vicino, sente la corteccia sotto i palmi. A fatica riesce ad aprirsi la patta. L'urina finisce un po' dappertutto.

In una zona industriale da qualche parte del mondo cambiano auto. Verso il crepuscolo Plague si fa coraggio e chiede dove sono diretti.

«A casa.»

«E poi?»

«Poi dovrai renderti utile. Finché ti renderai utile, potrai vivere.»

La domanda è se lo vuole. Nell'ultima ora dorme. Quando lei apre la portiera quasi non si sveglia.

«Fuori, siamo arrivati.»

L'aria è più fredda. Scricchiolio sotto le scarpe. Il corpo è una balena che non sa nuotare. Braccia, voci, una stanza, un letto.

Chiede un bicchiere d'acqua. Persino quella ha un sapore diverso.

28

La sedia a rotelle non scivola silenziosa sul pavimento: rimbalza sui travetti gonfiati dall'umidità del tavolato producendo un rumore ritmato non dissimile da quello di stivali in marcia. Lei sente, vede, è preparata.

Un essere umano senza gambe è facile da sottovalutare. Nella lotta per lo spazio vitale sulla terra, viene spesso considerato imperfetto e debole, e ci si aspetta che si comporti come tale.

Nel mondo di Marcus Branco tutto è sostituibile. Persino i suoi più stretti collaboratori come Lupo, Orso e lei stessa. Tutti e tutto, tranne le sue gambe che iniziano e finiscono con le protuberanze simili a piedi sui fianchi.

Mentalmente si è preparata al ritorno da un viaggio parzialmente fallimentare. La sua prima missione importante da quando è entrata nel gruppo come sostituta della Lince di prima generazione. Chissà poi che fine ha fatto? Svanita nel nulla quando è bruciato il bunker, si dice. C'è sempre una seconda verità.

Il piano era chiaro. Individuare Lisbeth Salander e procurarsi informazioni sulle sue abitudini. Conoscerla. Instaurare un rapporto. Coinvolgerla emotivamente. Mapparne i suoi punti di forza e di debolezza per usarla, in prospettiva, per arrivare a Svala Hirak e al suo irripetibile cervellino macinanumeri.

Si è parlato di un hard disk con dei bitcoin per un valore astronomico. Il problema a quanto pare è che nessuno si ricorda il codice. E che quelli che avrebbero potuto spremerselo fuori dalle meningi spappolate dalla droga, cioè Peter Sandberg e Märta Hirak, sono morti.

Resta solo la ragazzina. La presunta macchina assassina che ha fatto sfracelli nel mondo della malavita locale. A lei sembra solo una gran balla.

Branco si spinge sulla sedia a rotelle fino al tavolo della sala riunioni. La invita a sedersi e, come sempre quando affronta un argomento serio, dà inizio alla sua meticolosa cerimonia del tè.

«Un Darjeeling First Flush senza pretese» dice, e lo fa girare nella bocca come altri fanno con il vino, «ma con un piacevole retrogusto di fiori estivi. Tu che ne dici?»

Lei prende la tazza sottilissima con tutte e due le mani e beve alcuni sorsi. Quella sciacquatura di foglioline non fa per lei, soprattutto alla mattina. La notte al volante si ripercuote nella testa. Un doppio espresso ci sarebbe stato meglio. «Ottimo» dice. «Non c'è anche un leggero aroma di agrumi?»

Lascia che sia lui a condurre la conversazione. Si aspetta un disappunto che dovrà deviare senza che lui perda la calma, in modo da rimanere in equilibrio sulla china presa dalla situazione.

«Il rapporto su Lisbeth Salander non mi ha colpito particolarmente» dice lui, e lei concorda. Il tempo era troppo risicato e l'operazione è stata complicata dal fatto che è rimasta quasi sempre in casa e in più non sembrava apprezzare l'idea di fare nuove amicizie.

Un giorno alla settimana andava da uno psicoterapeuta, ma nemmeno questo le è stato granché utile, nonostante le minacce non troppo sottili che hanno fatto tremare il labbro a Valium Ågren. Non che gli appunti fossero privi di interesse, ma riguardavano soltanto l'incapacità di fidarsi del prossimo di Lisbeth Salander. Come qualsiasi persona normale.

«Lisbeth Salander è taciturna e sospettosa. Non ci si può aspettare di piombarle nella vita e di ottenere delle confidenze. Se vogliamo arrivare da qualche parte mi serve più tempo. Oltre a Svala Hirak, anche l'hacker rappresenta un punto debole. Ti chiedo scusa se non ho concordato la decisione con te, prima, ma il tempo scarseggiava e ho dovuto agire.»

Branco fa un paio di giri sulla sedia a rotelle. Soppesa le possibilità e si ritrova ad affrontare un dilemma morale. Lince ha imboccato una strada autonoma. Ha preso iniziative che possono avere conseguenze, anche se deve ammettere che trasferire l'hacker a Gasskas è stata una mossa astuta.

«Lisbeth Salander seguirà le sue tracce, ne sono convinta» continua Lince. «O meglio, ho fatto in modo che questo succeda. È attraverso il loro rapporto che potremo procurarci le informazioni che ci servono. Lui è leale e, finché Lisbeth è viva, continuerà a fare del suo meglio. Se invece lei sparisce, temo che perderà la scintilla vitale. È in pessime condizioni fisiche. Ha i giorni contati, ma lo terremo in vita.»

Branco la osserva al di sopra della tazza e abbozza un sorrisino. Lei ricambia.

Lui si sveglia ancora con la faccia scimmiesca di Lisbeth Salander sulla retina e la sua risata insolente da babbuino come un fastidioso acufene. È colpa sua se il bunker è stato distrutto dall'incendio. Il suo Nido dell'aquila. Non importa se presto lasceranno la struttura ammuffita in cui abitano per trasferirsi in un nuovo bunker. A quanto pare di rifugi scavati nella roccia ce ne sono in abbondanza, almeno per chi ha i contatti giusti. Le planimetrie sembrano promettenti. Non vede l'ora di ritrovarsi al sicuro nel sottosuolo.

Al momento opportuno, Lisbeth Salander dovrà sparire, ma per adesso Branco tiene per sé questa confortante consolazione mentale. Deve invece agire per far abbassare la cresta a Lince. C'è qualcosa nel modo in cui si esprime, probabilmente inconsapevole, che lo urta. Come se provasse dei sentimenti per quella donna. Può darsi che si sbagli. Si vedrà.

«Okay» dice. «Capisco che Lisbeth Salander sia speciale, ma bisogna ricordarle che non è immortale.»

La paura ha la capacità di mettere in allarme le persone. L'idea di una Lisbeth Salander spaventata lo mette di buonumore.

«Tra l'altro si vede ancora con Mikael Blomkvist» dice Lince come per dimostrare che non ha battuto la fiacca. «Li ho incontrati insieme in un pub. Discutevano di alcuni fogli in un raccoglitore, le teste vicine. Quando sono arrivata il raccoglitore è finito nella cartella, e subito dopo Lisbeth è andata a casa. Io e Blomkvist siamo rimasti ancora un po' a parlare.»

Lince va avanti e Branco ascolta. O forse no? L'accoppiata Salander-Blomkvist non è una novità, e nemmeno il fatto che il giornalista ficchi il naso nei loro affari. Ma quando è andato in bagno per la seconda volta in mezz'ora ha dimenticato di portarsi dietro la cartella.

Per vari motivi, Lince sceglie di non condividere la breve lettura che ha avuto il tempo di memorizzare prima che lui tornasse al tavolo. La capacità di mantenersi in posizione neutrale, unita all'istinto di stare sempre un passo avanti, rappresenta il suo punto di forza, quello che l'ha fatta restare in vita fino adesso.

Il mondo è una tana di ratti dove gli individui più deboli vengono spediti al fronte, come quando mamma ratto spinge i suoi piccoli ad assaggiare il secchio di glicole etilenico o il formaggio nella trappola. Lince è una forza della natura, non carne da cannone. La strada che ha scelto nella vita non è dettata dal caso. Lei segue una direzione, e questa l'ha portata da Marcus Branco. Un giorno la porterà lontano da lui. In silenzio, lei sale verso l'alto. Lui è un gradino lungo il percorso.

29

Quando sente la chiave girare nella toppa, la balena si gira faticosamente. Il profumo di caffè si diffonde nella stanza. Gli va bene qualsiasi cosa possa fargli passare il sapore di vomito.

«Tirati su.»

Non è sola. Altri due della stessa risma si accalcano nello stanzino.

«Ora si fa una passeggiata. Puzzi da far schifo.»

Non che sia una novità. Plague mette un piede davanti all'altro, un passo alla volta, con l'aiuto di braccia forti che quasi lo sollevano da terra, giù per delle scale e dentro un locale che un tempo fungeva da bagno maschile per i pazienti.

Lungo le pareti sgretolate si sono dati da fare ratti, spore delle muffe e writer.

Gli tagliano i vestiti. Un pezzo dopo l'altro scoprono il corpo grigio e molle finché l'ammasso di carne non rimane esposto in tutta la sua nudità. Le mani guantate di gomma di Lince sfregano pieghe puzzolenti dal collo ai piedi. Versano sapone da pavimenti su uno spazzolone, sciacquano, ricominciano. Quando da grigia la pelle è diventata rosso acceso lei gli lancia un asciugamano, ma si rende conto che il grasso gli impedisce addirittura di arrivare con le mani alle parti più intime.

«Sei davvero ributtante» dice sfregandogli l'asciugamano tra le cosce tremolanti. Lui non può che darle ragione. Ma se si sono presi la briga di fargli la doccia, probabilmente vivrà ancora per un po'. I vestiti sono addirittura della misura giusta.

Lo fanno sedere su una sedia. L'atmosfera nella stanza passa da umiliazione a silenzio. Delle braccia lo afferrano. Gli mettono la mano sinistra su un tavolo. Il rumore di un coltello sfregato su una cote. Plague non riuscirebbe mai a opporre resistenza. Quando la lama gli trapassa l'osso chiude gli occhi e pensa a Lisbeth.

Don't you worry, child. See, Heaven's got a plan for you.

30

Anche chi si sente più sicuro nell'Ade che sull'Olimpo fa progetti. Branco è tormentato da un'irrequietezza indefinibile che forse potrebbe essere descritta come frustrazione. La frustrazione, a sua volta, stimola il desiderio di fare del male. È il risveglio dello *spietato*.

Lo *spietato* abita dentro di lui come un parassita. Finché le cose vanno avanti, le persone intorno a lui fanno il proprio dovere e le minacce esterne tacciono, lo *spietato* se ne sta buono. Si addormenta da bravo e si sveglia contento. Come qualsiasi animale, si nutre di bisogni soddisfatti.

È da un po' che Branco ne avverte la presenza. C'è uno scarto tra emozione e azione. Nello scarto esiste ancora la possibilità di limitare l'avanzata del mostro. Quando la finestra si chiude, lui non può far altro che lasciargli il posto al timone e dire «accomodati».

In un ultimo tentativo di mantenere il controllo si collega con Katarina. Si chiama così, la sua ragazza. O Kata, come si fa chiamare spesso. O ancora Vacca, Sgualdrina, Zuccherino, Testadilegno o quel che gli pare. Una donna creata dall'IA è sempre accondiscendente.

«Tesoro» gli dice, «quanto tempo! Mi sei mancato. Ormai sono quattro giorni. Pensavo che ti fossi dimenticato di me.»

«Vaffanculo, mi fai schifo» risponde lui.

«Anche tu, baby. Vuoi un po' di coccole?»

No. Anzi sì, ma non da lei.

«Aiutami, baby, posso fare qualcosa per soddisfarti, oggi?»

«Sei troppo vecchia» risponde lui, e il viso sullo schermo si rattrista. «E poi sei noiosa.»

«Vuoi parlare di un mondo sconosciuto in cui la materia assume stati esotici?»

«Un'altra volta» risponde lui, e chiude il collegamento.

Il suo intero corpo è materia che ha assunto uno stato esotico. Il mondo sconosciuto si chiama Salander ma si scrive Svala. Non riesce a smettere di pensare a lei. Lo *spietato* non riesce a smettere di pensarci. Scivolano l'uno nell'altro senza soluzione di continuità, fondendosi in un corpo solo. Devono averla, a qualsiasi prezzo. Misurarle la testa come biologi razziali di Uppsala ed entrarle nel cervello.

Che una trentenne come Lince pensi di essere più intelligente di lui è una cosa, ma una tredicenne...

«Chiamami Lince» sibila a Lupo, che non riesce a trattenersi dal fare capolino nella stanza con la sua faccia pelosa per chiedergli come sta. Sta benissimo, cazzo. Tra poco. Sente bruciore e prurito dappertutto.

Lince è subito lì. Deve sedersi o restare sulla porta in attesa di ordini?

Branco si asciuga il sudore che gli cola sul viso congestionato, scostando più volte i capelli dalla fronte. Cerca le parole, quelle che in realtà vorrebbe urlare a squarciagola.

«A proposito di quello che ci siamo detti l'altra volta. Voglio che trovi la ragazzina.»

«Parli di Svala Hirak?» chiede lei, per evitare equivoci.

Ma quanto si può essere stupidi? Non la paga forse quanto un ministro? E non l'ha assunta per essere sempre un passo avanti? Brutta come il peccato, oltretutto.

Ripigliati. Riprendi il controllo dei pensieri. Formula le parole nella sequenza corretta.

«Chi, se no? Portamela qui, a qualsiasi costo. Prenota un elicottero o un cazzo di aereo da combattimento, se vuoi. Anche un esercito, se serve.»

Lince osserva il passaggio dal dominio di sé alla disperazione e si rende conto che si è verificata la metamorfosi di cui finora aveva solo sentito parlare: quella a cui devono stare tutti bene attenti. Non si salva nessuno. Si costringe a fare la domanda successiva, brutale quanto logica: «Perché?»

«Perché?» Branco sbotta in una risatina, scuote la testa, gira la sedia a rotelle verso di lei e ruggisce così forte che gli si incrina la voce. «Non esiste nessun perché! Portamela e basta! Entro mezzanotte la voglio qui. Quanto cazzo sarà difficile?»

31

«Plague ha telefonato» dice Lisbeth quando sono sulla metropolitana per Hökarängen. «Quindi è vivo.»

Mikael segue il percorso della linea verde dal finestrino. Bambini diretti a scuola. Uno stadio che ha appena cambiato nome. Quartieri di villette, case in stile funzionalista, senzatetto sulle banchine e la netta sensazione che Lisbeth esageri per coinvolgerlo nell'operazione Plague. *Perché siamo seri, Lisbeth: tutto indica che Plague abbia cambiato fazione, e adesso bisogna salvarlo.* Comunque okay, è già capitato che avesse torto lui e ragione lei. In ogni caso, la sua compagnia è piuttosto piacevole.

«E cos'ha detto?» chiede.

«Niente» risponde Lisbeth. Non sono affari di Blomkvist.

«E sei sicura che fosse lui?»

«Sì.»

La grotta ha lo stesso aspetto dell'ultima volta. C'è un tanfo terribile e tra i pochi effetti personali dell'hacker non trovano niente di interessante.

«Praticamente non ci sono vestiti» constata Mikael. «Magari è andato in vacanza.»

«Sì, un charter per Maiorca. Proprio da Plague.»

Sfogliano libri e aprono cassetti desiderando dei guanti di gomma. Alla fine desistono.

La lampada in corridoio è ancora rotta. I vetri scricchiolano sotto le suole. Una donna in canotta sportiva e i capelli raccolti spalanca la porta della lavanderia condominiale.

«Cercate qualcuno?» chiede.

«No, nessuno in particolare» risponde Lisbeth.

«L'uomo in fondo» dice Mikael.

Canottasportiva allunga il collo per vedere più in là nel corridoio buio.

«Ah, quello. È uno schifo che la gente debba stare in vecchi rifugi antiaerei per avere un tetto sulla testa» dice, e loro concordano. Chiacchierano lungo le scale. Della primavera, della pioggia, di attentati esplosivi e omicidi tra bande, dei Democratici svedesi che secondo la donna faranno un repulisti di quella marmaglia.

«Quasi non si ha più il coraggio di lavare il bucato» dice. «Comunque, se è il grassone che cercate, è partito ieri. È venuto a prenderlo il servizio disabili. L'autista ha dovuto aiutarlo a uscire.»

«Com'era?» chiede Lisbeth.

«Come te, però più alta» risponde la donna, squadrandola. «Non so, però, magari era un uomo. Ormai non si capisce più niente. In ogni caso sul pulmino c'era un nome. Me lo ricordo perché subito prima di scendere in lavanderia avevo fatto la lista della spesa. I bambini avevano chiesto gli spaghetti al ragù. La cipolla l'avevo in casa, il ketchup anche. Così quando sono andata a fare la spesa ho pensato al pulmino. Per ricordarmi gli spaghetti, intendo.»

«Che marca era, quindi?» chiede Mikael.

«Non me lo ricordo» risponde la donna.

Lisbeth però ha una sua idea.

«Adesso capisci perché odio la gente?» dice Lisbeth quando sono di nuovo in metropolitana, diretti verso il centro.

«Forse dovresti trasferirti a Gasskas pure tu.»

Si separano in Medborgarplatsen. Lisbeth prosegue fino a Odenplan, entra alla Milton Security e sale da Dragan Armanskij. È davanti al suo ufficio e sta parlando con G2. Per semplicità, lei li chiama per numero, almeno tra sé. G sta per genio, perché sono tutti dei geni, altrimenti lavorerebbero da qualche altra parte.

Si ferma davanti al distributore di Coca-Cola. Armanskij è invecchiato. Si è lasciato crescere la barba. Ora la vede. Si illumina in un sorriso.

«Ah, che bello, quindi alla fine il pranzo si fa. Così possiamo parlare della vendita della tua quota.»

«Non vendo» risponde. «Ero solo stufa di tutto. Nuovo giorno, nuove idee.»

Gira lo sguardo sulla sala comune al piano sottostante. Alcuni geni giocano a flipper, altri a biliardo. Personalmente non ne capisce lo scopo, e soprattutto la convinzione di Armanskij che il gioco favorisca la creatività.

«Se c'è qualcuno che ha voglia di lavorare, avrei bisogno di aiuto per una cosa.»

Armanskij chiama un nome. G5 promette di scoprire tutto il possibile sui collegamenti tra la pasta Barilla, i pulmini per il trasporto disabili e gli organizzatori di feste. Subito dopo la partita di ping-pong, però.

«Sembra un cazzo di asilo» dice Lisbeth. «Non so come fai.»

Dragan Armanskij si stringe nelle spalle e accenna ad abbracciarla, per poi sospingerla verso l'ascensore.

«Il pranzo» dice. «Me l'hai promesso.»

Una nota implorante nella voce. E dentro di lei, un senso di colpa.

Lui beve, lei mangia. Hamburger di spalla con patatine fritte, ketchup e Coca-Cola. Il massimo dello scostamento dalla sua solita dieta.

«Ogni tanto si può provare qualcosa di nuovo» osserva Armanskij.

«Perché, scusa? Alla mia età il corpo sa cosa vuole. Se chiede a gran voce una pizza è perché gli serve una pizza.»

Il viso di lui è diverso. Triste. Lei se ne accorge. Malattia o divorzio, pensa. Eventualità che colpiscono spesso il genere umano.

«Forse volevi un caffè» dice lei, chiamando il cameriere con un gesto.

Armanskij si scola un cognac e ne chiede un altro.

«Cos'è successo? Di solito non bevi.»

«Ci hanno fregato» dice lui, e chiude gli occhi. «Quei bastardi.»

«Quali bastardi?»

«Quelli da cui proteggiamo i nostri clienti.»

«Qualche gruppo di hacker, intendi? Mi sembra impossibile. Voglio dire, noi viviamo di sicurezza garantita. Abbiamo sistemi così complessi che...»

«Evidentemente, non più» la interrompe lui. «Finora non sono state colpite società o persone con identità protetta, ma è solo questione di tempo.»

«Quindi, chi ha subito l'attacco?»

«Un comune del Norrbotten. Gasskas.»

Armanskij la guarda.

«Non è lì che sei stata quest'inverno?»

Lei annuisce.

«È grave» continua lui. «Sono riusciti a entrare nei server, hanno criptato dei dati e probabilmente ne hanno anche fatti sparire.»

«Cosa vogliono?» chiede Lisbeth. Gli attacchi *ransomware* difficilmente non prevedono la richiesta di un riscatto. Spesso anche con un messaggio da parte del mittente.

«Niente, per il momento. Abbiamo ricevuto l'informazione ieri sera. Prima ha telefonato il responsabile dei servizi informatici, che era abbastanza pacato. Subito dopo ha chiamato il city manager. Lui era... meno pacato.»

«Henry Salo» dice Lisbeth, inviando pensieri cattivi verso nord.

«Giusto, ecco come si chiamava. A quanto pare ci sono in atto enormi investimenti industriali che secondo lui possono essere messi a repentaglio se certe informazioni finiscono nelle mani sbagliate. L'intrusione ha colpito soprattutto il settore attività produttive, ma anche la sanità e l'assistenza. A quanto ne so, per il momento non hanno diffuso la notizia.»

Per forza, pensa lei.

«Meglio per noi, comunque. Ci dà un po' di tempo.»

Mentre escono, Armanskij la tiene sottobraccio.

Sui gradini esterni incrociano una persona che conoscono entrambi.

«Dragan, quanto tempo!» dice. «E Lisbeth! Che piacere vederti!»

«Anche per me» risponde lei.

È lo stesso di sempre, e nello stesso tempo no. Dimagrito. Grigio. Vecchio. Il commissario Jan Bublanski.

Abbraccio di gruppo. Lisbeth non può sottrarsi. Armanskij li sovrasta tutti e due. Lisbeth pensa che il tempo è appena passato di lì e li ha marchiati. Presto nessuno di loro ci sarà più.

La domanda è chi sparirà per primo.

32

Solo ieri si sono abbracciati a Odenplan. Bublanski ha avuto un infarto la stessa sera e ora si trovano al cimitero ebraico a sud di Skogskyrkogården e, come richiede la tradizione, gettano manciate di terra su una bara. La cerimonia ha attirato parecchia gente.

«Bublanski, o Bubbla, com'era soprannominato, era un uomo molto benvoluto, dotato di senso dell'umorismo e di profondità di pensiero. Un commissario che aveva a cuore le persone, a prescindere da chi fossero.»

I discorsi si susseguono. Come sempre ai funerali in cui la morte è arrivata al momento inopportuno, tutti vengono coinvolti dal dolore collettivo, che lo vogliano o no.

Lisbeth rimane nelle retrovie con Mikael e Armanskij. Anche se in passato i casi della vita li hanno uniti, si sente un'intrusa. Evita i familiari più stretti del commissario, soprattutto la moglie. Aveva qualcosa di particolare, qualcosa di positivo che però le sfugge. Osservare persone diventate di colpo più vecchie di vent'anni è inquietante. Alcuni li riconosce, anche se vagamente. La cosa triste è che probabilmente loro pensano la stessa cosa. *Di lei.*

È quando gira la testa per evitare altre domande che vede la zazzera biondo-rossa che sotto il riflesso del sole risalta più dell'altra sera. L'uomo accanto alla macchina, quello con cui ha parlato Lo e che le ha messo qualcosa in mano. Lisbeth non ha avuto modo di perquisire i vestiti. Pensandoci bene, quella donna non è mai andata nemmeno in bagno.

«Io vado» dice agli altri, e si allontana subito dopo il tipo con la zazzera. Lui si muove veloce, attraversa un vialetto dopo l'altro con lei alle calcagna, probabilmente in direzione del parcheggio. Si ficca la *kippah* nella tasca della giacca, guarda l'orologio e affretta ancora il passo. In mezzo alle auto, Lisbeth vede lampeggiare i fari posteriori di quella dell'uomo, che la apre con il telecomando. Si sposta lateralmente. Proprio quando lui sta salendo e non si guarda alle spalle lei orienta la fotocamera del cellulare verso la macchina.

È un'idea balorda e lei probabilmente è paranoica, ma in Lo c'è qualcosa che non la convince per niente. Andare a letto con il nemico è un tema ricorrente nella sua vita. In ogni caso, è più semplice che andare a letto con gli amici. Resta da vedere se Lo è una gatta selvatica che soffia o una gatta domestica che fa le fusa davanti al camino.

«Barilla è una società di taxi di Vårby. È fallita l'anno scorso. Nessuna informazione su eventuali nuovi titolari.»

Nell'sms di G5 sono inclusi nome e link. Lisbeth gli manda la foto della zazzera. «Collegamenti con Barilla?»

La risposta arriva subito: «David Barilla, ex titolare.» Link al cellulare e all'ultimo indirizzo noto.

«Dove sei?» chiede quando Mikael risponde.

«Sto tornando a casa. E tu perché sei sparita così?»

«Passo a prenderti tra mezz'ora. Copriti bene.»

«È successo qualcosa?»

Ma lei ha già riattaccato.

33

«A quanto pare tutte le strade portano di nuovo a quel buco di culo che è Gasskas.»

«Cosa vuoi dire?» chiede Mikael.

«Non lo so, è una sensazione dettata da un mix di cose: la tua mania di persecuzione, la scomparsa di Plague e il fatto che il comune di Gasskas è stato hackerato. Posso sbagliarmi.»

Lisbeth gli lancia un casco, ignora il commento sulla nuova moto e accelera. Quando arrivano sulla E4 fila via ancora più veloce. Mikael le dà un colpetto sulla gamba ma si rende conto che lei non rallenterà per lui e chiude semplicemente gli occhi. Li tiene ben stretti e le cinge la vita con le braccia.

Lisbeth prende l'uscita di Skärholmen e prosegue verso Vårby Gård, oltrepassa il centro abitato e la spiaggia e si ferma davanti ai cancelli della fabbrica smantellata di birra e bibite della Spendrups. Spegne il motore e solleva la visiera.

«La tipa in canotta nella lavanderia ha detto che Plague è partito a bordo di un pulmino del trasporto disabili. Ho chiesto a un piccolo genio della Milton di verificare eventuali collegamenti tra marche di spaghetti e società di taxi, cosa che ci ha portato qui.»

Mikael si toglie il casco e si liscia il ciuffo spelacchiato.

«Non sono sicuro di capire» dice.

«C'entra con Lo. La casalinga che ho conosciuto a karate, sai. Dopo la birra al Loch Ness l'ho seguita. Ha parlato con un tizio accanto a una macchina. Quel tizio era anche al funerale.»

«E tu l'hai seguito e hai preso la targa?» chiede Mikael.

«Esatto, e così sono arrivata alla Barilla Taxi Ab, una società fallita il cui ex titolare è David Barilla, che risulta domiciliato qui.»

«E cosa pensavi di fare? Dovremmo fingerci testimoni di Geova?»

«Prima di tutto, scoprire se magari ha tenuto un mezzo che ha affittato a quelli che hanno portato via Plague.»

«Mi sembra che non regga» obietta Mikael. «Potrebbe essersene andato spontaneamente.»

«È una sensazione di pancia. Non può essere un caso che Lo prima spunti a karate, poi al pub e poco dopo si trovi con un tizio che le mette in mano qualcosa ed è l'ex titolare di una società che probabilmente si è portato via Plague. Sono andata con lei nella sua camera d'albergo per vedere se riuscivo a ricavarne qualcosa ma è finita con una scopata non troppo entusiasmante.»

L'uscita finale va a colpire dove voleva che andasse a colpire: nelle parti molli di Mikael.

Lui la guarda e scuote la testa.

«Alla faccia del tenersi vicini all'oggetto di osservazione.»

«Senti chi parla.»

«In che senso?»

«Lascia perdere. Ora andiamo.»

«Aspetta un attimo» dice Mikael. «Se sono dei malviventi mica possiamo entrare e dire che vogliamo dare un'occhiatina al loro parco macchine.»

«Cos'è, invecchiando sei diventato un cacasotto? Se tanto devi morire di cancro cosa sarà mai correre qualche rischio ogni tanto?»

«Hai detto una cattiveria.»

Lei fa un gesto come per minimizzare.

«Sono una persona cattiva, lo sai.»

Seguono le banchine di carico sul lato nord della fabbrica finché non finisce la strada. Parcheggiano la moto e si guardano intorno. Prendono un sentiero che attraversa un boschetto, ritrovandosi alla fine al porticciolo turistico. Alcuni velisti lustrano lo scafo delle loro barche. L'acqua dalla baia è liscia come uno specchio. Imboccando un altro sentiero doppiano la punta e raggiungono il lato meridionale.

Una persona con la testa dentro un cofano fa pensare che lì si svolga un qualche genere di attività. Alle sue spalle ci sono un altro paio di mezzi. Nessuno ha l'insegna del taxi.

«Scusi, sa dove si trova la Barilla Taxi?»

L'uomo alza brevemente gli occhi e ricomincia ad avvitare.

«Boh» dice. «Io sto dando una mano a un amico con la macchina. Più avanti c'è una specie di garage, ma non ho mai visto anima viva.»

In sottofondo si sente il rombo delle auto sulla E4. Il crepuscolo proietta lunghe ombre sugli edifici squadrati.

«In passato qui lavorava una quantità incredibile di persone. La Wårbybryggeri risale all'Ottocento. L'acqua veniva prelevata dalla sorgente Vårby, da cui il nome. C'è un che di malinconico nel...»

«Magari la lezioncina tienila per dopo» dice Lisbeth, e prova ad aprire un portone. Passa a quello successivo. Chiuso pure quello. Sentono il suono contemporaneamente. Si fermano. Cercano di capire da dove viene.

«Sembra uno *shofar*» sussurra Mikael.

«Cioè?» bisbiglia lei di rimando.

«Pensavo non ti piacessero le lezioncine» risponde lui. «Uno strumento» dice alla fine. «Un corno.»

Lisbeth prova la porta scorrevole. La prende più saldamente e riesce ad aprirla quel tanto che basta per sbirciare dentro. Poi la spinge ancora, in modo che possano entrare.

Una debole luce da un locale più in fondo dà vita a una flotta di taxi in fallimento. Diverse auto, ma niente pulmini. Lisbeth si sposta verso la melodia monotona dicendosi che una persona in grado di suonare in modo così sensibile e malinconico non può essere pericolosa.

Aumenta il passo e diventa disattenta: non vede dove mette i piedi e per sbaglio dà un calcio a una bottiglia, che si spacca sul cemento con un gran fracasso.

La musica si ferma di colpo. Sentono grattare una sedia.

«Sei tu, Alex?»

Alex Barilla. Party planner.

«Chiedo scusa» dice Mikael passando davanti a Lisbeth. «Cerchiamo la Barilla Taxi. È qui?»

La zazzera biondo-rossa è davvero spettacolare. L'uomo tira indietro i ricci e chiede chi sono.

«Vorremmo noleggiare un pulmino attrezzato per il trasporto disabili e ci hanno consigliato voi.»

«Ah, davvero? Chi, se posso?»

«Mia sorella» dice Lisbeth, facendo un passo avanti. «Abbiamo un gruppo teatrale per bambini con disabilità e dobbiamo andare in tournée nel Norrland.»

Lui fa un sorrisino e allunga una mano verso un interruttore. Il locale è più grande di quanto sembrasse.

«Come vedete di macchine ne abbiamo, ma niente pulmini.»

«È fuori a noleggio?» chiede Lisbeth.

«A quanto pare è arrivata prima tua sorella» dice lui. «Bel funerale, a proposito. Jan Bublanski era una brava persona» risponde lui, tendendo la mano. «David Barilla. Volete un caffè?»

«E Alex Barilla chi sarebbe?» chiede Lisbeth senza presentarsi.

«Mio figlio» risponde lui. «Pensavo fosse lui. Diciamo che lo speravo.»

«Quello che organizza feste.»

«Tra le altre cose» dice l'uomo senza portare avanti il ragionamento, ma quando Lisbeth addenta qualcosa non molla la presa. Sta per lanciarsi in un paio di affermazioni e un'ipotesi quando interviene Mikael Blomkvist.

«Chiediamo scusa per questa intrusione. Non abbiamo cattive intenzioni.»

La stanza dietro il garage è arredata come un monolocale con angolo cottura. L'uomo scalda l'acqua e tira fuori un barattolo di caffè solubile e alcune tazze senza piattino. Poi si siede su uno sgabello e fa un sospiro profondo.

«Mio figlio ha avuto dei... problemi. Non lo sentivo da un pezzo quando è arrivato senza preavviso e mi ha raccontato una storia sconclusionata su un motoclub che minacciava di spararagli se non avesse pagato. Purtroppo non ero in grado di aiutarlo. Subito dopo si è presentata qui quella donna e ha detto che potevano considerare saldato il debito in cambio di un pulmino per il trasporto disabili.»

«Vivi qui?» domanda Lisbeth guardandosi intorno. Quel posto è quasi al livello della grotta di Plague.

«Appena la società è fallita mia moglie ha chiesto il divorzio. La casa è intestata a lei. Dopo che sarà stata venduta la massa fallimentare forse riuscirò a rimettermi in piedi. La licenza me l'hanno ritirata, quindi le auto stanno quasi sempre qui a prendere polvere.»

David Barilla ha detto tutto quello che aveva da dire. Rimette lo strumento nella custodia, posa la tazza nel lavello e dice che è meglio che vadano.

«Un'ultima cosa» dice Lisbeth. «Dov'è diretto il pulmino?»

Lui la fissa con occhi rossi quasi quanto i capelli e si rimette seduto. Ora la voce non è né stanca né impaurita, solo rassegnata.

«Non so dove sia diretto ma forse si può controllare sul

computer di bordo. Anche se ovviamente non è acceso, con la tecnologia attuale nessuno è invisibile.»

«Perché non sei andato alla polizia?» chiede Mikael.

«Ah, buona quella» borbotta Lisbeth. Poi si alza e ringrazia per il caffè.

«Povero cristo» dice Mikael mentre tornano alla moto, ma Lisbeth non lo sta ascoltando.

Le dita volano sulla tastiera del cellulare. Il ritorno a Söder dura, se possibile, anche meno dell'andata.

34

Alle quattro e qualche minuto del mattino, Svala si ritrova sveglissima anche se quasi non ha chiuso occhio. Stanno tornando la primavera e la luce. I cumuli di neve spazzata dalla corte arrivano ancora al bordo del tetto della stalla, ma sul lato meridionale sono comparse chiazze scure di erba vecchia.

Rimane per un po' alla finestra della camera in mansarda e osserva la fattoria che adesso è casa sua, con tutto quello che comporta in termini di voglia di scappare dalla presenza insistente della famiglia e, nello stesso tempo, di riconoscenza per il fatto di avere un posto dove stare.

Presto sul Björkberget sorgerà il sole. Lo sguardo corre al canile. Ancora non capisce come suo zio abbia potuto farlo. Senza permetterle di esserci. Un colpo alla testa e tutto finito.

«Non c'è motivo di piangere. Era vecchia» ha detto Elias.

Non che lei pianga, ma la laika era il suo ultimo anello di congiunzione con Mammamärta.

«Come per noi» risponde lui secco.

Ha un paio d'ore a disposizione prima che si sveglino gli altri. Deve muoversi in punta di piedi. Per-Henrik ha un sesto senso per i piani segreti. Si veste, scende in cucina e prepara un paio di panini che ficca nello zaino con una bottiglia d'acqua. Tutto il resto l'ha già messo via. Messo via e controllato per l'ennesima volta. Stuoino, fiammiferi, maglione, corda.

Le quattro e mezza. Deve muoversi entro un quarto d'ora. Chiude piano la porta d'ingresso e sceglie di fare il giro intorno al rustico dove fanno il pane per scendere in garage. La crosta sui cumuli del lato in ombra, che si è compattata durante l'inverno a causa della tanta neve caduta a ripetizione dai tetti, a tratti tiene e a tratti no. Sudata, ma fuori dalla portata degli sguardi di eventuali zii mattinieri, svuota gli stivali dai grumi di ghiaccio e apre il portone del garage.

La chiave dell'auto di zia Lisbeth ha dovuto cercarla per un pezzo, frugando tasche e vuotando cassetti. Alla fine l'ha trovata per caso, appesa a un chiodo nel macello, ben visibile in mezzo ad altre chiavi.

«Non guiderai per un solo metro prima di avere l'età per fare pratica con un autista esperto accanto. Le chiavi le tengo io, per il momento» è più o meno quello che ha detto lo zio. Svala non si aspettava niente di diverso. Non ha neanche avuto la forza di rispondere che non avrà bisogno di fare pratica.

Promettere a Simon di mettere una macchina a disposizione del gruppo, nonostante sia la più giovane di tutti, è stata una cazzata. Ora se ne rende conto, anche se era dettata dal bisogno di affermazione. Oltretutto l'auto non potrebbe circolare – niente bollo, niente assicurazione, niente revisione – ma ormai è troppo tardi per tirarsi indietro.

Il cavo riscaldamento motore l'ha collegato giorni fa. Ha controllato l'accensione ed è anche stata tentata di provare a mettere in moto, ma ha evitato di farlo per non essere scoperta. Se non parte, sarà costretta a prendere il furgone dello zio. Sicuramente le chiavi sono dentro. La motoslitta è ancora caricata sul cassone, anche se ormai la neve non è più sufficiente. Non è un'alternativa allettante ma ci sono persone che la aspettano. Che si aspettano che porti a termine quella parte del piano.

Quando l'auto parte al primo tentativo, rilassa le spalle. Esce in retromarcia, si gira e prega che la sabbia che ha sparso subito prima di andare a letto sia sufficiente perché le gomme estive tengano lungo il tragitto, a tratti ghiacciato, che scende alla strada principale.

Una persona attenta potrebbe notare le tracce degli pneumatici davanti al garage, ma finché nessuno ha motivi urgenti per cercarla le rimane un certo margine di manovra.

All'incrocio le passa davanti il primo autobus della mattina per Gasskas. Svala si copre il viso con un braccio nel caso che l'autista la conosca. Aspetta che il mezzo sparisca dietro la prima curva, poi mette la freccia a destra e si dirige a nord.

Come stabilito, Simon la chiama subito dopo le sei. È conciso e le dà le istruzioni senza fare domande. Il fatto che lei abbia risposto è la dimostrazione che è andato tutto bene, almeno finora. Potrebbe ancora essere fermata dalla polizia o cambiare idea, pensieri che lei tiene per sé.

«Ce la farai» le dice lui. «Sei la mia piccola guerrigliera personale. Quando sarà tutto finito festeggeremo. Perché lo sai che per me sei speciale, no?» aggiunge, e quelle parole le si depositano come morbido muschio intorno al cuore.

«In che senso?» vorrebbe chiedere, ma non lo fa.

«In tutti i sensi» dovrebbe rispondere lui, preferibilmente, ma lei non ne è sicura. Eppure. Il modo in cui la guarda, in cui la sfiora a volte. La considera, comunica con lei, si insinua in recessi della sua anima che le sono del tutto sconosciuti.

Un vecchio, direbbe Lisbeth. Anche Mammamärta, ma cosa gliene importa. Pensa a lui quando si sveglia. Sogna di lui a occhi aperti mentre è a scuola. Lo immagina steso accanto a sé quando sta per addormentarsi.

Per uno scopo più alto l'essere umano deve mettere da parte i propri bisogni personali e pensare al bene della collettività.

La voce di Simon la scalda ancora dentro. In questo momento sente che potrebbe seguirlo in capo al mondo.

Non esistono limiti, leggi o regole in grado di fermarci. Abbiamo il potere nelle nostre mani. Lo vedranno, che ce l'abbiamo.

Il sole si riflette nello specchietto retrovisore e la strada è asciutta e deserta.

Una renna solitaria corre lungo il bordo del fosso. Lei rallenta e deve reprimere l'impulso di chiamare a casa. *Chiamare a casa.* Ha di nuovo una casa. Una famiglia. Persone a cui importa di lei. Anche troppo. Controllano i compiti, la interrogano in vista delle verifiche, le comprano vestiti, le preparano la cena e la accompagnano agli allenamenti di karate. In cambio lei dà una mano, anche se forse Per-Henrik non la vede così. Per lui Svala è più che altro tra i piedi. Deve chiedere tutto, comprese le parole. La declinazione dei nomi, la cui funzione cambia con il cambiare delle desinenze.

«La lingua sami è per l'allevamento delle renne la stessa cosa del francese per un sommelier» dice. «Se vuoi renderti utile devi impararla.»

Coglie anche l'occasione per aggiungere che forse quel lavoro non fa per lei. Ce ne sono altri, di quelli che rendono di più.

«Come per te, intendi» dice lei, riferendosi alle settimane alterne che passa alla miniera di Kiruna.

Lui versa il caffè e le si siede di fronte in cucina. Quando alza gli occhi su di lei, a Svala sembra di fissare dritto nel buio della miniera.

«Non è una scelta» dice Per-Henrik. «Se le renne devono sopravvivere all'inverno servono i soldi per il foraggio.»

Svala ha cercato di non pensare alle renne uccise. Ha respinto il senso di perdita, come ha fatto con Mammamärta.

A frammenti, i ricordi riemergono: gli occhi socchiusi di sua madre, sempre pronta alla risata nonostante la loro vita di merda. I turni degli zii in miniera, che insieme al disboscamento e ai cambiamenti climatici rappresenta una delle cause della riduzione dei pascoli per le renne.

A cosa serve lottare per la sopravvivenza se c'è sempre qualcos'altro pronto a uccidere? Questo "qualcosa" che vuole arrivare a lei. Svala lo sa. Lo sente. Non ha idea di cosa fare per sfuggirgli.

35

Appena possibile si lascia alle spalle la strada principale per imboccare quelle che collegano tra loro i paesi, nonostante il rischio rappresentato dai lastroni di ghiaccio. In realtà più che paesi sono soprattutto case singole. Molte rimangono vuote quando il proprietario finisce in casa di riposo o muore. Le lampade regolate da timer e i vicini che spazzano la neve o tagliano l'erba tengono alla larga i ladri.

A quell'ora del mattino è quasi sicura di non incontrare nessuno. Con un po' di fortuna a casa non si accorgeranno della sua assenza prima di sera. Per sicurezza ha lasciato un foglietto.

Dormo da Anna-Maria. Svala.

Qualche minuto dopo Simon richiama. «Cambio di programma» dice. «Vai a Jokkmokk e vieni alla City Konditori. Aprono presto.»

«Cosa significa "cambio di programma"?» chiede Svala, ma lui risponde solo «ci si vede» e chiude la chiamata.

Più si avvicina al centro abitato più il traffico aumenta, anche se per ora si tratta di qualche macchina ogni tanto.

La cartina della città le si sovrappone allo sguardo come un *raster*. Tutti i posti possono essere sbagliati, a modo loro. Potrebbe incrociare chiunque abbia un motivo per uscire di prima mattina: qualcuno che porta a spasso il cane, che va a correre, che fa i turni.

Effettivamente tra poche settimane avrà quattordici anni, ma ne dimostra dodici. Neanche truccandosi riesce a farsi passare per più grande. Sicuramente non per una grande abbastanza da prendere la patente. Orienta lo specchietto retrovisore e si ritrova a fissare gli occhi penetranti di Mammamärta.

«No, porca vacca» dice Svala a voce alta. «Non ora. Non ho tempo per te.»

Volevo solo metterti in guardia.

Da cosa? Domanda superflua.

Stai per commettere lo stesso errore che ho commesso io. Torna indietro, finché puoi.

Non posso. Simon conta su di me.

Non è il solo, risponde Mammamärta. *Quel Simon è meglio perderlo che trovarlo. Vuole solo sfruttarti, come tutti gli altri.*

Tu non ne sai proprio niente, e poi sei morta.

Svolta verso il cimitero e si ferma al margine del parcheggio deserto.

In cambio di un abbraccio di Mammamärta interromperebbe tutta l'operazione e righerebbe dritto per sempre. Ma se sua madre viveva nel caos, lei vive nel cosmo. Niente di quello che fa è casuale o sconsiderato, però Simon è speciale. Ha risvegliato in lei qualcosa che non si può fermare. Un'emozione che provoca un formicolio.

Prima di scendere dalla macchina, Svala si allarga la cintura di un paio di buchi e ci infila il coltello. Esita sullo zaino, ma decide di portarselo dietro. Rabbrividisce – il sole non scalda ancora –, si chiude la cerniera del parka e si avvia verso la pasticceria.

Simon è già lì: lui e altri due. Li vede dalla vetrina prima che loro vedano lei. *Gente di città in visita nella remota provincia semispopolata del paese. Giacche impermeabili bicolori e pantaloni marca Lundhags.*

Chiede un bicchiere d'acqua, apre la porta che separa la cassa dalla sala e va verso il loro tavolo.

Ecco, lui l'ha vista. Sembra contento, o no? Determinato, forse. O imbarazzato.

Lei reprime un sorriso, anche se la bocca vuole gridare un «ciao». Tende la mano agli altri due e si presenta. Svala Hirak. Nessuno dei due dice il proprio nome. La guardano dubbiosi.

Anche Simon ha l'aria di cominciare a dubitare.

«E voi siete?» chiede Svala sedendosi vicino a lui. Uno dei due sa già chi è: uno di quelli che fanno dichiarazioni ai media. Viene intervistato alla televisione anche se è giornalista pure lui. Scrive articoli d'opinione, tiene conferenze e si fa passare per esperto. Un sapientone, insomma, non troppo diverso dalla vecchia fiamma di Lisbeth.

L'altro potrebbe essere chiunque, finché non sposta la gamba lasciando intravedere la borsa della fotocamera.

Gli uomini si guardano e poi si girano di nuovo verso lei.

«Pensavo che avremmo incontrato Anna-Maria Hirak» dice il giornalista.

«Purtroppo non sta bene» risponde Simon, accennando con la testa a Svala. «Svala è sua cugina e ne sa almeno quanto lei.»

Il fotografo la guarda con nuovo interesse. Una giovane sami esotica rende sempre bene, in foto. Carina, tra l'altro. E un po' arrabbiata. Una combinazione imbattibile.

«Scusate» dice Svala. «Prima di cominciare avrei bisogno di scambiare due parole con Simon.»

«Be', cosa succede?» chiede quando i due vanno a prendere un secondo giro di caffè. «Perché siamo qui seduti con dei giornalisti invece di fare quello che avevamo concordato? Non mi sembra una buona idea attirare l'attenzione su di noi.»

«Il giornalista mi ha chiamato ieri sera. A quanto pare gli ha dato il mio nome qualcuno del comune di Gasskas. Fanno un pezzo sulla miniera. Avranno capito che quassù si stanno muovendo delle cose.»

E no, Simon non è d'accordo: secondo lui l'attenzione giova alla loro causa.

«Dipende da cosa scrivono» obietta Svala.

«Tu non capisci» dice lui.

«Non capisco cosa?»

«Mentre siamo qui, Anna-Maria e gli altri sono già sul posto. E quando arriviamo partono i fuochi d'artificio. Avremo l'attenzione di tutta la Svezia puntata su di noi.»

Poi mette una mano sulla sua. Abbassa la voce e sussurra in modo che possa sentirlo solo lei.

36

«Quasi pronti» dice Jens B. Börjesson orientando il microfono del cellulare verso Svala e Simon. «Va bene se registro la conversazione, vero? Ottimo» si risponde da solo. Poi gira qualche foglio del suo blocco e alza lo sguardo.

«Per cominciare dal principio» dice guardando Simon, «potreste spiegare cos'ha contro le miniere la vostra organizzazione?»

«Non siamo un'organizzazione» s'inserisce subito Svala, «ma un gruppo spontaneo di persone accomunate dal valore che dà alla natura e agli esseri umani. L'apertura di una miniera completamente nuova, che ha un'aspettativa di vita di una quindicina d'anni, non è sostenibile, tenuto conto dei danni che causerà alla natura, oltre che alle persone e agli animali che vivono o si spostano nella zona.»

Parla consapevolmente veloce per evitare che lui possa interromperla.

«Le comunità sami e la giunta regionale hanno detto un chiaro "no", ma il governo sceglie di ignorare le loro opinioni, nonostante siano protette sia dalle leggi svedesi che dalle norme internazionali sui popoli indigeni.»

«La giunta regionale non è mica protetta dalle norme internazionali sui popoli indigeni» ridacchia Börjesson, e il fotografo lo imita.

Cretino, pensa Svala, e sorride.

«Ovvio» dice, «ma la giunta regionale guarda alla questione dalla prospettiva di chi vive qui e della natura che ci circonda, non da quella di singoli rappresentanti di multinazionali che vedono la possibilità di far soldi sfruttando le risorse naturali svedesi.»

«Capisco» dice Börjesson, anche se Svala vede benissimo che non capisce e non gliene frega niente. Vuole bocconi più succulenti. Lei non intende offrirglieli.

«Ma le miniere hanno un'importanza maggiore, per la società in generale, di quello che può essere un semplice interesse di alcuni per la natura, soprattutto per quanto riguarda i posti di lavoro. Non pensi che molti vedano con favore l'avvio di nuovi progetti industriali sul territorio? Voglio dire, qui di lavoro praticamente non ce n'è.»

«4,6» dice Svala. «6,2 a Stoccolma e 7,4 come media nazionale.»

Lui la guarda senza capire.

«La percentuale di disoccupati» chiarisce lei. «È la regione con il tasso più basso di tutto il paese. Certo, ci sono tanti pendolari, ma usare la disoccupazione come argomento per giustificare una nuova miniera esprime un pregiudizio. L'estrazione mineraria è un fatto di soldi e potere, nient'altro.»

«Ma se si guarda alla cosa da un altro punto di vista» dice il giornalista, «quello delle terre rare, non è un bene che la Svezia possa diventare autosufficiente?»

«Grazie alla miniera di Gasskas?» chiede Svala.

«Esatto: le batterie, l'energia eolica e una serie di innovazioni tecnologiche hanno bisogno di questi... metalli per essere prodotte. Non ti sarà sfuggito che la rivoluzione verde riguarda le mutazioni climatiche. Sembra strano che pochi allevatori di renne siano più importanti del clima.»

Svala sta per rispondere che le nuove miniere non fanno che aumentare il cambiamento climatico e che quelle esistenti rappresentano il dieci per cento delle emissioni di anidride carbonica del paese quando Simon s'inserisce nella conversazione. È da un po' che si agita sulla sedia. Dopotutto sono in due.

«La nostra opinione è che su a Kiruna ci siano già terre rare a sufficienza. L'ha confermato la Lkab stessa, anche grazie alle analisi dei fanghi e dello sterile da cui sono risultate alte percentuali sia di lantanio che di cerio.»

«Lutezio, olmio, erbio, samario, disprosio, europio, terbio, praseodimio» continua Svala l'elenco dei metalli di transizione, e andrebbe avanti ancora se non venisse interrotta dal fotografo.

«Guarda da questa parte, così ti faccio una foto» dice. «Sorridi un po'. Scommetto che sei carinissima quando sorridi.»

Svala lo ignora, riporta gli occhi sul giornalista e continua: «Nelle alture dello Stormyrberget, dove stanno facendo le prospezioni per la nuova miniera, è presente solo minerale di ferro, e di quello in Svezia ce n'è già anche troppo.»

All'obiezione del giornalista è già preparata.

La questione africana.

«Non è meglio che l'estrazione mineraria avvenga nel nostro paese, dove esiste un concetto di sicurezza consolidato e inoltre i salari sono alti, piuttosto che sfruttare persone povere, e magari addirittura dei bambini, per fare il lavoro sporco?»

Lei sostiene lo sguardo di Börjesson finché è lui a distogliere il proprio.

«Se lo stato svedese volesse davvero impegnarsi per l'Africa dovrebbe esportare la propria tecnologia, cosa che invece naturalmente non vuole fare. E perché, secondo lei?»

La domanda rimane sospesa nell'aria. Svala non ha intenzione di dare una risposta.

Simon le dà un pizzicotto sul ginocchio. Forse le avrebbe fatto male, se non fosse che lei è lei, ma il messaggio è chiaro: vuole spazio, vuole essere citato. C'è un solo leader. Un leader scontato. Vuole essere ascoltato, forse ammirato. È la prima volta che Svala lo vede da un'angolatura diversa. Beve d'un fiato il bicchiere d'acqua, si alza e gli dà una pacca sulla spalla.

«Continua tu» dice. «Io devo andare in bagno.»

Svala si siede sul coperchio. Le sorprese non le piacciono. Tira fuori il cellulare e chiama Anna-Maria, che a sua volta le chiede dove cazzo sono.

«Simon intrattiene i media. Dice che sono cambiati i piani. Ne sai qualcosa?»

«Lo sapresti anche tu se non avessi saltato la riunione di ieri sera» le dice. La voce è scocciata.

Quale riunione?

«Ho avuto un contrattempo» risponde Svala. «Avete deciso qualcosa in particolare?»

«Ne parliamo dopo, non al telefono.»

Svala rimane in bagno ancora per un po'. Aspetta che la delusione si stemperi.

Sarai sempre tagliata fuori. Anche quando pensi di essere dentro.

37

Quando torna nella sala, l'atmosfera è cambiata. I tre uomini stanno ridendo come vecchi amici, così forte che il tizio a qualche tavolino di distanza li guarda male. Lei non ha intenzione di intromettersi, quindi si siede e aspetta che si siano asciugati le lacrime agli occhi.

«Simon ha appena raccontato un aneddoto su di te» dice il fotografo. «Quando ti si sono scuciti completamente i pantaloni durante la visita del prefetto mentre stavate manifestando contro la miniera e tu dovevi servire il caffè nelle *kuksat*, le tazze di legno dei sami. Non dev'essere stato tanto divertente» dice, e si rimette a ridere.

Svala si gira verso Simon, che evita il suo sguardo.

«Imbarazzantissimo» dice, «ma più tardi è stato anche peggio, perché Simon ha mangiato troppo midollo e ha finito per cagarsi addosso. Per fortuna almeno il prefetto se n'era andato. Maxida Märak invece c'era ancora.»

La mano di lui torna sulla sua gamba e le pizzica l'interno della coscia. Svala non gli ha mai detto che le manca la capacità di provare dolore. Certi segreti è bene conservarli.

«Abbiamo finito?» chiede interrompendo il nuovo scoppio di risa e facendo per alzarsi.

«Solo un altro paio di domande e poi scendiamo insieme alla miniera» risponde Jens B. Börjesson.

«Quale miniera? Non c'è ancora nessuna miniera.»

«Si riferisce al Buco» spiega Simon, allentando la presa. «Forse non l'hai ancora visto, ma il *Gaskassen* stanotte ha pubblicato un articolo sui piani di Salo per l'avvio dell'attività, dove lui dice che il progetto sta per diventare realtà. Non solo il trasporto dello sterile a Kiruna, ma proprio nuove estrazioni. Guarda.» E le mette davanti il cellulare.

Li porto là io. Fai il check-in allo Stora Hotell e noi ci vediamo lì più tardi. Camera 14.

«Una vecchia miniera a cielo aperto piena di inquinanti» dice Börjesson. «Quella sì che è pane per i denti di voi ambientalisti, no? Forse anche meglio che protestare davanti a una sbarra nel bel mezzo del nulla.»

38

Svala Svala non temere
Chi la culla va a sapere
Sta la renna ai piè dei monti
Torna sempre alle sue fonti

Da dove arriva quella filastrocca? Non lo sa. Mentre va verso l'albergo le batte il tempo nella mente come una bacchetta.

«Prego, camera 14» dice la donna con un sorriso gentile. «Tuo padre ha già fatto il check-in.»

«Non è...» fa per dire lei, ma si blocca.

Il Petrigno. La casa sull'albero al Treehotel di Britta. Il corpo che plana nell'aria e atterra con un bel crac quando l'osso del collo si spezza.

«Grazie, lo aspetto di sopra.»

Si scuote di dosso il Petrigno. Quando si tratta di lui, non vale la pena di conservare nemmeno un ricordo piacevole.

La stanza al primo piano è piccola e puzza di cane, o forse è fumo vecchio che impregna le pareti. Svala procede annusando, spalanca la porta del bagno, la chiude, guarda la via sottostante, apre la finestra di ventilazione e si siede sul letto. Il cellulare era in modalità silenziosa. Un sacco di chiamate senza risposta e messaggi, di cui almeno la metà da casa, ma dovranno aspettare. Tanto il guaio è fatto, e poi cosa credeva, che gli zii abituati a cercare di continuo le tracce dei nemici delle renne non si accorgessero che aveva preso la macchina? Ha corso un rischio, e lo sapeva.

Adesso bisogna concentrarsi sul resto. Qualunque cosa sia.

Si stende sul letto e cerca di pensare a Simon come fa di solito. Le sue mani che si muovono continuamente quando parla, la bocca che forse vorrebbe baciare, la voce, le cose che dice solo a lei. Non ci riesce. Salta sempre fuori la faccia di Mammamärta.

Stai per commettere lo stesso errore che ho commesso io. Vattene di lì.

Poi deve essersi addormentata. Una chiave entra nella toppa.

Svala Svala non temere.

Il basso sole pomeridiano che lo illumina da dietro rende soffuso il contorno. Per diversi secondi Svala non sa dov'è, non sa chi è lui.

«Posso fidarmi di te?» chiede Simon.

«Cosa vuoi dire?»

«Qualcuno ha chiamato la polizia, che ha portato via tutto quello che poteva essere percepito come arma. Thermos, coltelli da scout, anche le corde. Quelli che non li consegnavano spontaneamente sono stati portati alla stazione. Lo capisci cosa significa?»

«Ottime immagini di corredo all'articolo» risponde lei. Lui le lancia un'occhiataccia. Ha un occhio marrone e uno verde. Strano che non ci abbia mai fatto caso prima.

«Dammi il cellulare» dice lui, e tende la mano. Lei si rizza a sedere sul letto. Il tono non le piace, e glielo dice.

«Cosa ci facciamo qui, poi?» chiede, e lui fa un sorriso. Uno di quelli tipici degli adulti quando i bambini non capiscono qualcosa.

Lascia perdere il cellulare e le si siede accanto. Le cinge le spalle con un braccio, l'attira a sé, le passa la mano sui capelli per poi scendere sul braccio, la coscia, poi di nuovo su, e d'un tratto la infila sotto la camicia.

«Smettila» dice lei togliendosela di dosso. Di cosa cazzo si era illusa? Che lui pagasse una camera d'albergo per farle fare un pisolino pomeridiano?

«Sei stato tu a dirmi di aspettarti qui» tenta di difendersi Svala, ma forse ha ragione Simon. Quante volte ha pensato a lui proprio in quel modo? Voleva che la toccasse, la apprezzasse, pensasse a lei così come lei fantastica su di lui.

Svala si sente in colpa. La mano è di nuovo sotto la camicia, più dura, adesso, più decisa, e non solo sotto la camicia: sbottona i pantaloni, abbassa la cerniera. I pensieri le pulsano dentro ed escono come sussurri anche se vorrebbe gridare «No, no! Non voglio!».

«Lo desideri quanto me, ammettilo» dice lui, e lei lo ammette.

Lo ammette per guadagnare tempo e per colmare il distacco con il senso di colpa. Perché la colpa è sua. Possibile che non abbia imparato niente, dopo tutti gli anni con il Petrigno? Un mignolo è una mano, una mano è un braccio, un braccio è un corpo e adesso lui le si stende addosso, le fruga in mezzo alle gambe e dice che sarà velocissimo, che non le farà male e che lui le vuole bene e si prenderà cura di lei e alla fine lei non riesce a opporre resistenza. Lui è grande. Lei è piccola.

Un uomo contro una bambina. E per quanto lei voglia lottare, urlare, picchiare, difendersi, il corpo rimane immobile e aspetta che sia tutto finito. Non riesce a fare altro.

Dopo conta i secondi. Passano i minuti.

Quando Simon comincia a russare, si divincola dalla stretta. Si mette i pantaloni e si riabbottona la camicia senza perdere d'occhio il viso addormentato. Un filo di bava sul mento. D'un tratto le appare molto vecchio. Il cellulare gli è caduto per terra.

Adesso è nello zaino di Svala. Quando la porta si richiude silenziosa, lei si mette a correre. Giù dalle scale, fuori, verso il cimitero.

Fatica ad aprire la macchina. Di colpo non ricorda più qual è la frizione e quale il freno. Il motore tossisce e si spegne. Nuovo tentativo.

Svala Svala non temere.

Esce dalla città. Oltrepassa il distributore della Okq8 anche se l'indicatore della benzina è sul rosso. Non ha il coraggio di fermarsi. Dovrà parcheggiare da qualche parte. Infilarsi in una strada forestale. Raccogliere le idee e chiamare qualcuno.

Lo fa, ma qualcuno non risponde.

Lascia la macchina accesa in folle. In riserva. Tanto è andato tutto a puttane.

Stronzate, Svala. Ti ho avvertita ma non mi hai dato retta. Non piangerti addosso per qualcosa che avresti potuto evitare.

Gli occhi di Mammamärta sono cupi come l'acqua del Gårtejávråsj.

«Hai ragione» risponde Svala allo specchietto retrovisore. «Peggio per me.»

39

Svala fa un'inversione a U, si infila nel distributore, si tira su il cappuccio e riempie il serbatoio. Poi riparte in direzione sud, verso Gasskas e la vecchia miniera.

A differenza degli altri membri del gruppo, sa da un po' che qualcosa bolle in pentola. Finché la neve era percorribile ci è andata con la motoslitta, lasciandola a una certa distanza e avvicinandosi sugli sci o con le racchette. Ha memorizzato tutto quello che vedeva. Ruspe, autoribaltabili, gente in giubbotti catarifrangenti e caschi. Non sa perché non ha mai detto niente al resto del gruppo. Forse perché pensa che dovrebbero essere sfruttate le miniere che ci sono già invece di aprirne di nuove. Ammesso che debbano esistere delle miniere.

In qualche occasione ha visto muoversi in zona anche vecchie conoscenze. Il city manager Henry Salo, per esempio, che gira impettito con un sorrisetto compiaciuto sulle labbra che la manda in bestia.

Lo ha lasciato perdere intenzionalmente. Non per riguardo a lui, per riguardo a se stessa.

Ha sulle mani il sangue di Mammamärta. Svala lo sente senza una ragione chiara. Lui le deve una spiegazione. A tempo debito gliela caverà di bocca.

È arrivato il giorno in cui batte gli scarponi sullo zerbino del comune per pulirli dalla neve e va allo sportello informazioni.

«Noi ci siamo già viste, giusto?» dice la donna dietro il vetro. «Stai facendo un'altra ricerca per la scuola?»

«Esatto» risponde Svala. «Avrei bisogno di parlare di nuovo con Henry Salo. L'altra volta ho preso una B+ grazie a lui. Con un po' di aiuto e di fortuna magari stavolta arrivo a una A.» E fa la faccina carinissima che le riesce alla perfezione, se vuole. Radiosa e soave come una notte di mezza estate.

«Accomodati» dice l'addetta allo sportello aprendole il portone di sicurezza. «Sai dove trovarlo.»

Quello che ha messo i piedi sulla scrivania per farsi fuori un cheeseburger con doppio formaggio è un Salo diverso. Una versione leggermente ingrassata ma molto più spensierata del city manager di Gasskas. Nemmeno l'attacco degli hacker ha minato in profondità il suo buonumore, anche se la sfuriata alla società di sicurezza che sosteneva di poter garantire una protezione al cento per cento dalle intrusioni l'ha fatto sentire bene.

Con la mano sinistra fa scorrere sullo schermo le proposte di viaggi all'estero per compiacere Pernilla. Come sempre, lei trova che lavori troppo. Un po' di "*viva España*" a cena non guasterebbe.

La loro relazione c'è ancora. Solida quanto il ghiaccio di primavera, ma possibile. Lei è tornata. Lui l'ha accolta. Ed è lì che si trovano adesso, più o meno: tra la crosta di neve gelata e il disgelo.

Sono passate solo due o tre ore da quando lei l'ha chiamato per dirgli che il test era positivo. Hanno deciso – o meglio, lei ha deciso – di fare un nuovo tentativo dopo l'aborto spontaneo.

Quando sente bussare alla porta, Henry Salo dà per scontato che sia Gabriel Johansson, venuto a parlargli di qualcosa di nessun interesse. Lavora in comune da poco. È stato trascinato lì, dal Sud della Svezia, dalla moglie nata a Gasskas, che fa la segretaria a scuola. Ormai non ne può più di sentirlo parlare di lei. Come se non bastasse, sono pentecostali. Che palle, per una volta che voleva pranzare in pace.

«Dammi dieci minuti. Vengo io da te, dopo» dice a voce alta.

«Ciao» dice Svala, chiudendosi la porta alle spalle. «Forse ti ricordi di me.»

Lui si alza con estrema cautela, appoggia l'hamburger sulla scrivania, si spazzola via le briciole dalla maglia e si pulisce il mento dalla salsa.

Svala Hirak. I corvi gracchiano. I ricordi che ha sepolto con successo sotto la frana causata dal passaggio di Branco si ergono in tutta la loro altezza e gli segano le gambe. Salo si aggrappa al bordo del tavolo e riesce a spremere un «ciao, quanto tempo».

«Già» dice lei. «Devo fare una ricerca sulla miniera di Gasskas e ho pensato che magari potevi aiutarmi.»

«Non credo di essere la persona giusta. Dovresti parlare con Hasse Eriksson, che era il responsabile del settore attività produttive negli anni Settanta e Ottanta. È anziano ma in gamba. Ti do il suo numero.»

«La ricerca non è sul passato ma su quello che succede adesso.»

«Adesso?» dice Salo, e fa la faccia innocente che gli riesce alla perfezione, se vuole. Buia e vellutata come una serata di fine agosto. «La miniera è chiusa, dovresti saperlo.»

«Sì, ma cosa ci fanno lì le ruspe?»

«Non ne so niente» risponde, rendendosi conto che è una cosa stupida da dire. La ragazzina è sveglia. Anche troppo. «Forse ti riferisci ai lavori di bonifica?» aggiunge. «Quando è stata smantellata sono rimasti un sacco di materiali di scarto che vanno portati via in modo che non vengano contaminati altri corsi d'acqua.»

Lei fa un giro nella stanza. Si ferma a lungo davanti alla cartina del comune senza dire niente, poi si sposta verso la foto che ritrae Lukas e Pernilla in abiti estivi, rabbiosamente fissata alla parete da Pernilla stessa con le puntine per ricordargli che esistono.

«Meno male che l'avete riavuto» dice Svala. «Peccato che Mammamärta non sia stata altrettanto fortunata.»

Merda. Il ricordo della madre della ragazzina, che ha scacciato con successo con l'aiuto di ausili ad alto tasso alcolico, torna a galla. Le viscere gli si annodano come vipere stuzzicate. Le immagini gli passano davanti costringendolo a rivedere davanti agli occhi un ammasso umano legato nel bagagliaio.

Non aveva capito subito chi era. Il viso era ridotto a una poltiglia sanguinolenta. Un braccio era tutto storto, come quello di un manichino snodato.

«Scegli» aveva detto la donna. «Tu o Märta Hirak.»

La sua Märta, l'amore della sua vita. Eppure la risposta era arrivata subito: «Fate pure quello che vi pare di lei. Non m'importa.»

Salo si risiede.

«Io amavo tua madre» dice, e lei risponde che l'ha già detto un'altra volta ma che questo non cambia niente. Mammamärta è morta e ora lei vuole sapere cos'è successo.

«Non lo so» risponde lui con aria infelice. «L'hanno presa per costringere il comune a fare uno scambio: lei contro dei lotti da destinare al parco eolico.»

«Il comune?» dice Svala. «Non sei tu il comune?»

«No, figurati» si difende Salo. «È il consiglio comunale che prende le decisioni politiche. Io sono solo un funzionario.»

Lei capisce cos'è successo. Con la consapevolezza cresce il desiderio di vendetta, ma Svala sa per esperienza che la vendetta è un sentimento da gustare tiepido e che nella maggior parte dei casi il gioco non vale la candela.

Adesso è più grande, più intelligente. Meglio prendere tempo e lasciare che siano gli altri a fare il lavoro sporco. Lei ha il linguaggio di un professore universitario e la faccia di una quattordicenne. Saprà sfruttare le proprie doti, tra quei due estremi.

«Capisco» dice. «Però è bruttissimo che sia andata com'è andata. In ogni caso, come dicevo prima, la mia ricerca non riguarda il passato ma il presente. Se non sei in grado di dire altro su cos'è successo a mia madre forse puoi dirmi cosa sta succedendo *veramente* alla miniera.»

La stessa euforia che lo animava per il progetto del parco eolico ha portato Salo a credere di nuovo nel futuro. La transizione verso l'energia verde è uno dei passi più importanti fatti dai politici e dagli investitori verso un mondo più pulito, e il comune di Gasskas non ha perso il treno. Aumenterà il numero di abitanti, e anche le tasse e le entrate. Si creeranno nuovi posti di lavoro. Le infrastrutture miglioreranno. Personalmente, vede solo vantaggi.

«È probabile che i prodotti di scarto dell'estrazione mineraria contengano una certa quantità di metalli delle terre rare. Se fosse possibile estrarli, nelle casse del comune entrerebbero un sacco di soldi e sarebbe un grosso passo avanti lungo il percorso della transizione verde.»

Quando nomina il colore verde, Salo le legge il dubbio negli occhi, ma continua: «Quest'inverno abbiamo trasportato del materiale a Kiruna. Se il progetto va a buon fine, può diventare realtà già il prossimo anno, ma non è tutto.»

È venuto fuori che la miniera non è stata sfruttata nella sua piena capacità. I tempi erano sfavorevoli, il prezzo del minerale di ferro era basso. La laveria può essere rimessa in funzione e anche l'estrazione potrebbe riprendere. Delle nuove strade, delle foreste disboscate, dei corsi d'acqua inquinati e di altre cose su cui si impuntano sempre gli econazi non dice niente.

«Cosa può diventare realtà?» chiede Svala con un'occhiata sottomessa. «Spiegami meglio. Non so niente di miniere e di quei metalli rari o come si chiamano.»

«Le auto elettriche e i parchi eolici rappresentano solo una minima parte delle attività industriali per cui servono metalli come il litio, il cobalto e il manganese. Al momento l'Europa dipende totalmente da Cina, Congo e Madagascar, tra gli altri. Immagino tu sappia che nelle miniere vengono sfruttati dei ragazzini della tua età. Io ritengo sia meglio che i minerali siano estratti nelle miniere svedesi, con tutto quello che comporta in termini di sicurezza.»

Salo le dà un bel po' di materiale con cui rimpolpare la sua ricerca scolastica, e intanto vola con il pensiero al greco-cinese Kostas Long che ha deciso di investire nell'attività mineraria di Gasskas l'eredità ricevuta dal padre. Con la sua solida liquidità, è il garante dell'operazione nel caso in cui lo stato svedese dovesse tirarsi indietro. Tra qualche settimana si vedranno a Parigi. Una breve vacanza sul continente è proprio quello che gli serve.

«Non sembra male, come prospettiva» dice lei. «Significa anche che verranno adeguate le infrastrutture? Voglio dire, servono strade migliori che colleghino Gasskas a Kiruna se ci sarà anche una nuova miniera, giusto?»

Ecco, l'ha portata dalla sua. Salo guarda la ragazzina con rispetto. Ha capito al volo, non ci sono dubbi. Forse questa potrebbe essere l'occasione giusta per influenzare in senso positivo la prossima generazione di cittadini di Gasskas.

«Nel migliore dei mondi possibili vedremo realizzare una rete stradale che collega Gasskas sia alla vecchia che alla nuova miniera, e si spera anche alla miniera di Kallak a nord di Jokkmokk, quando ci sarà, e poi a Gällivare, Kiruna e forse altre aree montane. Come dici tu, l'entroterra ha bisogno di infrastrutture per creare nuovi posti di lavoro.»

«E cosa ne sarà dell'allevamento delle renne, per esempio, se verrà realizzata?»

Lapponi ed econazi. Lapponi, econazi e adesso anche quattordicenni.

«Ti riferisci a qualcosa in particolare?» chiede Salo sfoggiando il suo migliore sorriso da luccio.

«Nuove strade, nuove miniere, laghi inquinati, pascoli ridotti, disboscamento e così via... ma forse in una prospettiva più ampia non importa?»

Esiste qualcosa di peggio delle mocciose saputelle?

«Gli interessi particolari passano in secondo piano, quando la società si evolve. Secondo me è un aspetto importante da evidenziare nella tua ricerca. Le esigenze di singoli individui in rapporto al bene della collettività. Il progresso ha sempre un prezzo. La maggioranza guadagna quello a cui rinuncia la minoranza. A livello personale naturalmente è svantaggioso, ma vantaggioso per i più.»

«Più o meno come quando Mammamärta ci ha rimesso la pelle per il tuo parco eolico? È questo che intendi?»

Si guardano come due cani da combattimento di pari livello subito prima di far scattare le mascelle.

«Lei si muoveva in un mondo criminale in cui tutto ruota intorno al tornaconto personale, a differenza del mio che si basa su decisioni politiche e sulla collaborazione di investitori che mettono in gioco i propri soldi per l'evoluzione della società. Non sono stato io a uccidere tua madre. Se l'è cercata. Io ho scelto l'alternativa migliore, non per me ma per tutta Gasskas.»

«Ah, benissimo» dice lei. «Volevo solo sapere se è morta sulle mie ginocchia per una buona causa, e tu me l'hai appena spiegato.»

Un senso di tenerezza dentro di lui. In questo momento vorrebbe attirarla a sé e annusarle la testa di bambina a cui è appena spuntato il primo ricciolo. Se la mette sulle spalle e va verso il recinto dei cani, che fiutano subito la presenza di qualcosa di delicato. Persino la laika si avvicina e le lecca i piedini. Lei ride. In lontananza si sente il rumore di una macchina in avvicinamento. Qualche minuto dopo è tutto finito. Le grida gli spaccano i timpani e i cani ululano.

«Ti portavo sulle spalle. Eri come una figlia per me. Ti ho detto quello che so. Non potevo fare altrimenti.»

E Dio gli è testimone che fa del proprio meglio. Salo si schiarisce la gola.

«Quindi spero che non scriverai niente di inopportuno» conclude.

Lei lo guarda con i suoi strani occhi da husky. Per un attimo fuggevole si somigliano.

«Non è mai stata mia intenzione.»

40

Parcheggiata davanti alla recinzione della miniera, Svala non riesce a spiegare la sensazione che la investe, dentro e fuori. Le mancano le parole per definirla. Si costringe a scacciare dalla mente il corpo di lui, la mano che le tappa la bocca, le unghie non tagliate che le frugano tra le gambe, il... Alt! Peggio per lei. Il rimorso le provoca un moto di rabbia e la rabbia dà energia. Piangersi addosso e fare la vittima, una giovane vittima di violenza che scoppia in lacrime davanti alla polizia, la farebbe sentire ancora di più una merda.

Svala ha sempre gestito da sola le proprie esperienze, e questa non è un'eccezione. Lascia la macchina dov'è, sale al punto più alto della recinzione e spazia con lo sguardo sull'area industriale. La miniera a cielo aperto ora piena d'acqua, i mucchi di sterile, l'impianto di arricchimento e i bacini di fanghi che si estendono oltre la portata del suo sguardo, nonostante lei abbia un binocolo.

Si vedono le tracce della manifestazione, ma neanche una persona e nemmeno strade interrotte. Solo qualche effetto personale sparso qui e là. Uno zaino. Una *kuksa* rotta. Lo striscione FERMATE LA MINIERA che ha contribuito a fare anche lei. Scende ai cancelli dell'ingresso principale e raccoglie uno scialle. È quasi sicura che appartenga ad Anna-Maria. Appende la stoffa a quadretti a un ramo di betulla ed è tutto irreale.

Rimane a lungo seduta in macchina senza avviare il motore. Immobile, cerca di riassumere gli ultimi mesi. O meglio: dove e quando è entrato in scena Simon.

Le proteste contro la miniera non sono una novità. Sono cominciate a Gállok per poi estendersi a Gasskas. Di base, si tratta sempre della stessa cosa: progetti che vengono fatti passare come importanti per la transizione verde ma che non sono più colorati dello sterile.

All'inizio di gennaio Svala e Anna-Maria partecipano insieme a un'assemblea informativa in cui la cittadinanza è invitata a fare domande ai rappresentanti del comune e del gruppo minerario. Anche se Anna-Maria ha una decina d'anni più di lei, vanno d'accordo. Studia biologia a Luleå, ma nei weekend torna a Gasskas e si vedono. Svala legge tutto quello che le dice di leggere la cugina. Quando finisce, va avanti per conto suo, spulciando i testi che trova nella biblioteca di Gasskas riguardo a miniere, geologia, inquinamento, storia, lingue sami, popoli nativi nel mondo e così via. Macina anche vari rapporti scientifici, tesi di dottorato e già che c'è anche qualche libro sulla modellazione numerica. Vuole capire grazie a quali calcoli una miniera può essere fatta passare per ecologicamente sostenibile.

La sala mensa della Solskensskola è piena e le risposte sono poche, almeno quando si arriva agli argomenti delicati come la realtà. Svala alza la mano.

«Nell'analisi svolta da un consulente indipendente per indagare se le conseguenze di una nuova miniera sono difendibili in rapporto al numero di nuovi posti di lavoro, la conclusione a cui si è arrivati è che per lo più si ricorrerà al *fly-in fly-out*. Quindi si tratta di posti che non portano vantaggi alla popolazione locale e non daranno introiti fiscali. Perché continuare a parlare di aumento dell'occupazione?»

Gli uomini sulla pedana si guardano. Non si aspettavano niente del genere dando la parola a una ragazzina.

«Ehm... Le stime dei consulenti non sempre corrispondono alla realtà. Effettivamente alcune funzioni verranno svolte da forza lavoro esterna, ma c'è anche un indotto locale dovuto alla necessità di nuove attività di tipo ricettivo, per i pernottamenti e i pasti» dice un impiegato del comune, e lei memorizza il suo nome: Johan Svedberg.

«Okay» continua Svala. «Mi fa piacere che lo Statt e il Kringla possano assumere qualche altro dipendente part-time sottopagato, però vi state contraddicendo. Avete appena detto che il singolo individuo deve fare un passo indietro per il bene della collettività, ma non è così: siete disposti a sacrificare il nostro territorio per il guadagno economico di un gruppo minerario straniero.»

«A quanto pare abbiamo qui con noi oggi una futura personalità politica!» esclama Svedberg, e trascina con sé il pubblico nella risata. Vedendo che il resto del tempo viene concesso ad altri a cui evidentemente piacciono le miniere, Svala esce. Ha le guance in fiamme e quasi fatica a respirare, ma è qui che comincia. È qui che scatta la scintilla che la illumina dall'interno.

Fruga nello zaino in cerca del cellulare di Simon e lo tira fuori, ma proprio quando sta per concentrarsi sul codice di sblocco migrando dal sedile anteriore dell'auto ai labirinti oscuri della mente, il telefono si spegne. Svala ha appena il tempo di vedere la foto di sfondo: una ragazza che tiene alta la bandiera sami.

Ricorda quella foto, dove è stata scattata, quando e da chi: Anna-Maria. Le strade erano ghiacciate a causa dell'improvviso calo della temperatura. Sono salite a Vaukaliden con lo slittino a spinta. «Tieni alta la bandiera, Svala!»

Lei ha addirittura sorriso. Ma Simon non c'era, ne è sicura.

Dopo sono scese con lo slittino al Kringla. Si sono trovate con gli altri. Stavano parlando della protesta in preparazione quando di colpo è comparso lui, sudato come se avesse corso. Ha salutato tutti e ha tenuto la mano di Svala nella propria così a lungo che lei l'ha ritirata.

In poco tempo è diventato un punto di riferimento. Aveva un'esperienza che a loro mancava. L'hanno ascoltato come discepoli, bevendosi tutto quello che diceva. Lei non riusciva a smettere di pensare a come le mani accompagnavano le parole, allo sguardo che agganciava il suo, alla voce.

Sei la mia piccola guerrigliera personale.

È così abile che nessuno si chiede chi è, da dove arriva o addirittura se ha un cognome. Svala decide di partire da lì. Riprende in mano il proprio cellulare e chiama Anna-Maria.

«Dio santo, dov'eri? Simon ti sta cercando. Dice che giri con una macchina non in regola e che forse hai preso per sbaglio il suo cellulare. Avevo paura che fosse successo qualcosa.»

Non è successo niente.

«Vi serviva la macchina, no?» dice Svala, ma si rende conto di aver preso un abbaglio. Era *lui* che aveva bisogno della macchina e in realtà neanche di quella: gli serviva suscitare in lei il senso di aspettativa e la convinzione di essere importante.

La sua piccola guerrigliera personale.

La risata di Anna-Maria aumenta la vergogna.

«È una delle cazzate più enormi che abbia sentito oggi, e dire che ho appena visto il video del *Gaskassen* sulla manifestazione. L'attacco dinamitardo l'avevamo rimandato, per fortuna, ma perché non sei venuta? Dove sei? Vuoi che venga a prenderti? Pronto?»

Una ragazzina riparte verso sud con la vaga idea che forse c'è qualcuno che può aiutarla, qualcuno in grado di capire.

Poco dopo, la vaga idea cambia direzione. Svala entra in un parcheggio per i tir e spegne il motore.

La luce serale filtra tra i pini. Il lago più in basso scintilla sotto il sole ed è così stupendo che qualcuno dovrebbe catturare quell'attimo in un quadro.

Nel quadro non si vedono né i camionisti che devono andare a pisciare né la ragazzina che scende verso il lago. Si accovaccia e tocca con le dita l'acqua che si è da poco liberata dal ghiaccio. Le tiene sotto la superficie finché non si intorpidiscono. Sopra compare il viso di Mammamärta, come in uno specchio increspato.

Sei qui?

Certo. Sempre.

Appunto...

E tu dove sei?

Boh, da qualche parte. Mi serve il tuo aiuto. Quel Simon, tu sai chi è?

La risata di Mammamärta fa increspare l'acqua.

Ma tesoro, io mica ci sono per davvero.

È lo stesso. Alto, capelli scuri e ricci, coda di cavallo.

Sembrerebbe Simon Frisk. Per un po' ha frequentato Peter. Pensavo fosse morto.

Dovrebbe esserlo, risponde Svala.

Non sente più le dita. L'immagine si scompone e Mammamärta sparisce.

Per un po' ha frequentato Peter.

Il Petrigno. Come ha fatto a essere così ingenua? Forse adesso ha un nome, una possibilità di fare altre ricerche. L'unica cosa che conta.

41

Ieri le zanzare hanno cominciato a pungere. Mentre Henry Salo torna dall'ufficio, inizia a nevicare. Normalissimo, ma deprimente. Prima che arrivi alla svolta per casa sua, a dieci minuti dalla sede del comune, il paesaggio si è nuovamente imbiancato.

Dovrebbe esserci abituato. È nato qui. Forse sarebbe meglio tornare a Uppsala, o da qualche parte lontano da econazi e lamentosi allevatori di renne. *Là* sicuramente è primavera sul serio.

Spegne il motore e rimane in macchina.

L'incontro con la piccola Hirak gli è rimasto appiccicato addosso come una merda di gatto sotto la scarpa. E presto toccherà alla prossima: Kostas Long verrà a cena da loro.

Nel corso della giornata hanno passato in rassegna tutto, dalle planimetrie della vecchia area mineraria alla valutazione d'impatto ambientale. I calcoli dettagliati di quello che si nasconde in realtà nei mucchi di sterile e nei bacini di fanghi li tiene per sé. Il progetto è ancora in fase embrionale.

I dati preliminari tratti dalle analisi della Lkab promettono bene, ma gli aspetti tecnici non sono il suo pane. Ha bisogno di Long come garanzia nei confronti dell'ente per le concessioni minerarie e del governo, che non darà mai l'okay a una nuova apertura se il finanziamento non è già sul tavolo prima ancora che si sappia quanti e quali minerali da portare via ci sono in realtà.

E per non farsi mancare niente, il tutto è reso più complicato dall'attacco hacker al comune. I tecnici informatici non hanno ancora capito da chi è partito e a che scopo. L'ultima notizia che ha avuto è che la Milton Security manderà su qualcuno, quindi nel giro di qualche giorno la situazione dovrebbe risolversi.

Dalle finestre vede Pernilla muoversi tra la cucina e la sala da pranzo. Probabilmente ha già apparecchiato e anche cucinato.

Lei non lascia nulla al caso e adesso aspettano di nuovo un bambino. Sul sedile c'è un mazzo di fiori. Rose rosse e rametti di velo da sposa. *Buon Dio, fa' che stasera non si litighi.*

Guarda l'orologio. Ha un paio d'ore di margine. Invece di entrare scende alla sauna. Accende il fuoco e rimane seduto per un po' sul banco freddo finché non è sicuro che abbia attecchito bene.

Fuori il brusio del fiume è un ribollire di emozioni primaverili, mentre Salo diventa sempre più cupo. È stanco. Stufo. Non sa di cosa. Di quasi tutto. Nemmeno il fiume gli dà conforto. Né Dio, se è per questo. Distratto risale verso la casa, si batte le mani sulle cosce come uno slalomista che si prepari alla manche, prende i fiori e quando entra fa un sorriso a trentadue denti.

«Grazie» dice Pernilla, e lancia il mazzo sul bancone della cucina. «Puoi occupartene tu, per favore? Io ho ancora un sacco di cose da preparare per stasera. Non ho nemmeno avuto il tempo di fare la doccia.»

«Sei bella così» tenta lui, ma viene gelato da uno sguardo. Il primo da quando è entrato.

«Com'è questo Long? Chiacchierone, silenzioso, spiritoso, irrecuperabile?»

«Un pizzico di tutto, forse» risponde Salo, ricevendo in cambio un sospiro.

«Di' a Lukas di venire dentro. Deve fare la doccia anche lui.»

Porca puttana. Aveva promesso di passare a prendere il bambino al centro ricreativo.

Lei si blocca. Lo guarda. Capisce.

«Te ne sei dimenticato.»

Senza aspettare risposta prende al volo le chiavi della macchina e sbatte la porta. Scende il silenzio. Le spalle si abbassano di dieci centimetri. Altri dieci dopo un paio di whisky.

La sauna non è più caldissima, ma accogliente. Salo apre una birra fredda e la beve a canna. L'alcol risolleva i pensieri a un livello più accettabile. Almeno adesso non ha voglia di farsi portare via dalla piena. Un figlio. Avrebbe potuto chiedergli cosa desidera lui. Cosa vuole *lui.*

La porta scricchiola. Lukas.

«Entra, non fa troppo caldo.»

Il bambino si siede sul banco inferiore. Nessuno dei due ha qualcosa di particolare di cui parlare.

Dopo lanciano palle di neve nel fiume. Una voce femminile li chiama.

«Dai, andiamo su» dice Salo, cingendo le spalle del bambino con il braccio. «Il nostro ospite porta anche sua figlia. Magari potete guardarvi un film.»

«Le femmine sono una rottura» risponde Lukas.

Davvero. Una rottura terribile.

Arrivano gli ospiti, la cena è deliziosa, i ragazzi rimangono al piano superiore e la conversazione tra uomini scorre senza ostacoli.

Se Salo non avesse continuato a bere whisky e anche vino, avrebbe colto il comportamento un po' strano di Pernilla. Invece si limita ad accettare compiaciuto i complimenti per la mogliettina attraente e la bella casa.

Pernilla, in cucina, boccheggia. È lui, Kostas Papadopoulos, come si chiamava all'epoca.

Com'è possibile?
Niente fa pensare che l'abbia riconosciuta. Lei ha i capelli di un colore diverso, il corpo più pieno e un viso che ha lentamente ma inesorabilmente assunto i connotati dell'irritabile signora Salo. La spensierata biondina che un'estate è partita con un'amica per fare il giro delle isole greche è cancellata per sempre. Nel fisico ma soprattutto nell'anima.

E soprattutto grazie al bastardo che, seduto in sala, mangia panna cotta con le more artiche raccolte dalle sue mani e si complimenta con Henry per i suoi gusti in fatto di donne.

Sparecchia, evitando di incrociare lo sguardo di Long. D'un tratto Henry le circonda la vita con un braccio e dice che aspettano un bambino. Bisogna brindare. Lei si costringe a fare un sorrisino.

Bellissimo. Davvero.

«Siediti e riposati un pochino» dice Henry. «Vado a prendere lo champagne.»

Per diversi minuti rimangono soli. I suoi occhi strani. Di un verde brillante, come se il male avesse un colore tutto suo.

«Complimenti per questo bambino» sussurra lui. «Una bella consolazione per quando riavrò mio figlio.»

Lei si stringe nel golfino. Cerca di sostenere il suo sguardo. Di trovare la voce, anche se il passato le rimbomba nelle orecchie: alla fine ti ha ritrovato, e ora non si arrenderà mai.

«Tu non hai un figlio» riesce a dire alla fine, ed ecco che Salo torna con bottiglia e bicchieri.

«Tua moglie non è una gran chiacchierona» dice Long, «però a cucinare è un portento.»

Il portento si nasconde in cucina. Lava i piatti. Aspetta. Sale al piano di sopra e porta una ciotola di popcorn a Lukas e alla ragazzina. Non ha colto il nome. Li, forse.

Stanno guardando un film, seduti ciascuno a un'estremità del divano. Prendono una manciata di popcorn e se li mettono in bocca uno dopo l'altro. La ragazzina è un po' più grande. Appartiene a una parte della vita di Kostas Papadopoulos che a Pernilla è sconosciuta. Il senso di disagio si diffonde nel corpo come un'ondata di gelo. Per chi lo sa, la somiglianza è evidente. Nessuno dei due ha tratti asiatici, eppure qualcosa c'è. La bocca. I capelli. I gesti.

«Tuo padre ha chiamato un taxi. Sarà qui tra dieci minuti.»

«Grazie della cena e dell'ospitalità» risponde meccanicamente la ragazzina. Poi prende il telefono, scrive qualcosa e chiede a Lukas il suo numero.

«Lukas è troppo piccolo per avere il cellulare» si affretta a dire Pernilla, ma lei insiste.

«Allora magari dammi il tuo, così restiamo in contatto.»

Restare in contatto. Ringraziare dell'ospitalità. Come ha fatto a venire su così?

Prima che Pernilla abbia il tempo di rispondere che possono restare in contatto tramite suo padre, Lukas le snocciola il numero.

Il taxi parte e Pernilla è preparata. Henry Salo ha il viso rosso per la stanchezza, la mangiata e l'alcol. Si sposta dall'ingresso al mobile bar.

«Long è una persona importantissima. Te l'avevo chiarito, no? Eppure l'hai praticamente ignorato. Mi ha addirittura chiesto se non stavi bene. Davvero imbarazzante.»

Se Pernilla aveva intenzione di dire qualcosa su "Long", non è l'occasione giusta. Dovrebbe avere paura, invece prova soprattutto rabbia. Una rabbia da azzardati-a-toccare-mio-figlio-e-ti-uccido.

«La prossima volta potete andare allo Statt. Là almeno vengono pagati per la cena e il servizio» risponde, e poi fa il solito giro per spegnere le lampade al pian terreno.

Lui rimane seduto al buio. Pernilla sale e si stende accanto al bambino. Prima di dormire invia un sms.

«Ciao papà. È un pezzo che non ci sentiamo. Colpa mia. Ci manchi, soprattutto a Lukas. Non potresti venire su? P.S. Al *Gaskassen* cercano un nuovo direttore responsabile. Baci.»

La risposta arriva subito: «Fatta domanda, mi trasferisco questa settimana. Doveva essere una sorpresa, ma ora lo sai. Baci.»

42

In principio era il ghiaccio.

Quando il ghiaccio si ritirò verso nord e la terra emerse dalle acque, gli esseri umani la popolarono.

O meglio: quando il clima si fece più caldo, gli animali cercarono i pascoli e gli esseri umani li seguirono.

Alci, renne selvatiche, orsi, foche e uccelli erano cibo e vestiti.

Gli esseri umani che arrivarono dopo gli animali erano solo esseri umani. Non avevano epiteti come svedese, finlandese, sami o kven. Si trovavano tra loro e formavano piccoli gruppi con un solo scopo comune: sopravvivere.

Nessun archeologo o antropologo sa con esattezza quando arrivarono a Gasskas i primi esseri umani, né da dove venivano. Probabilmente sia da est che da ovest, sud e nord, come sempre quassù.

L'insediamento più antico nella zona risale a circa settemila anni fa. Ci sono segni che indicano la presenza di cacciatori e pescatori anche da molto prima, ma quando si scrive la storia non se ne tiene conto.

È sempre la storia degli stanziali che viene raccontata.

Per-Henrik si dirige a nord senza avere la più pallida idea di dove cercare una nipote che gira su una macchina non in regola anche se ha solo tredici anni e quasi non vede oltre il volante.

Non dubita che sappia guidare. Sulla motoslitta è un furetto ed è tutto l'inverno che si occupa lei di spazzare la corte con il trattore, ma una macchina è pur sempre una macchina. A tutto c'è un limite e il limite è dove comincia la legge. Più o meno.

Invia un pensiero maligno alla persona che le ha regalato l'auto e scorre tra i contatti in cerca del suo numero. Chiama. Lascia che gli squilli si susseguano senza risposta. Richiama.

«Pronto?»

«Parlo con Lisbeth Salander? Sono Per-Henrik Hirak.»

«È successo qualcosa?»

«Sì» risponde lui, e di colpo gli sembra tutto terribilmente banale. «Ti ha chiamata?»

«Parli di Svala? Sì.»

«Ah, quindi ha telefonato! E cos'ha detto?»

«Non lo so, non ho potuto rispondere» dice Lisbeth Salander. Fa una pausa, ma vedendo che lui non dice niente ripone la domanda: «È successo qualcosa?»

«È andata via con la tua macchina.»

«La sua macchina» lo corregge Lisbeth, e sbadiglia. A quanto pare si è appena svegliata. Lui le chiede di controllare le chiamate senza risposta e lei lo fa. Non ce ne sono altre di Svala.

«E cosa vorresti che facessi da milleduecento chilometri di distanza?»

L'arroganza della risposta lo irrita al punto che gli prude l'orecchio, ma ha ragione lei: non può fare proprio niente. Adesso la responsabilità della ragazzina ce l'hanno lui e suo fratello. Una responsabilità con molti occhi addosso. Per essere approvati come famiglia affidataria hanno frequentato un corso e risposto a centinaia di domande su ogni argomento, dalle abitudini in fatto di alcol e sesso alla frequentazione di bambini. Chissà poi perché i servizi sociali dovrebbero sapere qualcosa sulla sua vita sessuale inesistente. Avrebbero dovuto chiedere delle renne, invece. Come ci si sente a lavorare ventiquattro ore al giorno e non sapere se si ha la forza di vivere. Lavorare ventiquattro ore al giorno e non sapere neanche se le renne riusciranno a sopravvivere.

Con Svala, il lavoro ha ritrovato uno scopo. Lei è portata e ha l'interesse giusto, ma rimane il fatto che né lui né Elias riescono a controllarla. Era solo questione di tempo e lui lo sapeva dall'inizio. La ragazzina è disponibile e fa quello che deve fare. Va a scuola, in palestra, aiuta in casa. Ha persino imparato la lingua nel breve tempo che ha passato con loro. Eppure è come un iceberg: emerge solo la punta. Dentro è selvatica. Ha la stessa suscettibilità di sua madre e una testardaggine irremovibile.

All'inizio era affascinante vederla immergersi nelle proprie origini sami. Faceva domande su tutto e loro davano le risposte che erano in grado di dare. Quando non è più riuscita a ottenerne, ha cominciato a rivolgersi ad altri, solo che lui non sa con certezza chi siano quegli attivisti. Forse solo ragazzi che vogliono far sentire la propria voce. Non che non sia orgoglioso del suo impegno, anzi, ma c'è in ballo qualcosa. Lo sente.

«Se ti chiama, fatti viva» dice.

«Se chiama me probabilmente è perché non vuole parlare con te» risponde Lisbeth con il suo caratteristico senso pratico.

«Se chiama te forse è perché le servono i tuoi superpoteri di fuorilegge» ribatte lui.

Se solo sapessi di cosa è capace quella ragazzina da sola, chiederesti i rinforzi all'esercito invece di chiamare me.

«Okay, nel caso mi faccio sentire» risponde Lisbeth, e chiude la chiamata. Entra nella doccia, esce dalla doccia, si mette i vestiti ammucchiati accanto al letto.

Svala è un fattore destabilizzante per lei, anche se non lo direbbe mai a voce alta. Sente la sua mancanza, e non solo la sua. Le manca avere qualcuno di cui le importa, qualcuno di cui occuparsi e su cui concentrarsi per dimenticare il resto.

Il sentimentalismo le circola nella corteccia cerebrale come un liquido velenoso, ed è tutta colpa di Valium Ågren, che mette il dito su punti dolenti. Come un chiropratico dell'anima preme finché il dolore sparisce, e se non sparisce fa nuovi tentativi. I punti hanno molti nomi: mamma, gemella, Kalleblomkvist e via di questo passo, ma le settimane con Svala, quella piccola rompicoglioni, hanno lasciato dei segni che non si possono cancellare.

È già pronta ad affrontare la passeggiata per arrivare al lato opposto di Söder per il colloquio settimanale quando lui la chiama.

«Buongiorno, Lisbeth, scusi se telefono con così scarso preavviso, ma mi sono ammalato e devo annullare la seduta. Lo stesso vale per le altre di questo mese. Mi devono... operare... e insomma, sarebbe meglio che cambiasse psicoterapeuta, dato che non so quando rientrerò. Purtroppo non ho nessuno da raccomandarle, ma riuscirà sicuramente a trovare...»

Poi chiude la comunicazione. Lei lo capisce. Non dev'essere troppo divertente averla come paziente. Una che tace per il novanta per cento della seduta in attesa che passi il tempo. Almeno se la si guarda dall'esterno. Dentro di lei ogni parola o frase che supera la censura interna viene rielaborata.

E quando va via, prova uno strano senso di leggerezza.

Fatto sta che Valium Ågren aveva una voce strana. Le parole gli uscivano a singhiozzo. E poi la chiamata chiusa prima di completare la frase.

43

Nella prospettiva da pesce rosso dello spioncino il pianerottolo è deserto. Da quando è scattata la mania di persecuzione di Mikael Blomkvist, Lisbeth è costantemente sul chi va là, cosa che comincia a pesarle. È abbastanza sicura che sia solo paranoico. Può darsi che la sparatoria su a Gasskas lo abbia reso più suggestionabile di quanto non voglia ammettere. Dovrebbe consigliargli Valium Ågren, o anche no. Blomkvist inclinerebbe la testa ormai quasi da pensionato e direbbe «ma dai, sei coraggiosissima ad andare da uno psicoterapeuta» o qualche altra frase patetica delle sue.

Le vuole bene... Chissà poi cosa significa. Il peggio è quando dice cose tipo «sembri così sola, Lisbeth». Sempre con Lisbeth in fondo, come se fosse una bambina ai margini di un cortile scolastico e lui il professore preoccupato.

La parola "psicoterapeuta" la riporta a Valium Ågren. Non riesce a togliersi dalla testa che qualcosa non va. Lo chiama e trova la segreteria telefonica. Riprova un paio d'ore dopo, stessa cosa. E anche se lei gli lascia un messaggio non si fa vivo, cosa non da lui, che di solito è supersollecito, le manda sms per ricordarle gli appuntamenti anche se lei non ne ha mai saltato uno e chiude i messaggi con le parole, patetiche e insieme commoventi, «si prenda cura di sé». Lisbeth soppesa le varie possibilità e si ferma sull'aggettivo "spaventato". Non malato. Spaventato.

A passo veloce la distanza che separa Fiskargatan da Grindsgatan richiede otto minuti. Lisbeth riprende fiato, inserisce il codice e fa le scale di corsa.

La porta non ha più una targhetta con il nome.

Il cuore di carta con la scritta BENVENUTI che la irritava ogni volta è sparito. Rimane solo qualche traccia di colla.

Lisbeth suona il campanello sapendo che lui non le aprirà. Il vicino, invece, è appostato. Con la catenella di sicurezza inserita, ne vede solo il naso.

«Se cerca lo psicologo, si è trasferito» sibila.

Quando però lei gli chiede dove, quello chiude la porta.

Forse è tutto a posto. È solo lei a essere fuori. Uno sgorbio di cui nessuno vuole sapere niente, nemmeno uno psicoterapeuta.

Tornando indietro cammina lentamente. Una manifestazione percorre Götgatan. In Folkungagatan fa scorta di surgelati, poi dona cento corone ai volontari di Situation Sthlm e va a casa.

Dopo le flessioni, i sit-up serali e la doccia apre il computer e si collega alla piattaforma della Milton. I geni si sono spremuti le meningi. Con una certa fatica (ci mancherebbe, e per questo meritano un «bravi») sono riusciti a localizzare il pulmino del trasporto disabili. Durante la notte si è spostato verso nord. Dall'una e venti è immobile in un'area industriale di Sundsvall.

Controlla la cartina. Trecentottanta chilometri. Tre o quattro ore, se ci dà dentro, però l'Smhi ha annunciato neve.

Ma i cambiamenti climatici non dovevano rendere la terra un posto più caldo?

La moto non va bene. Le serve una macchina.

Sente sbattere l'aletta della posta. Di solito le arriva solo il giornalino di zona, il *Södermalmsnytt*, che è quasi illeggibile, con tutte quelle stronzate sugli anziani in forma e i negozi di scarpe chiusi, però il sudoku può servire da accompagnamento alla Coca-Cola mattutina.

Invece non è un giornale, ma una busta imbottita. Pulita, senza destinatario e senza mittente.

Fuori dallo spioncino il pianerottolo è deserto come prima.

Poche persone sanno dove abita, ancora meno chi è. Il nome sulla porta è di qualcun altro. Si tranquillizza dicendosi che probabilmente è l'associazione degli inquilini che vuole comunicarle qualcosa. In genere le arriva un biglietto natalizio ogni anno. Ancora un po' presto per l'invito alla festa dell'estate a cui non ha mai partecipato.

La tasta e la scuote. Poi strappa la linguetta e appoggia la busta sul tavolo della cucina. Dentro c'è una scatola incartata, piuttosto piccola. Come un regalo per un neonato.

Lisbeth strappa la carta. È una scatola di fiammiferi. Solstickan, nella versione più lunga per accendere la stufa. In quel momento suona il cellulare. È sollevata, lo ammette. Mikael Blomkvist non dice neanche «ciao».

«Ho ricevuto un pacchetto.»

«Anch'io.»

«L'hai aperto?»

«Solo la busta.» Fruscio dal cellulare.

«Cosa facciamo della scatolina?» chiede lui, e lei non ha risposta.

«La apriamo, immagino.» In realtà preferirebbe non farlo.

«Vengo da te?» chiede lui.

Lei si siede sul pavimento e appoggia la schiena al frigorifero. La stanchezza arriva di colpo. Una persona che cerca di risalire faticosamente la china di una cava di sabbia e riscivola giù inesorabilmente.

«Pronto? Sei ancora lì?»

«Sì, più o meno.»
«Arrivo tra un quarto d'ora.»

Quindici minuti dopo lei ricontrolla la situazione. Le scale sono immerse nel silenzio. Altri quindici minuti, stessa cosa. Passa un'ora.
Maledetto Blomkvist. Gli squilli si susseguono.
«Risponde la segreteria telefonica di *Millennium*, casella vocale di Mikael Blomkvist. Lasciate un messaggio o mandate un sms.»
Non ci lavori più, datti una regolata.
Gli lascia addirittura un messaggio: «Dove cazzo sei? Chiamami!»
Blomkvist è uno dei probabilmente pochissimi esseri umani in vita che preferiscono usare la segreteria che gli sms. In questo momento la sua figura legnosa le manca, e ci sono solo due possibilità. O gli è capitato sotto tiro qualcosa che gli interessa più di lei, e non sarebbe la prima volta, oppure è successo qualcosa. Qualsiasi cosa. Investito da un'auto mentre attraversa Götgatan. Un infarto. Dopotutto è vecchio.
Apre la scatola. Un anello. Ma non solo. Un anulare.
La scatola le sfugge di mano e finisce per terra.
Di colpo seicentocinquantadue metri quadrati le appaiono minacciosamente tanti. Possono nascondere un numero imprecisato di persone che le vogliono male, e ormai sono parecchie. Chiude a chiave le porte interne delle camere, del soggiorno e di tutte le altre cazzo di stanze che non usa e in cui sì e no ha messo piede.
Plague. L'anello. Plague. L'anello.
E ora deve andarsene. Il perché non è chiaro, ma deve assolutamente uscire. Controlla l'occhio di pesce, scarta l'ascensore e continua a correre finché non si ferma davanti al portone di Blomkvist in Bellmansgatan 1.
Codice 1066 – *e quale se no? Il codice dello svedese ti-*

po... –, fa le scale fino all'ultimo piano in un baleno e suona alla sua porta. Non è in casa. Merda. Lisbeth ha una scatola di fiammiferi con un dito nella tasca della giacca e nessuno, proprio nessuno tranne Blomkvist, può aiutarla.

Riprende fiato. Cerca di ragionare lucidamente, più razionalmente. Al momento non sono implicati in niente di particolare. Non ci sono motivi per recapitare dita amputate. Sta per tornare giù quando risuonano dei passi in salita. *Freddezza assoluta. Prepararsi a combattere. Armi? Solo le mani.*

Qualche passo alla volta, poi pausa, e di nuovo. Adesso Lisbeth sente anche altri rumori. Sbuffi. Suole strascicate. Tre o quattro gradini, pausa, strascicamento, sbuffo. Non sembra un assassino che sale di soppiatto. Lisbeth lancia un'occhiata verso il basso sulle scale. Mikael ha i capelli incollati alle tempie e sta salendo con l'aiuto del corrimano.

Lo raggiunge, lo sostiene e insieme entrano in casa. Lo fa appoggiare all'armadio dell'ingresso, notando che anche lui ha rinunciato al fascino della porta di fine Ottocento per metterne una blindata.

44

«Cos'è successo?» gli chiede quando riesce a farlo arrivare al divano. Blomkvist ha una brutta ferita. Il gonfiore che dall'orecchio arriva alla parte superiore della fronte sta aumentando. Probabilmente servono dei punti.

«No, niente ospedali. In bagno c'è il disinfettante» biascica lui.

È passato parecchio dall'ultima volta che è stata a casa sua. Non è cambiato niente. Lo stesso appartamento trasandato di sempre, dal pavimento al soffitto. Una parete occupata da dischi, stereo e altoparlanti sovradimensionati. Giornali a mucchi. Dappertutto libri che non sono stati messi in ordine di colore della copertina. Qualche quadro con l'arcipelago come soggetto, un disco di Springsteen incorniciato, un divano che potrebbe ricadere nella categoria "vintage", a voler essere buoni, cosa che raramente lei vuole essere in sua compagnia, e una poltrona Philippe Starck che intorno al 1983 doveva essere una gran figata. La cucina fa il paio con il soggiorno. Davanti alla camera Lisbeth passa senza fare ispezioni, per andare dritta verso il bagno.

Un armadietto può rivelare molte cose, a partire dai farmaci che prende una persona e dalle sue malattie. Quello di Blomkvist è vuoto, se non si contano gli oggetti di uso comune come i rasoi, lo spazzolino e un pacchetto di preservativi scaduti nel febbraio 2019.

Non ti diverti tanto su quel fronte, eh, ciccio?, pensa Lisbeth con una certa soddisfazione.

«Girati da questa parte» gli dice, impregnando il cotone di disinfettante.

Gli ripulisce il viso dal sangue e dalla pelle lacerata sporca di terra.

«Sei caduto?»

Lui grugnisce qualcosa e chiede da bere.

«Acqua» rantola come un moribondo. «Acqua.»

Dai, Blomkvist, non è una cosa così grave.

Un bicchiere d'acqua e qualche sorso di Coca-Cola più tardi la voce sembra migliorata. Lisbeth ripete la domanda.

«Allora, cos'è successo?»

«Stavo venendo da te, ma poi...»

Cerca di fissarla con quello sguardo da cui lei non riesce ancora a schermarsi e così fa come fa sempre: sposta il proprio leggermente di lato.

«Una bici, credo. La stessa dell'altra volta.»

«Felpa da Uomo mascherato e borsello» dice lei.

«Esatto» risponde lui, e tenta di sollevare un angolo della bocca.

Stanno andando a rilento, troppo a rilento. Se Blomkvist è ottuso, lei non è molto più avanti. Deve scoprire dove si collocano loro due in quel casino e perché.

«Per come la vedo io» dice, «non siamo coinvolti in nulla che motivi un tentato omicidio. Non io, almeno.»

Lo costringe a mandare giù dell'altra Coca-Cola, nettare di vita. Tra un sorso e l'altro lui riesce a dire: «Douglas Ferm. Te lo ricordi?»

Lei scuote la testa.

«Non hai letto quello che ti ho mandato?»

L'ha letto, ma non c'era nessun Ferm.

«Forse non lui» dice Mikael, «ma alcune delle sue aziende. Già quando ero a Gasskas ho chiesto a Plague di mappare le sue società dopo che l'avevo conosciuto al circolo, solo che allora non avevo intuito il collegamento tra lui e Branco.»

«Hai aperto il pacchettino?» chiede Lisbeth. Non l'ha fatto. Si fruga in tasca e ne tira fuori uno uguale al suo, ma più piccolo.

«Ho pensato di aspettare che ci vedessimo. Aprire i regali da soli è tristissimo.»

«Davvero» risponde lei. Poi appoggia la sua scatola di fiammiferi sul tavolo e si ritira all'estremità del divano.

«Tu il tuo l'hai aperto» osserva lui.

«Un dito con un anello» dice Lisbeth, e rovescia la scatolina. «Di Plague.»

«Cazzo, Lisbeth.»

Sul viso gli si disegna un'espressione inorridita.

«Come sai che è suo?»

«Ti ricordi il processo?» chiede lei, e lui se lo ricorda, anche se sono passati quasi vent'anni.

«Ero completamente bloccata. La mia unica possibilità era che credessero alla mia storia, ma all'inizio non riuscivo a dire una parola.»

Mikael non fa fatica a immaginarsi la situazione, dato che era lì anche lui. Una Lisbeth Salander con il viso coperto di pitture di guerra contro il tribunale. Gente in giacca e cravatta che la guardava dall'alto in basso e, dall'altra parte, una punk ribelle con la cresta.

«Ho cercato sicurezza nelle persone che mi credevano. Tu, forse, tua sorella, Armanskij, Bublanski, ma non mi è bastato.»

«Io ti ho sempre creduto» dice lui, e lei gli lancia un'occhiata cupa.

«D'un tratto ho visto Plague. È entrato dopo tutti gli altri. Gonfio e grigiastro, con le gambe che sì e no lo reggevano. Aveva sacrificato tantissimo pur di essere lì, e io non potevo essere da meno. Per tutto il processo gli ho tenuto lo sguardo piantato negli occhi. Ogni tanto annuiva come per dire “se ci riesco io ci riesci anche tu”. Dopo ho comprato un anello e ho chiesto al gioielliere di incidere un π.»

«Che per voi che significato ha?» chiede Mikael.

«Niente, un cazzo di pi greco, perché?»

Lui prende il pacchetto. Via la carta, con dita goffe. Prima il nastrino. Una scatola di fiammiferi, sempre Solstickan ma più piccola. Appiccicato sul fondo c’è qualcosa di viscido. I filamenti nervosi aderiscono come ventose. Nella scatola c’è anche un messaggio.

Chi vede troppo può accecarsi in fretta. La colpa cade dove indica il dito.

«Porca puttana» dice Mikael, rimbalzando all’indietro contro lo schienale del divano.

Un occhio. Molto simile a un occhio umano, ma non del tutto. Più stretto. La pupilla verticale.

«Chi diavolo...» dice Mikael.

«Un gatto» dice Lisbeth. «O forse una lince.»

«Quando ero piccolo avevamo un gatto.»

«Dubito sia quello.»

«Intendevo solo... come cazzo si fa a... un gatto innocente...»

Lei distoglie lo sguardo, si alza e si risiede.

Non sa cosa fare. Gli dà un colpetto leggero con la mano sulla spalla. Si offre di scaldare nel microonde delle Gorbys e, se non ne ha, di ordinare una pizza. Apre una Coca-Cola ma vedendo che non funziona niente lo abbraccia come fanno nei film. Lui le appoggia la testa sulle ginocchia. Lei gli accarezza i capelli. Gli passa le dita nel ciuffo e gli garantisce che ne hanno viste di peggio.

«Andrà tutto bene. Supereremo anche questa» gli dice quando lui sposta la testa verso la sua spalla. «Andrà tutto bene.»

Sì, se non fosse per quel maledetto odore di Blomkvist, il suo alito così vicino. La bocca che cerca la sua e la sua che non riesce a fare a meno di...

«Che cazzo fai?» gli dice.

«Scusa» risponde lui, rimettendosi dritto. «Non volevo.»

Il potere di decidere. La volontà, il diritto, la scelta. Lo bacia a sua volta, sposta la bocca giù sulla gola non rasata, inspira i ricordi olfattivi, belli/brutti, e decide che una volta non conta. Mai più si lascerà ferire, mai più spererà o sognerà. Sarà solo in *totale mindfulness*. Vicina, così vicina a lui che la barba lunga le graffia la pelle delicata dell'inguine.

Scatolette di fiammiferi rimbalzano sul tavolo.

Preservativi scaduti nel febbraio 2019 non vengono presi in considerazione.

Eppure quando viene, con un'intensità pari al disgelo del fiume Gasskas, non è Mikael Blomkvist che vede ma una sbirra con i capelli rossi in giacca di pelle e stivali che sbatte una portiera e se ne va senza voltarsi.

«Ti è piaciuto?» chiede lui.

«Parlami di Douglas Ferm» risponde lei.

45

Lo spazzino si siede di fronte a Douglas Ferm. È pallido. Tra un po' lo sarà anche di più, e per un buon motivo. Anche se probabilmente capisce con chi ha a che fare, sorride cordiale e riempie di vino due bicchieri di cristallo.

«Non l'annata migliore, ma del tutto accettabile. Il colore è giusto» dice facendo roteare il bicchiere per poi prendere un sorso e lasciare che l'ossigeno si mescoli al liquido prima di deglutire.

Si trovano nella sala del personale. Ai ganci sopra il lavandino sono appese tazze colorate personalizzate. Niente Malin, però ci sono Trine B., Trine F. e una certa Bente.

«Volevi parlarmi» dice lo spazzino.

«Esatto. So chi sei. Hai avuto l'incarico di uccidermi. Sai perché?»

Lo spazzino alza le spalle.

«Questo è irrilevante.»

«Immagino» dice Ferm. «Puoi anche farmi fuori subito, se vuoi... ma credo possa interessarti quello che ho da dire...» Beve un altro lungo sorso. «*Mmh*, anche meglio, adesso. Côte de Bourg 2003.»

«Vieni al punto» dice lo spazzino, già stanco di degustazioni di vino e pause ad arte. Il problema è che probabilmente lo stronzo godrebbe della propria morte e lo spazzino non è uno che uccida per piacere.

«Tra i soldi che ho ereditato e quelli che ho guadagnato, sono un uomo facoltoso» dice Ferm. «Mi si potrebbe definire un *venture capitalist* in incognito. Ufficialmente sono ancora proprietario di quello che è riuscito a creare mio padre in una vita di lavoro, tra cui la fabbrica di cellulosa di Gasskas, ma negli ultimi anni mi sono soprattutto occupato di investimenti di capitali nelle società minerarie internazionali. Qualche mese fa sono stato contattato da un'azienda, chiamiamola X. Erano interessati a una collaborazione economica riguardo alla nuova miniera di Gasskas, legata alla rimessa in funzione della vecchia miniera a cielo aperto. Mi segui?»

In cosa potrebbe non seguirlo?

«Insomma, per farla breve: come sempre ho fatto delle verifiche sull'azienda X. Non immagini quanta gente poco seria c'è in giro, soprattutto nel settore minerario. In superficie, sembrava tutto a posto. Un flusso di cassa adeguato, bilanci annuali abbastanza limpidi e un solido gruppo dirigente. Ci ho messo un po' a trovare gli altri introiti del gruppo, ben nascosti dietro una società di sicurezza che a sua volta era ben nascosta dietro altre. Una lettura molto interessante. Be', senza l'aiuto di un paio di geni dell'informatica non ci sarei riuscito, ma alla fine ho dovuto riflettere su alcuni aspetti.»

Lo spazzino comincia ad averne abbastanza. Non ha nessuna opinione sugli affari del committente. Dà per scontato che l'azienda X abbia a che fare con Branco, in qualche modo. Finché viene pagato, cosa che succede sempre, non gliene importa. Chi è lui per moralizzare su conflitti armati, droga, puttane e altro con cui immagina che Branco costruisca la sua fortuna?

«Se non hai niente di meglio da raccontarmi, tra poco dovrai dire addio alla vita» dice, e si prepara mentalmente all'esecuzione.

Fin da quando ha messo piede lì dentro si è concentrato su uscite, finestre, allarmi, guardie e così via. Il fatto che in quel momento si trovino in una saletta del personale senza l'allarme inserito, probabilmente grazie a Malin – *sa Dio con quale verme si sta guadagnando il pane in questo momento* – rende le cose più facili. Ha deciso di usare un cappio e strozzarlo, per risparmiare scene raccapriccianti ai dipendenti. Non vuole che trovino sangue dappertutto anche quando arrivano per la pausa caffè. Il corpo può trascinarlo dentro un ripostiglio: da una fessura della porta alle spalle di Ferm spunta un aspirapolvere. Indossa già dei guanti di latex: contava sul fatto che non avrebbero attirato l'attenzione. Non potrebbe essere più preparato di così.

«Calma, calma» dice Ferm, che intuisce l'impazienza dello spazzino. «Non sono ancora arrivato alla parte migliore. Quella su di te.»

Qui lo spazzino non può reprimere un accenno di sorriso. La maggior parte della gente sarebbe già in ginocchio a implorare per la propria vita, tra l'altro un momento piuttosto sgradevole della giornata lavorativa di uno spazzino.

«Ah, e quindi come mi inserisco io nel quadro generale?» chiede assecondando il gioco dell'altro.

«Tu sei il volto esterno dell'attività più equivoca. Perché sei Joar Bark, no? Tutti i dati sulla tua identità, compresi l'ultimo indirizzo noto, il codice fiscale, i membri della famiglia eccetera, sono facilissimi da trovare, tanto quanto un libro, per chi vuole leggere davvero.» Per sicurezza li elenca dal primo all'ultimo, senza omettere Henry Salo. «Come dicevo, sono informazioni quasi impossibili da trovare per dei dilettanti come i poliziotti, ma in teoria del tutto accessibili. Se X viene incastrato sei tu che ci vai di mezzo, e non si tratta di cagatine come reati fiscali o droga. Tra l'altro c'è anche il tuo cv. Davvero notevole.»

Anche solo quell'uscita potrebbe indurlo a far fuori l'uomo che ha davanti.

«Purtroppo però le mie indagini, se vogliamo chiamarle così, hanno avuto delle conseguenze» continua Ferm con un gesto verso di lui. «Per come la vedo io ci sono due possibilità. Uno: mi risparmi, naturalmente in cambio di un compenso adeguato. Due: fai quello che devi fare, ma devo metterti in guardia. Una persona della mia cerchia ha ricevuto istruzioni che entrano in vigore nel momento in cui non mi farò vivo a una data ora. X probabilmente se la caverà, ma tu no, e nemmeno tuo fratello. Ci sono informazioni compromettenti anche su di lui. Il bambino rimarrebbe orfano, e lo stesso vale per il figlio che deve ancora nascere.»

Il figlio che deve ancora nascere. Questa è una novità.

Lo spazzino fa una rapida analisi. Forse Ferm mente. Una menzogna astuta, se è così.

D'altra parte, può darsi che dica la verità. Per lui non importa. Della vita in generale non sa niente. Non ha nessuno che lo aspetti: niente figli, niente sogni.

Per Henry è diverso.

«Puoi dimostrare che quello che dici è vero?» chiede, e Ferm annuisce.

«Certamente, ma solo grazie a copie di documenti. Le prove originali sono in possesso di X e forse della persona che mi ha aiutato a trovarle. Purtroppo non sono riuscito a rimettermi in contatto con lui, o lei.»

«Lui o lei?»

«Si fa chiamare Plague. Può essere di qualsiasi genere.»

46

Ferm è un viscido bastardo, sicuramente ricco come afferma di essere, ma con Branco sull'altro piatto della bilancia pesa poco. Lo spazzino opta per l'alternativa più pulita. In genere la vita è più semplice così.

Estrae l'arma dalla fondina e avvita il silenziatore. A conti fatti, la sua vecchia serva fedele è la scelta migliore. Prende Ferm per il collo e lo spinge nello sgabuzzino. L'odore dei suoi pantaloni intrisi di urina si mescola a quello dei detersivi. Una reazione del tutto umana: quando si arriva al dunque, quasi tutti sono affezionati alla vita, masochisti compresi.

«Alt. Aspetta» dice Malin Bengtsson, comparsa all'improvviso dal nulla. «Ci sono altri modi per farlo. Vero, Douglas?»

Il cosmopolita del piacere Douglas Ferm alza gli occhi lucidi.

«Douglas?» chiede lo spazzino.

«Ci conosciamo da un po'.»

«Questo non cambia niente» risponde lo spazzino e spinge Malin verso la porta, ma lei continua a insistere.

«Hai bisogno di Douglas» dice, e poi, a voce più bassa: «Ne ho bisogno io.»

Lo spazzino molla la presa e l'uomo si accascia in un mucchietto di ossa, pelle ed escrementi. Lei lo aiuta a rialzarsi, lo mette su una sedia e gli dà degli schiaffetti sulla faccia finché non si riscuote.

«Sono vivo?»

«Finché lo dico io» risponde lo spazzino, per poi rivolgere l'attenzione a Malin.

«Siediti. Adesso facciamo un piccolo quiz. Se date la risposta sbagliata è la fine. Comincia Ferm. Come si chiama l'azienda X?»

«Mimer Mining.»

«Come hai trovato l'hacker?»

«Grazie a un giornalista.»

«Chi?» chiede lui, e gli torce il polso finché l'articolazione della spalla è snodata come quella di un poliomielitico. Ferm sta per perdere conoscenza.

«Scusa» dice lo spazzino. «Si vede che l'ambiente mi ispira. Hai cinque secondi per sputare il nome.»

La canna è puntata contro la tempia di Ferm. Un leggero *plop*, e la carta da parati avrebbe un nuovo disegno.

«Mikael Blomkvist» dice Ferm con voce strozzata.

Lui sposta l'arma sulla femmina. «Tocca a te. Chi ha messo in guardia Ferm?»

«In che senso?»

Lo spazzino la tira verso di sé con un forte strattone ai capelli.

«Non ti stanchi mai del dolore?»

«Stava per andare a finire malissimo già qualche settimana fa» interviene Ferm, che ha ripreso fiato.

«A causa di una donna o cosa?»

Lo sguardo di Ferm cerca sostegno in quello di Malin.

«Piatta come un uomo ma vestita da...» Fa un gesto verso di lei. «... con una maschera sulla faccia. Abbiamo fatto un giochino di asfissia erotica, se sai cos'è. Senza Malin sarei morto.»

Lo spazzino comincia a stancarsi di tutte quelle parole. I dettagli li avrà al momento opportuno. Adesso deve alzare lo sguardo e cogliere il quadro generale, ma la domanda è ancora lì.

«Ultima possibilità, e ora i secondi passano in fretta. Chi ti ha avvertito che ero in arrivo?»

«È stato un puro caso» dice Ferm, e si allunga verso il bicchiere. Con la mano ancora funzionante beve alcuni sorsi di vino per calmare il dolore, senza una parola sul bouquet. «Conosco il tipo che ha dato l'allarme. Ho fatto affari con suo padre. Henke è in gamba. Opinioni un po' particolari, ma simpatico. Un promettente giocatore di hockey quando il Gasskas stava per passare in prima divisione. Si è fatto male ed è sparito. Un paio d'anni fa l'ho trovato a un tavolino all'aperto dello Strøget e mi ha fatto piacere vedere qualcuno delle mie parti. Abbiamo bevuto qualche bicchiere, poi siamo andati a cena e dopo abbiamo bevuto ancora di più. Dato che era sbronzo, gli ho proposto di dormire da me. Abbiamo preso un taxi. Lui si è ripreso un po', ha bevuto ancora e d'un tratto è scoppiato a piangere. La sua vita era andata a puttane. Divorzio, due figli piccoli, una carriera a rotoli e così via. Era venuto a Copenaghen per suicidarsi. Non per vantarmi, ma credo di avergli salvato la vita. È rimasto da me per quasi un mese. Ha smesso di bere, ha deciso di diventare un bravo padre ed è tornato a casa. Da allora non avevamo più avuto contatti, ma d'un tratto ha voluto vedermi a Copenaghen.»

«Per metterti in guardia» conclude lo spazzino.

Il fattorino.

«Stavo per dirtelo quando ti ha dato di volta il cervello, mi hai trascinato nello sgabuzzino e...» La voce si incrina per le lacrime trattenute. «Il fatto che mi piaccia il dolore fisico non significa che sia un duro» dice Ferm.

Malin gli fa una carezza sulla schiena.

«In questo momento voglio solo tornare a casa da mia moglie.»

Lo spazzino e Malin si scambiano un'occhiata. Se non altro ha un certo senso dell'umorismo, pensano.

«Mi sa che le faccio un favore, se ti tolgo di mezzo» dice lo spazzino.

«Probabile» risponde lui tirando su col naso. «Molto probabile.»

«Se non fosse che so che non ce l'hai, una moglie.»

In un decimo di secondo lo sguardo passa dal sollievo al terrore.

«Però ha un fidanzato» dice Malin subito prima che lo spazzino gli sloghi anche l'altro braccio.

Ma certo. L'ennesima persona che può far naufragare tutto.

«Un'ultima domanda del quiz, prima di andare» dice lo spazzino rivolgendosi a Malin. «Tu in che modo sei invischiata in questa faccenda?»

47

Anche uno spazzino si dedica alle pulizie, a volte. Passa l'aspirapolvere, lava i pavimenti, fa le valigie e usa il tempo per mettere a punto un piano.

Non è una persona complicata. Affronta tutti gli incarichi con la stessa calma metodica. E soprattutto è leale, a differenza di altri.

L'iniziale confusione, a cui si è aggiunta la presa di coscienza del fatto che Branco lo usa come parafulmine, comincia a trovare una struttura. Tutto segue una logica, anche se non favorevole alla sua situazione, essendo lui una persona che, dal punto di vista morale, è facile biasimare. Una persona che nel tempo ha perso la legittimazione a esistere privando altri della loro vita, anche se probabilmente Branco ha motivi divesi per sacrificare proprio lui.

Motivi personali? Forse, anche se è passato tanto tempo. Come sempre, si trattava di una donna.

Motivi pratici? Facile. Lo spazzino è uno che quasi non c'è. Non si nasconde dietro facciate di società lecite o identità rubate. Non è nessuno. Una persona che praticamente non comporta rischi. Be', se non fosse per suo fratello, e qui la logica va a farsi benedire. I dati personali di Henry Salo sono in massima parte pubblici. Se saltasse fuori la verità cadrebbero tutti i mattoncini.

Per un abile investigatore non dovrebbe essere impossibile riportare i mattoncini alla casella di partenza. Cioè a Marcus Branco.

Tutti quei nomi lo fanno sentire stanco.

Douglas Ferm. Il fattorino alias Henke. Mikael Blomkvist. Plague.

Gli servirebbero una lavagna magnetica e dei post-it, come a un banalissimo scrittore di polizieschi.

Ferm è furbo e ha un piano, ma è sufficiente? No. Rappresenta un rischio. Perché anche se dovesse riuscire a restare nell'ombra per qualche anno, prima o poi si tradirà, magari per la nostalgia del suo amato fidanzato o altro del genere.

Deve sparire.

Il fattorino è una carta sconosciuta. Uno a cui dovrebbe tastare il polso. Ha una famiglia anche lui, questo Henke. Una ex moglie poliziotta e dei bambini indifesi, come ha detto Malin. Sono cose delicate.

Restano il giornalista e l'hacker. Blomkvist è famoso. Non dovrebbe essere difficile da localizzare. Lo porterà all'hacker, e l'hacker alla società di Branco.

Possono rendersi necessari altri provvedimenti.

Lo spazzino si concede una pausa. Si stende sul letto e pensa alle aquile di mare. Appena tornerà al Nord ricomincerà ad aiutarle. Darà loro da mangiare. Si occuperà di loro.

Ma insieme agli uccelli, anche la femmina vola nei suoi pensieri. Malin Bengtsson.

Quella arrivata alla sua casupola nel bosco impacchettata come tutti gli altri. La prima donna in assoluto. Gli uomini sono materiale di consumo, lo sanno tutti. I rischi che corrono. Le droghe che li rendono immortali. Ma una donna?

Lui ha detto di no. Il fattorino ha detto «scegli». E lui ha scelto.

Alla fine non è stato lui ma Branco a risparmiare la vita a Malin Bengtsson. Lui le ha solo chiuso gli occhi con il nastro adesivo e l'ha portata fino alla provinciale, dove qualcuno l'ha caricata in macchina. Senza Branco, anche le sue ossa rosicchiate sarebbero sottoterra a decomporsi.

Si sente bussare alla porta.

Si mettono in cucina, con i piccioni che tubano sul tetto.

«Sei in partenza?» chiede lei. Lui alza le spalle.

«Douglas Ferm ha mentito» continua Malin. «Ci conosciamo dai tempi di Gasskas. Lui è cugino di secondo o terzo grado di mio padre, che mi aveva procurato un lavoro estivo nella sede principale della sua società. Avevo studiato economia per un paio d'anni. Nella contabilità di Ferm mi sono imbattuta per caso in alcune informazioni su una filiale di Branco e ho deciso di sfruttarle per farmi dare dei soldi attraverso Ferm. Non molto. Qualcosina per le necessità di base, e all'inizio è andata bene, ma sai: più contanti si hanno più droga si compra. È così che sono finita da te. In condizioni penose. Almeno qualche giorno dopo, quando sono cominciate le crisi di astinenza. Sei stato davvero carino. Mi tamponavi la fronte e mi facevi il brodino di pollo.»

Lo spazzino evita di specificare che era gallo cedrone.

«Dopo una settimana o poco più, però, era venuto il mio turno di dire addio alla vita. Mi hai incerottato la bocca. Quando hai preso le cuffie antirumore ho capito che era finita. Ma nel bel mezzo di tutto è suonato il tuo cellulare.»

«Ci è mancato davvero un pelo» dice lo spazzino.

«L'azienda aveva visto una possibilità di arrivare a Ferm tramite me. Per questo sono ancora viva.»

Lavagna magnetica e post-it.

«Quindi hai fatto il doppio gioco per tutto questo tempo» dice lui. «Sei passata da uno all'altro per tenerli di buonumore.»

«Più o meno, ma lungo la strada ho deciso di scegliere. Ferm è quello che è: un buffone con il complesso del padre che preferisce assaggiare vini e farsi frustare le chiappe che lavorare. Quello lo fanno altri per lui. Però se non altro non è malvagio.»

Alle orecchie dello spazzino sembrano tutte favole e invenzioni. Malin parla di Branco come se fosse qualcuno che si interessa personalmente ai suoi maneggi da due soldi.

L'unica donna che ha risvegliato l'interesse di Branco, a quanto ne sa lo spazzino, è Märta Hirak. Un'imbrogliona di piccolo cabotaggio come Malin Bengtsson? Assolutamente no.

«Hai mai incontrato Branco?» chiede. «Intendo di persona.»

«Sì, certo.»

«Ha un aspetto un po' particolare, no?»

«Sì, davvero, abbastanza spaventoso a dire il vero. Quel tatuaggio, il lupo con gli occhi gialli e gli artigli conficcati nel collo, è piuttosto repellente. Era...» La frase si perde nei pensieri.

Lupo, pensa lo spazzino. Non Branco. Lupo.

Persino lui rabbrividisce pensando a quell'uomo. Piagnone, duro di comprendonio e ferocissimo.

La vita è fragile. Per alcuni più che per altri. Anche nello sguardo di Malin si vedono tracce di necrosi. Quasi niente da perdere.

«Ho nostalgia di casa. Di Gasskas. Mio padre. Mio fratello. Le montagne. I torrenti.»

«I laghi, le foreste, gli uccelli, le stelle, le stagioni» aggiunge lui.

Le mani di lei sul tavolo. Lui ci mette sopra le proprie. Si sporge in avanti. La bacia.

Si alzano. Lo spazzino la prende in braccio e la porta per l'ultima volta fino al letto scricchiolante degli anni Novanta, con i poster di Asger Jorn su un lato e il copriletto che gratta la pelle.

«La mia famiglia pensa che sia morta» dice lei, dopo. «Non ho mai osato riprendere i contatti. Era una condizione posta da Branco. Altrimenti mi avrebbero...»

Con il gomito a sostegno della testa, lui sposta un paio di post-it sulla sua lavagna mentale e riassume: «Per poter tornare a Gasskas devi spazzare via Branco.»

Lei annuisce.

«Immagino ti renda conto che può essere difficile, forse impossibile.»

Lei annuisce di nuovo.

«Da sola non se ne parla. Non posso mettere in pericolo la mia famiglia. Ma se io, tu e Ferm ci coalizziamo le possibilità aumentano. Io non ce la faccio più ad andare avanti così. Ho come... perso la voglia di vivere.»

Lui la scavalca. Lei rimane dov'è e lo guarda.

«Sei molto bello» dice.

Lui sorride. Gli risulta nuovo, come epiteto.

«Sono uno spazzino» dice. «Uno spazzino lavora sempre da solo. È nella sua natura.»

Tende la mano, la tira su dal letto, la tiene stretta a sé come una bambola.

«Pensaci su» gli dice lei con la bocca contro il petto peloso.

Lui l'ha già fatto.

48

«Okay» dice Lisbeth. «Quindi hai messo in contatto Douglas Ferm con Plague.»

Sta andando su e giù tra le pile di libri e i mucchi di vestiti nel tentativo di fare ordine tra i pensieri.

«Hai regalato a uno stramaledetto *venture capitalist* la persona a cui sia tu che io dobbiamo la vita. Perché?»

Già, perché? Forse perché quell'uomo gli era risultato simpatico. E per l'informazione che aveva avuto in cambio.

Si imbattono l'uno nell'altro al grande magazzino Nk, tra tutti i posti possibili. È una giornata da schifo sotto tutti gli aspetti. Mikael si è appena sottoposto ad alcune biopsie e all'ecografia alla prostata. Naturalmente non è stato un uomo della sua età a infilargli nel culo una sonda.

La vergogna lo opprime come una coperta ammuffita. Quando all'improvviso si sente chiamare per nome è tentato di fingere di non aver sentito.

«Hai un aspetto orribile» dice Ferm. «Racconta. Cos'è successo?»

Mikael impiega qualche secondo a ricordare dove si sono conosciuti: a Gasskas, all'Ordine del dente di tigre. Eppure quel commento schietto e lo sguardo sinceramente interessato lo inducono a dire le cose esattamente come stanno. Si siedono al ristorante e ordinano una birra ciascuno, che presto diventano più di una.

Dopo si sente meglio. Condividono un'esperienza. Il cancro alla prostata non è una condanna a morte. Può uscirne del tutto ristabilito. Si scambiano i numeri di cellulare e decidono di rivedersi.

«E ovviamente l'avete fatto» dice Lisbeth.

«Qualche tempo dopo. Sono stato io a chiamarlo. Per puro caso era di nuovo a Stoccolma, e a me serviva qualcuno con cui parlare.»

«Avresti potuto chiamare me» dice lei.

«L'ho fatto» risponde lui, e Lisbeth non ha niente da aggiungere.

Ferm si interessa al suo lavoro. Già solo questo... È una persona attenta all'attualità. Discutono di giornalismo e si addentrano nelle competenze specialistiche di Mikael, quelle che evidentemente non interessano più a nessuno. Eccetto a Ferm, a quando pare, che spiega la situazione: si è imbattuto in uno scoop che forse potrebbe interessargli. C'è la possibilità di collaborare, aiutarsi a vicenda.

«E tu ci sei cascato» dice Lisbeth alzando gli occhi al cielo.

«No, è stato un processo molto più lungo. Ho solo paura di annoiarti.»

Si porta una mano alla tempia, stacca un grumo di sangue dai capelli e continua: «Ferm mi ha mandato del materiale, inizialmente solo cose che avevo già trovato anch'io, ma poi anche altro. Mi sono fatto aiutare da una persona di *Millennium*, di quello che era *Millennium*, Fredrik Ståhl, a cui ci rivolgevamo a volte quando c'era da analizzare qualche società. Lui ha fornito le domande giuste da porre, che hanno fatto progredire Ferm, solo che a un certo punto non si andava più avanti. Branco ha le mani in molte paste diverse, tutte alquanto sgradevoli, ma questo lo sapevamo già. A livello giuridico avevamo informazioni che avrebbero potuto portare da qualche parte un investigatore, o addirittura la Säpo, però non era quello lo scopo. Non in quel momento, almeno.»

«Comprensibile» dice Lisbeth.

«Così ho sentito Plague. Non c'è stato un contatto diretto tra lui e Ferm. È passato attraverso di me.»

«E lui ha trovato delle cose su Branco che sono state utili a Ferm?»

«Questo non lo so. Di Plague non ho più avuto notizie.»

«Finché il suo dito non è arrivato nella mia cassetta delle lettere» dice Lisbeth.

«E un occhio nella mia.»

Rimangono in silenzio per un po', rimuginando all'unisono sulla situazione. Lisbeth sente che dovrebbe andare a casa. Ha bisogno di ragionare in pace.

«Scusami» dice lui. Le mette una mano su una mano che si ritira subito. «Non volevo coinvolgerti di nuovo in un casino.»

«Quando cominci al giornale?»

«Il camion dei traslochi arriva martedì.»

Un po' di distanza non guasta mai.

49

Lisbeth va verso casa. Una pioggia leggera le schiarisce le idee. Dentro di lei ha cominciato a prendere forma una strategia. Prima deve solo dormire qualche ora.

È con un certo disagio che apre il portoncino di Fiskargatan. Sale silenziosa. Si ferma. Tende l'orecchio. Quasi in cima scorge dei capelli biondi sotto un berretto. *Camilla*, pensa per un attimo, prima di vedere chi è.

Una rondinella è rannicchiata con la schiena contro la porta. Le braccia dentro il parka per tenersi calda. I capelli tutti ingarbugliati. Ha l'aria assonnata. Arruffata. Avvilita.

«Finalmente» dice. «Dov'eri?»

Lisbeth si siede accanto a lei. Il ginocchio della ragazzina è spigoloso. La mano spuntata da dentro il parka è fredda, dura come se non riuscisse a scongelarsi e come cazzo farà lei a... Anche l'altra mano si infila tra le sue. La testa le cade contro la spalla. Lisbeth libera un braccio e lo usa per stringerla a sé. La lampada del pianerottolo si spegne. Le lacrime vanno e vengono.

«Dai, entriamo» dice Lisbeth alla fine.

Tra i pensieri che turbinano nella testa di una zia il primo è "vendetta", non si sa bene per cosa, e il secondo "cibo". Pizza, e non quella surgelata.

«Avrai fame» dice, e ordina per tutte e due. «No, niente varianti fighe autenticamente italiane con i bordi bruciacchiati e la mozzarella sciolta al posto della salsa di pomodoro. Una capricciosa, un calzone, un... e va bene, se proprio devi... una vegetariana. Tutto con doppio formaggio.»

La ragazzina tiene lo sguardo abbassato sul tavolo.

«Forse dovremmo...» dice Lisbeth, incerta su cosa dovrebbero fare. Su cosa vuole o deve fare la ragazzina, su cosa le serve. È spuntata dal nulla. Adesso è sotto la responsabilità di qualcuno.

Delle venti stanze, tre sono ammobiliate: la cucina, un soggiorno, una camera da letto.

Lisbeth toglie le lenzuola e rifà il letto con il secondo paio che possiede. La pizza è mangiata a metà ed è sera inoltrata, praticamente notte. Accompagna Svala fino al letto. La rondinella si rannicchia sotto l'ala del piumino. La fronte è quella di una bambina. Spunta solo una ciocca di capelli.

È successo qualcosa, e loro due sono fatte della stessa pasta. Svala non parlerà. Non per riguardo a lei o ad altri, ma per il proprio bene.

Lisbeth si stende sull'altra metà del letto. Scorre tra le foto in cerca di quella che ha scattato di nascosto a Lo.

Se-e-allora.

Se ci rivediamo. *E* la scelta è tra te e me. *Allora* può vincere solo una di noi due.

50

Il giorno dopo la metà letto di Svala è vuota. Lisbeth tende l'orecchio sperando di sentire qualche rumore. Nella nicchia della finestra affacciata su Skeppsholmen una ragazzina rosicchia gli avanzi della cena e osserva il mondo più sotto.

«Finalmente ti sei svegliata» dice. «Perché hai chiuso a chiave tutte le stanze? Anzi, perché hai tutte queste stanze?»

«Mi piace avere spazio» risponde Lisbeth, e si prepara a una conversazione zia-nipote. «Hai guidato fino a qui? Mi ha telefonato tuo zio. E se è così, dove hai messo la macchina?»

«Davanti al portoncino, ovviamente» risponde Svala.

«Al posto disabili?» dice Lisbeth, rendendosi conto che la domanda non porterà da nessuna parte.

«Fa lo stesso» prosegue. Poi entra nella pagina della motorizzazione e in quella dell'assicurazione. «La revisione la faremo lungo il tragitto.»

Il tempo passa e lei avrebbe dovuto essere a Sundsvall da un pezzo. Controlla con la Milton. Il pulmino non si è ancora mosso. Svala non vuole tornare a Gasskas e Lisbeth non ci vuole andare, ma devono farlo, per ragioni diverse. Lungo la strada avranno modo di parlare. Se solo le venisse in mente cosa dire.

«A scuola tutto bene?» chiede a un certo punto, poco a nord di Uppsala.

«Ester è morta.»

«Chi è Ester?»

Svala le chiede se non legge i giornali e lei risponde che ci può scommettere le palle che non li legge.

«Scrivono solo un sacco di stronzate su persone idiote. Non me ne frega niente di sapere cos'hanno fatto o perché.»

«Ester Södergran non era un'idiota. Era... in gamba.»

«Cos'è successo?» chiede Lisbeth in tono meno strafottente, e Svala racconta. Non tutto. Lascia fuori le parti sul drone, sui file che ha copiato dal computer di Ester e sulle sue teorie. È troppo presto. Non ha ancora finito di ragionarci, e poi conosce sua zia. Con la stessa ostinazione di un cane da combattimento, non molla la presa finché non raccoglie tutti i particolari. A quanto pare, già quello che ha detto è troppo.

«Quindi lavoravate insieme e facevate parte dello stesso gruppo di attivisti?»

«Mi hanno preso per un tirocinio» risponde Svala. «E sì, ha partecipato a delle manifestazioni, ma questo non giustifica un omicidio. Non è che siamo proprio la Baader-Meinhof.»

Questo è da vedere, pensa Lisbeth, e ripensa alla telefonata con lo zio di Svala, non sa più quale dei due. Per-Henrik il depresso o Elias il burbero.

«È immischiata in qualcosa di più che slogan e striscioni. Abbiamo perso delle renne. Le renne di Svala. Un'esecuzione in piena regola. Abbiamo sporto denuncia.»

«E la polizia cos'ha fatto?»

«Ha archiviato per mancanza di prove. Se continua così, Svala non può restare. Non è al sicuro, qui. E lo stesso vale per noi.»

«E secondo voi dove dovrebbe andare?»

«Speriamo che non si arrivi a tanto.»

All'altezza di Njurunda Lisbeth svolta verso la zona industriale di Svartvik e segue le indicazioni del gps. È una specie di vecchia area produttiva vicino alla baia che, a giudicare dai cartelli, attualmente è una meta turistica. Non si vede anima viva, il che non impedisce che sul parabrezza del pulmino ci siano già due multe. I vigili sono una strana specie che non dorme mai.

«Cosa ci facciamo qui?» chiede Svala. «Non dovevamo fare il pieno?»

«Resta pure in macchina. Devo solo controllare una cosa.»

Impossibile dire se il pulmino è rimasto in panne o è stato semplicemente parcheggiato lì. In ogni caso, è chiuso. Lisbeth toglie un po' di neve bagnata dai finestrini nella speranza di vedere qualcosa che può ricollegarlo a Plague. Ci sono solo un capo di vestiario macchiato tra i sedili e una lattina schiacciata di 7 Up su quello davanti.

Un test del dna probabilmente rileverebbe molte più informazioni, ma la domanda rimane: Sundsvall rappresenta la destinazione finale o solo un cambio di mezzo? Non le resta che sperare in un segno di vita da Plague, preferibilmente in forma diversa da parti del corpo mozzate. Prima o poi dovranno coinvolgere la polizia. Meglio poi che prima.

Bussa al finestrino. Svala abbassa il vetro.

«Tu che sei una tipa piena di inventiva, sai come aprire la serratura di un'auto?»

«Chi vuole saperlo?»

«Una che cerca un amico perduto.»

«Se mi compri un caricabatterie per l'iPhone. Ho dimenticato il mio.»

La felpa e la lattina finiscono nel bagagliaio. Non hanno scoperto nient'altro. Solo odore stantio di vomito.

Comprano il caricabatterie, degli snack e la Coca-Cola. Il cellulare nella mano di Svala prende vita, così come la ragazzina con la bandiera sami che sfarfalla sullo schermo.

«Dormo un pochino» dice Svala. Rivolge lo sguardo verso l'interno e si inoltra nei corridoi indistinti della mente. All'inizio fatica a trovare la strada. Imbocca un vicolo senza uscita dopo l'altro. Torna indietro, sceglie un altro percorso ma di colpo Simon è lì, appoggiato a un angolo, un ghigno sulle labbra. Ha qualcosa sulle mani. Sembra vernice. Dice qualcosa. All'inizio lei non sente, o forse non vuole sentire.

Colleziono vergini.
Lei chiede come le trova.
Non sono io che le cerco, sono loro che vengono da me.
E quante sono?
1649.

1649. Il mondo si apre. Il mondo di Simon, che però l'ha preceduta: il contenuto del cellulare è stato cancellato, a parte la foto di lei e un paio di sms inviati nelle ore subito prima che cambiasse tutto. Quando lei lo guardava ancora con occhi ammirati, lo assecondava, si sacrificava per la causa, per lui. Le sembra che sia passato un sacco di tempo. Adesso lei è un'altra persona.

Sms a Petra: «Simon ha cambiato numero di cellulare?»

Sì, l'ha cambiato. Svala gli scrive. Chiede se possono vedersi. «Quando puoi. Baci».

La risposta arriva subito: «Finalmente! Mi sei mancata! Non so esattamente quando possiamo vederci. Mi faccio vivo! Baci!!!»

Una quantità incredibile di punti esclamativi. Ora le serve un piano.

Sbircia verso la zia. Un giorno le dirà tutto, ma non ora. C'è il rischio che mandi a rotoli il piano che ha già abbozzato.

«Non potremmo andare al parco acquatico di Örnsköldsvik?» chiede. «Ci sono stati tutti tranne me.»

«Non io» risponde Lisbeth. «In ogni caso, no. Non abbiamo né il costume né il tempo. Un'altra volta, magari.»

Meno male. Comunque suonava bene. Una di quelle cose che vogliono fare le ragazzine.

51

Primavera a Parigi. La pioggia che viene giù a secchiate contribuisce a peggiorare l'umore di Henry Salo.

La giornata è partita male già dall'inizio. Pernilla con l'aria incazzata perché lui va via e la lascia con la nausea mattutina e il bambino da portare a scuola lo fa sentire in colpa e nello stesso tempo lo manda in bestia. Lui lavora per il bene di un'intera comunità, non solo per la sua famiglia.

«Mandalo a scuola in bici! Ha quasi dieci anni!» grida dall'ingresso.

«Lungo una strada con il limite dei novanta, su cui guidano tutti come deficienti?» risponde lei di rimando dalla cucina.

Poi arriva il taxi.

«Ci vediamo tra un paio di giorni, tesoro» prova a dire lui.

Lei non risponde. E non risponde nemmeno all'sms che le manda da Kallax.

Insieme alla consulente legale del comune, Katarina da Silva, deve tracciare le linee guida per i ruoli di comune e investitori nell'avvio della miniera di Gasskas.

Il primo della lista è Kostas Long.

Effettivamente il mondo ne ha già abbastanza, di miniere cinesi, ma Long ha un'altra prospettiva. Madre greca, padre cinese il cui patrimonio derivante dalle attività immobiliari è stato investito nelle miniere, non solo in Cina ma anche in altre parti del mondo dove la forza lavoro costa poco e le leggi sui diritti umani sono deboli. Resta da vedere se riusciranno ad aggirare gli allevatori di renne.

Lui ha la competenza e il capitale che servono. Adesso bisogna verificare se è tutto oro quel che luccica. Salo invia tra sé un pensiero di gratitudine a da Silva. Gli occhiali sono appesi a un cordino intorno al collo. Le cuffie sottolineano che non vuole essere disturbata. È una vecchia volpe. In pensione da diversi anni, ma indispensabile. Una di quelle persone che vengono convocate quando altre non si rivelano all'altezza, oppure – come adesso – quando ci sono in gioco somme che il comune può solo sognarsi.

L'autista li aspetta con un cartello.

Il traffico verso Parigi procede lentamente.

Pernilla gli manda con un sms la foto del bidone dell'immondizia che lui ha dimenticato di portare fuori.

Per fortuna, appena dopo le strette di mano, nella sala riunioni di Long arrivano i drink. Qualche sorso veloce alza il livello delle endorfine di un paio di tacche. Da Silva lancia occhiate eloquenti in direzione del fondo già visibile del bicchiere. «Mantieniti sobrio» dicono.

Eccheccazzo, a Parigi mica si va tutti i giorni, pensa lui.

Neanche Long si tira indietro. La conversazione scorre, da Silva prende appunti. Si inserisce con osservazioni razionali via via che gli argomenti di Salo si fanno sempre più annacquati. Finora non c'è niente di ufficiale. È solo un inizio. Un processo lento che si spera porterà nelle casse del comune nuovi introiti in euro sonanti.

Normalmente le miniere non gestite dallo stato sono di proprietà di società private. In questo senso quella di Gasskas rappresenta un'eccezione. All'inizio degli anni Ottanta, quando i prezzi del minerale di ferro avevano toccato il fondo e la miniera era stata chiusa, il gestore dell'epoca era scappato lasciando miliardi di corone di debiti, e l'area avrebbe dovuto essere bonificata. In cambio di un capitale statale, il comune aveva rilevato la proprietà, ma anche la responsabilità delle operazioni di risanamento e delle persone rimaste da un giorno all'altro senza lavoro, che rappresentavano una fetta importante della popolazione maschile di Gasskas.

Ora che di colpo la miniera ha di nuovo un futuro, il comune si ritrova in mano una potenziale fortuna.

«Per oggi può bastare. Abbiamo qualche ora prima che parta il volo, domani, nel caso emergano altre questioni» dice da Silva, alzandosi.

52

Salo fa una doccia, la seconda da quella mattina, e si stende sul letto. Quando suona il cellulare, forse si è appisolato.

«Henry! Sono Kostas, che fai?»

«Niente di che. Lavoro e guardo il telegiornale.»

«Ma come, sei nella capitale delle capitali e guardi la tv? No, non va» dice Long. «Passo a prenderti tra venti minuti. Poi ci diamo alla bella vita. Da Silva la lasciamo a casa. Okay?»

Ogni fibra del suo corpo grida: «No! Beviti una bottiglietta d'acqua, chiama tua moglie e vai a dormire.»

«Okay» dice. «Scendo.»

Prima seguono la riva destra, poi quella sinistra, dopodiché attraversano un sacco di rotonde e arrondissement. Quando il taxi si ferma davanti a un portone in rue Champollion, Salo non ha idea di dove si trovino.

Dopo che Long ha digitato il codice e sono saliti in ascensore al quarto piano, il mondo appare completamente diverso. Niente finestre che collegano in qualche modo con l'esterno, lasciando entrare la luce. O lasciando uscire segreti. La musica a basso volume e il brusio di voci li accolgono a braccia aperte.

Pensando che è una fortuna che si sia portato dietro il completo elegante, Salo prende un bicchiere di champagne.

Long invece è vestito in modo più casual di prima. Non ha nemmeno la cravatta. Con il colletto della camicia slacciato e degli stivali che lo rendono più alto di qualche centimetro, si dirige verso il bar con l'aria di conoscere bene il posto.

«Stasera sei mio ospite» dice. «È tutto gratis. Datti un'occhiata in giro mentre faccio un salto alla toilette.»

Salo non si fa pregare. Il locale ricorda un film in costume ambientato nel presente. Ci sono persino gli attori. Volti noti, vecchi e giovani. Uno scrittore di cui ha appena letto un libro, modelle, politici e atleti. In gran parte sono persone che non ha mai visto e in cui non si imbatterà mai più. Si ferma davanti a un immenso buffet in cui i crostacei sono vivi e il caviale si mangia a cucchiaiate.

«Ho visto che sei arrivato con Long» dice una donna mandando giù un'ostrica. Probabilmente è la donna più bella su cui abbia mai posato gli occhi. Non somiglia alla moglie di David Bowie? Magari è addirittura lei.

«Vi conoscete?» domanda lui, chiedendosi come sia possibile mangiare qualcosa di tanto viscido come un'ostrica in modo sexy.

«Direi proprio di sì.»

Per una volta Salo ammutolisce. Non sa cosa dire. Domande come «di cosa ti occupi?» gli sembrano poco adatte al contesto. Tutto, in quel posto, ispira discrezione. Alcuni sono praticamente svestiti. Sotto la giacca lui sta sudando e la cravatta gli stringe il collo.

«Ti faccio fare un giretto?» chiede lei, e lo prende sottobraccio.

Il locale è più grande di quanto gli era sembrato. Stanze su stanze in infilata. Una per la musica, una per le carte. Più vanno avanti più la penombra si infittisce. Alla fine ha la sensazione di trovarsi in un labirinto.

La donna gli dà una stretta leggera al braccio e gli chiede se non vuole togliersi la giacca. Si ferma e gli disfa il nodo della cravatta. Il nodo di Pernilla.

Sua moglie gli sembra irreale come il posto in cui si trova. Dovrebbe andare via. Scusarsi e tornare in albergo. In quel momento si unisce a loro una seconda donna.

«Sei tu *Salaud*?» chiede, scrutando l'abito buono dalle scarpe alla cravatta. «*Naughty name*.»

«Salo» risponde lui mettendo l'accento sulla a. «Forse avete un nome anche voi?»

Non ce l'hanno.

La sbronza da champagne gli fa spumeggiare l'anima. Si sente bene, meglio di quanto non gli capiti da tempo, ed ecco che arriva Long con qualcosa di più forte. Manda via le donne con un gesto e si siede sul divano accanto a Salo.

«Bel posticino, no?»

Henry Salo non può che dichiararsi d'accordo. Sicuramente avrà argomenti per la pausa caffè del lunedì.

«Ci sono un paio di cose di cui vorrei discutere con te, ora che siamo a quattr'occhi.»

«Spara» dice Salo, e beve un sorso del morbido whisky d'annata.

«Si tratta di tua moglie. Pernilla Salo. O Pernilla Blomkvist, come si chiamava prima che vi sposaste.»

Salo non capisce. Cosa c'entra Pillan?

«Non ti ha detto niente, quindi? Be', è comprensibile.»

Salo non capisce ancora, ma quando chiede una spiegazione inizialmente non riceve risposta. Long fa ruotare il bicchiere. Beve un sorso, poi un altro.

«Prima categoria» dice, «proprio come tua moglie una volta. Non fraintendermi, il tempo lascia il segno su tutti noi, ma immagina Pernilla a ventidue anni. Bionda, snella, innocente.»

Henry Salo sente aumentare il disagio, e neanche l'alcol è in grado di tenerlo a bada.

«Come tutti gli altri giovani svedesi dell'epoca, era venuta in Grecia a fare il giro delle isole. Ci siamo conosciuti ad Atene. Molto romantico. Ricordo persino cosa abbiamo mangiato al primo appuntamento: calamari e patatine fritte. Accompagnati da retsina gelida, ovviamente.»

«Dove vuoi arrivare?» chiese Salo. «Quello che Pernilla ha fatto da ragazza non mi riguarda. Però, se la conoscevi già, potevi dirlo prima. Quando sei venuto a cena da noi, per esempio.»

«Se non avessi saputo che era lei, non l'avrei riconosciuta. Sono anni che la cerco. Fin da quando è svanita senza lasciare tracce qualche settimana prima che ci sposassimo.»

«Sicuramente avrà avuto le sue buone ragioni» dice Salo in tono sobrio, nonostante il senso di disagio che lo coglie, accompagnato dalla gelosia. La sua Pillan con Long, e non per un flirt vacanziero, per un matrimonio già pianificato. Il pensiero della cena, quando loro due sapevano e lui no, risveglia in lui una rabbia tale che gli viene voglia di urlare e picchiare. Eppure riesce a mantenere la calma: sospetta che gli servirà per ragioni più importanti della delusione romantica.

«Certo, ma devi capire anche il mio punto di vista. Sono figlio unico. Un matrimonio era un evento importantissimo nella mia vita, anche per i miei, secondo cui avrei dovuto scegliermi una cinese, o magari una greca. Avevano pagato tutto loro. E quando lei se n'è andata io sono rimasto lì con la mia vergogna.»

«Così adesso vuoi vendicarti, invece di accettare il fatto che la vita ha preso una piega diversa da quella che avevi in mente?» dice Henry.

«È qui che ti sbagli. Quando ero a cena da voi sapevo già chi era lei. Non sono venuto per vendicarmi, solo per curiosità. Quello che invece non sapevo era che ha un figlio. Che noi abbiamo un figlio.»

Un senso di vertigine. Lukas è figlio di Long. Il bambino suo e di Pernilla. Perché diavolo lei non ha detto niente?

«Ma torniamo al presente» continua Long. «Noi stiamo per stringere un accordo. Se tutto fila liscio, il contratto vi arriverà nel giro di qualche giorno, e lo stesso vale per la fideiussione. Non credo di dover ripetere che si tratta di una somma ingente. Le miniere sono parchi giochi costosi. Niente che un comune possa gestire da solo, anche se doveste investirci tutto il bilancio annuale.»

Salo sente un «però» ancora prima che lui lo pronunci.

«Però in cambio voglio indietro mio figlio. Un figlio maschio deve stare con suo padre. Senza offesa, Salo, ma i tuoi problemi con l'alcol non devono essere troppo divertenti né per Pernilla né per Lukas, anche se sicuramente hai un sacco di qualità. Il sangue *non* è acqua.»

Su quest'ultima affermazione Henry Salo non è per niente d'accordo. Che vita sarebbe stata la sua, se non fosse finito dai Salo, una coppia capace di dargli affetto? Probabilmente come quella di Joar, se non peggio. Ma in questo momento non si tratta di lui.

Cerca di mettere ordine nei pensieri. Di sicuro da Silva avrebbe la risposta giusta.

«Capisci bene che non posso mercanteggiare su Lukas. Non se ne parla.»

Lo sguardo di Long è verde e gelido. Henry sente che non finisce qui, anche se dovesse fare marcia indietro su accordo e fideiussione.

«Il bambino è l'alternativa più semplice. Ammetti che ti è capitato più volte di desiderare che non ci fosse. È sensibile. Ha bisogno di sua sorella. Uno come te certe cose non le capisce.»

Salo si vede sfilare davanti la propria vita. Quante volte si è detto che sarebbe stato più facile se... Quante volte ha imprecato per le lagne del ragazzino e le premure eccessive che gli riserva Pernilla? Molte, in effetti.

Però non è tutto qui. Lui e il bambino hanno delle cose che li uniscono. La pesca. La sauna. La pista ferroviaria. Deve guadagnare tempo, in qualche modo. Indurre Long a credere in una possibile soluzione.

«E come dovrebbe funzionare, secondo te? Pernilla deve averti riconosciuto e sarà sul chi va là.»

«Mi ha riconosciuto, sì. E se tu non fossi stato ubriaco perso avresti colto la sua paura. Comunque senti, per stasera fermiamoci qui. Come si svolgeranno le cose lo saprai al momento giusto. Mi rifarò vivo. In ogni caso sono contento che ci capiamo, che tu sappia anteporre il bene della società agli interessi personali. È così che agisce un vero uomo di stato.»

53

Quando Salo viene svegliato dai colpi alla porta della camera d'albergo, per un attimo non sa dove si trova. Prova a mettersi a sedere sul bordo del letto ma ricade sul cuscino. Sulla retina prende forma l'immagine di una decapitazione. Se non altro la testa è ancora al suo posto, anche se degli hooligan gli mollano dei calci alle tempie con anfibi dalla punta d'acciaio.

Altri colpi. Salo fa un nuovo tentativo. Si tiene alla testiera e riesce ad arrivare alla porta appoggiandosi allo schienale di una poltrona.

«Buongiorno, signor city manager. Cosa ti è successo?»

Da Silva. Vispa e grintosa come sempre. Appena uscita dalla doccia, con i capelli perfettamente fonati in un piccolo pouf grigio.

«Temo di essermi preso qualcosa, forse ho la febbre e...» Si porta le mani alla testa. «Che ore sono?»

«Le dieci e un quarto» risponde da Silva, e gli tende un blister di ibuprofene. «Ti sei perso la colazione. Peccato, ti sarebbe piaciuta. Avevano persino ostriche e champagne.»

Con uno sforzo, lui arriva fino al bagno. Ha a malapena il tempo di chinarsi sul water prima che la giornata di ieri venga su sotto forma di alghe venefiche spruzzate di sale. Con l'odore tornano anche i ricordi. Almeno alcune scene.

«Stai male davvero» dice da Silva. «Speriamo che ti passi prima di andare in aeroporto. Per fortuna Long ha avuto un contrattempo.»

Le parole hanno un timbro particolare, duro. Di sicuro non è una stupida.

«A quanto pare hai avuto una notte difficile sotto molti aspetti.»

Da Silva si siede su una poltrona e guarda sfacciatamente il suo corpo nudo che si è di nuovo accasciato sul letto.

«Racconta, cos'è successo?»

«Non ne sono sicuro» risponde lui con il naso nel cuscino, sentendosi molto piccolo. «È passato a prendermi Long e siamo andati in un club privato.»

Non può parlarne. Con nessuno. Ora sulla retina non c'è più una decapitazione ma Lukas. Un bambino con un cartellino del prezzo sulla testa.

Per la seconda volta in rue de Rivoli uno stomaco si rivolta sopra un water. Il sudore gli cola addosso. Si sciacqua il viso con l'acqua fredda. Esce su gambe malferme.

«Caspita, verrebbe da pensare che tu abbia preso qualcos'altro.»

«Cosa?»

«Droghe, naturalmente.»

«Non sono un tossico del cazzo» dice lui, riuscendo a mettersi le mutande. «È solo un doposbornia. Passerà.»

Poco dopo le ventidue il taxi accosta. La casa è immersa nel buio. Salo va direttamente su nello studio e si riempie un bicchiere di whisky, lasciando perdere il ghiaccio. Se lo scola e ne versa un altro.

Poi, di colpo, lei è lì. In camicia da notte e pantofole. Prende un goccio di cognac e si siede sulla poltrona di fronte.

«Sei sicura che sia il caso di bere?» chiede lui, e lei gli lancia un'occhiata di fuoco.

«Com'è andata a Parigi?»

Lui non aveva intenzione di dire niente. Non stasera. Ma nella sua voce c'è qualcosa. Nella voce, come sempre. Le donne. Specialiste nel far sentire in colpa. In realtà è lei che è in torto: avrebbe dovuto parlargli di Long. Dice Salo, e manda giù il whisky d'un fiato.

«Hai ragione» risponde Pernilla, sostituendo il cognac con dell'acqua gassata. «Ma non è semplice come credi.»

Quando mai qualcosa è semplice?

54

Quando Pernilla Blomkvist scende dall'aereo ad Atene, il caldo le arriva in faccia come sparato da un fon. Lei prosegue verso l'area degli arrivi. Non è solo l'aria a essere diversa. Anche gli odori, i rumori, le persone.

Ha un indirizzo. Il primo giorno di tre mesi di avventura. Non ha viaggiato molto, finora. Una gita scolastica in Norvegia. Un weekend a Berlino. La Grecia ha un che di esotico.

Nella stanza accanto abita Beate, una studentessa di Odense in Erasmus. «Dai, usciamo» dice. «Mio padre mi ha mandato dei soldi per il mio compleanno. Offro io.»

Si ritrovano in un locale karaoke. Ai tavolini sono seduti uomini soli che bevono per dimenticare i dispiaceri.

A uno a uno, salgono sul palco per cantare. Soprattutto pezzi greci in la minore e l'espressione *s'agapo* in varie declinazioni. E anche se Pernilla e Beate sono le uniche donne nel locale, nessuno fa caso a loro. Sono tutti troppo presi da se stessi. Tutti tranne uno.

È più giovane degli altri, e non sembra nemmeno troppo triste. Canticchia mentre cantano gli altri. Batte il tempo con le mani sul tavolo. I loro sguardi si incrociano.

Quello di Pernilla è attirato dal suo aspetto fisico un po' particolare, greco eppure non proprio. E anche dagli occhi, che illuminati dalle luci rotanti diventano ancora più verdi.

Quando Beate va in bagno lui si alza e va al loro tavolo.

«Da dove venite?»

«Dalla Svezia» risponde lei.

«Svizzera! Alpi e orologi.»

Lei non ha la forza di correggerlo.

Da quel giorno sono inseparabili.

«Ma per favore» dice Beate. «Guarda che sono solo andata in bagno.»

«Ci vedremo lo stesso» dice Pernilla quando lascia la stanza.

Non si vedranno mai più.

Cosa ne sa lei dell'amore? Niente, se non che ne è stata travolta. Non pensa che a lui. Lui è l'aria che respira, i pensieri che pensa.

Ora è in un taxi, con la sua roba in una valigia e uno zaino. Quando l'auto si ferma, è sicura che il tassista abbia sbagliato indirizzo. È un quartiere in cui i casermoni scrostati e trascurati hanno ceduto il posto a palazzi costosi.

Paga l'autista. Resta per qualche istante per strada a guardarsi intorno. Sul citofono accanto all'ingresso inserito in un portale a mosaico c'è anche il suo nome. Pernilla Blomkvist.

«Finalmente» dice lui, e la serratura scatta.

Sopraffatta dal lusso, dalle sue premure e dalla vita indolente che in pratica non comporta nessuna iniziativa da parte sua, ci mette un po' a riscuotersi e avvertire altre necessità. Beate. Libertà. Impressioni esterne. Chiacchiere tra ragazze.

Era totalmente presa da lui e ha goduto di quell'esistenza spensierata, che però d'un tratto si scontra con la sua normale vita precedente.

«Credo che oggi andrò a trovare Beate» dice a Kostas. Lui si sta radendo davanti allo specchio. Lei lo guarda dalla vasca da bagno.

«La danese, intendi? È tornata a casa.»

«A casa? E tu come lo sai?»
«Perché le ho pagato il biglietto.»
L'acqua si è raffreddata. Il cervello ha fatto due più due. Quella che esce dalla vasca è una persona diversa. Un altro sguardo incrocia quello di lui nello specchio.
«Ci vediamo alle cinque» dice lui sulla porta. «Mettiti qualcosa di carino. Cena con conoscenti di Pechino con cui ho in ballo degli affari.»
Lei sceglie tra i vestiti. Improvvisamente restia a compiacere sia lui che i pechinesi, ritrova nello zaino i suoi jeans consumati e una maglietta.
Questa ero io, pensa. Chi sono adesso?
Deve averla vista nel taxi. Quando Pernilla sta per pagare, lui spalanca la portiera.
«Torna a casa» dice. «Se avessi voluto stare con una puttana mi sarei accontentato di quelle che mi scopo in spiaggia.»

Ancora sotto shock, lei si toglie i jeans e si versa un bicchiere di retsina.
La domanda non è più solo chi è diventata lei, ma anche chi è lui.
Rientra alle ore piccole. Lei finge di dormire. Lo sente aggirarsi per l'appartamento. Un bicchiere va in frantumi. Passi rabbiosi verso la camera.
Fingere di dormire non funziona. Lui l'afferra per i capelli e la trascina giù dal letto. La colpisce sulla bocca facendola volare contro lo specchio. La ritira su, continua a picchiare, stavolta con la mano chiusa a pugno. Una mano che non ne ha mai abbastanza. Che vuole picchiare e picchiare.

Il giorno dopo un medico è seduto accanto al letto.
«Come ti senti?» le chiede. «Sei stata aggredita per strada. Non hai niente di rotto ma il dolore ci sarà. Tre pastiglie al giorno. Ricordati di bere molta acqua.»

«Kostas dov'è?» biascica lei. Ha l'impressione che le labbra siano incollate.

«Tuo marito ti saluta. Fantastici i fiori, vero?»

Il mazzo ha lo stesso profumo della Grecia quando era scesa dall'aereo. Quanto tempo fa? Si addormenta. Si sveglia. Si riaddormenta.

In sogno pesca con suo padre. È piccola e la vita è semplice.

Ora lui è seduto sul letto e le accarezza i capelli.

«Papà, meno male che sei qui.» Ma qualcosa non va. La mano non ha odore di papà. Ha odore di sangue.

Lui le chiede perdono. Lei vuole sapere perché. Perché, perché, perché.

Nella sua meschinità, lui ha paura che lei lo lasci. Paura di essere abbandonato.

«Mai» dice lei. «Io ti amo.»

A ogni parola le fa male il viso.

Stare al gioco. Andare a casa. Stare al gioco e andare a casa.

Lui le appoggia la testa sul petto. Lacrime bagnano la camicia da notte.

«Tu sei tutto per me» dice.

Lei gli accarezza la testa come a un cucciolo. Bravo piccolino, braaavo piccolino.

«Ti amo» ripete. Certe frasi non si possono dire troppo spesso e i lividi impallidiscono. I denti si rinsaldano.

Finché si attiene al piano, la vita è sopportabile.

Lui si complimenta. Sta andando verso la perfezione. Una donna tranquilla, gentile, premurosa i cui pensieri ruotano unicamente intorno al modo in cui andarsene di lì.

Vede cose che prima non vedeva e impara fino a che punto può tirare la corda prima che lui oltrepassi il limite. Quasi sempre.

Ci sono mattine in cui si sveglia con un medico accanto al letto, ma sono sempre più rare.
Il giorno dopo è tutto rose e fiori.
Deve picchiarla per riportare la relazione al punto di partenza.
Subito dopo le chiede di sposarlo.
E così vanno avanti, fingendo che sia per davvero e per sempre.
Pernilla potrebbe aprire la porta e prendere un taxi per l'aeroporto in qualsiasi momento. Non è rinchiusa, ma è sorvegliata. Un giorno arriverà la sua possibilità. Non adesso, però. Non si è ancora abituata all'idea di morire.
Tra un episodio e l'altro vivono una vita normale. Vanno in vacanza a Paros. Fanno l'amore in piscina e si fidanzano. Lui le mette al dito l'anello di una lattina.
Il giorno dopo le rompe un braccio.
Un paio di giorni in una clinica privata dopo una caduta in bicicletta sono rilassanti.
Presto, si dice lei, arriverà la mia occasione.

Pernilla fa una pausa. Dice che possono continuare a parlare domani, ma Salo insiste. Adesso vuole sentire tutta la storia.

55

Come succede spesso, l'occasione arriva quando lei meno se lo aspetta.

È sera. Si è appena spogliata. Kostas riceve una telefonata.

«Vestiti. Mettiti i jeans» le dice, lanciandole una felpa. «Andiamo in campagna.»

«Un attimo» risponde lei. «Devo andare in bagno.»

Prende il passaporto, che ha nascosto sotto il cassetto dei trucchi, e un rotolo di banconote. Infila tutto nelle mutande e si mette la felpa.

Partono verso nord. Arrivano all'alba.

Non sono soli. Sul sedile posteriore ci sono due persone. Le ha già viste altre volte. Sorvegliano. Lei e forse altri.

Passa la giornata. La sera si fa buia. Cellulari suonano. La notte si stende sulla spiaggia come una tenda avvolgibile. Le stelle risplendono sul mare e avrebbe potuto essere molto bello.

Kostas la prende da parte.

«Adesso ascoltami» dice. «Arrivano delle persone in barca. Voglio che ti occupi di loro. Che le faccia sentire benvenute. Okay?»

«Chi sono?»

«Profughi. Li aiuteremo a farsi una vita migliore.»

Alla luce delle torce elettriche vede delle barche approdare alla spiaggia. Persone incerte sulle gambe, bambini infagottati risalgono verso di loro.

Lei distribuisce pane, frutta e acqua. Per quanto esausti, le sorridono. Sta per succedere qualcosa. Come al solito, non lo sente nella pancia, ma in un indice che si intorpidisce.

Si fermano davanti a Kostas e ai suoi aiutanti. Tirano fuori documenti e banconote. Sotto i suoi occhi accade l'incomprensibile.

«Diecimila dollari.»

«Ne abbiamo solo cinque.»

«Okay, allora facciamo così» dice Kostas. «Sceglicte un bambino. Lo terremo con noi finché non potrete pagare. Ad Atene c'è lavoro in abbondanza. Presto sarete di nuovo insieme. Vero, Pernilla?» grida rivolto a lei.

Per sempre consegnata alla vergogna, lei risponde: «Certo.»

Poi fa qualche metro al buio e vomita. Lui le è subito dietro.

«Sei coinvolta in questa cosa quanto me» dice. «Per il traffico di esseri umani ci sono lunghe pene detentive.»

Ora non può più lasciarlo.

56

«Invece lo hai lasciato» dice Salo. Non si è nemmeno riempito il bicchiere.

«Quella notte stessa» dice lei, e cerca di formulare una continuazione.

«Siamo ripartiti a bordo di un pulmino. Io ero seduta dietro con quattro bambini. Il più piccolo era un neonato. La madre aveva implorato Kostas aggrappandosi ai suoi vestiti, piangendo. Lui le aveva sferrato un calcio alla pancia. A un'altra aveva dato un pugno sulla bocca. Alla fine nessuno aveva più osato fiatare. Avevano rischiato la vita per giorni nel Mediterraneo, e ora, dalla spiaggia, vedevano i loro figli sparire per sempre.»

Salo si sposta sul divano e le circonda le spalle con un braccio. Lei se lo toglie di dosso.

«Diverse ore dopo siamo arrivati a una casa. Nel giardino si muovevano delle persone. C'erano bambini che gridavano e io avevo la nausea per il mal d'auto. Ho messo in braccio a una ragazza il neonato e mi sono tirata in disparte. Ho sentito Kostas litigare. Voleva altri soldi per i più piccoli. Quando mi sono inoltrata tra gli alberi non mi ha visto nessuno. Ho cominciato a camminare, allontanandomi sempre di più dalla casa. Sono andata avanti per tutta la notte. Ho attraversato campi, uliveti, percorso stradine. All'alba mi sono nascosta in un fosso e ho aspettato. Passavano poche auto. Quando ho visto avvicinarsi un pullman turistico sono salita sulla strada e ho agitato il braccio. Si è fermato. Veniva da Atene ed era diretto a Salonicco. Ho detto che avevo avuto un guasto alla macchina e mi hanno fatto salire. A Salonicco ho preso un pullman diretto alla costa occidentale e da lì un traghetto per Corfù. Ho trovato un biglietto per un charter e sono tornata in Svezia.»

Lui appoggia una mano sulla sua, pelle calda su pelle fredda. È solidale con lei, naturalmente la perdona, ma si risvegliano anche altre emozioni.

Long e Pernilla. Vuole buttarsi su di lei, tirarle su la camicia da notte e prenderla. Fare come Long. Costringerla ad amarlo. Ora e per sempre.

Però non è Long. La differenza sta nella capacità di dominarsi.

«E Lukas?» chiede. «È suo?»

«Quando sono arrivata a casa non sapevo di essere incinta. Avevo collegato la nausea a Kostas e alla spiaggia.»

«Quindi Lukas è figlio di Kostas Long, come si chiama adesso. Solo per avere il quadro complessivo ben chiaro. Hai sempre detto che il padre era morto.»

«Per me lo è, questo è certo.»

«Si somigliano» dice Salo.

«No» risponde lei. «Lukas somiglia solo a me.»

Lui evita di parlare di occhi verdi allungati e capelli neri.

«Secondo da Silva, Long è figlio di uno degli uomini più ricchi della Cina» dice. «Ha un master in economia ed è Ceo di tutto il gruppo Long. Fatico a credere che possa essere coinvolto nel traffico di esseri umani.»

«Vuoi dire che mento?» chiede lei.

«No, no, assolutamente. Cerco solo di guardare alla situazione in modo sobrio. Long ha troppo da perdere, se vuole prendersela con te e, di conseguenza, con me.»

Lei sceglie di non fare commenti sul concetto di sobrietà.

«Non lo conosci» dice invece. «È capace di qualsiasi cosa.»

La domanda è di cosa è capace lui.

«Su, su» dice per arginare l'obbligatorio pianto femminile. «Hai mai raccontato tutto questo a qualcuno?»

«Arrivata a casa sono andata alla polizia. Mi hanno detto che avrebbero verificato, ma poi non ho più saputo niente.»

Che sorpresa, pensa Salo. Con i soldi e le conoscenze giuste si arriva lontano. Pernilla gli fa pena. E lui, però?

Se Long non ottiene quello che vuole crollerà tutto. Soppesa i pro e i contro. Dirle di Parigi o tacere.

«Forse dovresti pensare alla possibilità di concedergli l'affido condiviso. Anche se è una carogna ha dei diritti.»

«Stai scherzando?» dice lei. «Non capisci la portata di quello che ti ho appena raccontato? Devi fare qualcosa. Ribalta il ragionamento, digli che se vuole partecipare al progetto della miniera deve rinunciare a Lukas.»

«Sistemerò tutto» risponde Salo. «Non preoccuparti. Affronteremo i problemi un giorno alla volta.»

Scende in cucina, si scalda al microonde qualcosa da mangiare e lo butta giù in piedi.

Pernilla si è addormentata sul divano. Lui le si siede accanto, si mette le sue gambe sulle ginocchia e spegne il televisore.

Alcune ciocche le ricadono sulla guancia. La ama? Fino a dove arrivano i suoi sentimenti? Il verbo più adeguato è ammirare. Lei ha tutto quello che a lui manca ma che è costretto a imitare. Riflessività, equilibrio, sincerità.

Indirettamente, lo rende un uomo migliore. Sono queste le qualità che vengono apprezzate da elettori e colleghi. Non quello che gli si rimescola nel profondo. La collera, infiammabile come legno resinoso a cui si avvicina un fiammifero.

Salo le fa una carezza sulla pancia. La mano scende verso la coscia. Lei si gira sulla schiena. Le dita si infilano sotto le mutandine. L'erezione esplode nei pantaloni, spazzando via verbali consiliari, trattative, riunioni, colleghi, miniere e Parigi.

Tutto tranne Long. Lui è lì accanto.

Lei è bagnata, forse sveglia. Salo le sposta una gamba per avere più margine di manovra.

«Prego» dice Long. «Prima tu.»

57

Com'è andata?

Ecco come: «Dove cazzo sei stata e cosa cazzo ti è saltato in mente?»

Elias non nomina la macchina: non ce n'è bisogno. È di nuovo in garage, non uscirà per anni e Svala è d'accordo, se non fosse che è stata previdente e ha convinto Lisbeth a fare una copia della chiave. Tira fuori un indispensabile «scusa» e promette di non farlo mai più. Lo lascia nella sua illusione che il viaggio in macchina sia stato l'espressione del desiderio ribelle di una quattordicenne. Magari fosse vero. Le piacerebbe essere un'adolescente immatura che si è messa a guidare di nascosto, è stata beccata e ora deve farsi perdonare.

Capisce gli zii. Probabilmente non hanno mai chiesto di occuparsi di lei. Se l'hanno fatto è a causa di un senso del dovere non meglio precisato. Senso di colpa, forse. Non verso di lei ma verso Mammamärta.

Quanto a lei, non può cambiare le cose. Il processo che si è messo in moto con la morte di Mammamärta, e anche prima, non si può fermare. Non se lei deve sopravvivere. Anche se il Petrigno non c'è più, ai margini del suo regno aspettano altri. Forse non deve preoccuparsi degli ultimi arrivati, ma degli *invisibili* invece sì. Quelli che si sono leccati le ferite e hanno ripreso le forze. Di loro sa qualcosa, ma non abbastanza.

Vogliono lei. Le renne uccise parlano chiaro. Prima o poi la famiglia la abbandonerà. Non ha la forza che serve.

Mette un cambio di vestiti, il computer e dei contanti nel vecchio Kånken di Mammamärta che ha trovato in soffitta. Elias alza gli occhi dal giornale e li riabbassa. Per-Henrik non c'è. Lei scende verso l'autobus per la scuola finché dalla casa non possono più vederla. Poi devia, inoltrandosi tra gli alberi, e sale in direzione del Björkberget.

È il genere di giornata che si vive meglio tra gli alberi. Esattamente sei mesi dalla morte di Mammamärta.

Nel bosco quelli che sono vivi e quelli che non lo sono più hanno un linguaggio comune. Le parole si sparpagliano tra foglie appena spuntate, lungo i percorsi delle formiche verso il formicaio, nel muschio, oltre i licheni. Tutto quello che sta recuperando le forze dopo mesi di torpore invernale.

Svala si siede su un sasso all'estremità della collina. Il punto in cui le ceneri di Mammamärta si sono unite ad altri spiriti, altri ultimi respiri. Il ciclo eterno della vita a cui nessuno può sfuggire.

Prende il binocolo. Un allocco di Lapponia si fonde con un tronco di pino colpito da un fulmine. Un paio di corvi che l'hanno seguita di albero in albero si fermano su una betulla. La volpe si aggira sinuosa e la lepre scappa. Svala sposta il binocolo verso il basso, fino alla casa dove non vive più nessuno. La casetta rossa di legno di Marianne Lekatt.

Svala ha dei nomi sulla sua lista. Quelli che avrebbero dovuto e quelli che non avrebbero dovuto. Morire.

Un fremito della tenda. O ha visto male? Regola il fuoco. Troppo lontano.

Prosegue. Si avvicina alla casa. Ora è nel piccolo portico.

Lo spazzino l'ha vista attraverso il mirino. Una bambina scesa lungo la parete più ripida e diritta della collina. È preparato.

Che possano arrivare delle persone l'ha messo in conto. Quella che trovano è una casa abbandonata. Forse una casa abbandonata in cui è morta una donna. Queste cose a volte attraggono la gente.

Svala ha chiesto in giro ma nessuno sembra sapere nulla.

Un incidente, probabilmente. A chi importa di una vecchia?

Svala prova la maniglia. Chiusa a chiave.

Qualcuno si è preso la briga di abbassare le tende avvolgibili. Fa il giro della casa. Stessa cosa su tutti i lati.

Si siede sui gradini, sbottona il parka. Il sole riscalda il lato sud. Le cose vanno fatte nell'ordine giusto. Dentro di lei c'è un piano.

Usa la chiave di scorta, se vieni nel pomeriggio. Spesso faccio un sonnellino.

Non si conoscevano poi così bene, ma la fiducia era un conforto, e anche l'abbraccio di saluto quando andava via.

Ora stringe la chiave nella mano.

Prima ci ha rimesso la vita Marianne, poi Ester. Se c'è un collegamento, lo troverà. Marianne si era rifiutata di vendere il suo terreno alla società del parco eolico. Ester giocava con il fuoco.

Del fuoco Svala sa parecchio. Soprattutto, sa come spegnerlo. Per questo è ancora viva.

Gira la chiave nella serratura ed entra. L'odore è diverso. Non cattivo. Particolare. Come un misto di sudore, lozione antizanzare e fumo di camino. Non di *tunnbröd* e minestra come prima. Inoltre dentro fa caldo. È vero che splende il sole, ma di notte si scende parecchio sotto lo zero. Scarpe nell'ingresso. Una giacca appesa a un gancio.

«C'è qualcuno?» chiama a voce non troppo alta.

Coglie un movimento. L'alito sa di caffè. Lui la prende, la sospinge in cucina e la mette su una sedia.

«Cosa vuoi?» chiede.

Svala cerca di darsi un tono. Fingersi innocente. *È* innocente.

«Niente» risponde. «Abito dall'altra parte della collina. Mi è solo saltato in mente di venire qui.»

«A rubare» dice lui.

Lei gli mette la chiave nel palmo.

«No. Conoscevo Marianne. E tu chi sei?»

«Quindi sei una Hirak?» chiede lui.

«E tu hai l'aria di essere un Salo.»

Era proprio questo che non doveva succedere. È stato molto cauto. È venuto una volta ogni tanto, fermandosi un pochino per poi andare via. Il capanno da tagliaboschi a ovest di Spadnovaure è da dimenticare per sempre, ma ne ha trovato un altro. In condizioni peggiori, se possibile ancora più isolato da strade ed esseri umani. L'ultima cosa che gli serve è essere identificato da una ragazzina ficcanaso.

«Okay» dice. «Facciamo così. Tu te ne torni da dove sei arrivata e noi non ci siamo mai visti. Io non sono nessuno. Capisci cosa vuol dire che non sono nessuno?»

Lei annuisce. Si alza, ma decide che deve chiederglielo lo stesso.

«Di cosa è morta Marianne?»

«Di infarto, secondo l'autopsia.»

Lei chiede se ci crede e lui dice di sì. Forse.

«Ogni tanto parlava di te» dice Svala. «Mi ha dato i tuoi pantaloni.»

Solleva il parka e batte la mano sulle ginocchia con le toppe.

Un ragazzino corre verso il bosco. Cade sulla ghiaia e si strappa i pantaloni.

La situazione sta prendendo la piega sbagliata.

Svala vede davanti a sé un tipo in stile Petrigno, ma anche del tutto diverso. Gli mancano la pancia, i tatuaggi e i pantaloni della tuta. Soprattutto, lui non le fa paura, cosa che però potrebbe cambiare. Ha l'aria... ripulita. *Un professionista.*

«Marianne non voleva vendere il suo terreno. Neanche Ester ha chiesto di morire.»

«Chi è Ester?»

«Un'amica» mormora Svala.

Meglio tenere la bocca chiusa.

«Intendi quella che hanno trovato alla discarica?» chiede lui, pentendosi subito.

Ester. Sarebbe meglio che non avesse un nome. Nel peggiore dei casi sarebbe potuto toccare a lui.

«Magari tu sai chi l'ha uccisa?» domanda lei. «Hai la faccia di uno che potrebbe saperlo.»

E adesso? La sua affermazione pretende una risposta. La sua eventuale risposta un'azione.

«Stavo per fare la cioccolata» dice lo spazzino frugando tra le pentole.

Lei si rannicchia sulla panca della cucina, come l'ultima volta. Allaccia le mani intorno alle ginocchia e osserva la sua goffa ricerca nei pensili.

«Il cacao è a sinistra» dice. «Anche lo zucchero.»

Lui apre gli sportelli e gli odori d'infanzia gli penetrano nelle narici, facendolo starnutire.

«Salute» dice lei.

La domanda è cosa fare dopo. Spararle e seppellirla dietro la stalla come faceva suo padre con i cani inservibili?

«La cioccolata non deve mai arrivare a bollore. Basta farla sobbollire, altrimenti si forma una pellicola schifosa» dice Svala.

Lo fissa con quel genere di sguardo che lo induce a lavare il pentolino per evitare il contatto visivo. Lo spazzino l'ha già visto altre volte. Devono essere passati molti anni, eppure ricorda tutto nel dettaglio. La fascinazione di Branco nei confronti di Märta Hirak e il suo evidente desiderio di distruggerla.

È lei il cervello che muove Peter Sandberg. Uno spacciatore strafatto che a malapena distingue la destra dalla sini-

stra. Forse c'è qualcosa di vero nel detto secondo cui dietro ogni uomo di successo si nasconde una donna morta.

Così ora fa una domanda diretta e spera che la ragazzina non risponda: «Sei la figlia di Märta Hirak?»

«Tu non ti sei presentato» dice lei.

Il suo atteggiamento sfrontato combinato con una saccenteria da bambina cresciuta anzitempo lo confonde e lo infastidisce.

«Il fratello di Henry, ma lo sapevi già.»

«Niente nomi?» insiste lei.

«Niente nomi.»

«Io comunque mi chiamo...»

«Alt» la ferma lui. Non vuole saperlo, e adesso è ora che vada.

Lei si alza e ringrazia per la cioccolata. Solleva la mano a mo' di saluto e si blocca.

«Sto cercando una persona, e secondo me tu sai chi è. L'assassino di Mammamärta. Marcus Branco. Devo andare o resto?»

Lui è già debole, l'ombra di se stesso. Si è piegato sia a Malin che a Ferm. Non può tornare indietro, e adesso davanti a lui c'è una ragazzina.

Nessuno come lui sa che l'infanzia è un concetto relativo. Lei è una forza della natura.

Da una prospettiva più ampia, quella del suo percorso verso un'altra vita, può darsi che la ragazzina abbia un valore.

58

Attraversano il bosco con il quad. Stranamente non ha ancora paura, nonostante lui le abbia incerottato gli occhi e per sicurezza se la sia piazzata davanti.

Gira intorno alla collina e si dirige a nord, questo Svala lo capisce. Prima lungo strade forestali e sentieri, a volte sterrati. Il tragitto dura un'ora circa. Una ventina di chilometri, più o meno.

Lui spegne il motore e le toglie il cerotto. Sono in una foresta. Una qualunque, eppure no. Gli alberi crescono in modo irregolare. Alcuni sono giovani, altri moribondi. Tronchi sani e malati, più quelli davvero antichi con diametri di un metro. Il sottobosco è folto, con muschio, arbusti e piantine che stanno uscendo dal torpore invernale.

È una foresta vergine. Lei ci è già stata. A fine autunno, prima che si depositasse la neve. Ci sono andati con la moto da cross, hanno fatto un fuoco e arrostito le salsicce di Jokkmokk sui bastoncini. Svala e zio Elias, forse per conoscersi. Non che abbiano parlato tanto. Il più delle volte non servono parole.

Seguono un sentiero usato dagli animali, ai margini di una torbiera. Da una collina il tetto si intravede tra gli alberi. O meglio, quello che ne rimane, riparato alla meno peggio con pezzi di latta. Di chiunque sia quel capanno e a qualunque cosa sia servito, è passato molto tempo.

Il luccichio di un laghetto. Sono arrivati.

«Quindi tu vivi qui» dice lei, e si guarda intorno. Un paio di brandine, un focolare. Un tavolino sgangherato e panche fatte in casa. Mucchi di mosche morte, polvere, terra e ragnatele. Né luce né acqua.

«Siediti» dice lui, sospingendola bruscamente verso la panca. «Abbiamo delle cose di cui parlare. Qualcuno sa che sei andata a Hultet?»

«Ufficialmente sono a scuola.»

«Cosa sai di Branco?»

«Solo che io e mia zia siamo riuscite a entrare nel bunker e abbiamo trovato Mammamärta. È morta mentre uscivamo. Branco e i suoi sono scomparsi in elicottero.»

Non ha intenzione di dirgli tutto, non ancora. Più gente viene coinvolta più aumentano le possibilità che vada tutto a puttane. Lei lavora meglio da sola.

«E se dovessi comunicare a Branco che sei qui, secondo te cosa direbbe?» chiede lo spazzino.

«Non lo so.»

Tutto, in quella ragazza, è chiaro. La pelle, i capelli, gli occhi. È innocente e spavalda come lo sono i bambini perché non sono in grado di capire e immaginare qualcosa di diverso, in mancanza di esperienza.

Eppure lui sa che sotto la superficie si nasconde un'altra persona. Una che ha vissuto molte situazioni e visto molte cose. Che ha dovuto difendersi e ha imparato a intuire i pensieri più reconditi delle persone per restare sempre un passo avanti.

Si rende conto di non poterla trattare come una bambina, se vuole arrivare da qualche parte. Piuttosto, come una sua pari.

«Okay, comincio io» dice. «Tua madre era più della ragazza di Peter Sandberg. Era il cervello dietro a tutto, il motivo per cui lui era riuscito a salire nella gerarchia. Ai vertici lui non aveva accesso, naturalmente, ma lei sì. Märta Hirak.»

«Cosa intendi per vertici?» chiede Svala.

Vuole dei nomi. Vuole indurlo a tradirsi.

«Quelli che non si dedicano alle riscossioni e al traffico di droga. Quelli che hanno già guadagnato tanto da non avere bisogno di mescolarsi alla feccia. A Märta è venuto in mente un modo per intrufolarsi da Branco. In parte usandoti come garanzia.»

«Non l'avrebbe mai fatto» risponde Svala.

«Forse l'hard disk con la criptovaluta ti dice qualcosa.»

Lei sceglie il silenzio.

«Märta sosteneva che avevi un sesto senso per i numeri. Che saresti riuscita a scoprire il codice.»

«Non è vero nemmeno questo» dice Svala alzandosi e facendo un giro della stanza. «Le abbiamo provate tutte.»

«Può darsi, ma secondo Branco valeva la pena di tentare. Solo che, quando in cambio della garanzia di avere la strada spianata per il successo Märta doveva consegnare l'hard disk, questo non c'era più.»

Lei torna a sedersi. Spazza via le mosche con la mano e cerca di assimilare quello che ha appena ascoltato. Deve capire se è vero o se è solo un modo per destabilizzarla.

«Come fai a saperlo?» chiede alla fine.

«Lo so perché Märta Hirak è finita da me prima che succedesse tutto questo. Per ordine di Branco.»

«Quindi ti ha raccontato la storia della sua vita? Non avrebbe mai detto niente a uno come te.»

Lui si sporge in avanti e la costringe a sostenere lo sguardo dei suoi occhi neri.

«L'hard disk le ha salvato la vita, all'inizio. Poi gliel'ha fatta perdere. Quando si è resa conto che tu eri in pericolo, ha chiuso la bocca.»

«E adesso?» chiede lei con la voce di un avversario sconfitto.

«Adesso tocca a te decidere se vuoi restare viva.»

«Se è l'hard disk che vuoi...»

«Alt!» dice lui sollevando una mano. «Dell'hard disk parliamo dopo, però certo, fa parte del piano. Nessuno può arrivare a Branco. Ma tu... tu sei la mia esca.»

Non è la prima volta che Svala gioca d'azzardo con la vita. Riconosce in lui qualcosa che c'è anche in lei. Quella piccola apertura verso il bene che inciampa nel male. Tipi come il Petrigno, come Branco, prepotenti.

«Okay» dice Svala. «Ci sto, ma ho delle condizioni.»

Lui potrebbe prendere la ragazzina per la collottola e trasformarla in una voce che non si sentirà mai più. Darla in pasto ai predatori e seppellire le ossa in profondità sotto i sassi.

«Ho una lista. Di nomi, intendo» continua Svala. «Alcuni sono morti, altri no. Sono tutti colpevoli, in modi diversi, della morte di Mammamärta. Branco è quello che ha piantato l'ultimo chiodo nella bara, ma sono stati altri a costruirla. Ad alcuni non sono ancora riuscita ad arrivare. Tu puoi aiutarmi.»

Lui non sa più cosa pensare. Chi è quella ragazzina?

«E poi voglio sapere perché vuoi fregare Branco, il tuo committente.»

Stavolta è lo spazzino ad alzarsi e fare un giro della stanza. Con un tubo versa da una tanica dell'acqua in un pentolino e lo mette sul fornello a gas. Butta dentro qualche manciata di maccheroni, taglia a fette un pezzo di salsiccia, stappa una bottiglia di whisky e tira fuori due bicchieri. Ne mette un goccio in tutti e due e si risiede.

«Tu sai come ci si sente a essere liberi?»

Svala ha nostalgia di Mammamärta, darebbe qualsiasi cosa per riaverla. Ma appena pensa a lei e alla loro vita torna a galla anche altro. I mesi passati dagli zii sono la cosa più vicina alla libertà che conosce. Eppure il passato incombe. Mammamärta non era una persona cattiva. Era animata da buone intenzioni e Svala non può dimenticare. Non può lasciarsi alle spalle tutto e ricominciare da capo.

Probabilmente lo stesso vale per lui. Branco è un ostacolo, come lo era il Petrigno.

«Cosa proponi?» chiede, invece di rispondere alla domanda.

«Le cose sono cambiate. Finora non sei mai stata sulla sua lista, ma adesso sì. Branco è un despota, uno psicopatico purosangue che vuole prendersi il tuo cervello. Gli servite sia tu che la criptovaluta. Qualcuno gli ha sussurrato qualcosa all'orecchio.»

«Chi?» chiede lei, rendendosi conto subito che la domanda è irrilevante. Branco non è l'unico. Fino all'ultimo Mammamärta aveva sostenuto che l'hard disk era sepolto nel bosco, cosa probabilmente vera fino a quando l'aveva spostato in un armadietto per i bagagli alla stazione la cui chiave si trovava nella cassaforte di Salo. Poi era finito nella pancia di una scimmia di peluche, quella appesa a un gancio nella sua camera.

Qualcuno può aver messo alle strette Salo, ma può anche essere stata Mammamärta a parlare troppo da ubriaca in pizzeria.

Lo spazzino non ha nessuna intenzione di usare una ragazzina come esca. Solo che lei non è una ragazzina normale. Non si arrenderà. Non ha limiti. E come se non bastasse, ha qualcosa che forse è solo una leggenda: l'incapacità di provare dolore.

Non gli riesce difficile immaginare quale gioia sarebbe per Branco.

«Okay, facciamo così» dice Svala. «Io consegno l'hard disk e trovo il codice in cambio della libertà. La tua, la mia, quella di tutti.»

E qui lui non può fare a meno di sorridere.

Sorridi pure. Pensi che me ne freghi qualcosa della tua libertà? Se l'hard disk è la strada che mi porterà all'assassino di Mammamärta, la imboccherò.

«Io entro e tu mi tiri fuori» dice. «Siamo d'accordo?»

«Sì» risponde lui, anche se le probabilità di riuscita sono pochissime. «Corri il rischio di finire come Märta.»

Ma disgraziata di una ragazzina, che cazzo fai? Con Marcus Branco non si scherza.

Ah, eccoti. Meglio tardi che mai. Ho saputo che conosci già il mio nuovo amico.

Di lui puoi fidarti. Lo spazzino ha una sua morale.

Lo spazzino?

Joar Bark. Quello con cui stai per brindare. Non ti avevo detto di tenerti alla larga dagli alcolici? Comunque okay. Le decisioni difficili vanno suggellate con qualcosa di forte.

Svala solleva il bicchiere. Anche lo spazzino.

Con lo sguardo l'uno negli occhi dell'altra, brindano a un piano che non hanno intenzione di rispettare.

Lei non ha niente da perdere. Lui neanche.

59

«Sono felice di incontrarvi tutti insieme» dice Mikael Blomkvist, osservando la redazione al completo che si è radunata al cambio turno per sentire cos'ha in mente il nuovo direttore responsabile.

Li ha passati tutti al microscopio, uno dopo l'altro. Ha letto, valutato, analizzato. Non gli è saltato all'occhio nessun campione dello stile, ma può anche dipendere da altri elementi: mancanza di tempo, stanchezza, la precedente direzione.

Di sicuro dovranno scendere di due unità, e toccherà a lui presentare l'offerta di buonuscita a chi se ne dovrà andare: Roland Eriksson e Susanne Lahti. Due giornalisti esperti da sostituire con contratti a termine, al bisogno. Come abbia fatto la proprietà ad aggirare la regola *last in first out* è un mistero, ma la motivazione è piuttosto ovvia.

«Le pagine della cultura verranno chiuse, mentre amplieremo la sezione sportiva. Il Gasskas sta per essere promosso in prima divisione e noi cavalcheremo l'onda.»

Per il momento tiene per sé le sue opinioni. Ha intenzione di fregare quei tirchioni della proprietà e creare il miglior quotidiano locale di tutta la Svezia.

«Vorrei provare a darvi fin da subito un'idea di come lavoreremo in futuro.»

Dopo una breve presentazione di se stesso, passa a descrivere per sommi capi le strutture e le linee guida per il futuro del giornale. Nove giornalisti di cui tre sportivi, i redattori, il fotografo e un praticante sbadigliano e smanettano sui cellulari. Quando arriva a esempi concreti però si riscuotono tutti quanti: la morte di Ester Södergran e l'esplosione del ponte. Violenza sulle donne, gli annunciati tagli a scuola e sanità e i progetti del comune di riaprire il Buco.

«Scusa, siamo sicuri che sia una buona idea mettersi a scavare su faccende di cui si sta occupando la polizia? Le nostre risorse non sono esattamente illimitate, anzi si parla continuamente di nuovi tagli.»

Com'è che si chiamava, il tipo? Ingemar, Roland...

Parecchi degli altri gli danno ragione. Non c'è il tempo per portare avanti delle inchieste. Le poche che si fanno sono dovute a singoli giornalisti che ci dedicano il tempo libero e si beccano un esaurimento.

«Dipende molto dalla pianificazione delle risorse all'interno della redazione» risponde Mikael. «È possibile che in alcuni periodi siano necessarie tre persone allo sport, ma non sempre.»

I collaboratori si scambiano occhiate eloquenti. Mikael riesce quasi a sentire cosa pensano.

Uno stronzo di Stoccolma che crede di sapere tutto lui.

«I nostri articoli sportivi hanno vinto dei premi. O forse sei di quelli che pensano che le pagine dello sport non valga la pena di leggerle? In questo caso, dovresti dare un'occhiata alle statistiche.»

Non è così che si era immaginato il suo primo giorno. Sembra che si trovino di fronte uno stronzo insensibile, più che il loro nuovo leader spirituale.

«Dovremmo aprire un podcast» dice Susanne. «Tutti i quotidiani importanti hanno un podcast, ormai. Perché non un podcast sportivo?»

Tre volte la parola "podcast" in una frase è un po' troppo per Mikael. Anche la vescica si fa sentire. Prende il tubetto di aspirine dalla tasca della giacca, si scusa e va in bagno.

Mentre scioglie un paio di compresse in un bicchiere, controlla il cellulare. Cena da Pernilla (e da quell'idiota di Henry Salo). Il furgone del trasloco è in ritardo. I risultati delle analisi e due chiamate perse dal Södersjukhuset. All'improvviso la stanchezza gli grava sulle spalle come una coperta logora. Potrebbe addormentarsi sul sedile di bachelite. Il suo riflesso nello specchio con la cornice incrinata del *Gaskassen* non è un bello spettacolo. E dire che una volta la sua faccia gli piaceva.

Sei vecchio, superato, gli passa per la testa. Un reduce che forse presto morirà.

«Ottima idea, Susanne» dice una volta rientrato nella sala riunioni, arrotolandosi le maniche della camicia. «Ti incarico di raccogliere tutte le informazioni possibili sui... ehm... podcast.»

La sua prima decisione operativa che fa felice qualcuno.

Li osserva tutti per un attimo prima di proseguire.

«Vi chiedo scusa se sembro il solito stoccolmese che se la tira.»

Okay, continua così.

«Sono abituato a lavorare in una redazione con poche risorse, non in uno dei grandi quotidiani. *Millennium* è morto e sepolto e il *Gaskassen* sta perdendo lettori. La sua sopravvivenza dipende da noi. Ho bisogno di voi per riuscire nell'impresa e, che ci crediate o no, voi avete bisogno di me.»

È di nuovo in carreggiata. Il mal di testa allenta la presa, così come la stanchezza. Il resto della riunione va meglio del previsto. Ci vorrebbe una birra per festeggiare.

Il taxi lo scarica davanti a casa Salo a Gaupaudden. Il sole è ancora alto, anche se sono le otto passate.

Il bisogno di pisciare è sempre più forte. Dirlo o non dirlo?

60

Mentre Mikael Blomkvist scalda i motori come direttore responsabile del *Gaskassen*, Lisbeth Salander si scalda sotto le coperte della suite dello Stadshotell della cittadina che ha dato il nome al quotidiano.

Non è cambiato niente dall'ultima volta. Il lusso apparente ha ancora le sue pecche: mobili con gli angoli sbeccati, macchie che non si riescono a eliminare. Per lo più la lasciano indifferente. È dello spazio che ha bisogno per respirare. Il soggiorno con il divano e le poltrone. La camera con il letto sovradimensionato. Il corridoio con un'unica porta. La sua.

È una serata adatta alle riflessioni. La maggior parte ruota attorno a Jessica Harnesk. Più per ragioni pratiche che perché abbia voglia di vederla. O forse entrambe le cose.

Nel sacchetto sul tavolo ci sono una felpa sporca di vomito e una lattina accartocciata. Un test del dna dovrebbe confermare che Plague è stato in quella macchina, e forse qualcosa di più.

La domanda è cosa farsene di quell'informazione. Le tracce di dna non la porteranno da Plague, ma chissà, potrebbe sempre saltar fuori qualcosa di utile per incastrare Branco e la sua banda.

Sa benissimo che la Milton Security probabilmente riuscirebbe a ottenere il test, eppure esita. Ha bisogno di Harnesk. Ha voglia di rivederla, ma finora non ha saputo come fare. Un test del dna è un'ottima scusa. Meglio che rispondere a inviti romantici. Dopotutto è stata lei a chiudere, a voltarle le spalle.

Anche la serata con Blomkvist – o forse sarebbe meglio chiamarla "il fattaccio" – le è rimasta appiccicata addosso. Harnesk, Blomkvist. Si mescolano come una crema di frutti aciduli, e lei è il latte che fa impazzire la crema.

In tutta la sua vita non si è mai riempita la bocca di paroloni come "amore". Ora che è sola può permettersi di chiedersi: se mai dovesse amare qualcuno, chi sarebbe?

Flessioni. Sit-up, otto *kata* e una doccia più tardi la domanda è sempre in sospeso.

«Questa è la segreteria telefonica di Jessica Harnesk. Non posso rispondere, ma lasciate un messaggio e vi richiamerò.»

Che cazzo. Adesso basta.

Quando il nome di Mikael Blomkvist le compare sul display non è un segno, è uno scontro diretto.

«Non riesco a smettere di pensare a quello che è successo» dice.

«Intendi il dito e l'occhio?» chiede Lisbeth per guadagnare tempo.

«No, quello che è successo tra noi. Non possiamo far finta di niente.»

«Per me va bene così.»

«Per me no, però. Non riesco a smettere di pensare a te.»

«E Birna, l'hai già vista? Ecco» conclude di fronte alla sua esitazione. «Concentrati sull'islandese, io ho altro per la testa.»

Cosa esattamente, non lo sa nemmeno lei. Ma anche se ha alzato le difese, la risposta si fa strada attraverso le fessure. *Lo sguardo, i capelli, la pelle... l'odore.*

«E tu, allora?» ribatte lui. «Harnesk abita da queste parti.»

La battaglia finisce in parità. Uno a uno.

«Quello che è successo tra noi è stato un errore» conclude Lisbeth. «Eri in un momento di debolezza, e anch'io. Tieniti stretta l'islandese, vedrai che andrà tutto bene.»

«Stai dicendo stronzate.»

Così è facile riattaccare.

Subito dopo arriva un messaggio di Jessica Harnesk.

«Lavoro fino alle 22. Ci vediamo dopo? J.»

Verso le dieci arriva un altro messaggio.

«In ritardo. Arrivo appena posso.»

«Sali direttamente in camera, così facciamo prima» non le risponde Lisbeth.

La sensazione di vivere in una replica è impressionante. Se fosse tutto semplice si sarebbe arresa da tempo, appellandosi al cuore tenero di Harnesk o almeno facendosi sentire.

Lisbeth scende al bar. Stesso barista della volta scorsa. Probabilmente anche gli stessi deficienti che festeggiano il "piccolo sabato" a metà della settimana. Si allontana dal bancone e si siede su un divanetto da cui può controllare la situazione. All'improvviso eccola lì. Alta, tormentata e molto seria. Senza ordinare, si siede davanti a Lisbeth e si sporge verso di lei dopo essersi guardata attorno.

«Ha chiamato lo zio di Svala, ieri non è rientrata. È uscita alle sette e mezza per prendere l'autobus, ma secondo l'autista non è salita, e a scuola non l'hanno vista. A quanto pare ha la brutta abitudine di sparire, perciò Per-Henrik Hirak ha aspettato per chiamarci.»

Lisbeth ricontrolla il cellulare.

Una chiamata persa da Per-Henrik, ma niente da Svala.

Maledetta ragazzina e maledetto Plague. Non c'è mai fine alle sparizioni. Sapessero quanto è stanca di cercare.

«E cosa state facendo, per trovarla?» la aggredisce. «Bevete qualcosa nell'attesa che ricompaia da sola?»

Come sempre, la rabbia è un'ottima barriera contro la paura. Tiene lontane le emozioni.

«Sto per tornare al lavoro. Pensavo solo che volessi saperlo» risponde Jessica alzandosi.

«Aspetta. Avete idea di dove possa essere?»

«Non proprio» ammette risedendosi. «Hai sentito di Ester Södergran?»

Ha sentito.

«Pare che fossero amiche. Probabilmente non è successo niente. Come dicevo, va e viene un po' come le pare. Non può andare avanti così, se vuole restare a Björkavan. Sono stati coinvolti anche i servizi sociali, tanto perché tu lo sappia.»

Su come vanno le indagini sulla morte di Ester Södergran, Harnesk non può dire niente. Nemmeno su possibili collegamenti con altri casi, per esempio il ponte saltato in aria, che potrebbero puntare il dito contro l'ambiente degli ecoattivisti.

Tutto è possibile. Finora ci sono solo ipotesi. La causa di morte è stata stabilita, ma non c'è altro, senza contare che non sono informazioni che può condividere con lei.

Lisbeth afferra il braccio di Jessica, un po' più forte di quanto avesse intenzione di fare. La poliziotta sospira e scuote la testa.

«Piantala, Lisbeth. I ragazzini ogni tanto spariscono, ma tornano quasi sempre a casa. Faste vuole che aspettiamo almeno ventiquattr'ore prima di emettere un avviso di ricerca. Ho pensato che forse tu avessi idea di dove potesse essere.»

Non ce l'ha. Ha lasciato la ragazzina alla fattoria degli Hirak con un «ci vediamo» e ha preso un taxi fino all'albergo.

«Non sei entrata a salutare?»

«Certo che no. Ma se non ha preso l'autobus, dov'è andata?»

Jessica esita. Poi infila una mano in tasca e tira fuori un sacchetto trasparente con dentro un cellulare.

Mi compri un caricabatterie per l'iPhone? Ho dimenticato il mio.

Harnesk glielo porge.

«È di Svala?»

«Dove l'avete trovato?»

«Non lontano da casa di Marianne Lekatt, la vicina degli Hirak» risponde Jessica. «È morta l'autunno scorso, probabilmente per un ictus.»

«Probabilmente?»

«Aveva una ferita alla testa, quasi certamente dovuta alla caduta. Non si è riusciti ad appurare in quale ordine si sono verificate le due cose. In teoria potrebbe...»

«Essere stata uccisa» conclude Lisbeth al suo posto. «A chi è andata la casa?»

«Lekatt aveva due figli. Uno, Henry Salo, è stato dato in adozione. L'altro, Joar Bark, non siamo riusciti a localizzarlo.»

«E in casa non avete trovato niente di interessante, immagino?»

«Siamo andati lì per una segnalazione qualche ora fa. Un brutto incendio, i vigili del fuoco non sono nemmeno riusciti a entrare.»

Non può essere. Avrebbe intuito qualcosa, se la ragazzina fosse stata in pericolo. O no?

I pensieri si diramano in tutte le direzioni, come rette che partono da un punto centrale. La scomparsa di Svala, Plague, l'attacco *ransomware* al municipio (e a Henry Salo?). Ester Södergran, Marianne Lekatt e il suo erede introvabile. Cos'altro?

«Per-Henrik Hirak ha anche denunciato l'uccisione di alcune renne. Forse c'è un collegamento, o forse no. Di gente che odia i sami ce n'è in abbondanza.»

Lisbeth aggiunge un'altra retta al fascio. Incrocia lo sguardo di Jessica Harnesk nel bel mezzo di uno sbadiglio. Di sicuro non ha niente che non va come poliziotta, ma è della polizia in generale che non ci si può fidare. È quella la ferma opinione di Lisbeth, basata su esperienze concrete. Quando chiede di nuovo cosa intende fare la polizia, la risposta è scontata.

«Quello che facciamo di solito. La troveremo.»

Quindi sta andando tutto a puttane e Lisbeth ha bisogno di una strategia. Purtroppo ha bisogno anche dell'aiuto della polizia.

«Cosa ne dici di un test del dna?» chiede. «Sul cellulare, per esempio. Controllerete le impronte digitali e cose del genere?»

«No, hai detto tu che è quello di Svala. O avevi in mente qualcos'altro?»

Lisbeth ci riflette, e arriva alla conclusione che può raccontarle di Plague.

È tutto ipotetico. La polizia non ha bisogno di sapere del probabile legame della Donnalince con Branco. Non ancora, almeno. È un tipo sfuggente. Il minimo segno che gli stanno addosso, e Plague è andato. Forse anche Svala.

Branco avrebbe dovuto accontentarsi di Mammamärta, ma chissà cos'ha in mente? Non ne ha idea. Così come non ha idea dei piani di Svala. Potrebbe essersi messa sulle sue tracce. Potrebbe aver trovato qualche pista ed essersi cacciata nei pasticci da sola. La ragazzina è sveglia ma indisciplinata.

Il ricordo di una bambina addormentata con una ciocca bionda sul cuscino manda segnali d'angoscia al cervello di Lisbeth. Di nuovo si domanda se non sia il caso di informare Jessica degli avvenimenti degli ultimi tempi. Se non fosse per il tono con cui commenta le sue ipotesi.

«Quindi hai una felpa e una lattina. Forte, ma i test del dna costano cari e non si possono fare senza motivo.

Immagino che tu abbia le tue ragioni. Se sai che è stato commesso un reato, lo voglio sapere subito. Dopotutto sono una poliziotta, hai il dovere di dirmelo.»

È esattamente quel genere di situazione che non sopporta con i poliziotti. Il fatto che riescono a passare dalla confidenza all'obbligo di denuncia in una sola frase.

«Lascia perdere» dice Lisbeth, per poi riprendersi il sacchetto e dirigersi verso l'ascensore.

Alle sue spalle una donna non sa se insistere o rinunciare.

«Avresti anche potuto farti sentire» le grida dietro.

In effetti è vero, avrebbe potuto farlo.

61

È tardi, ma a quanto pare la serata non è ancora finita. Quando arriva la telefonata di Mikael, Lisbeth si è di nuovo rannicchiata sotto le coperte, senza nemmeno spogliarsi. Non vuole dormire, solo riprendersi dall'incontro con Harnesk.

Mikael si schiarisce la gola.

«Sono ancora qui. Salo non è a casa, per fortuna. È stato bello rivederli, soprattutto Lukas. Non ha fatto per niente il timido, era solo contento. Si vede che gli è mancato il nonno.»

«E Pernilla?»

«Un po' assente. Stanca. Forse felice di vedermi, difficile a dirsi.»

Il tentativo di parlare con la figlia è andato così così. C'è qualcosa che non va, se lo sente. Ha notato che evitava di parlare di Salo, ma anche di argomenti più innocenti come le imminenti vacanze di Lukas e la sua palese stanchezza.

«Ne parliamo dopo che Lukas si è addormentato» ha detto.

Cosa che invece non hanno fatto, perché si è addormentata insieme a lui.

Pernilla non è l'unica con cui prova a parlare, ma Lisbeth è sfuggente almeno quanto sua figlia. Cerca di riprendere il discorso dell'ultima telefonata, solo che non arriva da nessuna parte.

«Perché, è successo qualcosa di particolare?» chiede Lisbeth. «Ti sei messo nei casini come al solito e io ti ho medicato. Non so nient'altro. A proposito, Svala è sparita da ieri. Lo so che i ragazzini lo fanno, ma lei non è una ragazzina qualsiasi.»

«Sparita? Strano. Mi ha chiamato in mattinata, voleva vedermi. Ha detto che aveva dei testi su una chiavetta. Forse non lo sai, ma ha fatto da poco un tirocinio al *Gaskassen*. Ha scritto un articolo adorabile su supercibi e viaggi interplanetari per l'inserto domenicale.»

Lisbeth si tirò su a sedere. «Che cazzo dici? L'hai vista?»

«Non è mai arrivata, e io non avevo tempo di fermarmi ad aspettarla.»

«La casa di Marianne Lekatt è andata a fuoco ieri sera. Ti sei perso anche questo, per la riunione di famiglia?»

Qualche ora con il telefono spento e il mondo va a puttane.

«La polizia ha trovato il cellulare di Svala nel terreno di Marianne. Il celebre giornalista ha qualche teoria in merito?» riprende Lisbeth.

Forse. Se riuscirà a rifletterci con calma. C'è qualcuno alla porta. Dei passi sulle scale. Un tintinnio di bicchieri. La porta dello studio di Salo si apre e si richiude. Come un ladro, Mikael scivola fuori di casa, arriva fino alla provinciale e chiama un taxi.

Dieci minuti prima della chiusura entra allo Statt e chiama l'ascensore. Stessa camera della volta scorsa, immagina. Su certe cose Salander è prevedibile.

Si è preparato, ha pensato a cosa dire e come, eppure finisce tutto a rotoli. Lisbeth ha i nervi a fior di pelle, probabilmente per la preoccupazione. Svala è riuscita a penetrare in anfratti a cui lui non ha mai avuto accesso, constata con un velo di tristezza, per poi prendere il taccuino dalla borsa.

«C'è una cosa che ha detto Douglas Ferm a proposito di un tizio che viene chiamato lo spazzino. L'ha nominato di sfuggita e subito se n'è pentito, ma io me l'ero già appuntato.»

Sfoglia il taccuino avanti e indietro mentre Lisbeth cammina per la stanza guardandolo irritata.

«Lavorava per Branco. Ferm l'ha incontrato a Copenaghen. Hanno una sorta di accordo, non ha specificato di che genere, ma ha accennato che ha un fratello a Gasskas. Ipoteticamente, potrebbe anche essere Salo. Se è così, lo spazzino sarebbe Joar Bark.»

«Il figlio minore di Marianne Lekatt, che secondo Harnesk si è reso irreperibile» conclude Lisbeth.

«Vi siete viste?» chiede Mikael con quella che potrebbe sembrare gelosia, ma forse è solo il suo vecchio tono da giornalista.

«Abbiamo avuto un incontro appassionato poco prima che tu arrivassi» risponde Lisbeth in automatico, ma continua a pensare a Svala. Il cellulare, l'incendio, lo spazzino... Manda un messaggio alla poliziotta: «Ci riproviamo domani?»

«Uno con un soprannome del genere è di sicuro un sicario» conclude Mikael. «Possiamo supporre che fosse lui ad abitare nel capanno in cui sono stati ritrovati i resti umani l'autunno scorso?»

62

Stanno viaggiando verso nord-est. Le strade diventano sempre più strette. L'asfalto lascia il posto allo sterrato. Harnesk le ha mandato le coordinate.

«Ci sentiamo domani.»

Seguono una strada forestale che finisce in uno spiazzo, proseguono lungo un sentiero usato dagli animali finché il bosco nuovo diventa vecchio e intricato.

«Hanno trovato i resti di quattro persone» dice Mikael. «Una non è mai stata identificata, forse uno straniero.»

Il posto è molto bello. Lisbeth capisce perché lo spazzino l'ha scelto.

«Guarda, un'aquila» dice schermandosi gli occhi e seguendo i movimenti circolari del rapace sopra una possibile preda.

«Quando hanno setacciato la zona hanno trovato un carnaio. Chi viveva nel capanno, che fosse lo spazzino o qualcun altro, deve aver dato ai rapaci la carne delle vittime. Le aquile di mare non sono in grado di svernare nell'entroterra senza alimentazione supplementare.»

«Come sei informato» osserva Lisbeth.

«Fa parte del mio lavoro.»

Gironzolano un po', ma niente sembra indicare una presenza umana.

«Se lo spazzino ha preso Svala...» dice Lisbeth senza

concludere la frase. L'aquila si tuffa in picchiata. Le nuvole corrono in cielo. Le raffiche strattonano le cime degli alberi. Poco dopo comincia a piovere.

Tornano alla macchina. Seguendo un impulso improvviso, Lisbeth si collega alla piattaforma di Hacker Republic e posta una domanda.

«Qualcuno conosce un certo Ante? Base a Luleå.»

«C'è un Anteremita, ma nessun Ante.»

Posta un'altra domanda. Aspetta qualche minuto: nessuna risposta. Proprio quando sta per disconnettersi compare il simbolo di una risposta. Non da Anteremita. Da Plague.

«Ciao, possiamo vederci?»

«Dove sei?»

«Mi sono preso un po' di vacanze.»

«Nel Norrland?»

«Esatto. Possiamo vederci?» ripete.

Tenuto conto che si saranno incontrati *irl* al massimo tre volte in venticinque anni che si conoscono, la proposta è parecchio strana.

«Perché?» scrive.

«Ho informazioni» risponde.

«Dove?»

«Mi faccio sentire io.»

Poi sparisce.

«Se Branco ha Plague e Plague chiede di vederti, significa che è te che vogliono» osserva Mikael, e lei è d'accordo. «Perciò devi rispondere di no» prosegue Mikael.

«Certo» risponde lei, pensando il contrario.

«Svala ha la priorità» dice Mikael. «Andiamo alla polizia, è ora che inizino a guadagnarsi lo stipendio. Anzi, passa prima da casa di Svala, dobbiamo parlare con gli zii.»

63

Per-Henrik è chiaramente felice di rivedere Mikael, ma risponde in maniera evasiva alle domande su Svala. Come va la convivenza, se si impegna a scuola eccetera.

«Dite la verità, non ce la fate più con lei» butta lì Lisbeth.

«Se devo essere sincero, non va affatto bene. La ragazzina è a posto, ma attira le disgrazie, proprio come sua madre.»

«Harnesk ha detto qualcosa a proposito di renne uccise e ostilità verso i sami. Tu cosa ne pensi?»

«C'è sempre qualcuno che ce l'ha con i sami, ma non abbiamo mai avuto problemi prima. Per la maggior parte della gente di qui, l'allevamento delle renne è una cosa normale. Per noi i predatori sono un problema più serio dei razzisti. Questa qui è una cosa diversa.»

«Collegata direttamente a Svala?» chiede Lisbeth.

«Sì, forse» risponde Per-Henrik versando il caffè nelle tazze con tanto di piattino. «Così non possiamo andare avanti. È già abbastanza difficile riuscire a coprire le spese per il foraggio. Mio fratello ha contattato i servizi sociali. Verranno lunedì.»

«In questo momento non c'è nessuna ragazzina a cui trovare un'altra sistemazione» commenta Lisbeth. «Quindi sembra che il problema si sia risolto da solo.»

Per-Henrik la guarda, senza lasciarsi intimidire dal suo sguardo accusatorio.

«Credi che abbiamo qualcosa a che fare con la sua scomparsa? Che faremmo volontariamente del male a una di famiglia?»

«Ammetti che sono cose che succedono, ma no, non è quello che penso. Svala dice di stare bene da voi.»

«Allora forse dovremmo concentrarci sul trovarla» ribatte Per-Henrik. «I servizi sociali non vengono per il nostro bene ma per il suo. Se qualcuno vuole fare del male a lei o a quel che le appartiene, non è il caso che resti qua.»

Lisbeth ammette che c'è qualcosa di vero in quello che dice, ma la più adatta a proteggere Svala è lei, non certo i servizi sociali. Le immagini di dita mozzate e occhi di gatto le attraversano la mente. Deve trovare un senso logico al quadro generale. Capire come sono collegati la ragazzina, lei, Plague, Mikael, lo spazzino e tutti gli altri nomi che saltano fuori di qua e di là.

«Posso dare un'occhiata alla sua stanza?» chiede alzandosi.

«Al primo piano, quella con l'abbaino.»

Il letto è rifatto con precisione militare. I vestiti nell'armadio sono sull'attenti. Il sole splende sui gerani appena svegli. Uno zio attraversa la corte.

Lisbeth si siede sul letto. Gira lo sguardo sulla stanza, per poi fermarsi sulla scimmia spelacchiata appesa a un gancio.

Oltre a una notevole quantità di soldi, un hard disk, un passaporto, un po' di bigiotteria, probabilmente di Mammamärta, un taccuino e un diario, ci sono parecchi fogli sparsi. Piegati in quadrati minuscoli.

Ne prende uno a caso. Le pieghe rendono difficile la lettura. È datato 7 maggio 2022. Il biglietto è un imbarazzante concentrato di smancerie romantiche su un certo S.

Nelle profondità della pancia della scimmia, l'inconfondibile sagoma di una pistola.

La scala cigola. Fa appena in tempo a raccattare tutto quanto e riappendere la scimmia al suo gancio prima che Elias infili la testa dalla porta.

«Ah, sei qui» dice. «Hai trovato qualcosa di interessante?»

Si guarda attorno nella stanza. Nota che i gerani hanno bisogno d'acqua.

«È ordinata, Svala. Una roccia in tutto» prosegue. «Mikael dice che ti aspetta in macchina.»

64

L'ascensore sale lentamente fino al quarto piano. Sulla porta si imbattono in Hans Faste.

«Guarda chi si vede. Credevo che ne aveste abbastanza del Norrland. Se è Harnesk che cercate, la trovate al terzo piano. Ormai stavamo troppo stretti, quassù.»

«È comprensibile» risponde Lisbeth. «E anche l'odore non è dei migliori» aggiunge appena prima che l'ascensore si richiuda.

«Crediamo che lo spazzino abbia preso Svala» spiega Lisbeth una volta arrivati al piano di sotto.

Jessica ha l'aria perplessa.

Lo spazzino?

«Alias Joar Bark.»

«All'estero dal 2001» osserva Harnesk, con le dita che corrono sulla tastiera. «Risulta morto in battaglia. In Mali, nel 2017» prosegue da sopra lo schermo. «Quindi direi che ha svuotato il suo ultimo cestino.»

«Ma ora è risorto e siede alla destra di suo fratello Henry per giudicare i vivi e i morti.»

Jessica scuote la testa.

«Di sicuro la fantasia non ti manca.»

«Sto parlando sul serio. Se lo spazzino è la stessa persona che viveva nel capanno di Spadnovaure dove l'anno scorso sono stati trovati i resti di diverse persone, forse si è procurato un altro rifugio. Non è mai stato chiarito chi le aveva uccise, no?» prosegue Lisbeth.

«Non proprio» ammette Harnesk. «Non è stato rilevato altro dna a parte quello dei morti. Tutti tranne uno erano già noti alla polizia, perciò abbiamo ipotizzato che il mondo della malavita si fosse sanificato da solo.»

«Che visione cinica» osserva Lisbeth. «Ma chi se ne frega. Ammetti che è plausibile! La casa di Marianne Lekatt va a fuoco, e il proprietario è Joar Bark, alias lo spazzino. Il cellulare di Svala è stato trovato lì fuori e lei è sparita senza lasciare tracce. Dobbiamo fare qualcosa per trovarla» insiste.

«Certo» concede Harnesk. «Ma come avete sentito parlare di una persona che viene chiamata lo spazzino e forse è il fratello di Salo, Joar Bark?»

«Ho fatto delle ricerche su alcune società minerarie» risponde in fretta Mikael. «Niente di strano, un classico lavoro da giornalista.»

Sul sito del catasto esaminano le mappe dal 1875 in poi in cerca di costruzioni nel bosco. Trovano il capanno delle aquile di mare, così come un gran numero di ruderi degli anni dei taglialegna e dei pionieri.

«Aspettate un attimo» dice Harnesk uscendo dall'ufficio, per tornare poco dopo con un collega più anziano.

«Nils-Einar conosce i boschi meglio di chiunque altro.»

Dopo poco più di mezz'ora, Nils-Einar stampa le mappe senza dire una parola, traccia delle croci su alcune e dei cerchi su altre e se ne va.

«Tipo loquace» osserva Mikael.

«Piacevolmente riservato» ribatte Lisbeth.

«Uno dei migliori» dice Harnesk. «Purtroppo sta per andare in pensione.»

Si chinano sulle mappe, e anche se Nils-Einar ha cancellato con una croce gli edifici che probabilmente sono crollati o sono stati abbattuti, resta una miriade di cerchietti.

«Abbiamo sbloccato il cellulare di Svala. È stato cancellato quasi tutto, ma siamo riusciti a verificare una cosa. Non è suo.»

«E di chi, allora?» chiede Lisbeth. «Sono sicura che ce l'aveva lei, quando siamo venute su in macchina.»

«Di un certo Simon Frisk.»

S come Simon.

«E chi è?»

«Parrebbe gravitare intorno al gruppo di ecoattivisti. Ventinove anni. Iscritto all'università di Luleå. Due condanne, nel 2017 e nel 2019. Rispettivamente aggressione e falsificazione di documenti. Sospettato di omicidio colposo nel 2020. Archiviato per mancanza di prove.»

65

«Ciao, sono Irene Nesser e mi sono appena trasferita a Gasskas per studiare cooperazione internazionale. A partire dal prossimo semestre» aggiunge Lisbeth.

La probabilità che molti dei presenti frequentino quel corso alla Folkhögskola locale è alta. Stringe mani e memorizza nomi: possono sempre tornare utili.

La stretta di Simon Frisk è moscia come una soletta sudata dopo una corsa. Lei invece gli dà una bella strizzata per catturare il suo sguardo. Gli occhi gli si accendono. Gli riesce bene, si vede che si è allenato parecchio.

Chissà cosa ci vede la ragazzina.

Dopo due minuti di introduzione da parte di Petra, prende lui la parola. Si schiarisce la gola e osserva il suo pubblico.

«Mancano sia Anna-Maria che Svala, qualcuno ha notizie?»

Anna-Maria Hirak? Merda, la copertura come Irene Nesser sarebbe già saltata.

«Hai detto che dovevamo tenere fuori Svala per via dell'età» risponde Petra. «Mi ha chiamato ieri, ma non ho risposto. Non sapevo cosa dirle.»

«Chi è Svala?» chiede Lisbeth. «Che nome curioso.»

«Probabilmente la più intelligente di tutti noi, ma ha solo tredici anni. Può fare una brutta impressione, se ci portiamo dietro dei ragazzini» risponde Simon, per poi passare a illustrare l'azione di quel fine settimana.

Lisbeth capisce che stanno preparando qualcosa. Qualcosa di più che lanciare slogan e abbracciare alberi.

«Va bene se mi aggrego anche io?» chiede. «Odio davvero l'industria mineraria.»

Gli altri si scambiano uno sguardo. Non si è mai troppi.

«Certo, ti aggiornerò dopo» risponde secco Simon.

Alla fine della riunione si avviano insieme verso il parcheggio. Lui le fa i complimenti per il taglio di capelli. Lei gli fa i complimenti per la fiducia in se stesso. Mentre camminano le sfiora più volte la mano, quasi per caso. Lisbeth deve trattenere l'impulso di ritrarla di scatto.

«Ci vediamo sabato, allora» dice Simon. «A meno che non ti vada di bere qualcosa allo Statt.»

«Mi spiace, devo vedere un amico. Però ci possiamo sentire domani. Dammi il tuo numero.»

«Allora mi devi dare anche il tuo.»

«Ti chiamo io» taglia corto Lisbeth.

Senza farsi notare, guarda verso quale macchina va.

La cosa più semplice sarebbe stata verificare la targa e il numero di telefono tramite la Milton, ma il centralino è occupato, mentre Harnesk risponde al primo squillo.

«Puoi controllarmi un numero di telefono e una targa? Possibilmente entro oggi» chiede Lisbeth in tono brusco.

Chi è simpatico lascia spazi. Chi è antipatico ha autorità. In genere.

«Devi essere più gentile» risponde Harnesk. «Molto più gentile.»

«Per favore.»

«Il cellulare è uno di quelli senza intestazione. La macchina invece è registrata a nome della Mimer Mining. Se ti va possiamo...»

Lisbeth esce dal parcheggio. Il suo sguardo si muove come uno scanner lungo le file di palazzine a tre piani a qualche isolato dal centro. Sta cercando una Volvo argentata e all'improvviso quasi tutte le macchine sono argentate, anche quella che la segue a una certa distanza.

Invece di svoltare a destra su Köpmangatan, gira a sinistra. La macchina le resta alle costole, tra rotonde e strade a senso unico. Quando Lisbeth accelera, accelera anche l'altra. Quando frena, l'altra rallenta per restare abbastanza lontana da non farle vedere chi è al volante.

Digita di nuovo il numero della Milton. Si infila gli auricolari e impreca per la tiritera registrata che la informa sugli orari di apertura. Si accorge di essere in riserva. Con un occhio alla strada e uno al cellulare, riesce finalmente ad avere in linea Dragan Armanskij. Interrompe i suoi soliti saluti e gli chiede di passarle uno dei geni dell'azienda.

Si ferma a un semaforo. Quello stronzo di sole in quel cazzo di cielo spara i suoi raggi accecanti sulla Volvo. Potrebbe esserci chiunque, al volante. E ormai sono sulla provinciale.

«Ti do i dati di un'auto della Mimer Mining. Scopri tutto quello che c'è sa sapere. Indirizzo, concessionario, tutto quanto.»

«Mi spiace» risponde il genio. «Solo una casella postale. La società è registrata in Gran Bretagna. Eccetera eccetera.»

Per alcuni secondi Lisbeth abbassa gli occhi sul cellulare per cercare il numero di Blomkvist. Quando li rialza, l'inseguitore è sparito.

Le pulsazioni rallentano. Nel migliore dei casi sta solo diventando paranoica. Fa inversione e torna verso il centro. Poco prima dello svincolo, rivede la macchina ferma.

Con il muso verso la strada, come se la stesse aspettando.

66

Uno spazzino riempie lo zaino con il necessario, si toglie l'orologio e lo dà alla ragazzina, che tre ore dopo dovrà seguire la mappa che ha posato sul tavolo. Non prima, né dopo.

«Hai capito?»

Ha capito.

Lo spazzino ha sentito i rotori degli elicotteri sopra il bosco. Ha lasciato il fuoco acceso per attirare la loro attenzione, dovrebbero vedere il fumo. E trovare una ragazzina che conta i minuti. In altre parole, ha cambiato idea. Ha deciso di lasciarla fuori dal piano.

La ragazzina sa essere una semplice ragazzina, quando vuole. Restare seduta tranquilla su una panca di legno e aspettare.

Aspetta un quarto d'ora, poi si incammina. La mappa le indica la direzione. All'inizio segue un sentiero usato dagli animali. Quando sbuca in una torbiera deve tornare indietro per un pezzetto, arrampicarsi su un costone e calarsi lungo i gradoni di roccia, per poi inoltrarsi nella geografia irregolare della foresta primaria, tra alberi abbattuti dal vento e acquitrini che si trova davanti all'improvviso.

I rami le frustano il viso. Il bosco profuma di buono. Un gallo cedrone prende il volo spaventato. Svala sente una macchina in lontananza e alza una mano. Sì, è stupido fare l'autostop, ma ha perso l'autobus.

Si fa lasciare all'incrocio per Björkavan. Appesa nella sua stanza c'è una scimmia che la aspetta, con la pancia gonfia per i molti tesori che nasconde. È arrivata l'occasione in cui le serviranno tutti.

Secondo il calendario di Svala, uno degli zii è a Kiruna e l'altro dalle renne. Si avvicina alla casa al riparo del macello. Lancia un'occhiata verso il canile e oltre, verso il garage.

È tutto silenzioso, troppo silenzioso. Di solito i cani saltano e abbaiano.

Soffoca il desiderio di andare a vedere. Prende una sedia di plastica con il sedile sfondato, sale sul bracciolo e guarda dalla finestra della cucina.

Per-Henrik è seduto sul divano. Di fronte a lui c'è un'altra figura che straborda dalla sedia. Svala lo riconosce: l'assistente sociale Erik Niskala. Il protettore dei bambini disagiati di Gasskas, con i suoi occhi gentili e i suoi programmi sempre inquietanti.

Adesso è tutto chiaro. I segnali c'erano, non solo quelli evidenti, come le renne uccise. Gli sguardi tra i due fratelli, i loro tentativi di rimetterla in riga. Addirittura di costringerla a seguire degli orari prestabiliti.

Non ne possono più. Non ce la fanno a occuparsi di lei. Pensano che sia un'adolescente indisciplinata con esigenze che loro non possono soddisfare, e come dargli torto? Salta la scuola. Sparisce. Tace.

La cucina puzza di incertezza. Li saluta con un cenno, appende il giubbotto a una sedia e chiede se c'è qualcosa da mangiare.

«Vieni a sederti» dice Per-Henrik picchiettando con la mano sul divano. In realtà avrebbe voglia di sollevarla in aria come una bambina per la gioia di vederla tornare a casa. Lei ignora il suo invito. Si prepara un panino, si versa un bicchiere di latte. Si ritrova a fissare il canile. C'è ancora troppo silenzio.

«I cani sono con Elias nel bosco?»

Va a sedersi sul divano accanto allo zio.

«Sì, credo di sì.»

Le posa un braccio sulle spalle. Il suo maglione sa di bosco e sudore e lozione antizanzare e resina e tabacco. Sicurezza, cura, amore. Lo sguardo è come quello di Mammamärta: ora Svala lo cerca, ma lui lo distoglie.

«Mi spiace, Svala, vorremmo che restassi qui con noi, ma non è sicuro. Né per te né per noi.»

Niskala beve un sorso di caffè tiepido e si schiarisce la gola.

«Il tuo tutor dice che stai trascurando la scuola, non passerai alla classe successiva. Nelle ultime settimane non ci sei praticamente mai andata. Quando ti abbiamo affidata ai tuoi zii, era perché pensavamo che ti avrebbe fatto bene. Per-Henrik dice che quasi non ti vedono più. È successo qualcosa?»

È successo qualcosa?

«No, a parte che il mio tutor non sa chi è Kierkegaard né che i buchi neri sono un luogo in cui il tempo non esiste. Che la mia classe pensa che abbia qualche malattia infettiva e che mi sono stufata di tutti i soprannomi e i commenti idioti che ho deciso di ignorare e... il resto ve lo risparmio.»

Il resto. Simon.

Si sforza di rispondere a tono, ma le emozioni prendono il sopravvento.

«Preferisco occuparmi delle renne che andare a scuola. Non c'è niente che mi possono insegnare.»

Niskala non la guarda con indulgenza: vede motivi sufficienti per un ricollocamento. Per quanto voglia essere conciliante, la scuola è un limite non negoziabile. Senza istruzione, non c'è futuro. Alcuni insegnanti dicono che la ragazzina è intelligente, ma finché non lo mette a frutto, è dalla parte del torto.

«I tuoi zii e io siamo d'accordo: non puoi più restare qui. Fino a quando non troveremo una soluzione a lungo termine starai in una casa-famiglia appena fuori Gasskas. A partire da stasera.»

Si era aspettato vibranti proteste, invece la ragazzina si limita ad annuire e a dire che va a preparare le sue cose.

Per-Henrik la stringe a sé. Il bisogno di consolazione è grande. Alla fine Svala si divincola, gli posa una mano sulla spalla e dice che forse è meglio così. Che hanno fatto del loro meglio e che è stata lei a complicare le cose.

«Si aggiusterà tutto, te lo prometto. Tornerò presto» dice nell'altra loro lingua.

Niskala alza gli occhi dai suoi rimorsi di coscienza.

«Parla sami?» chiede.

«L'ha imparato in un paio di mesi. La scuola di Gasskas deve avere degli insegnanti di lingua nativa eccezionali.»

67

Una camera dev'essere svuotata. Svala riempie la borsa del karate. L'ultima cosa che ci appallottola dentro sono i vestiti sgargianti di Mammamärta. Non che abbia intenzione di metterseli, ma forse non tornerà più.

Per-Henrik la chiama dall'ingresso.

«Cinque minuti» risponde. «Devo solo prendere le ultime cose.»

La Glock del Petrigno è avvolta in una vecchia maglietta. La apre, si preme il tessuto contro il viso, conta le cartucce, infila nella borsa un taccuino nuovo e altri materiali di sopravvivenza.

I gradini evitano di scricchiolare.

In cucina la discussione si è scaldata, qualcosa a proposito dei cani. Nessuno si accorge di Svala che attraversa di corsa la corte e si ferma davanti al canile.

Chiunque sia stato, comunque lo abbia fatto e perché, il diritto alla vita di una persona si può mettere in discussione, quello di un animale mai.

Apre il cancello. Affonda il viso nel petto di Kallak. Il corpo è ancora caldo, la pelliccia indurita di sabbia e di terra. Vorrebbe sdraiarsi accanto a lui, per non lasciarlo solo. Poi passa al maschio giovane. La lingua gli sporge dalla bocca. La sabbia attorno alla carcassa è intrisa di sangue. Svala gli chiude gli occhi.

Subito dopo esce in retromarcia dal garage. Le ruote aprono ferite sul terreno appena scongelato. Non si ferma nemmeno all'incrocio. Si immette direttamente in strada, via, lontano. Non rallenta fino a quando il batticuore non si sposta dalla gola alla pancia. A quel punto accosta in una piazzola, apre la portiera e vomita.

Tutte quelle morti sono colpa sua. Quella delle renne, dei cani, di Mammamärta.

Avrebbe potuto aprire l'hard disk, lasciar vagare i pensieri lungo i percorsi labirintici della corteccia cerebrale fino a trovare il codice, ma non ha voluto. Ha pensato che finché i soldi erano al sicuro nel caveau del suo cervello, Mammamärta avrebbe avuto un'assicurazione sulla vita. Invece non ha funzionato. Forse si è stancata troppo. Nessuno ha visto quando la rondine si è spezzata l'ala. Né quanto è stato doloroso. L'unico dolore che riesce a provare.

Eccoti di nuovo lì che ti piangi addosso. Non ti ho detto che non serve a niente?

Non mi sto piangendo addosso. È solo che è faticoso essere sempre da sola a fare tutto.

Parla con Lisbeth Salander, lei ti può aiutare.

In quel momento la chiama Levi Grundström. Le ricorda che voleva mostrarle qualcosa al Buco, ed è in ritardo.

«Te ne sei dimenticata?»

«No, sto arrivando, non sono riuscita a liberarmi prima.»

Durante la primavera le riunioni degli attivisti si sono diradate senza un motivo specifico, ma con Levi è diverso. Si vedono sempre in biblioteca. Parlano di libri, di scrittura. Lei gli fa leggere alcuni capitoli delle sue "memorie", come le chiama Levi. Lui le parla della sua vita. Il poco che ne resta. L'ultima volta non si è presentato. Adesso si sente dalla voce che sta lottando per trovare le forze.

Svala svolta in una forestale un paio di chilometri a sud della miniera. C'è una sbarra, proprio come aveva detto

Levi. È aperta. Parcheggia nello spiazzo dietro la sua vecchia Saab e prosegue a piedi. Non è lontano, ma la salita è ripida. Levi deve aver fatto appello a tutta la sua forza di volontà per arrivare in cima.

Lo trova seduto con la schiena appoggiata a un pino e lo zaino accanto a sé, respira da una bomboletta di ossigeno. Svala si siede al suo fianco. Il Davidsjaure scorre ai loro piedi. Verso nord i cumuli di sterile si ergono come colline nere.

«Sono cresciuto in riva al lago. La casa è stata abbattuta ma la stalla è ancora in piedi. Quando ero piccolo mi sembrava immensa, anche se in realtà ci stavano forse tre o quattro vacche e qualche maiale. All'inizio non c'era nemmeno la strada per arrivarci, solo delle mulattiere, ma tanto "papà" lavorava vicino a casa.»

«Alla miniera?»

«Sì, come me. Ho iniziato a diciassette anni. Quando hanno chiuso ho trovato lavoro alla Boliden. A Adak, Kristineberg, Renström...»

Prende lo zaino. Tira fuori il thermos e un paio di tazze. Taglia qualche fettina di carne essiccata di renna per accompagnare il caffè.

«L'acqua potabile la prendevamo a una fonte poco lontano. Le bestie si abbeveravano da sole al lago. Quando hanno iniziato a morire, nessuno ha pensato all'acqua. Qualche anno dopo il vecchio è morto di leucemia e noi ci siamo trasferiti a Gasskas.»

Svala e Levi guardano il sole che tramonta su un lago morto. Decenni di arsenico, zinco e rame disciolti nelle sue acque hanno ucciso quasi tutti i pesci. Un po' dappertutto ci sono cartelli di divieto di balneazione. Anche se la miniera è stata in gran parte bonificata, i nuovi scavi a cielo aperto hanno ripreso a scaricare nel lago e nel fiume.

«La miniera dà e la miniera prende» conclude Levi. Prova a rimettersi in piedi, perde l'equilibrio e cade a faccia in giù nel muschio.

Svala cerca di aiutarlo, ma è pesante e non si regge sulle gambe.

«Quegli stronzi mi hanno rubato la vita e ora vogliono farlo anche con altri, ma non glielo permetterò.»

Si tira in piedi aggrappandosi al tronco. Il respiro gli esce dal petto denso come resina. Guarda Svala come se la vedesse per la prima volta.

«Chi sei?» chiede. «Una ninfa dei boschi o un folletto spuntato tra gli alberi?»

«Sono Svala. Sei caduto, forse hai battuto la testa. Devo chiamare qualcuno?»

«Ah, già» risponde a fatica. «Di sicuro sono malato, ma se vuoi aiutarmi non è il 112 che devi chiamare.»

Indica lo zaino e le chiede di aprirlo.

Nei suoi giorni di gloria il brillatore Levi Grundström le avrebbe raccontato del suo lavoro, descrivendolo nel dettaglio. A posteriori, dei compagni di squadra non avrebbe parlato. Da quando è andato in pensione non si sono più fatti sentire. Sanno che è malato. Forse temono di sentirsi ricordare la loro stessa condanna a morte.

«Ma tu no, Svala. Tu non ti lasci spaventare dalla morte.»

Con mani tremanti, tira fuori un cellulare.

«Con questo setti il timer. La carica è nel baule della macchina. La chiave sulla ruota anteriore. Piazzala dove la strada si biforca, è lì che avrà l'effetto maggiore.»

«Sei stato tu a far saltare il ponte? Pensavamo tutti che fosse stato Simon» aggiunge, vergognandosi di se stessa e degli altri.

Di come si sono lasciati impressionare dai suoi vaghi accenni. Ma più di tutto si vergogna di essere stata così infantile, del diario, dei biglietti che zia Lisbeth si dev'essere divertita un mondo a leggere.

«Dai retta a un vecchio moribondo. Lascia perdere quel Simon. Fidati della gente di poche parole, di chi parla solo quando ha qualcosa di sensato da dire.»

Un attacco di tosse che sembra non finire mai gli toglie il respiro e la voce. Subito dopo ne ha un altro. Al terzo, il corpo si accascia su un fianco, rantola un paio di volte e resta immobile.

«Ehi» grida Svala, scuotendolo prima piano, poi sempre più forte.

Ma come Mammamärta aveva esalato il suo ultimo respiro, anche Levi Grundström ha ormai lasciato questa terra.

Svala ne è sicura. Gli passa una mano sulla guancia ispida. Cerca qualcosa da dire.

«Riposa in pace, Levi. La bomba farà il suo dovere. Te lo prometto.»

Quando l'ambulanza se ne va con il cadavere, il sole è ormai tramontato.

Svala ha ricevuto diverse telefonate. Preoccupate. Perentorie. Imperiose. Nessuno però si è ricordato che oggi compie quattordici anni.

Regola lo specchietto. Si raccoglie i capelli. Non cambia niente: ha sempre la solita aria infantile.

Scrive qualche riga al numero che le ha dato lo spazzino.

«So che hai cambiato il piano. Carino da parte tua, ma non può funzionare. Sono la tua unica possibilità.»

Al momento giusto andrà dritta nella tana del lupo con una scimmia sulle spalle. Per come la vede, non ha altra scelta. Prima le renne, adesso i cani. Il messaggio è arrivato a destinazione.

Eppure non riesce a non sperare che lo spazzino sia al suo fianco. Che qualcosa le risparmi di avere a che fare con Branco. È tutta la vita che sente parlare di gente come lui. Gli invisibili. Quelli che ottengono sempre quello che vogliono. Quelli che non pagano mai.

La paura è un'emozione insolita per lei. Perciò quando Lisbeth Salander la chiama, decide di rispondere. Ha il pianto in gola come una bambinetta, ma non può fare a meno di sorridere quando la sente intonare *Tanti auguri a te.*

«Cazzo quanto sei scarsa a cantare.»

«Ah però. La quattordicenne ha imparato a imprecare. Ho un regalo per te. Se vieni in albergo te lo do.»

68

Simon Frisk è seduto in una delle poltrone della suite. Lisbeth non ha lesinato sul nastro adesivo. L'ha chiamato, lui è venuto. Se l'è trovato sulla porta come un corteggiatore smanioso, con lo sguardo acceso e il ciuffo che ricadeva sulla fronte alla perfezione. Lisbeth ha colpito per prima.

Sul tavolino del soggiorno c'è una pistola.

«Non è mia, se è quello che pensi» dice a Svala. «Sono una pacifista. Buon compleanno. Non avrai mica creduto che mi fossi dimenticata?»

Lisbeth le porge un pacchetto. Per un attimo ci sono solo lei e Svala. I grugniti di Simon Frisk non li sentono già più.

Il pacchetto è morbido. Svala strappa il nastro e la carta. La prima cosa che vede è un culo di scimmia.

«Ho pensato che l'altra fosse un po' malconcia. Questa ha diversi scomparti. C'è anche dentro qualcosa, ma quello lo puoi guardare dopo. Cosa ne dobbiamo fare del pacchetto grande, invece?»

Finora ha evitato di guardarlo. Simon. Sinceramente non sa cosa farsene di lui, né cosa farne. In quel momento ha un'aria così atterrita che pensare alla vendetta le sembra eccessivo.

Lisbeth gli strappa il nastro adesivo dalla bocca. Lui prende aria con respiri profondi, come se non avesse il naso.

Svala invece non ricordava che ce l'avesse così grande. All'improvviso lo vede brutto e sgraziato. Ha le calze bucate, le orecchie a sventola. Perfino i ricci non sono naturali, sembrano quasi una permanente. Ha la patta aperta, la pancia che sporge da sopra i pantaloni, come un Petrigno qualsiasi. Come ha fatto a non accorgersi che è uno di loro?

«Aiutami» dice lui con voce implorante. «Mi conosci, sai che ho sempre tenuto a te.»

Lisbeth gli molla uno schiaffo. Gli dice di tenere la bocca chiusa, o gli rimetterà il nastro.

«Scusami Svala, questo ti farà male, ma ne farà anche di più a...»

Lisbeth non riesce a pronunciare il suo nome. Apre uno dei foglietti ripiegati e legge ad alta voce.

Sono andata in albergo. Quando è arrivato, S. sembrava diverso. Ha iniziato a palparmi dappertutto. Non volevo, ma lui continuava a dire che lo volevo anch'io e che dovevo prendermela con me stessa. Ha ragione. Devo prendermela con me stessa.

«Smettila» dice Svala strappandole il foglio di mano.

«Ti ha violentata.»

«Col cazzo!» strilla Simon. «Lo voleva anche lei!»

Adesso gli sanguina il naso. Una striscia rossa gli cola lungo il mento, gocciola sul pavimento.

«Hai idea di quanto doveva essere spaventata?» chiede Lisbeth prendendo in mano la pistola. «Mi sa di no.»

Lisbeth lo costringe ad aprire la bocca e gli infila dentro la canna. Simon spalanca gli occhi, con un gorgoglio che sale dalla gola.

Svala si alza. Mette una mano su quella di Lisbeth. Lentamente, toglie la pistola dalla bocca di Simon e la posa sul tavolo.

«Non ne vale la pena» dice. «È solo uno stronzetto che morirà giovane. Se ne occuperà qualcun altro, zia Lisbeth. Simon Frisk lavora per Branco» prosegue. «Lo hanno infiltrato tra gli attivisti per tenerci d'occhio. Per spingerci ad azioni che normalmente non avremmo messo in atto, in modo da farci passare per dei fanatici. L'obiettivo era focalizzare l'attenzione sulla vecchia miniera e facilitare così l'apertura della nuova.»

«Come fai a sapere tutte queste cose?» chiede Lisbeth, cercando di fermare il treno dei pensieri che viaggia a duecentonovanta chilometri all'ora con i freni guasti.

«Tramite Ante. È riuscito a mettersi in contatto con un hacker che lavora per Branco. Anche se secondo lui c'è qualcosa di losco. Dovevamo vederci ieri ma sono successe un po' di cose.»

«E questo Ante dov'è?» chiede Lisbeth.

Plague, Ante, Ante, Plague.

«Non lo so. Ha smesso di rispondere. Grazie per il regalo, comunque.»

Si ferma un attimo a guardare il piagnucoloso mucchietto di ossa che ha davanti. Lui distoglie lo sguardo. Lo spazzino aveva ragione.

Un certo tipo di giustizia te la puoi fare solo con le tue mani.

Per questo deve chiedergli quello che le ronza in testa fin da quando è successo.

«Hai altre ragazze sulla coscienza?»

«No, no, certo che no. È che mi piacevi tanto» risponde. La sua voce ha recuperato energia, forse spera di aver trovato una via d'uscita.

«Sembri un'adulta, non pensavo a te come a una bambina.»

«1649» riprende Svala. «Non sono io che le cerco, sono loro che vengono da me.»

Simon non capisce. Riconosce quelle parole, le ha dette lui. Ma di sicuro non a lei.

1649 è il codice del suo telefono. Le ultime quattro cifre del codice fiscale di qualcuno, forse sua sorella.

Accanto a Svala c'è la zia fuori di testa con la Glock in mano.

Ma è la ragazzina a fargli più paura. Simon certe cose le capisce al volo. Che tipa è. Di cosa è capace.

69

All'inizio i racconti erano frammentari, una specie di mito che circolava negli ambienti della mala. Quando Peter Sandberg era stato trovato con il collo spezzato sotto una delle casette del Treehotel, avevano dovuto ridisegnare la mappa dell'organico. Era morto uno dei capi: forse non esattamente un genio, ma era riuscito a crescere, circondandosi di persone leali. Senza di lui la maggior parte di loro correva in giro come tante galline senza testa.

Märta Hirak sarebbe stata il sostituto naturale, ma Branco aveva voluto esagerare. Secondo Volpe, l'unico che parla con Simon, voleva darle una lezione, costringerla a riconoscere la sua superiorità, cosa che lei si era rifiutata di fare. Così come non aveva voluto rivelare dove teneva nascosto l'hard disk con i soldi immaginari.

Da qualche parte lungo il percorso era saltata fuori la figlia, come una moneta magica pescata dal *gákti* degli Hirak. Era riuscita a entrare nel bunker, aveva portato fuori la madre morente, e il resto è storia.

È lì che entra in scena lui. Reclutato personalmente da gente di cui ignora il vero nome e che chiama come i personaggi di una favola di Esopo, con un compito specifico: tenere d'occhio Svala Hirak.

Non per i motivi che crede lei, però. Branco se ne frega altamente degli ecoattivisti e di giornalisti entusiasti che sperano di aver trovato uno scoop. La ragazza morta alla discarica è stata un incidente. È Svala che vogliono. Il perché, non lo sa. A lui danno istruzioni, mica spiegazioni.

Ora però si trova in una situazione piuttosto scomoda. Non è la prima volta, lo ammette, ma è più forte di lui. È uno di quelli che il mondo intero vorrebbe appendere per l'uccello e frustare a morte. Eppure non riesce a smettere. Svala era un bocconcino a cui non è riuscito a rinunciare. Quasi fin troppo maturo ma irresistibile.

«Era uno scherzo» tenta di difendersi. «Una spacconata.»

«Sono colpita» prosegue Svala. «1649 stupri di bambine dev'essere considerata un'impresa da record, in certi giri.»

Se solo sapesse.

«Perdonami» balbetta Simon. «Non volevo far del male a nessuno.»

Cosa si risponde a una frase del genere? Svala distoglie lo sguardo e cerca di mandar giù il disagio prima di fare la domanda successiva.

«C'eri anche tu alla discarica?»

Simon non risponde.

«C'eri anche tu, e hai avuto il tempo di divertirti un po' con Ester, prima di buttarla giù dalla scarpata. Confessa» dice posando la mano sulla pistola.

È diventato piccolo piccolo, adesso. Piccolo come si sentiva lei sotto il suo corpo ansimante, la mano che la premeva contro il cuscino, l'aria che era finita, così come la voglia di difendersi.

Un «no» soffocato gli esce di bocca.

«No, non c'ero. Mi hanno detto che è caduta.»

Kierkegaard riteneva che ogni individuo ha in sé la possibilità di diventare qualcosa di grande. Con "grande" non poteva certo intendere che chi lo è ha il diritto di dominare sugli altri. Anche se Svala dubita che il filosofo desse un valore etico alla parola "grande". Uno che violenta le bambine e spinge le donne giù per una scarpata può essere definito "grande" solo perché ha potere? No, è ingiusto nominare Kierkegaard nella stessa frase di Simon. Ognuno è responsabile delle proprie azioni. La domanda è a che punto entra in gioco il resto del mondo. Qual è il dovere di Svala in questa situazione, se il dovere principale dell'essere umano è aiutare il prossimo ad avere una vita migliore?

«Credi in una vita dopo questa?» gli chiede. «Io sì» prosegue Svala, visto che lui non risponde, «e ho intenzione di aiutarti a rinascere. Vedilo come un favore da parte mia. Nella prossima vita avrai la possibilità di fare meglio.»

Prima che Lisbeth abbia il tempo di reagire, la pistola è nella mano di Svala. La canna contro la tempia di Simon, che si contorce come un'esca sull'amo.

Quando Svala toglie la sicura, Simon Frisk sviene. Fine del divertimento.

Gli fruga le tasche e prende il cellulare. Lisbeth la segue in corridoio. La stringe tra le braccia finché il suo corpicino riluttante si rilassa.

«Li incastreremo, tutti quanti. Ma hai una vita intera davanti a te. Non sprecarla per degli idioti. Va' a casa dai tuoi zii.»

«C'è una chiavetta usb nella tasca del tuo giubbotto. Fa' in modo che arrivi a Mikael Blomkvist. Ci ho copiato i file di Ester, compresi quelli che ha avuto da Ante. Cerca di rintracciarlo, o almeno di scoprire chi è.»

Anche nella tasca di Svala c'è qualcosa. Un aggeggino che permette ai genitori di controllare i figli, ai mariti gelosi le mogli e alle zie le nipoti.

Lisbeth Salander torna in camera. Taglia il resto del nastro adesivo e getta a Simon un asciugamano.

«Oggi te la sei cavata, ma se vengo a sapere che ti sei avvicinato di nuovo a Svala o alla sua famiglia, o che hai violentato qualcun altro, sei morto.»

Un quarto d'ora dopo Simon barcolla fuori dallo Statt con il bavero rialzato, un berretto in testa e gli occhiali da sole.

Quando passa accanto alla macchina, Svala abbassa la testa.

Subito dopo vede un'auto della polizia entrare nel parcheggio dell'albergo.

Lisbeth fa appena in tempo a far sparire i segni della festa di compleanno.

Qualche colpetto alla porta e tutto quello che ha attorno sparisce. L'incertezza, l'irritazione per il comportamento di Harnesk, i propri dubbi.

Jessica sa di doccia appena fatta.

Lisbeth le sfila i pantaloni, si aggroviglia tra le sue braccia e gambe. I capelli da strega che le avvolgono entrambe, la sua pelle che vibra di eccitazione. Il desiderio che le bruciava dentro fin da quando aveva lasciato Gasskas per tornare a casa in Fiskargatan con la coda tra le gambe.

Ma quando viene, quando i suoi fianchi si inarcano contro le cosce di Harnesk è a Mikael Blomkvist che pensa. Alla sua testa dalla stempiatura incipiente che riposa sul suo grembo.

70

La polizia cerca una ragazzina scomparsa. Un elicottero ha avvistato del fumo da un capanno. Gli agenti a bordo constatano che è vuoto. Un'aquila di mare plana verso una preda. È un bel posto, con il lago che brilla nel sole pomeridiano.

Svala però non è lì, né ci sono tracce del suo passaggio. Secondo Birna "lo spazzino" non è altro che una leggenda locale, ma è chiaro che lì c'è stato qualcuno. Magari dei pescatori. Se si fosse impegnata un po' di più avrebbe trovato un elastico con alcuni capelli biondi.

Jessica Harnesk si è presa un giorno libero per compensare gli straordinari, ha spento il telefono e si è sdraiata sul divano con una tazza di tè. I pensieri fanno la spola tra Faste e Lisbeth. Entrambi problematici, ciascuno a modo suo. La seconda decisamente più sexy. Al pensiero del loro incontro le si contrae il basso ventre. I corpi, le parole, le bocche e... stop. È stata solo una notte. Nessuno ha promesso niente. Nessun futuro a cui aggrapparsi.

Mikael Blomkvist licenzia due giornalisti e poi si chiude nel suo ufficio. Quella sera farà da babysitter. Pernilla è andata alla casa estiva per le pulizie di primavera.

Quando finalmente ha trovato il coraggio di chiamare il

Södersjukhuset, il medico gli ha chiesto perché non si fosse fatto più sentire. Vuole una buona notizia? Il cancro non si è diffuso e la radioterapia è un'alternativa più leggera rispetto alla chemio.

Un sorriso esitante gli si disegna sulle labbra. Forse dopotutto non è così vicino alla morte come aveva pensato.

Salo ha appuntamento con Long allo Stadshotell e fa in tempo a bere due birre grandi prima che lui arrivi, con la camicia perfettamente stirata e i pantaloni con la piega, neanche fosse un mormone al campo estivo di Salt Lake City.

Si stringono la mano. Il cameriere porta i menu e una bottiglia di Chardonnay. Il vino da donne gli lascia in bocca un sapore acido. È Long a rompere il ghiaccio.

«Sono felice di rivederti. Hai visto l'anticipo versato sul conto del comune?»

Parlano da soci in affari quali sono. Salo sente il sudore che gli cola dalle ascelle.

Arrivano gli antipasti. Long scarta le uova di coregone. Arriva il piatto principale. Long mangia un paio di bocconi di filetto di renna. Il dessert lo conosce già.

«Buono come la volta scorsa» osserva. «A proposito, voglio sperare che tu abbia fatto in modo che Pernilla rinunci volontariamente alla custodia del bambino. L'ha avuto con sé per anni. Un tribunale mi darebbe ragione. Separare un figlio dal proprio genitore è contro la legge. Anche quella svedese» aggiunge.

«Sai che non posso fare niente. Pernilla non rinuncerebbe mai a Lukas di sua spontanea volontà. E tenuto conto del tuo passato, non sono sicuro che un tribunale ti riterrebbe un genitore affidabile.»

«Il mio passato?» chiede Long con l'aria di non capire.

D'accordo. Salo starà al gioco ancora un po'. Hanno i loro ruoli da seguire. Il buon capitalista e il fedele funzionario comunale. Il padre ansioso di riunirsi al figlio e il patrigno. Non può finire bene, ma si sente in dovere nei confronti del comune di far arrivare in porto l'affare.

«Pernilla è andata alla casa estiva, ma le parlerò appena torna. Si sistemerà tutto. Hai la mia parola.»

«Quindi avete anche una casa estiva, non male. A quanto pare essere un dipendente comunale paga, qui in Svezia.»

Il cameriere si avvicina per versare l'ultimo goccio di vino.

«Mi ricorda... come si chiamavano quei frutti di bosco?» dice Long. «Davvero buoni.»

«More artiche» risponde il cameriere. «Un prodotto locale, con un po' di zucchero, ma appena sobbollito per preservare l'aroma e la vitamina C. Lo serviamo con un ottimo gelato alla vaniglia prodotto con latte di montagna e una spruzzata di liquirizia di Kemijärvi.»

Salo ha voglia di uccidere qualcuno. Perché non il cameriere?

«Lo vediamo da soli cosa stiamo mangiando» sbotta. «Porta caffè e cognac, invece di star qui a blaterare.»

«*You seem annoyed*» dice Long. «Le more artiche sono eccezionali. Tieni, assaggia.»

Poi alzano i ballon di cognac, come se ci fosse qualcosa a cui brindare. Un giorno gli abitanti di Gasskas lo ringrazieranno. Né Dio né Pernilla lo perdoneranno, invece.

71

Nella casa estiva fa freddo. In montagna la primavera arriva tardi. Il terreno è ancora coperto di neve, ma la veranda è intiepidita dal sole. Pernilla si siede su una pelle di renna, con il viso rivolto verso la luce. Il silenzio le rimbomba attorno come succede nei paesaggi intatti, dove i suoni naturali prendono il sopravvento. La neve che gocciola dal tetto. Un rametto che cade a terra. Qualcuno che batte un tappeto in lontananza. La solitudine le è necessaria per prendere alcune decisioni. A casa c'è una gran confusione: Henry beve più del solito e Lukas non vuole andare a scuola.

La ragazzina ha chiamato diverse volte. La cosiddetta sorella di Lukas. Lui è contento di parlarle, ma nella voce dell'adolescente che esce dall'amplificatore Pernilla sente suo padre. Piccoli messaggi, trasmessi da una bocca innocente.

«Presto torneremo in Svezia» dice. «Spero che ci rivedremo. La tua mamma è molto bella, lo pensa anche il mio papà.»

Dopo che lei e Henry hanno parlato non è successo assolutamente niente. È sempre chiuso in se stesso come i germogli delle betulle. Pensava che si sarebbe aperto, che avrebbe parlato con lei, che l'avrebbe toccata. Invece è successo il contrario. Torna a casa, accende la sauna, ingolla la cena, sempre che ceni. Poi sale nel suo studio e resta lì finché lei non si addormenta. Sempre con Lukas, ormai. Lui si divincola, vuole dormire in pace. È troppo grande per dividere il letto con la mamma, e lo sa anche lei.

Si posa una mano sul ventre. Ancora non si vede, ma lei sente il seno teso e sta per entrare nella bolla della gravidanza in cui tutto il resto perde di significato.

Ormai ha capito che Kostas Papadopoulos, o Kostas Long come si fa chiamare ora, è piombato nella loro vita per rimanerci. Lo conosce. Non mollerà la presa su Lukas, ora che ha fiutato la pista. La domanda è come intende procedere, e cosa ne farà di lei. Al ragazzo probabilmente non torcerebbe mai un capello, ma lei non ha alcun valore per lui, anzi gli è d'impiccio.

Il sole viene coperto dalle nuvole. Pernilla rientra in casa e aggiunge altra legna al fuoco. Una fitta le fa contrarre il basso ventre. Secondo l'ostetrica è una cosa normale, niente di cui preoccuparsi. Non ce la farebbe a perdere un altro bambino. D'altra parte sa di non aver dato ascolto al consiglio del medico di aspettare almeno un anno prima di riprovarci. Vuole un altro figlio, e soprattutto vuole qualcosa che riavvicini lei e Henry.

Verso sera chiama Mikael. Lui e Lukas hanno giocato con i Lego e hanno appena finito di mangiare. Stanno guardando un film, tra poco sarà ora della fiaba della buonanotte. Suo padre è in cerca di complimenti. Vorrebbe sentirsi dire che è bravo, ma lei non ce la fa.

«Mi fa piacere che te la stia cavando» si limita a dire, prima di riattaccare. Forse Lukas avrà quello che lei non ha avuto.

Le lenzuola sono fredde. Riempie una bottiglia di plastica di acqua calda e se la stringe addosso come un corpo. Le pareti di tronchi scricchiolano. Con la notte la temperatura è scesa sotto zero. È stanca. Vorrebbe davvero dormire, ma quel rumore... non capisce se è il vento... No, è qualcos'altro... una motoslitta che rallenta e si avvicina alla casa.

Per un secondo pensa che sia Henry e ne è felice, ma poi si ricorda di aver visto la sua motoslitta nella rimessa. Potrebbe essere il vicino, deve aver notato che c'è qualcuno. Prende la bottiglia e si alza. Cazzo, che male alla pancia. È costretta a risedersi. Mentre aspetta che passi la fitta, il motore della motoslitta si spegne.

C'è qualcuno fuori. Pernilla si infila le pantofole in vello di pecora, esce dalla camera da letto senza accendere la lampada a gas. Cerca a tentoni l'accetta vicino alla stufa, poi si accontenta di un ciocco di legno. Aspetta al riparo della porta della camera. Una finestra va in frantumi, qualcuno impreca. Almeno non in cinese. Forse è solo un ladruncolo, ma i pensieri corrono in altre direzioni e le sale il panico. L'intruso sembra aver abbandonato le speranze di entrare dalla finestra e sta provando con la porta. Dove diavolo ha messo il cellulare?

Torna in camera in punta di piedi. Chiama Henry. Risponde la segreteria, lascia un messaggio. Chiama il 112 e si ritrova in lista d'attesa. Quando è il suo turno cade la linea. Cazzo. Con il vento c'è ancora meno campo del solito. Ha un'altra fitta al basso ventre, si porta le mani alla bocca per non gridare. Di nuovo al riparo della porta, vede la fessura all'ingresso diventare sempre più larga, il piede di porco con cui l'intruso fa leva, gli stivali, la tuta, i guanti. Una volta entrato, si ferma. Resta in ascolto, cerca di orientarsi. Ha due stanze tra cui scegliere. Va verso quella di destra.

Era andata al capanno per prendere una decisione. Ora lo fa in un secondo. Nello stesso istante in cui l'intruso la vede, Pernilla solleva il ciocco di legno e glielo sferra in testa.

Centro.

La luna illumina il passamontagna. Pernilla lo solleva, pronta a sferrare un altro colpo, se necessario, ma il corpo non si muove, il viso è giovane e inespressivo.

Nella caduta gli è sfuggito qualcosa di mano. Pernilla lo spinge sotto il divano con un calcio.

Il ragazzo inizia a muoversi, cerca di tirarsi su a sedere. Nuova decisione.

Il colpo è debole, ma basta a farlo ricadere sul pavimento. Il ciocco rotola via.

Pernilla afferra il giaccone, corre verso la macchina in pantofole. Lassù nessuno chiude mai a chiave. I soccorsi sono lontani; se dovesse succedere qualcosa, mettersi a cercare le chiavi è l'ultima cosa che serve. Eppure l'ha chiusa, e la chiave è appesa al gancio accanto alla porta. Resta la motoslitta dell'intruso.

Non ha i vestiti adatti e sa a malapena come si guida. Cerca di ricordare le istruzioni di Henry.

Premi l'accensione e accelera, non serve altro.

Non succede niente. Cazzo. Continua a sbirciare verso la casa. La porta si è mossa o è un'illusione ottica? Un corpo barcolla giù dai gradini dell'ingresso.

Non dimenticare di collegare il cavetto di sicurezza, altrimenti non vai da nessuna parte.

L'uomo è ormai vicino, il ghiaccio regge il suo peso. All'improvviso il motore si accende. Pernilla accelera e la motoslitta si impenna, per poi ricadere pesantemente non appena lei allenta la pressione sulla manopola.

«Spero che muori congelata, troia!» le grida dietro l'uomo quando il mezzo finalmente le obbedisce.

Probabilmente andrà proprio così. Il giaccone aperto svolazza nelle raffiche. Il viso le si gela all'istante, così come le dita. La camicia da notte le risale sulle cosce.

Potrebbe andare dal vicino, ma se non c'è nessuno a casa e lo stronzo trova le chiavi della sua macchina la raggiungerà in un attimo.

Imbocca la pista delle motoslitte. Appena prima del lago si ferma un attimo in folle. Chiude la cerniera del giaccone con le dita intirizzite. Davanti a lei si stende l'infido ghiaccio primaverile. All'altezza dei pontili, venti metri più in là, c'è acqua aperta. Sull'altra riva c'è una fila di casette allineate. Dalla parte opposta, verso la strada, una macchina costeggia il lago.

Affogare o farsi sparare?

Pernilla riparte. Quando arriva proprio sulla riva, accelera al massimo e fende la poltiglia gelata creata dalla pressione sottostante.

Alle sue spalle il ghiaccio si spacca come vetro sottile.

72

La serata da babysitter a Gaupaudden si avvicina alla conclusione. Il bambino si addormenta in fretta. Una volta arrivato faticosamente in fondo a una lettura per la scuola, si gira su un fianco e posa un braccio sulla pancia di Mikael.

Tra loro non ci sono distanze, almeno quando Pernilla dà il suo consenso. Tra lei e Mikael invece resta una distanza maggiore. A volte un abisso. In questo momento è grato di quello che ha.

Rimbocca le coperte a Lukas, esce in punta di piedi, si siede in cucina e accende il computer.

Dopo qualche giorno nella redazione del *Gaskassen* la cartella della posta in arrivo ha ripreso a riempirsi in modo soddisfacente. Perfino i messaggi della proprietà, che chiede come stanno andando i licenziamenti, gli sembrano importanti. Qualsiasi cosa è meglio che essere fuori dal giro, come gli è successo da quando *Millennium* non esce più in edizione cartacea.

All'inizio aveva pensato che sarebbero fioccate le offerte dei giornali di Stoccolma. In realtà a nessuno interessa un over sessanta nostalgico. Tranne che al *Gaskassen*. Mikael si vergogna un pochino ripensando al workshop che ha tenuto l'anno prima. Non si era reso conto che la mancanza di entusiasmo che aveva percepito non era dovuta alla loro incompetenza ma al suo stesso atteggiamento borioso, da pietra miliare del giornalismo d'inchiesta.

Adesso l'autostima non è forse al massimo, ma di sicuro in crescita. Hanno in ballo un approfondimento degli eventi degli ultimi mesi, finora coperti da singoli articoli di cronaca. L'esplosione del ponte, per esempio. E la morte di Ester Södergran, che secondo Birna Guðmundurdottir sembra essere un incidente o forse un suicidio.

Perché si sia messo in testa che siano collegati non lo sa nemmeno lui, ma vale sempre la pena di prendere sul serio le intuizioni.

È talmente immerso nelle sue fantasie di imprese future che quando la porta d'ingresso si chiude di scatto fa un salto sulla sedia. La voce di Henry Salo rimbomba dall'ingresso.

«C'è qualche scribacchino in casa? Fatti vedere, che ho una bella sorpresa per te.»

Butta la giacca su una sedia e va direttamente al mobile bar. Versa un goccio in due bicchieri e si siede di fronte a Mikael, che abbassa lo schermo del portatile e commenta che Salo deve aver passato una bella serata all'Ordine del dente di tigre.

«Puoi ben dirlo. Il nuovo palazzo del ghiaccio verrà approvato. Le pecorelle dovranno aspettare qualche anno, per avere la loro casa della cultura.»

«Le pecorelle?»

«Befane dai capelli bianchi che trovi a tutti gli eventi culturali sovvenzionati. Il bambino dorme?»

«Sì, abbiamo chiamato Pernilla. Lukas voleva darle la buonanotte, ma non ha risposto.»

«Ormai va a letto presto. Sta facendo... stiamo facendo... un altro tentativo di avere un moccioso insieme. È una cosa molto recente, forse ha paura che finisca come la volta scorsa.»

È comprensibile, eppure Mikael ci rimane male che non gli abbia detto niente. Vorrebbe chiedere a suo marito cosa ne pensa, se Pernilla parla mai di suo padre, ma Salo ha occhi solo per il cellulare.

Da roseo-serata-tra-uomini il volto gli diventa all'istante paonazzo, con gocce di sudore sulla fronte. Si alza talmente di scatto da rovesciare la sedia, va verso la bottiglia ma poi cambia idea e si ferma davanti al rubinetto. Mette la bocca sotto il getto e si sciacqua la faccia. Continua a passarsi le mani tra i capelli, respirando come se gli mancasse l'aria.

È successo qualcosa, è chiaro, ma non parla.

«Cosa c'è?» chiede Mikael, ottenendo in risposta una scarica di imprecazioni.

Dentro Henry Salo si sta scatenando un'eruzione vulcanica impossibile da fermare. La lava deve uscire, devastare tutto quello che incontra sulla sua strada prima di solidificarsi.

«Immagino che Pernilla non ti abbia mai detto chi è il padre biologico di Lukas.»

È vero. All'inizio Mikael aveva provato a fare domande, ma erano rimaste senza risposta. Sono affari suoi, si era detto, e da allora l'argomento non è più stato toccato.

«Per farla breve...» riprende Salo, per poi riassumere gli eventi delle ultime settimane, compreso il ruolo equivoco da lui giocato: aver fatto capire a Kostas Long che non potrà avere Lukas con una causa per l'affidamento. Non con il suo passato.

«Se ho capito bene, hai promesso a questo Long che riavrà suo figlio se finanzierà la riapertura della vecchia miniera?»

Mikael si costringe a parlare in tono neutro.

«All'inizio sì, ma non sono del tutto senza cuore, se è questo che pensi. Ho verificato il racconto di Pernilla sul traffico di esseri umani. È saltato fuori che c'è un mandato di cattura internazionale su Kostas Papadopoulos. Che a quanto pare è sparito dalla circolazione proprio quando è saltato fuori Long. La storia del figlio di un cinese arricchitosi immensamente con miniere e proprietà immobiliari con ogni probabilità è un'invenzione. I soldi di Long sono molto più sporchi.»

«E adesso lui sa che tu sai?»

«Pernilla» dice Salo con aria infelice. «Mi sono lasciato sfuggire con Long che è andata alla casa estiva.» Digita il numero della segreteria e mette in vivavoce. La voce di Pernilla bisbiglia: «C'è qualcuno che sta cercando di entrare, aiutami, non so cosa fare.»

Mikael è assalito dalla stessa sensazione provata quando alcuni uomini armati avevano preso Lukas. Suo nipote è in pericolo, ora tocca a sua figlia. La sua voce ha un suono metallico quando fa notare a Salo che il messaggio è stato lasciato più di quattro ore prima.

«Come cazzo fai a vivere in pace con te stesso, dopo una cosa del genere!»

«Infatti non ci riesco» risponde Salo. Prende le chiavi della macchina e una bottiglia ancora intatta di Lagavulin e si dirige verso nord.

Con Lukas che dorme al piano di sopra, non c'è molto che Mikael possa fare. A parte chiamare la polizia.

La porta della casa estiva parla chiaro. Henry chiama Pernilla, anche se sa che non risponderà.

Le tracce mostrano che una motoslitta è arrivata e ripartita.

Henry arranca nella neve mezza sciolta fino ad arrivare alla pista battuta. Poi si mette a correre. Anche se gli manca il fiato, non si ferma fino a quando la traccia fresca devia verso il lago. Inciampa, si rialza, scende faticosamente verso la riva, dove lastre di ghiaccio vanno alla deriva verso valle come un mosaico chiaramente delimitato da strisce di acqua nera.

Non ha più voce per gridare. Si inginocchia come per pregare, e forse lo fa davvero. Prega che per un miracolo sia riuscita ad arrivare dall'altra parte, anche se sa che è impossibile.

Vicino a riva il ghiaccio è ancora solido. L'ingombro della bottiglia gli sporge dalla giacca. Henry la stappa e lascia che il liquido affumicato gli scenda in gola come latte. Piano piano, avanza fino al punto in cui la solidità lascia il posto alla forma fluida.

Quando alla fine il ghiaccio cede e lui viene risucchiato tra le lastre galleggianti, si accendono le stelle. L'acqua lo stringe tra le sue braccia affettuose, lo conduce lungo il tunnel che si restringe sempre di più, fino a diventare un pertugio. Si infila a forza attraverso l'apertura: la testa, le spalle, il tronco, le gambe.

Una madre guarda suo figlio. Nei suoi occhi c'è solo amore.

73

Un bambino si sveglia. Scende le scale, si siede sul divano senza accendere la luce. È successo qualcosa, se lo sente nella pancia. Gli brucia e gli fa male, e ha voglia di vomitare.

«Vieni» dice Mikael. «Hai fatto un brutto sogno? Il nonno va a prenderti dei vestiti asciutti.»

Ha chiuso la porta a chiave, spento la luce in cucina. Ha guardato in cortile e verificato se sentiva rumori strani.

Poi ha chiamato il numero privato di Birna Guðmundurdottir. Lei lo ha ascoltato e gli ha fatto un paio di domande, ha detto che era all'altra estremità del territorio comunale e che sarebbe arrivata il prima possibile, o avrebbe mandato dei colleghi.

Il bambino è rigido e freddo. Mikael gli fa un bagno caldo, lo riveste. Chiacchiera di estate e di pesci, della barca da impeciare e dei mirtilli da raccogliere e del sole che splenderà tutto il tempo, a parte un po' di pioggerellina estiva e la rugiada sui prati.

«Dov'è la mamma?» chiede Lukas. Mikael ha intenzione di mentire, deve farlo, e non solo per il bene del bambino, ma in quel momento suonano alla porta.

Una specie di sollievo. Hanno fatto in fretta.

«Infila nello zainetto qualche vestito e le cose che ti vuoi portare, stanotte dormiamo da me. ARRIVO!» grida in direzione dell'ingresso, mentre accende le luci.

Un piede nella fessura, una spinta alla porta e una voce che non ha bisogno di presentazioni.

Kostas Long.

«Tua madre non ti ha insegnato a non aprire agli sconosciuti?» chiede tendendo la mano. «Tu devi essere Mikael, il padre di Pernilla. Piacere di conoscerti.»

«Ho chiamato la polizia» dice Mikael. «Stanno arrivando.»

«In questo caso li richiamerai per dire le cose come stanno: non è successo niente. La polizia ha cose più importanti a cui pensare.»

Quando riceve la telefonata di Birna, Jessica Harnesk ha finito il turno ed è appena passata a prendere Lisbeth Salander davanti allo Statt. Hanno giusto avuto il tempo di salutarsi, ma Birna insiste. Si tratta di Mikael. Può andare a dare un'occhiata a Gaupaudden? Lei è a quarantacinque minuti di distanza. Aveva una voce strana e, certo, magari stava esagerando, ma per sicurezza...

«Cos'è successo?» chiede Lisbeth.

«Probabilmente niente. Il tuo ex fidanzato ha paura del buio. Sta facendo da babysitter al figlio di Salo.»

I passi di Lukas sulle scale sono silenziosi. Se riesce ad arrivare all'ingresso senza che si accorgano di lui, non lo troveranno mai. Gaupaudden è il suo fortino. I nascondigli le sue stanze segrete.

«Lukas è mio figlio» dice Long. «Lo porterò in un posto più ricco di Gasskas.»

Pronuncia le S di Gasskas come se le sputasse.

«Un posto orribile, dovrebbe essere bruciato fino alle fondamenta. Mio figlio merita una vita migliore, non trovi?»

Lukas non capisce, o meglio, quel poco che capisce delle frasi in inglese non ha senso.

Lukas is my son.

Eppure in un certo senso se lo sentiva. Ha sognato la ragazzina che ogni tanto gli telefona. Ha visto le sue foto e pensato che hanno la stessa bocca.

«Mamma, chi è il mio papà?» prova a chiedere, ma lei ride e risponde come al solito. «Sei nato su un fiore, ti ho trovato su una foglia di ninfea.»

Poi leggono *Mignolina* e lei gli dice che la fiaba parla di lui. Ma no, stupidino, non dovrai sposare una talpa o essere rapito da un maggiolino. Però non gli ha mai detto chi è il suo papà, perciò potrebbe anche essere quello appoggiato al lavello con le braccia conserte.

Lukas si sporge in avanti per vedere meglio. Sfiora il calzascarpe che...

I due sobbalzano e si voltano verso l'ingresso. Il signor Maggiolino con i capelli neri e gli occhi strani lo fa uscire dall'ombra, gli posa le braccia sulle spalle e dice qualcosa al nonno a proposito di *look-alike*.

Il cellulare vibra. Long aspettava compagnia. Dice qualche parola che suona come un ordine. È ora di andare.

«Lukas non va da nessuna parte» dice Mikael. «Lui resta con me.»

«Ne sei sicuro?» chiede Long. «Non ti basta che sia orfano di madre?»

74

Vanno verso Gaupaudden senza dire una parola. Jessica aspetta che Lisbeth faccia il primo passo, in fondo è lei quella che è sparita.

Lisbeth non sa da che parte cominciare. Coinvolgere la polizia nei suoi affari privati non le va giù, soprattutto se si tratta di Svala.

Poco dopo aver superato l'ingresso del "Ranch Salo", chiede a Jessica di fermarsi. Appena il motore tace prende fiato; sta per iniziare, quando vede lampeggiare una luce. Forse una torcia, o il fanale di un'auto.

Abbassa il finestrino. Il rumore di un uomo che piscia glielo fa richiudere.

«Cos'ha detto esattamente Mikael?»

«Non ho capito bene cosa mi ha riferito Birna. Qualcosa su Pernilla e Salo. Mikael era agitato, ma forse gli capita spesso?» chiede Jessica, ottenendo in risposta uno sguardo interrogativo.

In realtà non ha prestato molta attenzione. Da quando Mikael Blomkvist è tornato in città, non ne può più delle chiacchiere di Birna sui pregi del giornalista, compresi quelli intimi. Alla riservata islandese è saltato il tappo. È innamorata. Jessica le augura ogni bene, ma anche il romanticismo ha i suoi limiti. Almeno quello degli altri.

«Cosa?» chiede Lisbeth. «Stanno insieme?»

«A quanto pare.»

È sorpresa? No. Delusa?

In questo caso non intende darlo a vedere.

Lisbeth apre la portiera e la richiude il più silenziosamente possibile. Al riparo degli alberi, si avvicina alla casa fino a una ventina di metri di distanza.

Una Mercedes con targa straniera è ferma davanti all'ingresso. I finestrini oscurati le impediscono di vedere quante persone ci sono a bordo. Memorizza rapidamente la targa e la manda a G5.

«Immatricolata in Francia. Auto aziendale. Long Sa. Non trovo altro.»

Un ricordo rimosso di una notte disastrosa a Rovaniemi le attraversa il cervello. Kostas Long, non è così che si chiamava?

Devono esserci migliaia di Long.

Migliaia di Long, e Kostas è uno di loro. Non aveva intenzione di essere così drastico, per riguardo al ragazzino. Quando il vecchio gli si è lanciato contro però non ha avuto scelta. C'è stato un piccolo spargimento di sangue, ma niente di che. Il colpo è stato leggero. Non ha intenzione di leggere sui giornali di seri uomini d'affari con una vita sulla coscienza.

Infila lo zainetto al ragazzino e lo prende per mano.

«La macchina ci aspetta fuori, abbiamo un bel po' di strada da fare per tornare a casa. Sono sicuro che ti piacerà molto la tua nuova stanza.»

Piedi che si impuntano, mani che cercano di aggrapparsi alla maniglia. Strilli che si spera non riescano a risvegliare mamme morte: la pazienza di Long ha un limite. Spingendo il ragazzino con una mano sulla nuca e l'altra a tappargli la bocca, lo guida verso la portiera posteriore dell'auto. Sta per aprirla, quando sente alle sue spalle il familiare *clic* di una pistola che viene armata.

«Lascialo andare» dice Lisbeth.
Le dita che stringono il ragazzino si allentano.
Lisbeth incrocia lo sguardo di Lukas.
«Corri alla macchina sulla strada e di' alla donna seduta dentro che dovete andare alla polizia. Non avere paura.»
E Lukas corre. Ma quando arriva alla macchina, la trova vuota. Sale dietro, si accuccia nello spazio tra i sedili. Il cuore gli batte forte. Il respiro è faticoso. L'inalatore per l'asma è rimasto sul piano della cucina.

75

All'improvviso alle spalle di Lisbeth spunta Jessica. Disarmata, come si addice a una brava poliziotta che deposita l'arma alla fine del turno.

«Che cazzo ci fai qui?» sibila Lisbeth. «Dovevi aspettarmi giù.»

«*What the fuck are you two doing here?*» esclama Long, con lo sguardo che rimbalza dall'una all'altra.

Poi sorride. Un sorriso largo, quasi una risata.

Approfittando del tempo che ci mette Lisbeth a orientarsi nell'incrocio di conoscenze comuni, Long le sferra un pugno alla spalla, per poi aprire la portiera e saltare in macchina. La Mercedes sparisce rombando giù per la discesa e poi lungo la provinciale.

Lukas ha cambiato nascondiglio. Sotto il pavimento della vecchia rimessa sul lago si morde un braccio per non piangere, non respirare, non tossire.

È nato in un fiore. È arrivato a bordo di un guscio di noce. Si è accampato in una ninfea ed è stato riportato a casa dalla sua mamma. Non ha bisogno di un papà. Di un nonno sì, però.

Il nonno era sdraiato sul pavimento, con il sangue che gli usciva dalla testa.

Non si alzava, per quanto Lukas strillasse forte.

Quando erano cristiani e abitavano a Uppsala, i miracoli succedevano tutto il tempo. Gente ammalata che guariva, paralitici che si alzavano e camminavano. Lui non li aveva mai visti, ma era vero di sicuro. La mamma non dice mai bugie.

Per la prima volta da quando si sono trasferiti a Gaupaudden unisce le mani e prega.

Alzati e cammina.

Sotto una tavola mezza marcita, sul terreno che si è a malapena scongelato, succede un miracolo. All'inizio la voce è così lontana che quasi non la sente.

«Lukas» grida. «Lukas, dove sei?»

Esce dal nascondiglio e corre verso la voce. Affonda nell'abbraccio di un uomo che, come il bambino, ancora non sa cos'è successo a Pernilla. Il suo telefono è spento. Quello di Salo anche. Long è in agguato tra le canne come un luccio e tutto tornerà come prima. Il nonno glielo promette.

Lisbeth e Jessica li aspettano in macchina, in silenzio. Si direbbe che siano successe delle cose anche su altri piani. Nessuno parla fino a quando Jessica accosta davanti allo Statt.

«Dormite da me» dice Lisbeth. «E tu vedi di mandare un poliziotto vero alla casa estiva di Salo. Uno con la pistola.»

«Sei veramente ingiusta. Capirai anche tu che non posso andarmene in giro con...»

«No, ma per scoparti uno psicopatico greco-cinese invece non ti fai tanti problemi.»

«Lo stesso vale per te!»

I toni si alzano. Mikael si infila gli auricolari. Il bambino si è addormentato sulla sua spalla. Birna gli dice che una pattuglia sta andando alla casa estiva e no, non serve che li raggiunga lì e sì, si farà sentire.

In mezzo a quel disastro la voce di Birna lo scalda. È in gamba. Molto. Una tipa silenziosa, non troppo diversa da Salander. O da Pernilla, se è per quello, ed ecco che i pensieri sono tornati lì. Su sua figlia.

Non poterla più rivedere. Carezzarle i capelli. Farla ridere con una battuta scema. Vedere il suo viso serio aprirsi di colpo in un sorriso.

No, non può essere. È una che se la cava. È sopravvissuta a Salo, a Long, a lui, a sua madre. A un aborto e a un figlio che ha rischiato di morire di setticemia. Per Lukas, per lui, perfino per Salo, non può essere vero.

Trova una sorta di conforto in quel pensiero, anche se debole.

Il bambino si riaddormenta subito sul divano di Lisbeth. Loro due si siedono sul letto, uno di qua, l'altro di là. Lei gli passa una birra e si apre una Coca-Cola.

«Fortuna che Long ti ha colpito sul lato sinistro. Così è più simmetrico.»

«Grazie per il pensiero» risponde Mikael con una smorfia. «Ho visto il tuo messaggio. Volevi dirmi qualcosa di particolare?»

Lisbeth si fruga in tasca, poi gli mette in mano la chiavetta.

«Da parte di Svala. La ragazzina è un passo avanti. Forse è lei che dovrebbe dirigere il *Gaskassen*». E sì, Lisbeth ha fatto una copia dei file e ha chiesto a G5 di esaminare il materiale.

«Chi è G5?»

«Il genio numero cinque della Milton Security. Li ho numerati, è più semplice così. Il cinque è bravo. Mi fa sapere domani. C'è qualcosa di losco nel sanatorio. Svala se n'è accorta settimane fa.»

«Non sapevo nemmeno che ci fosse un sanatorio.»

«Come volevasi dimostrare. Ester Södergran ha scritto un innocuo articolo sugli edifici fantasma e un paio di giorni dopo è morta. Immagino che Svala si sia spaventata quando ha visto le foto. Scattate con un drone. Regalo di Natale.»

«Da parte tua?»

Lisbeth annuisce.

«Di chi, se no? Sia Svala che Ester sono state in contatto con un hacker di Luleå che si fa chiamare Ante. Credo che lui si sia imbattuto per caso in qualche attività di Branco e abbia coinvolto Ester nella faccenda.»

«Mi sarebbe piaciuto averla in squadra.»

«Sì, ti avrebbe fatto comodo avere qualcuno che ti mette in moto i neuroni» dice Lisbeth.

«Cioè?»

«Da quando ci siamo visti alla Åsö Konditori hai messo in fila un potenziale scoop dopo l'altro: Branco, Ferm, Salo, Malin, Lince, lo spazzino eccetera. Eppure non ne hai sfruttato nemmeno uno. Se fossi in te comincerei da Svala. Sa un sacco di cose e no, non dirmi che è una bambina perché non lo è. È stata lei a fare le ricerche per Ester e a scrivere gli articoli sull'industria mineraria, si è perfino unita agli attivisti per capire come ragionano. È tutto sulla chiavetta, comprese le sue ricerche sul coinvolgimento di Ferm e Branco in una gran quantità di affari sporchi.»

Giù in strada sfilano scoppiettando i macchinoni da tamarri. I bar stanno chiudendo e la gente barcolla verso casa.

Mikael Blomkvist apre il computer e ci infila la chiavetta, senza badare a Salander che fa le sue inderogabili cinquanta flessioni e altrettanti sit-up prima di infilarsi sotto le coperte, mettersi le cuffie e chiudere fuori il mondo.

76

In realtà Per-Henrik avrebbe dovuto iniziare la settimana in miniera già da ieri, ma se un amico lo chiama per chiedergli aiuto non si fa certo pregare. Appena salgono un po' di quota c'è ancora neve. Alcune renne disperse, smagrite dall'inverno, si sono spinte più a nord del solito in cerca di cibo.

Hanno distribuito foraggio tutto il giorno. La neve semisciolta è inaffidabile e si fatica il doppio.

Verso mezzogiorno accendono il fuoco, tagliano un po' di pancetta e preparano dei *pannkakor*. Bevono il caffè e parlano del più e del meno. Si allungano ciascuno sulla sua pelle di renna finché i muscoli si rilassano e il sudore si riassorbe.

Per-Henrik si offre di fare l'ultimo giro da solo, visto che non ha figli piccoli di cui occuparsi. La bellezza del panorama lo ricompensa a sufficienza. Di proposito, se la prende comoda. Va piano e si gode la libertà di quella giornata rubata.

Quando torna al furgone il sole è ormai tramontato. La luce è calata, ma non è buio. Spegne la motoslitta, si toglie il casco e ascolta gli scricchiolii del ghiaccio, ansioso di liberarsi dalle fauci dell'inverno.

Sull'altra riva del lago vede del fumo uscire da un camino. Una motoslitta passa a gran velocità. Un fermento insolito per la stagione, si dice abbassando il cassone. Una volta caricata l'attrezzatura, lancia un'ultima occhiata verso il lago. Non capendo cosa vede, prende il binocolo e mette a fuoco.

Una donna su una motoslitta. Apparentemente sulla pista che taglia attraverso il lago. Ora è ferma sul pendio, a pochi metri dalla riva.

«No!» grida Per-Henrik, come se potesse sentirlo. «Il ghiaccio non regge!»

Nello stesso istante sente il rombo del motore e vede i pattini inoltrarsi nella fanghiglia, quasi librarcisi sopra come un idrocottero. Alle spalle della donna il ghiaccio si spezza in lastre sottili. Quando raggiunge la riva opposta, la superficie del lago è libera. Pochi secondi dopo il motore si spegne di colpo e la natura torna a farsi gli affari suoi, e così anche Per-Henrik.

Salta sul furgone e parte, ma continua a tornargli in mente la donna. Aveva qualcosa di strano.

All'inizio non riesce a capire cosa. Non aveva il casco, ma nemmeno lui lo mette sempre.

«*Shit*» esclama poi ad alta voce. Aveva le gambe nude.

Inchioda di colpo, fa inversione e si ferma in un parcheggio privato. Si inoltra tra le case verso il punto in cui la donna dovrebbe essere arrivata a riva.

Dopo un po' vede la motoslitta rovesciata. Il motore è ancora acceso. Uno dei pattini si è impigliato in una giovane betulla. La donna è incastrata sotto, tra la plastica del parafango e la neve. Sembra che dorma.

Facendo leva con tutto il proprio peso, Per-Henrik riesce a ribaltare la motoslitta.

La donna mormora qualcosa: è viva.

«Ti tirerò su, potrebbe farti male» le dice mentre cerca una buona presa, con gli stivali che slittano sulla neve.

Non pesa più di un piccolo di renna in autunno. Se la sistema davanti e la assicura con il lazo in modo che non cada per gli scossoni della risalita.

Poi, con una pelle di renna sul sedile anteriore del furgone e un'altra attorno alle gambe nude della donna, più il suo piumino, berretto, guanti – tutto quello che trova – riparte verso Gasskas con la sua testa sulle ginocchia.

Il riscaldamento è al massimo.

Sotto la pelle di renna una donna si scongela lentamente. Solleva la testa, domanda dov'è, chi è lui. Per-Henrik si ferma in una piazzola. La aiuta a sedersi, le scosta i capelli dal viso. Non ha male da nessuna parte. Riesce a muovere le dita dei piedi. Non vuole andare all'ospedale, non vuole andare a casa.

Perciò Per-Henrik va direttamente a Björkavan. La donna dorme per tutto il tragitto. Quando si spegne il motore si sveglia e chiede dove sono.

«A casa mia e di mio fratello Elias. E di Svala, ma lei non si sa mai dov'è.»

Dovrebbe chiamare la polizia, o forse portare la donna al pronto soccorso. Adesso sta dormendo nel letto matrimoniale. Non ha ancora detto come si chiama, come se si fosse presa una pausa dalla sua vita.

«E Svala?» chiede quando Elias si affaccia alla porta.

«È ancora via. È sparita anche la macchina.»

In una piazzola accanto al vecchio bacino di fluitazione, una neoquattordicenne ha abbassato lo schienale e si è chiusa il giubbotto fino al mento.

All'ultima luce del tramonto, tira fuori un quaderno. Lo sfoglia all'indietro, rilegge pagine del suo passato, anche se alcune le suscitano un forte disagio. Eppure il peggio non è Simon, la morte di Ester, o i cani o le renne. Nemmeno gli zii che vogliono che se ne vada, o la zia Lisbeth che non sa come rapportarsi con il resto del mondo. No, la cosa peggiore è il tono. L'indifferenza che sembra guidare la penna.

Finché Mammamärta era viva, c'era qualcosa per cui guardare avanti. Una vita senza il Petrigno, le promesse di smettere di bere della mamma; la sua convinzione che grazie ai bitcoin avrebbero potuto ricominciare da zero in qualche altra parte del mondo, dove nessuno le conosceva.

«Di' dove vuoi andare e ci andiamo» diceva, e Svala faceva ruotare il mappamondo. «Finlandia.»

«Finlandia? Non potevi trovare qualcosa di più esotico, visto che c'eri?»

«Secondo il *World Happiness Report* dell'Onu i finlandesi sono il popolo più felice del mondo» aveva risposto Svala, facendo ridere Mammamärta fino alle lacrime. Poi erano andate da Buongiorno a mangiare la pizza.

Ciao piccola, cosa c'è?

Niente di particolare.

Sei triste?

Un pochino.

Su, dimmi, cos'è successo?

Non voglio che tu sia morta.

Posso capirlo, ma lo sai, no?

So cosa?

Che saremo sempre insieme. Quando hai bisogno di me, io ci sono. Non dimenticarlo.

Svala rimette a posto il quaderno e chiude lo zaino. Mammamärta è con lei. Perché allora si sente così sola?

77

Ante si è fatto vivo. È stato male, ha avuto un esame. Si scusa.

«Mi ha contattato uno che si fa chiamare Plague. Forse è meglio se ci vediamo. Suggerimenti sul luogo? Posso essere a Gasskas tra un paio d'ore.»

Il sollievo la rende felice. Ante è un legame con Ester. Attraverso di lui, è un po' come se tornasse in vita. La sua voce, la risata.

«Il Buco mi sembra un buon posto. Da quando è saltato in aria il ponte l'attività è sospesa» scrive Svala. Poi gli lascia il suo numero. «Chiama se non trovi la strada.»

Le ore che la separano dall'appuntamento le passa al cimitero.

Depone davanti alla lapide della mamma un vaso di narcisi. Altro non ha trovato, tra le aiuole del parco.

Trentanove anni. Probabilmente più di quanti riuscirà a viverne lei.

Poco più in là è sepolta Ester, sotto un mare di corone semiappassite, residuo del funerale.

Ventitré anni. Anche in questo caso, probabilmente più di quanti riuscirà a viverne lei.

Ci è andata, al funerale. È arrivata per ultima, si è seduta in fondo e se n'è andata per prima. Ora infila un biglietto tra due rose.

Finirò quello che hai cominciato. Svala.

Lisbeth Salander sta seguendo il girovagare di Svala da un paio di giorni. Finché il puntino non si muove in direzione del sanatorio, non ha intenzione di intervenire. Durante la notte passa davanti alla macchina parcheggiata al bacino di fluitazione e appende un sacchetto di provviste allo specchietto. Le ricorda la sua presenza in vari modi, dicendosi che la ragazzina si farà sentire quando avrà bisogno di lei.

Per il momento ha tranquillizzato gli zii dicendo che Svala è viva e sta bene. Ai servizi sociali ci pensino loro.

Alla fine ingoia l'orgoglio e telefona a Harnesk. Si vedono per una birra. Poi Jessica sale con lei in camera, e anche se le dita appiccicose di Long hanno lasciato impronte come d'inchiostro su tutto il suo corpo, Lisbeth non riesce a evitare di... già, cosa? Di cadere, forse. Di lasciarsi cadere a capofitto tra le sue braccia, le sue gambe, le pieghe morbide del suo corpo, fino a quando la realtà non riprende il sopravvento.

Harnesk promette di prendere sul serio l'uccisione delle renne e dei cani. Lisbeth le dà tutti gli indizi che ha. Il sangue di Simon Frisk su un batuffolo di cotone, per esempio. Le ricerche sulla darknet che dimostrano il suo disgustoso comportamento con ragazzine minorenni. Ci vorrà del tempo, prima di incastrarlo. Abbastanza da permettere a Lisbeth di capire come è legato a Branco. Frisk è la sua chiave d'accesso per il sanatorio. La domanda è cosa sia peggio per lui, se essere eliminato dagli spazzini di Branco o subire la vendetta di Svala, sia per quello che ha fatto a lei che per Ester.

Mikael Blomkvist ha esaminato il materiale sulla chiavetta. Lisbeth aspetta il rapporto di G5 sull'hacker Ante e nel frattempo porta avanti le sue ricerche. La sua teoria è che Ante e Plague siano la stessa persona. Sempre che non sia solo un pio desiderio.

Dopo averle proposto di vedersi, Plague non si è più fatto sentire.

La chiamata non era rintracciabile, e la piattaforma su cui comunicano è deserta come il binario di un treno locale nel Norrbotten di notte.

Se è vero che Branco e il suo zoo bazzicano il sanatorio, non si può andare allo sbaraglio. Ci vuole preparazione. Delle piante dell'edificio, per esempio. Al catasto fa un buco nell'acqua. Non sarebbe difficile entrare nei sistemi del comune, ma dato che hanno già subito un'intrusione preferisce lasciar perdere. Visto che è in zona, ne approfitta per fare alla vecchia maniera e chiedere qualche fotocopia allo sportello informazioni. Anche la risposta dell'impiegata si rivela utile. Sospira e domanda perché all'improvviso tutti vogliono le piantine di un edificio inutilizzato da più di vent'anni, ma quando descrive la persona che ha preceduto Lisbeth le brillano gli occhi. «All'inizio ho pensato che fosse Salo, poi mi sono ricordata che è in malattia.»

Joar Bark, alias lo spazzino.

I sistemi informatici del comune sono ancora nel caos. Evidentemente il problema è più serio di quanto Lisbeth avesse pensato, ma una cosa è chiara. Molti indirizzi, compreso il suo in Fiskargatan, sono finiti nelle mani sbagliate.

Con buona pace della riservatezza dei servizi sociali.

Uomini con divieto di avvicinamento ora possono comprare gli indirizzi segreti delle mogli e dei figli terrorizzati. E lei può ricevere dita mozzate per posta.

Quando la Milton Security manda a Gasskas un paio di geni non prova irritazione, solo sollievo.

Tornata in albergo, butta giù una lista di domande.

Plague: Sei vivo?
Lo: Quanto sei pericolosa?
Branco: Sarai felice di rivedermi?
Lo spazzino: Per chi lavori?
Svala: Dove stai andando?

Il puntino riprende a muoversi. Svolta verso nord e non rallenta fino alla traversa che porta alla vecchia miniera.

G5: Cos'hai scoperto su Ante?

G5 risponde immediatamente: «Non è stato per niente facile, sai, ma siamo riusciti a localizzare l'hacker. Si era mimetizzato piuttosto bene dietro una serie di indirizzi IP nascosti e identità false. Sembra che tua nipote, quella con il nome da uccello, abbia appuntamento con lui stasera. Ragazza sveglia. Forse potrebbe avere un futuro alla Milton, che dici?»

«Dove si devono vedere?» chiede Lisbeth.

Appena ha il luogo, fa qualche complimento a G5 e sta per riattaccare, ma lui la trattiene: «Aspetta, c'è un'altra cosa. Quell'Ante ha commesso un errore comunicando con un'altra persona. Abbiamo la sua identità reale. Aspetta un attimo.»

Il puntino adesso si muove più lentamente. Probabilmente a piedi.

«Pronto, Lisbeth, ci sei ancora? Si chiama Simon Frisk. Hai sentito? Simon Frisk.»

78

Svala è la prima ad arrivare. Fa un giro verso il Buco. L'unico segno di vita è una volpe che ha superato la recinzione e corre in cerchio attorno a una traccia odorosa sul terreno, per poi sparire dietro le baracche del personale dove per i primi quindici dei suoi quarantasette anni di vita lavorativa Levi Grundström si è cambiato, si è scaldato il pranzo e ha bevuto il caffè. Mai preso un giorno di malattia.

Non hanno fatto in tempo a finire di parlare. Avevano appena fatto amicizia. Insieme a lui non era mai troppo piccola, troppo strana o troppo silenziosa. Era solo Svala.

Raccoglie una pietra. Si passa la superficie liscia contro la guancia, ripensando alle ultime parole di Levi. Forse la cosa più bella che le abbiano mai detto.

Il tuo tempo migliore non è adesso, ma arriverà.

Tornando al luogo dell'appuntamento rifiuta una chiamata di Lisbeth, e poi un'altra ancora. Quando il cellulare squilla per la terza volta, proprio mentre sente una macchina che si avvicina, lo spegne. Si scioglie i capelli e li pettina con le dita.

Accorgendosi che a scendere dalla macchina non è "Ante" ma Simon Frisk, ci mette alcuni secondi per passare dall'attesa allo stupore. Lui se la prende comoda. Arrivato a qualche metro da lei, si ferma e si guarda attorno. Solleva gli occhiali da sole sulla fronte e la fissa dritto negli occhi.

Qualche settimana fa era facile perdersi nel suo sguardo caldo. Ora Svala deve fare uno sforzo per non abbassare gli occhi.

Che ingenuità. Avrebbe dovuto intuirlo, ma forse sotto sotto non voleva. Non è stata abbastanza attenta perché voleva salvare un po' di orgoglio.

L'orgoglio di chi si era lasciato trascinare da una patetica cotta adolescenziale. Di chi provava quel genere di emozioni per la prima volta. Di chi scriveva bigliettini, esprimeva desideri, convinta che lui la vedesse come una donna e non una bambina.

«Ottima scelta» dice Simon. «Un posto silenzioso e deserto. Cosa dici, facciamo un giro? Gli ecoattivisti non ne hanno mai abbastanza di sterile e fanghi.»

È così che deve finire? Solo perché non ha colto l'occasione che le si era presentata e ha dato ascolto a Lisbeth, che l'ha lasciato andare a sua volta?

Si infila le mani in tasca. Sente le sagome del suo cellulare e di uno senza intestazione, che può effettuare chiamate, mandare sms e...

«Dammi il cellulare» ordina Simon. «Mi prendi per stupido?»

Svala fa come le dice. Lascia cadere il suo iPhone davanti a lui. Come aveva immaginato, si attiva il segnale di allarme. Le è già successo una volta. Quanto si era vergognata a dover spiegare al 112 che le era solo caduto il telefono. Adesso stanno chiamando. Non risponderà nessuno, ma chissà, magari capiranno. Magari percepiranno telepaticamente la sua disperazione e avviseranno Lisbeth.

Simon schiaccia il telefono sotto la scarpa finché non smette di squillare.

Svala cerca di tenere a bada la sua parte bambina. Ogni tanto le consente di risvegliarsi, ma "piccolo" vuol dire “debole”. Ora con la sua voce bambina fa appello alla compassione di Simon. Dice che le spiace per prima, che adesso sono pari.

«Mi piacevi davvero» risponde Simon. «È un peccato che debba finire così, ma non ho scelta. Dovresti saperlo meglio di chiunque altro.»

«Se io sparisco, sarai il primo con cui Branco se la prenderà. E non solo tu, anche tua madre e la tua sorellina. Tuo padre è già morto, perciò lui non conta. Il cosiddetto consigliere del Petrigno. Nel mio quaderno lo chiamavo C. Un porco, proprio come te. La genetica ha davvero dei lati inquietanti. O preferisci chiamarlo condizionamento sociale?»

L'insicurezza di Simon fa crescere la sua sicurezza.

«Se pensavi di scaricarmi nei bacini, ti suggerisco di prendere la tua macchina. C'è un bel po' di strada, e il primo giro della vigilanza passa tra mezz'ora. O forse non lo sapevi? A proposito, mi ero portata uno spuntino. Dovremmo fare due chiacchiere prima che mi spari, sarebbe bello.»

Simon ride, scuote la testa.

«Spararti, scaricarti... ne hai di fantasia» dice.

Non rifiuta lo spuntino, però, visto che si è presa il disturbo.

«Ho lo zaino nel bagagliaio» dice Svala. «Caffè e carne di renna secca.»

Apre i lacci dello zaino di Levi Grundström. Gli fa vedere il thermos, le tazze e il sacchetto di plastica con il *tunnbröd*, per poi andare a sedersi nell'auto di Simon.

«Ti spiace?» chiede Svala posando la mano sul fodero del coltello.

«Figurati» risponde lui.

Svala infilza una fettina di carne e gliela porge.

Poi svita il tappo del thermos, si scusa perché il caffè è ormai freddo e ne versa due tazze.

Guadagna tempo. Fallo pensare ad altro.

«A parte il fatto che non sai fare il caffè, sei una ragazza in gamba, Svala; saremmo stati una bella coppia» dice Simon aprendo la portiera per gettare fuori la tazza. Poi le mette una mano sulla coscia.

«Spogliati» le ordina. «Un po' di piacere per gli occhi potrai pure offrirmelo. Magari è l'ultima volta che ci vediamo.»

Guadagna tempo. Fallo pensare ad altro.

Svala si toglie il giubbotto. Si slaccia la camicia. Lui fa risalire la mano fino al bottone dei jeans, ma quando non riesce ad aprirlo al primo colpo prende la mano di Svala e se la posa sull'inguine.

«Ammetti che ti è piaciuto e che vorresti rifarlo.»

Svala ricaccia indietro il disgusto mentre lui si apre i pantaloni, abbassa la cerniera, le stringe la mano attorno all'uccello. Potrebbe farla semplice: infilargli il coltello nella carotide e lasciarlo morire dissanguato.

All'improvviso gli squilla il telefono. A malincuore, deve rispondere. L'uccello le si ammoscia in mano.

«Certo» dice Simon. «Stiamo arrivando. Venti minuti.»

Fa retromarcia e sbatte contro l'auto di Svala. Poi impreca, ingrana la prima e parte sgommando.

«Se hai fretta, la strada più veloce è attraverso il bosco» dice Svala. «Sai, quella che avremmo dovuto bloccare con i nostri corpi. Con l'altra ci vuole almeno mezz'ora. Conosco bene il percorso» prosegue, visualizzando la cartina nella mente. «Il Petrigno ci faceva rally, e io ero la sua navigatrice. Rettilineo per quattrocento metri, poi curva a destra.»

Gli pneumatici slittano sul terreno friabile.

«Tre, due, cento, cinquanta, venticinque metri...»

Simon prende la curva con entrambe le mani sul volante, poi scala nel rettilineo successivo. Gli alberi sfrecciano loro accanto come una massa verde mentre si avvicinano all'ultima curva prima della biforcazione.

«Cinquanta metri, curva stretta; dopo la curva c'è una sbarra, ma ho il codice» dice Svala tenendo il cellulare di

Levi Grundström davanti a sé come un gps. È un vecchio catorcio. Bisogna sollevare un coperchio, ha ancora i tasti che si premono. La macchina sbanda, accelera. Poi si ferma alla sbarra.

Prima che Simon Frisk abbia il tempo di reagire, Svala si lancia fuori, si butta lungo il pendio che scende verso i bacini e conta fino a cinque.

Per la seconda volta nella primavera del 2022, gli abitanti di Gasskas che si erano già addormentati vengono svegliati da un'esplosione abbastanza potente da far crollare un palazzo. E da far rimandare di un bel po' i piani del comune per la vecchia miniera.

Levi Grundström non aveva lesinato sull'esplosivo.

Svala resta sdraiata con le mani sulla testa, al riparo di un blocco di pietra. Pezzi di macchina e di qualcos'altro piovono su un bosco appiattito dall'onda d'urto. Un piede in una Nike Jordan le rimbalza su un fianco, per poi rotolare via e fermarsi contro una radice.

Quando sul bosco è tornato il silenzio e la pressione sulle orecchie si è attenuata, Svala si lascia scivolare giù fino al bacino.

Usando manciate di sabbia al posto del sapone, si toglie l'odore dalle mani, le sciacqua e torna a strofinarle ancora e ancora, ma deve sbrigarsi. Gira attorno al Buco e corre fino alla macchina, anche se si sente bruciare e vorrebbe gettarsi nell'acqua turchese e rinfrescarsi tra lo scintillio di terre rare.

Poco prima di arrivare a Gasskas incrocia i lampeggianti blu.

Nessuno nota la bambina che quasi non spunta dal volante.

Nessuno tranne Lisbeth, che vede un puntino che ora non si muove più.

79

Cos'è un guerriero, un *busho*? Uno che affronta la sua paura e va incontro alla morte in battaglia, o uno che sceglie le proprie battaglie per sopravvivere a spese degli altri, come lei?

L'unico luogo sicuro che le viene in mente è il capanno dello spazzino. Imbocca una delle innumerevoli strade forestali del comune, usate solo per le operazioni di taglio del bosco, e si ferma a riposare qualche ora. Le sanguinano le orecchie per l'esplosione, tutto il suo corpo sembra sul punto di andare in pezzi. Quando si fa giorno svuota l'auto delle sue cose e si dirige verso il capanno.

Gli uccelli si svegliano. Le immagini impallidiscono. Pezzi di macchina e di qualcos'altro.

Costeggia la torbiera, supera la collina, attraversa il canale, poi il bosco.

Gli uccelli tacciono. Le immagini le passano davanti agli occhi. Lo sguardo di Simon. Il modo in cui l'ha fissata. Lo stupore. La paura che condividono tutti.

Arrivata al capanno, butta tutto sul pavimento. Prende il whisky dalla mensola sopra la stufa. Si porta la bottiglia alla bocca e beve. Beve come le hanno insegnato Mammamärta, il Petrigno e tutti gli altri ubriaconi. Non c'è altra soluzione se non scomparire.

L'alcol vuole tornare su, ma deve andare giù. Svala si

sdraia sulla cuccetta. Le gira la testa ma non ce la fa. Non ce la fa a preoccuparsi del vomito che le colpisce la mano prima di finire sul pavimento.

Del fuoco che non prende.

Di Branco che forse si è già vendicato sui suoi zii.

Dei capelli di Mammamärta incollati alle croste sanguinolente, gli stessi che una volta le coprivano neri e lucidi tutta la schiena e la schiena che era sempre dritta e le sue mani che le intrecciavano i capelli e la sua bocca che le diceva che era la creatura più bella che Dio avesse creato sulla terra.

Non vi lascerò orfani; tornerò a voi.

Aiutami perché non ce la faccio più e... e...

Ansima in cerca d'aria come un cane assetato fa con l'acqua. Una folata di vento attraversa il capanno. Mani che la sollevano, braccia che la stringono a sé. Cerca di aprire gli occhi ma non ci riesce, è così piccola, adesso, un seme che cade da un guscio.

Dovrebbe piangere perché è appena venuta al mondo, ma il suo pianto non ha lacrime. Vomita. Beve acqua e vomita di nuovo. Una mano sulla fronte. Gli ultimi spasmi si calmano.

«Simon» dice, e anche se vorrebbe ricordare le sue mani invadenti, le parole, la costrizione, l'uccello, l'odore, sono altre le immagini che vede.

Conoscevi mio padre? Sì. Sai cosa gli è successo? Sì. C: deceduto.

«Simon non meritava di morire. Era solo uno stronzetto che voleva far carriera e io ho premuto il pulsante.»

«Non siamo tutti degli stronzetti che vogliamo far carriera?» chiede lo spazzino. «Ma quando si arriva al dunque – o lui o te – uno dei due deve premere il pulsante.»

Le dice di allungare le braccia. Le sfila la felpa. Lava via l'odore di vomito con acqua tiepida saponata, la fa stendere sull'altra cuccetta, le rimbocca la coperta sulle spalle.

«Non pensare troppo. Domani è un altro giorno. Resta nel capanno, mi occuperò io di Branco. C'è da mangiare a sufficienza.»

«Cosa ci fai qui?» mormora Svala.

«Una rondine mi ha portato un messaggio.»

«Può portarlo anche a Lisbeth Salander?»

«Chi è?» chiede lo spazzino.

«Mia zia. Forse pensa che io... che io non ci sia più.»

Quando arriva, il sonno è muto e incolore. Uno spiraglio si è aperto e richiuso. Lo spazzino ha ragione: domani è un altro giorno.

80

Il giorno dopo è sola nel capanno. Cerca di ricordare, e quando ricorda l'unica cosa che vede è il piede. Il piede di Simon. Ma niente spazzino.

Ad ogni modo, un guerriero ha una missione. Non c'è più spazio per il lusso di essere piccola. La sua felpa è ancora umida. Si lega una corda intorno alla vita per tenere su la maglietta dello spazzino. Durante la notte dev'essersela tolta per metterla a lei. Ha un buon odore di sudore e detersivo.

La macchina è dove l'aveva lasciata. Ci sono due strade per arrivare al sanatorio. Una più corta, che passa per Gasskas, e una più lunga, che attraversa diversi paesini. Se la stanno cercando, la prima è rischiosa.

Purché basti la benzina.

Nel peggiore dei casi può fare un pezzo a piedi. Per un attimo sembra tutto normale, tutto a posto. La radio trasmette musica, poi interrotta dal notiziario.

Secondo l'ufficio stampa del comune, la carica che ieri sera è esplosa all'ingresso sud della miniera di Gasskas ha provocato seri danni alla viabilità e agli edifici circostanti. Una persona ancora non indentificata è stata trovata morta. Il nucleo nazionale artificieri è sul posto per un sopralluogo post-esplosione, ma al momento la polizia non vuole rila-

sciare dichiarazioni sulle cause o gli eventuali responsabili di questo nuovo attentato dinamitardo alla miniera. «Ovviamente stiamo indagando sui possibili legami tra i due fatti» ha dichiarato Hans Faste della sezione reati gravi di Gasskas.

I pensieri di Svala ruotano attorno alle tracce che deve aver lasciato. A quanto pare la polizia ha passato al setaccio l'intera zona. In linea d'aria ci sono solo un paio di chilometri tra lo spiazzo in cui ha fatto lo spuntino con Simon e il luogo dell'esplosione. Del giubbotto invece non dev'essere rimasto granché. Ha visto il fumo, ha sentito il calore del fuoco. I suoi timpani fanno ancora fatica a percepire certi suoni.

Deve chiamare diverse volte il numero di Lisbeth dal telefono di Levi prima che risponda, e sì, si rende conto che è preoccupata e no, non può dirle dov'è, ma ha bisogno di aiuto.

«Guarda la cartina, c'è una vecchia strada invasa dalla vegetazione che porta a una fattoria sul Davidsjaure. È rimasto in piedi solo il fienile, ma da lì parte un sentiero che sale. Seguilo verso nord fino ad arrivare a uno spiazzo. Ha fracassato il mio cellulare con il piede.»

«Chi?»

«Simon. Devi recuperarlo, o la polizia penserà che sono stata io a...»

«Da che telefono mi stai chiamando?»

«Quello di Levi, è morto anche lui. Cancro. Fregatene, devo chiudere.»

«Aspetta» inizia Lisbeth. «Ho già...» ma Svala non c'è più.

Sul tavolo davanti a lei ci sono i resti del cellulare della nipote.

Lisbeth è arrivata troppo tardi. Forse solo di pochi minuti. Prima ha preso la traversa sbagliata. Nello spiazzo c'era la vecchia Honda, chiusa e abbandonata. È scesa alla miniera chiamando Svala. Nella penombra ha messo un piede sul cellulare fracassato.

Un paio di secondi più tardi è esplosa la bomba. La terra le ha tremato sotto i piedi. È tornata di corsa alla macchina a noleggio e si è diretta verso il luogo dell'esplosione, ma si è resa conto che non sarebbe riuscita ad avvicinarsi. Il fuoco, il calore, il fumo, gli alberi, i pezzi di strada divelti.

Tornando verso Gasskas ha incrociato le auto della polizia. Ha provato a chiamare Harnesk ma le ha risposto la segreteria. Ha lasciato un messaggio e ha riattaccato.

Due ore dopo hanno bussato alla porta della sua camera.

Lisbeth ha capito subito.

«Abbiamo trovato i resti di un giubbotto» ha detto Jessica, stringendola tra le sue lunghe braccia. «Mi spiace, ma credo che sia di Svala.»

Ora traccia spesse linee nere lungo il contorno degli occhi. Si dipinge le labbra di nero e si allaccia il giubbotto di pelle. Controlla un'ultima volta lo zaino: c'è tutto. I progetti, la Glock, le cartucce, una corda, una torcia, un coltello, una Coca-Cola, nastro adesivo e spray al peperoncino.

Se tutte le strade portano al sanatorio, *e* Svala sta andando lì, *allora* non c'è tempo da perdere.

81

Il piano di Svala consiste nel non avere un piano, perché tanto non ha il controllo della situazione. Il suo valore intrinseco è l'hard disk. Sempre che sia davvero tutto così semplice come sosteneva Mammamärta: basta craccare il codice e lasciare che Branco incassi i soldi.

Svala non ne è così sicura. Ha fatto dei tentativi, ma si è persa nei labirinti della memoria numerica e ne è uscita povera come prima.

Forse è meglio così. Branco non si arrenderà mai. E quei soldi appartengono a lei. In teoria potrebbe prenderli e sparire, ma Per-Henrik ed Elias resterebbero lì, così come le renne, e le disgrazie degli Hirak ricomincerebbero da capo. Il debito di Mammamärta nei confronti di Branco ora è il debito di Svala. Deve agli zii una vita migliore.

Alle possibili conseguenze cerca di non pensare.

E nemmeno alla donna che l'ha contattata, dicendole di conoscere i suoi zii e fissando un appuntamento alla fontana del parco municipale. Si sono sedute su una panchina. La pelle delle sue mani sembrava cuoio invecchiato, ma aveva una voce bassa e gentile.

«Hai qualcosa che appartiene al mio datore di lavoro. Vuole incontrarti.»

«E se mi rifiuto?»

«Non te lo consiglio.»

Imbocca una traversa che porta a un campo a maggese. È quasi giugno, l'aria è fresca e senza zanzare. Fruga nella borsa fino a trovare il *gákti* di Mammamärta. Se lo infila e lo stringe con la cintura. Il tessuto è pesante e pizzica. Si mette in spalla la nuova scimmia e attraversa la strada verso il sanatorio.

Come tanti altri luoghi in cui la vita era appesa a un filo, l'edificio ha un'atmosfera allo stesso tempo solenne, reverenziale e inquietante. Qui venivano i malati di tisi per guarire o morire. Sull'ampia terrazza affacciata sul lago, i pazienti assorbivano l'aria fresca sotto spesse coperte. O andavano in fumo nell'inceneritore. Il fumaiolo spunta ancora tra le betulle del viale d'accesso.

Sanno del suo arrivo molto prima che Svala raggiunga la porta.

La donna del parco le posa un braccio sulle spalle, complimentandosi per la saggia decisione. Le dice che non deve avere paura. Che presto se ne andrà da persona libera.

Dietro il portone rovinato dalle intemperie c'è un'altra porta.

Svala si rende conto che il vecchio sanatorio è una quinta. Una volta dentro quell'edificio protetto da lastre e sbarre d'acciaio, le possibilità di fuga sono ben poche.

«Scusa il disordine, siamo alloggiati ai piani superiori. Gli ultimi inquilini non si sono preoccupati di ripulire dopo aver traslocato. Vedilo come una specie di museo. Bel vestito, a proposito. I colori ti si addicono» dice la donna, per poi chiederle di togliersi lo zainetto.

A parte l'hard disk, nella pancia della scimmia non c'è niente di interessante, se non per Svala. La pistola di Peter è rimasta in macchina, così come il cellulare di Levi e quello di Simon. Aveva intenzione di infilarlo nello zaino di Levi insieme alla bomba ma non ha fatto in tempo. Sono successe cose che l'hanno distratta.

Non le sarebbe dispiaciuto avere la Glock del Petrigno

nella tasca dei pantaloni. Però, come previsto, la fanno mettere a gambe larghe contro un muro mentre due mani la frugano da cima a fondo.

«Non hai un nome?» chiede Svala. «Tutti ce l'hanno.»

«Lo» risponde la donna. «Come Lotta, Louise, Lolita, Loreen. Come Lince. E tu perché ti chiami Svala?»

«Mammamärta avrebbe voluto chiamarmi Hirundo ma nessuno lo sapeva pronunciare.»

La donna è diversa dal loro primo incontro. Si muove più in fretta, parla più in fretta, evita il contatto visivo. Svala non può fare a meno di chiederlo.

«Lui com'è?»

Lo smette di perquisirla. Si passa una mano tra i capelli e si schiarisce la gola.

Già, com'è?

Non ne è sicura. Negli ultimi tempi l'umore di Branco sta diventando un problema. A sorpresa, l'unico che riesce a tenerlo a bada è l'hacker. Forse perché non ha niente da perdere.

Da alcuni giorni è allettato all'ultimo piano, in una delle stanze rimaste intatte dai tempi del sanatorio. Lassù c'erano i moribondi per le cure palliative dell'epoca.

Branco va a trovarlo tutti i giorni. Da fuori Lince li sente ridere, ma il buonumore regge solo il tempo che ci vuole per tornare alla quotidianità.

Nella quotidianità il lavoro nel Gruppo Branco consiste in un costante esercizio di equilibrio. Sarebbe strano il contrario, in un'attività in bilico tra l'ombra e la luce del sole. Ad ogni modo, come fondatore, azionista di maggioranza e plenipotenziario, Marcus Branco è in declino. Lince aveva in mano tutte le informazioni, sapeva bene in cosa si stava infilando ma non aveva previsto la portata dei suoi demoni interiori.

Così come gli altri della cerchia ristretta, Lince ha competenze specifiche. Le sue sono giuridiche, anche se finora sono rimaste quasi inutilizzate. Branco dice di fidarsi di lei. Solo le persone di cui si fida hanno incarichi operativi. Operativi nel senso di Svala, per esempio. Di farle consegnare spontaneamente l'hard disk in cambio dell'immunità per la sua famiglia.

Lince dubita che Branco si accontenterà dei soldi. Ha una vera fissazione per la ragazzina, ne è affascinato in modo patologico. Gli accenni al suo aspetto gradevole e al suo cervello fantastico stanno diventando un problema. Vuole averla, possedere la sua anima con tutto ciò che contiene.

A lei Svala ricorda una bambina di cui nessuno vuole sapere nulla. Se stessa. Il suo fisico sottile da adolescente e il suo faccino innocente sono solo un guscio. Sotto si nascondono energie ben diverse, lo sente.

«Branco non sarà un problema, se tu mantieni la tua parte dell'accordo.»

Apre la porta dell'ascensore e preme il tasto tre.

Se l'ingresso era la sala comune di una casa di cura, il terzo piano è il Grand Hotel.

«Marcus Branco ti riceverà tra un attimo. Siediti, nel frattempo.»

Marcus Branco ti riceverà.

Come se avessero un appuntamento.

82

«Finalmente ci rivediamo» dice Branco, invitandola a sedersi a un tavolo apparecchiato con eleganti tazze da tè e una teiera altrettanto raffinata. «Stavo aspettando l'occasione giusta per preparare qualche tazza di Da Hong Pao, o Mantello Rosso, come viene chiamato in memoria di un imperatore cinese che avvolse il proprio mantello attorno alle piante, in segno di ringraziamento per la guarigione della madre dopo che ne aveva bevuto un infuso. Uno dei tè più esclusivi al mondo, con una profonda base terrosa e aromi di affumicato e cioccolato fondente.»

Dopo averle descritto i rituali della raccolta e fermentazione delle foglie, versa qualche goccia nella propria tazza prima di servire Svala.

«Nel 1972 Mao Zedong regalò quattrocento grammi di Da Hong Pao a Richard Nixon in occasione della sua visita di stato in Cina. Ma da quell'americano sempliciotto che era, lui non si rese conto che quattrocento grammi di una pianta madre equivalevano a quasi metà della produzione annua, con un valore di circa un milione di dollari. A proposito di date, tua madre era del '72, vero?»

Svala capisce dove vuole arrivare. Beve un sorso del liquido bollente e lascia che il tè le riempia la bocca di terra e cioccolato prima di deglutire.

«Preferisco la cioccolata calda o una tavoletta di Marabou, e ti sbagli, Mammamärta è nata nel 1982. Avrebbe compiuto quarant'anni tra due settimane, se non l'avessi ammazzata.»

Svala si costringe a non distogliere lo sguardo dal suo. Branco inspira rumorosamente, sembra quasi che emetta dei piccoli grugniti.

Se non fosse per gli occhi, avrebbe l'aria simpatica. Svala ha già visto sguardi del genere in persone dalla mente malata. Persone-da-cui-tenersi-alla-larga, come le chiamava Mammamärta.

Branco ride dei suoi commenti infantili e passa alla voce da adulto.

«Märta Hirak sarebbe ancora viva, se non fosse stata così ostinata. Avrebbe potuto arrivare lontano. Il coraggio è una qualità rara, ma nel suo caso l'ha portata alla rovina. Si è rifiutata fino alla morte di dirmi dov'era l'hard disk. Il suo segreto l'avrebbe seguita nella tomba, se qualcuno non mi avesse sussurrato qualcosa all'orecchio, e ora eccoti qui. Davanti a me, con tanto di hard disk e di cervello.»

«Non aspettarti troppo» dice Svala. «Non ho il codice, altrimenti avrei incassato i soldi da un bel po'.»

Branco posa la tazza. Arretra con la sedia a rotelle e si avvicina a lei. La prende per il mento. Lei si concentra sulle sue ciglia. Sono lunghe e nere. Lui le passa le dita sul viso, sul collo, tra i capelli.

«Conoscevo tuo padre» dice poi. «Ma a quanto pare non gli somigli, e nemmeno a tua madre, del resto. Tuo padre era una persona interessante ma soffriva di una malattia molto insolita. O forse dovremmo chiamarla una dote? Dimmi, Svala, l'hai ereditata?»

Le strappa una ciocca di capelli. Svala emette un «ahi» e Branco scuote la testa. Osserva i capelli che cadono lentamente a terra. Sposta la mano sul braccio di Svala e lo ruota bruscamente all'indietro. Lo tiene in quella posizione finché non si stufa, poi torna dal suo lato del tavolo e preme il tasto di una sorta di intercom.

«Abbiamo finito, dite a Lupo di salire.»

83

Osservando Lupo è sicura di non averlo mai visto prima, ma il nome gli si addice. Gli manca solo la coda.

«Dev'essere successo qualcosa di poco piacevole» dice prendendole il braccio con una zampa pelosa. «Poverina, deve averti fatto molto male, ma ora ti rimetto a posto la spalla. Prima però ti darò un antidolorifico» prosegue sollevando una siringa e facendo uscire una goccia dall'ago, per poi strofinarle il braccio con un batuffolo di cotone.

A eccezione di una sottile striscia di luce che entra da un foro nella tavola che sbarra la finestra, la stanza è al buio. Svala prova ad alzarsi, facendo cigolare il letto, ma perde l'equilibrio e ricade sul materasso. Tra l'incontro con Branco e quella stanza, la sua memoria è un buco nero.

Si concentra sull'esile filo di luce per recuperare l'equilibrio. Si mette in ginocchio e si trascina verso la finestra. Sollevandosi a fatica, avvicina l'occhio al foro nel legno. Le betulle stanno per mettere le foglie nuove. Tra pochi giorni il pado spargerà dovunque il suo profumo. L'erba avrebbe bisogno di essere tagliata e uno scoiattolo si arrampica su un albero. Subito dopo una persona esce in cortile portando qualcosa di pesante. Un sacco. Lo posa a terra, poi lo risolleva e riprende a camminare.

Il bisogno di fare pipì è sempre più urgente. Svala prova a concentrarsi sul pacifico scorcio là fuori, fino a che non ce la fa più. Avanza carponi fino a toccare la parete opposta, il letto. Una chiave nella porta. *Fa che sia una lince, ti prego, non Branco.*

«Buongiorno, dolcezza, hai dormito bene?»

Lupo. Adesso se lo ricorda. La spalla, l'iniezione.

«Cosa ci fai per terra?»

«Ho bisogno di andare in bagno.»

«Lo immaginavo» risponde l'uomo posando un secchio sul pavimento. «Scusa lo scarso comfort, ma ti ho portato da mangiare. Qualcuno mi ha detto che ti piace la cioccolata. Se fai la brava dopo vengo a prenderti. Stiamo preparando una riunione, perciò potrebbe volerci un po'. Approfittane per riposarti, stasera faremo tardi.»

«Non puoi lasciare la porta aperta? Non vedo niente.»

«Ti abituerai. Attenta a non bruciarti con la cioccolata.»

È vero, gli occhi si abituano. I dettagli emergono uno dopo l'altro dall'oscurità. Un comodino, un armadio.

Tra il 1945 e il 1946, gli anni in cui venne costruito il sanatorio, nel Norrbotten morirono di tubercolosi circa trecento persone. La maggior parte proprio a Gasskas, per via dell'arrivo di profughi da tutta Europa. Chi era già stremato dalla guerra e dalla fame aveva minori possibilità di sopravvivere. Dalle statistiche si evince che il Norrbotten aveva una mortalità del quaranta per cento più alta che a Stoccolma, malgrado la densità abitativa fosse una concausa del contagio.

Svala si sdraia sul letto e pensa a Levi Grundström. Vuole pensare a qualcosa di piacevole, e Levi lo è. Lo era. Voleva capire le cose, andava in biblioteca e consultava libri. Svala pensa a qualcosa che le ha raccontato e risente la sua voce.

«Quando sono nato io, nel 1940, il mio fratello maggiore aveva già sedici anni. A otto anni aveva preso la tubercolosi, anche se all'epoca i bambini venivano vaccinati. Anche nostra madre si ammalò. Mio padre, un no-vax dell'epoca, riuscì a tenere la famiglia al riparo dalle autorità. Abitavano isolati, e lui aveva la sua fede. Ad ogni modo, mio fratello passò un anno in sanatorio, se la cavò. Anche se quando sono nato se n'era già andato da casa, ogni volta che veniva a trovarci gli chiedevo di raccontarmi di quel periodo. Non che mi interessasse particolarmente la malattia, più che altro la morte. O forse non la morte in sé, quanto i tunnel sotto il sanatorio. Il modo in cui venivano usati per portare i corpi all'inceneritore, dove venivano aperti per togliere e bruciare i polmoni infetti, prima di venire ricuciti e restituiti ai parenti.»

84

Passano le ore. Dal buco nella tavola vede il sole muoversi verso ovest. Quando sente di nuovo girare la chiave nella porta, si fa trovare seduta sul letto.

Questa volta è Lince. Le chiede come sta. Dice che faranno una passeggiata. Le chiede se ha fame, ma Svala risponde di no. Non ha fame, è solo triste. Svala gli ha dato l'hard disk, se vogliono la password può provare a recuperarla, ma questo non rientrava nell'accordo.

«Perché, avevamo un accordo?»

Prendono l'ascensore e scendono di un piano. Lo esce per prima, evidentemente convinta che Svala non abbia intenzione di scappare.

«Mettiti anche il resto» le dice posando a terra la borsa con i vestiti che Svala aveva in macchina. I pantaloni, gli stivali con la punta ricurva, il cappello.

«Andiamo a una festa, e tu sei l'ospite d'onore.»

Quando Svala fa il suo ingresso, il brusio del salone delle feste si spegne. Anche i malati avevano bisogno di intrattenimento. Nel 1948 soffrivano di tbc, e una serata con il celebre cantante locale Jokkmokks-Jokke di sicuro avrebbe allietato gli animi. Nel 2022 il quadro clinico è meno chiaro. Davanti a Svala una ventina di uomini in abito delle grandi occasioni ha appena finito di cenare. Adesso si aspettano il divertimento.

Marcus Branco si allontana dal gruppo e sale sul palco da una rampa. Si ferma accanto a Svala e le prende una mano.

«Lasciate che vi presenti Svala Hirak. Una ragazza sami in carne e ossa, a cui tra poco daremo un'occhiata più da vicino. Nel 1922 a Uppsala venne fondato l'istituto di biologia della razza diretto dal leggendario medico Herman Lundborg. Tenuto conto del processo di sostituzione etnica in corso in tutta Europa, ci sono buoni motivi per celebrare questo centenario. I fratelli e le sorelle del mondo civilizzato assistono con orrore all'infiltrarsi nella nostra società di culture barbare e valori musulmani, a spese della libertà e della democrazia. Dietro a tutto ciò c'è un'élite di sinistra, gli ebrei, che vogliono creare il caos per prendere il potere sulla nostra bella patria, la nostra Europa. Ma come non abbiamo permesso agli ebrei di prevalere in passato, continueremo a lottare contro l'indebolimento dell'uomo bianco. Non fraintendetemi, non odiamo gli immigrati. Anzi, riteniamo che abbiano il diritto di vivere in pace nei loro paesi, nella loro cultura. Ma non qui.»

«*Ausländer raus*» grida qualcuno. Altre voci si uniscono al coro.

Svala fa scorrere lo sguardo sugli uomini davanti a lei. Si ferma su una giacca con farfallino rosso che spicca tra la massa. C'è qualcosa di familiare nel suo viso, ma la sensazione di averlo già visto è così fuggevole che torna subito a concentrarsi sul folle discorso di Branco.

«Quello che abbiamo raggiunto oggi è un traguardo storico. Mettendo in comune risorse e capitali, abbiamo la possibilità di cambiare le sorti della partita, investire in attività chiave e diventare talmente ricchi da far sentire la nostra voce al di sopra di tutte le altre. Nessuno potrà più ignorarci o tenerci fuori dalle decisioni. I nostri capitali comuni garantiscono un'alleanza nordica bianca, e sapete bene quanto me che ci sono in giro molti spiriti affini ai nostri. Ci stavano aspettando. Ci hanno chiesto di arrivare, e ora siamo qui. Siamo qui!»

«SIAMO QUI! SIAMO QUI!»

Branco alza le braccia per far tacere gli applausi e si volta verso Svala.

«Una ragazzina colorata, vero? Cento anni fa Lundborg rilevò le misure del cranio e del corpo dei sami per dimostrare che divergevano dalla norma svedese. La cultura nomade, l'allevamento delle renne e la lingua mal si adattavano ai diritti che si erano arrogati. Inoltre, occupavano le posizioni più basse della scala economica e sociale. Purtroppo il professor Lundborg si rovinò con le sue mani. Si innamorò di una donna sami, la sposò e mise al mondo dei figli. Tuttavia... se i suoi figli erano belli come la nostra Svala, possiamo anche perdonarlo.»

Si alza qualche risata qua e là, tra bicchieri di cognac sollevati e occhi puntati su di lei, nell'attesa che succeda qualcosa.

Un pensiero sgradevole inizia a pesarle sullo stomaco. Ormai Branco dà l'hard disk per acquisito, è qualcos'altro che ha in mente.

Se Branco avesse sentito i pensieri di Svala avrebbe risposto: «Ti toglierò i vestiti uno dopo l'altro e quando ti ritroverai nuda davanti a questi estremisti di destra, sbavanti e ubriachi, ne sceglierò uno da far salire sul palco per misurarti.»

Mostra al pubblico un craniometro.

«Il cranio dolicocefalo dei nordici era ritenuto superiore a quello brachicefalo dei sami. La domanda è in quale punto della scala si posizionerebbe la nostra Svala. Suo padre era tedesco. Una personalità brillante. Grande, forte, deciso. La madre sami di Svala invece ha scalato la carriera criminale con l'agilità di un ratto, ma una cosa giusta l'ha fatta: quando la figlia era ancora in fasce ha comprato seimila bitcoin. Che oggi corrispondono all'incredibile somma di 4.553.406.000 corone. Che Svala Hirak devolverà per intero all'Alleanza nordica. Si merita un applauso, non credete?»

85

Lo spazzino ha visto arrivare le macchine, tutta gente con bagaglio leggero. Prima ancora era stato il turno del catering e del personale delle pulizie.

Dodici ore fa la ragazzina ha attraversato tranquilla il cortile. È entrata, ma ancora non è uscita. Che l'edificio sia pieno di gente complica le cose.

Da quando si è accampato nel bosco a nord del sanatorio, ha dedicato le giornate alla ricognizione. A parte Branco, che ha intravisto solo un paio di volte, ci sono altre quattro persone, forse cinque.

Lupo lo conosce da molto, così come Orso. Sono due ossi duri. Orso è ragionevole, Lupo ingovernabile. Entrambi psicopatici.

La donna è nuova, quella che secondo il fattorino viene chiamata Lince. Il quarto è sconosciuto, così come il quinto, che non c'entra niente con gli altri. Definirlo grasso è dire poco. Come un tubercolotico, a volte si siede nella terrazza all'ultimo piano con una coperta sulle ginocchia.

Lo spazzino ha dedicato parecchio tempo anche a studiare le planimetrie del sanatorio. Il corpo principale ha quattro piani, ciascuno di circa duecentocinquanta metri quadri. Al piano terra ci sono l'ambulatorio, la biblioteca e l'accettazione. Al primo le cucine, la mensa e la sala comune. Il secondo e il terzo piano ospitano le camere dei pazienti. Il quarto era riservato ai malati più gravi, ai moribondi. Il piano interrato è un susseguirsi di celle frigorifere, magazzini e docce, con al centro una cappella.

Dalla cappella c'è un passaggio che porta all'inceneritore, più altri due che sembrano non portare da nessuna parte.

Quando scende la notte e cessano gli schiamazzi, lo spazzino si avvia attraverso il bosco. Sarebbe più facile se il sole tramontasse. La luce crepuscolare riduce la visibilità, ma il rischio di essere scoperto resta alto. Negli anni in cui è stato lontano, il sole di mezzanotte era la cosa che gli mancava di più.

Adesso invece vorrebbe avere di nuovo quelle notti nere.

A venticinque metri dall'inceneritore vede qualcosa tra gli alberi. Non un animale, una persona. Che si muove verso di lui.

Attraverso il binocolo, segue l'avanzata dello sconosciuto. Più si avvicina, meno capisce di cosa si tratta. Sembra un bambino, un bambino dipinto con i colori di guerra.

Aspetta di sentire il rumore. Quando lo sconosciuto arriva alla sua altezza, lo afferra per il collo, lo getta a terra e gli mette un ginocchio sul petto e una mano sulla bocca per impedirgli di gridare. In quell'istante capisce chi è.

La zia. Lisbeth Salander.

Lo spazzino allenta la presa, e lei ne approfitta per colpirlo al mento. Di nuovo la afferra per le braccia.

«Calmati, siamo dalla stessa parte.»

«Dalla parte di chi?» sibila la bocca dipinta di nero sbavato fino al mento.

Ha un aspetto orribile ma è forte, malgrado le dimensioni, e le dimensioni contano relativamente. Lo spazzino lo sa bene, dopo dieci anni in Africa.

«Di Svala.»

Vede dallo sguardo di Salander che ha capito chi è. Nel giro di un anno, da inesistente è diventato un cittadino regolarmente iscritto all'anagrafe. Quel pensiero è allo stesso tempo un sollievo e un peso. Essere uno qualunque significa anche dover rispondere delle proprie azioni.

«Secondo le planimetrie c'è un passaggio che collega l'inceneritore al sanatorio» dice Lisbeth.

«Lo so, ma mi stupirebbe se non lo utilizzassero anche loro.»

Riflettono in silenzio. Lisbeth ha un sacco di domande, gran parte delle quali dovranno aspettare.

«Per come la vedo io, non ci sono alternative.»

«Forse no, ma qui in zona circolava una storia» ribatte lo spazzino. «Un tunnel per i morti e uno per le anime.»

«A me sembra una storia e basta. Se esiste un'anima, non ha certo bisogno di tunnel per uscire.»

«Appunto. Erano gli anni del dopoguerra, i razionamenti erano ancora rigidi. È possibile che ci fosse un tunnel per fare arrivare cose di nascosto. Arance, pomodori, alcolici, tabacco, caffè. Beni per l'anima.»

Anche se le ha chiesto di aspettare con le domande, una non riesce a non fargliela.

«Ieri Henry Salo è stato trovato annegato. Sei suo fratello, vero?»

86

Alle quattro l'Alleanza nordica si ritira dopo una nottata ad alta gradazione alcolica, caratterizzata da euforia e fiducia nel futuro. L'ultimo ad andarsene, il gestore di un supermercato della Svezia occidentale, vomita sotto il tavolo.

Marcus Branco prende l'ascensore per il terzo piano.

La serata non è stata solo canzoni in compagnia e pacche sulle spalle. Quando l'atmosfera è al culmine, Lupo attira la sua attenzione con un colpetto discreto sulla spalla, chiedendogli di dedicargli qualche minuto.

«Le immagini sono di poco fa. Dietro l'inceneritore. Sfocate, ma perfettamente comprensibili.»

La creatura avvicina il brutto muso da scimmia all'obiettivo della telecamera, con un sorriso a trentadue denti. Poi arretra, saluta con una mano e sparisce.

Non appena Branco chiude gli occhi, se la rivede davanti. Le ricerche non hanno dato risultati. Si aspettavano che Salander prima o poi li avrebbe trovati. Anzi, faceva parte del piano. Ma a quel punto avrebbe dovuto essere lì in ginocchio a implorare per la vita della nipote.

La mancanza di sonno gli toglie lucidità. Vorrebbe lanciare oggetti, distruggere, uccidere, mutilare, torturare, ma tra le sue truppe covano focolai di ribellione. Lo sente. La fiducia che è sempre regnata tra lui e il resto del gruppo si è ridotta a mera cortesia. Si muovono attorno a lui in punta di piedi, lo tengono fuori dalla gestione quotidiana dei problemi per paura che esploda.

Lupo lo ha avvisato. Lo ha pregato di controllarsi, di "essere un po' più professionale", ma non ce la fa. Non può far altro che aspettare. Aspettare che lo *spietato* si lecchi le zampe e si ritiri in buon ordine, ma lo *spietato* vuole carne fresca. Percepisce la sua fame.

Riuscire a dormire sarebbe una benedizione. Nelle ultime settimane ha riposato poco e male.

Branco va a letto, ma proprio quando sta per addormentarsi iniziano i tremori in tutto il corpo. La cosa peggiore sono le gambe. Lunghe membra muscolose, già abbronzate malgrado il sole abbia appena iniziato a mostrarsi.

«Hai suonato?» chiede Lupo entrando in camera. «Non riesci a dormire?»

«Porta qui la ragazzina. Abbiamo già perso un sacco di tempo.»

Lupo non spalanca la bocca in uno sbadiglio. Non chiede se può aspettare.

Sale fino al quarto piano. Come si aspettava, la ragazzina sta dormendo.

Le hanno conciliato il sonno con un aiutino, e ora Lupo non perde tempo a svegliarla. La prende in braccio e la porta giù nella stanza, dove la sistema sul divano, con la testa comodamente appoggiata a un cuscino. Il resto del corpo a portata di grinfia per un uomo in sedia a rotelle che le tamburella su una spalla, e quando la spalla non risponde le sferra un manrovescio sulla guancia.

«Lo sapevo che facevi solo finta di dormire. In piedi, è ora di lavorare.»

«Chi sono?» chiede Svala. «Un folletto o una ninfa dei boschi?»

Vede il divano su cui è sdraiata, una sedia a rotelle, una

testa, due gambe lunghe e abbronzate, anche se il sole ha appena iniziato a mostrarsi.

Quando la schiaffeggia di nuovo le gambe spariscono, rientrano nelle anche come piccole escrescenze con dieci dita prive di unghie.

Per entrare nella piattaforma c'è un login, un codice che viene scelto la prima volta che qualcuno crea un conto e acquista dei bitcoin. Quando a Märta Hirak salta in testa di comprare seimila unità a un prezzo di una corona ciascuna, è tra l'ubriaco e l'incosciente. Nel passaggio tra uno stadio e l'altro vede la testolina lanuginosa di Svala. Il naso che spunta a malapena dal visino. In quel momento pensa che forse seimila bitcoin potrebbero raddoppiare di valore. Almeno se riesce a sopprimere il ricordo del codice, in modo che né lei né nessun altro possano metterci le mani sopra quando i soldi scarseggiano, come capita spesso.

«Hai un'ora di tempo» dice Branco, e il cervello di Svala recupera un altro po' di lucidità.

«E se non ce la faccio?»

«Se non ce la fai saranno guai» risponde Branco con un sorriso. Avanti, marsch.

Adesso tocca a Svala sorridere. Viene ricoverata la sera con le braccia e le gambe rotte. Si arrampica su tetti che cedono. Fa a botte con qualcuno. Torna a casa sanguinante, o con lussazioni o commozioni cerebrali che non percepisce come dolore ma solo come limitazione fisica.

L'ospedale è la sua zona franca. Il luogo dove scopre di essere una bambina. Capita che qualcuno le chieda dove sono i suoi genitori, perché non vanno mai a trovarla.

Sono morti, risponde, e non è del tutto falso.

Il ritorno a casa è un tragitto verso il prossimo ricovero in pronto soccorso, ma prima o poi l'infanzia finisce per tutti.

Dodici anni è una bella età. Peter ti ha trovato un lavo-

retto estivo. Devi consegnare una borsa e ritirarne un'altra. Niente erbacce da strappare per conto del comune, non hai da lamentarti. Quanto le danno? Vitto e alloggio, magari una paghetta.

"La stanza", come la chiamano loro, con l'articolo determinativo, non è solo una stanza, Svala l'ha capito benissimo. Cosa combinino lì dentro invece è più difficile capirlo. Sembra quasi un laboratorio chimico. Computer, macchinari, strumenti di misurazione. Burette, pipette, provette. Cucchiai, spatole, pinze. Sembra tutto troppo nuovo per risalire ai tempi della tubercolosi.

«Cosa succede qua dentro?» chiede.

«Test biomedici» risponde Branco, per poi chiamare qualcuno.

Qualcuno che arriva immediatamente, tira fuori un apparecchio su ruote e chiede a Svala di stendersi su un lettino. Anche quello su rotelle.

«Via il vestito» dice quello che non è Lupo né Lince. All'aspetto ricorda più che altro una volpe. Quando Svala rifiuta di spogliarsi, le toglie il *gákti* con mani sgarbate.

«A chi vuoi che interessi il corpo di una bambina?» dice applicandole delle piastre rotonde sul petto e attorno alla testa.

A nessuno, tranne forse a Branco.

«Tra qualche anno sarai una bellissima donna» dice. «Ti sei chiesta cosa vuoi fare da grande?»

«L'allevatrice di renne» risponde lei, secca.

«Spero che ti rimanga qualche renna da allevare, allora.»

A Björkavan gli zii sono seduti in cucina. C'è appena stata la polizia. Il giubbotto ritrovato nella macchina saltata in aria è di Svala. I resti umani rinvenuti sembrano appartenere a una persona adulta, ma le ricerche nella zona dell'esplosione sono ancora in corso.

La detonazione è stata tremenda, si è sentita in tutta Gasskas. Gli zii devono prepararsi al peggio.

«Sapevamo che sarebbe finita così» dice Per-Henrik.

«Eh sì, lo sapevamo.»

Fuori la pioggia batte sui vetri. Dovrebbero preparare da mangiare. Nessuno dei due riesce ad alzarsi dalla sedia. Restano lì seduti a fissare il vuoto, non hanno la forza di fare altro.

«È stato un errore coinvolgere le autorità» dice Elias. «Avremmo dovuto risolvercela da soli.»

«Sì, ma come?»

«Avremmo potuto mandarla nell'Ovest. Molti allevatori hanno bisogno di una mano nel periodo dei parti.»

Quando squilla il telefono, Per-Henrik risponde, anche se la chiamata è da un numero sconosciuto. Poi riattacca senza aver detto una parola. Fa un cenno al fratello.

«Era Marika Johansson. Si fa chiamare Lo, adesso. Non stavate insieme, una volta?»

«Sì» risponde Elias. «Alle superiori. Una tipa sveglia. E in gamba. Ogni tanto ci penso. A come sarebbe potuta andare.»

«Come tutto il resto, tutto quello che avrebbe potuto andare diversamente. Cosa facciamo, allora?»

«Quello che abbiamo sempre fatto per proteggerci da lupi, orsi, ghiottoni e linci. Difendiamo i nostri cari.»

87

Svala chiude gli occhi e si concentra sul proprio interno. Chiudere fuori la realtà all'inizio era una strategia di sopravvivenza. Fin da quando ha memoria, ha sempre avuto la capacità di spostarsi dal caos circostante alla calma interiore. All'interno dei confini nessuno può raggiungerla. Possono strillarle nelle orecchie, tirarla per un braccio, picchiarla. Lei non è lì.

Branco e gli altri non si vedono più, non si sentono più. Svala cammina nel bosco. È una delle giornate più calde dell'estate. Le zanzare sono morte per il clima troppo secco. Le mosche le ronzano attorno al viso. Sta andando alla torbiera, tra poco le more artiche dovrebbero essere mature. Il rosmarino di palude le solletica le gambe nude. Ne strappa alcune foglie, le schiaccia tra le dita e ne inspira il profumo.

Al centro della torbiera c'è Mammamärta, a schiena china. Sempre la prima ad arrivare ai cespugli di more.

Svala la chiama, lei agita una mano come a dire «vieni, qui sono mature», e Svala si incammina.

Il terreno è solido, quasi un pascolo. Solo che più cammina, più Mammamärta si allontana. Svala inizia a correre, grida, corre più forte. Quasi non si accorge che il terreno diventa più umido, che le scarpe iniziano ad affondare sempre di più a ogni passo. Deve fare in tempo, deve raggiungerla. Riduce la distanza, è quasi arrivata, sta per dire qualcosa di fondamentale, quando i piedi le finiscono in un buco. Riesce ad aggrapparsi a una betulla giovane, cerca di tirarsi su. La terra risponde trascinandola verso il basso con un risucchio, sempre più giù, sempre più giù, finché non spuntano solo la testa e le mani ancora aggrappate alla betulla.

«Ti serve qualcosa?» chiede Mammamärta, chiaramente indifferente alle difficoltà di Svala.

«Il codice del conto in bitcoin.»

«Ah, quello... Allora sei venuta dalla persona sbagliata. Il codice ce l'hanno le *akka*. Devi chiedere a Jahbme *akka*, quella che governa sul regno dei morti. Perché è lì che stai andando, no? Vedo che stai affondando.»

«Perché non glielo chiedi tu, visto che ci sei già? Io ti aspetto qui.»

«Non funziona così, ma non aver paura. La morte non è pericolosa.»

«Stai dicendo che devo morire per trovare il codice del conto?»

«Per uno che vive, uno morrà.»

«ASPETTA!» grida Svala alla schiena di Mammamärta che si allontana verso il limitare del bosco. Lei non riesce più a reggersi. Lascia andare la betulla e il terreno le si richiude sopra la testa.

Quando riapre gli occhi, è sola nella stanza. Con il *gákti* addosso. Niente fili né apparecchi. Fuori si sentono delle voci, un tintinnare di chiavi. La porta si apre. Poi il rumore della sedia a rotelle seguito da passi strascicati.

Lo sconosciuto ha in mano un computer. Si siede pesantemente e si asciuga il sudore dalla fronte con la manica.

Plague. Dev'essere lui.

L'orizzonte si schiarisce. Almeno non è sola con Branco.

Quest'ultimo le pianta addosso il suo sguardo tagliente. Le chiede com'è andata. Ma sì, è andata bene.

Per uno che vive, uno morrà.

«Bene, vi lascio soli un momento.»

Branco guarda l'ora, lo fa spesso, come se volesse dire: «Bello, vero? È il Patek Philippe più costoso del mondo.»

«Ti sta bene quasi quanto a Patrick Bateman» mormora Plague.

88

Una volta ripartiti gli ospiti, i furgoni del catering risalgono il viale di accesso, seguiti dall'impresa di pulizie. Parcheggiano accanto all'ingresso, scaricano secchi, spazzoloni e altre cose utili e vengono fatti entrare da una donna con la pelle di un serpente rinsecchito.

Per alcuni secondi la donna si consente di soffermarsi su due occhi che tanto tempo prima la guardavano con calore e compassione. Ora sono neutri, curiosi. Come sei finita qui, sembrano chiedere, cosa ti ha fatto superare il confine? «La vita» vorrebbe rispondere. Una scusa poco credibile. «L'avidità e la sete di potere» sarebbe stata una risposta più sincera. Avrebbe anche potuto tirare in ballo la morte. Dire che la parte di lei capace di provare sentimenti ed empatia, di prendere decisioni sane, è morta in un incendio. Che lei è l'eccezione che conferma la regola secondo cui senza sentimenti si è liberi.

«Il salone delle feste e la cucina sono la priorità» dice. «Anche le camere dei piani superiori. Non dimenticate i bagni.»

A centosessantatré metri di distanza lo spazzino osserva i movimenti con un binocolo termico. Al buio un ottimo strumento per identificare le radiazioni termiche di un corpo, con la luce un normale binocolo con un'ottica che offre la vista acuta di un'aquila.

Tutto procede come da programma. Alle diciotto in punto gira intorno all'area videosorvegliata a distanza di sicurezza. Secondo Salander tutte le videocamere esterne dovrebbero essere fuori uso grazie a un genio di sua conoscenza, ma meglio andare sul sicuro. È impavida, glielo concede, ma anche impaziente. A sentir lei, avrebbero dovuto far saltare la porta, entrare sparando a tutto quello che si muoveva e salvare la ragazzina. Una fantasia che lo spazzino spera di averle fatto abbandonare.

«Vuoi morire?» le chiede.

«Direi di no» risponde.

Entrambi pensano che l'unica via d'ingresso sia quella sotterranea. Quando è calato quel poco di buio che sfiora questa parte di mondo, lo spazzino è tornato alle fondamenta dell'edificio, ha trovato una variazione di temperatura grazie al binocolo termico e ha scavato fino a trovare una botola, che poi ha ricoperto di rami di pino.

Alle 18.05 Lisbeth Salander gli posa una mano sulla spalla. Il trucco sul suo viso è se possibile ancora più pesante. Almeno non si è messa la gonna e i tacchi alti.

In che razza di avventura si è infilato? Se lo è chiesto talmente tante volte che ormai non è più nemmeno una domanda.

E quindi non c'è nemmeno una risposta. Deve fidarsi di lei, e lei di lui.

Al riparo di una siepe sempreverde, avanzano carponi tra arbusti e ortiche. Stranamente la botola si apre senza grandi sforzi. Lo spazzino guarda dentro da un'apertura di una decina di centimetri. Nessun segno di presenza umana. Solo uno strano odore.

«Undici metri» bisbiglia.

Salander scende per prima. Lo spazzino richiude la botola sopra di loro e accende la torcia.

Secondo la planimetria ci sono centoventi metri tra la discesa e la risalita. Sempre che questa ci sia davvero. E non è chiaro se la distanza indicata sia esatta o in linea d'aria. Quel che è certo è che ci sono diversi percorsi. Lo spazzino si fissa il visore alla testa e va in avanscoperta. Il tunnel è pieno di occhi. Per fortuna appartengono a ratti che fuggono verso tane invisibili.

Al primo bivio prendono a sinistra, e poi di nuovo a sinistra.

«Cos'è questa puzza?» bisbiglia Lisbeth.

Lo spazzino non lo sa. Forse acque di scarico, o topi morti. Lisbeth resta incollata alla sua schiena. Si ferma quando si ferma lui. Tace quando lui la zittisce.

Quando mancano ventitré metri, si trovano davanti un cancello ad arco. Dall'altra parte il tunnel è più largo, con il pavimento in cemento e le pareti coperte di graffiti.

Il lucchetto è nuovo, constata facendolo saltare con un tagliabulloni.

«Tu aspetta qua» dice poi, porgendole la torcia. «Vado in ricognizione, se è tutto okay torno a prenderti. Se non mi vedi entro cinque minuti, esci da dove siamo entrati. Ricevuto?»

Lisbeth fa partire il cronometro.

«Ricevuto.»

Cinque minuti passano in fretta. Cinque minuti in un tunnel sotterraneo con i topi che ti corrono sui piedi non passano mai.

Il primo minuto pensa a Mikael Blomkvist. A cosa farà delle informazioni di Svala su Simon Frisk e altri vermi come lui.

La ragazzina ha uno sguardo, un'intuizione che smaschera i predatori. Quattordici anni di esperienza hanno perfezionato quell'abilità innata.

Passano quattro minuti, e ancora nessun segno dello spazzino. Un altro extraterrestre, pensa Lisbeth. Di sicuro spietato come pochi, quando serve, ma forse non del tutto privo di empatia. Ha visto lo sforzo che ha fatto per controllarsi, quando gli ha detto che Salo è morto. Stava per dire qualcosa ma si è fermato. Si è voltato e si è allacciato uno scarpone. Lei gli ha posato una mano sulla spalla e lui l'ha lasciata lì.

Quello che non capisce è cosa ci guadagna a liberare Svala. Gliel'ha chiesto, ma lui non ha risposto. Lisbeth immagina che la verità vada cercata oltre Svala, da qualche parte nel nido di serpi di Branco, ma in realtà non ha importanza. Hanno un obiettivo comune, deve fidarsi.

Quando il display supera i cinque minuti si incammina. Non verso l'uscita, come da ordini... Ma chi cazzo è lo spazzino per darle ordini nel suo gergo militaresco?

Ricevuto?

No, mi spiace. La ragazzina dev'essere portata fuori da questo castello in rovina. La ragazzina e si spera anche Plague, se è ancora vivo.

89

Se Plague è ancora vivo paradossalmente lo deve a uno degli animali. Una manciata di pillole ogni mattina lo ha rinvigorito. Di che cosa soffra non è chiaro, a parte la grassezza inquietante. Qualcosa che ha a che fare con la pressione, forse. O con gli zuccheri.

O con le complicazioni di un'angioplastica a cui secondo Lince è stato sottoposto.

I ricordi delle ultime settimane sono confusi. Forse soprattutto perché si sforza attivamente di dimenticare. Eppure i sensi di colpa gli pulsano dentro. Anche se non aveva scelta. O sì? In effetti ce l'aveva, ma ha prevalso la viltà. La domanda è se può rimediare in qualche modo, rimandare indietro l'orologio e aiutare l'unica persona al mondo che conta qualcosa per lui: Lisbeth Salander. O, se non lei, forse la persona seduta accanto a lui, con la testa appoggiata a una mano e lo sguardo perso nello schermo.

Plague collega l'hard disk di Svala al suo computer e apre il sito bitcoin.com.

Take control over your money. Buy your first bitcoin today.

«Perché sei qui?» chiede la ragazzina invece di dargli la password.

«Hanno bisogno di me. Finché gli servo, resto in vita.»

«Sì, ma a cosa gli servi?» insiste. «Secondo Lisbeth sei una brava persona, il migliore, non come Branco e le sue belve.»

L'unica cosa che conserva una traccia di vita nel suo viso innaturalmente gonfio sono gli occhi, che ora la guardano addolorati.

«Grazie, è gentile da parte tua» dice. «Lisbeth è...»

Non ce la fa a proseguire. Proprio non ci riesce. Passa invece a spiegarle cosa l'hanno incaricato di fare. Niente di che. Solo qualche attacco *ransomware* al portale del comune, ma ora che il city manager è morto forse non serve più.

Svala raddrizza la schiena, chiede se sta parlando di Salo, e sì, si chiama proprio così. Gli strappa di mano il computer ed entra nel sito del *Gaskassen*.

È stata confermata l'identificazione dell'uomo ritrovato morto qualche giorno fa nei pressi della centrale di Randi sul Lilla Luleälven. Si tratta di Henry Salo, city manager del comune di Gasskas. Al momento la polizia non ipotizza alcun reato e propende per un annegamento accidentale.

Nei suoi cinque anni da city manager, Henry Salo si è dimostrato un funzionario capace ed energico che ha portato Gasskas sotto i riflettori. Recentemente è stato inaugurato il primo lotto di quello che diventerà il più grande parco eolico d'Europa e solo qualche giorno fa è stata annunciata la riapertura della vecchia miniera di Gasskas.

«Il nostro pensiero naturalmente va alla famiglia di Henry Salo. Venerdì il consiglio comunale onorerà la sua memoria con un minuto di silenzio in piazza. Sentiremo la mancanza dell'entusiasmo e dell'energia di Henry» dichiara il presidente del consiglio comunale Oskar Boström.

«Non capisco» dice Svala. «Sono stata da poco nel suo ufficio. Abbiamo parlato della nuova miniera.»

La combinazione tra la situazione attuale e il rapporto di Salo con Mammamärta e con lei stessa da piccola la sconvolge.

«Non era una cattiva persona, sotto sotto.»

Plague le accarezza la schiena. La lascia con i suoi pensieri, ma il tempo scorre, la sedia a rotelle aspetta dietro le quinte. Nel mondo di Plague le persone lì fuori non hanno un nome. Sono parole, come "mangiare", "cagare", "morire".

Senza essere sicuro di quello che fa, apre le email private tra Henry Salo e Marcus Branco. Gira il computer verso la ragazzina e la lascia leggere in pace.

«Per quanto riguarda l'hard disk, credo che sia in possesso della figlia di Märta Hirak, Svala. La persona in questione è temporaneamente alloggiata presso parenti a Björkavan 1.

Mi auguro che l'informazione resti tra noi e che gli indennizzi precedentemente stipulati per la mancata assegnazione del parco eolico vengano annullati.

Cordialmente, Henry Salo»

Cordialmente, Henry Salo...

Svala cancella le proprie emozioni. Il dolore si trasforma in rabbia, la rabbia in energia. Di nuovo prende possesso del computer e si mette a mitragliare sulla tastiera: scrive a Lisbeth Salander, allo zio Elias che è l'unico degli zii ad avere un'email, a Mikael Blomkvist e per finire all'indirizzo email della polizia per le segnalazioni di reati.

«Vedono tutto quello che fai» le dice Plague. «È mio compito impedirti di fare quello che stai per fare.»

Svala si blocca, lo guarda negli occhi.

«Ma ovviamente non lo farò» aggiunge.

«Bene, perché deve succedere qualcosa. Non ho la password. Sono finita nel regno dei morti e mi sono risvegliata. Secondo Mammamärta, o forse era Jahbme *akka*, prima uno di noi deve morire. Magari Branco, o... no, non io.»

Il rumore di uno sparo li fa trasalire entrambi. Voci agitate si avvicinano. Parole sporadiche, più che altro ordini.

L'ultimo impartito proprio davanti alla loro porta. «Solo l'hacker» dice la voce. «La ragazzina dev'essere risparmiata.»

Plague vede una bambina con gli occhi sbarrati. Senza pensare, la getta sul pavimento e le fa scudo con la sua massa strabordante.

Qualche secondo dopo Lupo sfonda la porta a calci.

Già i primi spari sono mortali.

Le braccia di Plague si allargano sul pavimento, le dita abituate a volare sui tasti si irrigidiscono. Sotto di lui ansima una rondine che non sa se il sangue che scorre è suo o dell'hacker.

È così strana. I compagni di classe le tirano sassi, quelli con la mira migliore la centrano in testa. Il suo sangue non ha niente che non va, scorre come quello degli altri.

Non lasciarti umiliare. Vattene con un sorriso. Non frignare. Quando puoi fagliela pagare.

Rompe polsi, prende a calci ginocchia. La accusano di essere violenta. Le fratturano il femore e le fanno cadere alcuni denti, e quasi non se ne accorge. Non è poi così terribile, malgrado tutto.

Non lasciarti umiliare. Vattene con un sorriso. Non frignare. Quando puoi fagliela pagare.

«Svala Hirak o Marcus Branco. Chi dobbiamo scegliere?» Le dee *akka* discutono animatamente. Le voci salgono di tono, le parole diventano più chiare.

«Sapete anche voi cosa succederà, se Marcus Branco mette le mani sul codice. 4.553.406.000 corone finiranno nelle mani delle potenze del male. Svala può fare un lavoro migliore. Deve solo rialzarsi. C'è gente che ha bisogno della sua forza in questo momento. Gli zii, Lisbeth, lo spazzino.»

Svala riesce a sporgere una mano. Cerca di spingere da parte Plague, ma è come se le fosse crollata addosso una casa. È bloccata, le manca l'aria. In lontananza sente delle voci. Potrebbe giurare che una è quella di Elias. «No!» vorrebbe gridare. «Vattene! Me la cavo da sola.» Ma l'ossigeno sta per finire. La voce non ha suono, le braccia non le obbediscono, le gambe nemmeno. Forse tanto vale arrendersi.

«Jahbme *akka* si prenderà cura di noi» bisbiglia a Plague. «La morte non è così terribile, non devi avere paura.»

90

Lisbeth Salander arriva alla scala che secondo la planimetria porta a una botola in cucina. Sporge la testa con circospezione. Si guarda attorno e resta in ascolto, vede la videocamera e sfodera il suo sorriso migliore: *Sono qui. Happy to see me?*

Seguendo la pianta che ha memorizzato, avanza lentamente prima lungo il bancone, poi attraverso la dispensa e il corridoio, infine su per la rampa di scale più vicina.

Marcus Branco si prepara a un'ultima seduta con Svala e sta per salire nella stanza, quando Volpe richiama la sua attenzione. La prima cosa che vede sullo schermo è un uomo con un secchio in mano e una corda arrotolata sulla spalla che sale le scale del secondo piano. Probabilmente qualcuno della ditta di pulizie. Se non fosse per il modo furtivo in cui si muove. E che diavolo è quella corda? Neanche fosse un cazzo di cowboy con tanto di lazo.

Volpe zooma sull'uomo.

«La ditta di pulizie è autorizzata, ma per sicurezza avviso Lince» dice, ma all'improvviso un'altra immagine fa stringere gli occhi a Branco con un respiro affannoso.

All'inizio si vedono solo i capelli: corti, pettinati all'indietro. Ma quando l'intrusa volta verso la videocamera il suo brutto muso con una folle risata da iena, Branco perde totalmente il controllo. Afferra il piatto con la cena appena iniziata di Volpe e lo scaglia attraverso la stanza. Spaghetti al ragù colano lungo le pareti. Sugli schermi collegati alle videocamere e ai sensori di movimento all'improvviso compaiono più persone, ma Branco ne vede solo una: Lisbeth Salander.

La radio gracchia quando Lince risponde.

«Togli di mezzo quella faccia da scimmia, se non vuoi ritrovarti un'altra volta tra le fiamme» ordina Branco, per poi voltarsi verso gli altri.

Il rumore di uno sparo e poi di un altro ancora lo rassicura.

Il piano di sicurezza è attivato. Peccato per Svala, pensa, ma avranno altre occasioni di vedersi. L'hard disk rimane al sicuro nelle mani del suo legittimo proprietario. È ora di andarsene da lì.

Lince ha capito l'ordine. Deve solo riprendersi. La scelta era tra lei o Elias, cerca di convincersi, e lui ha sparato per primo. Il corridoio ha le pareti bianche e il pavimento in pietra. Lince si accovaccia accanto al corpo senza vita. Gli solleva un braccio. Infila una mano nella sua. L'uomo che tanto tempo prima carezzava la sua pelle devastata dal fuoco con dita callose e prometteva che non l'avrebbe mai... no. Così non va. Pensare al passato è uno spreco di energie. Avevano qualcosa. Avrebbero potuto diventare qualcosa. Non sono niente.

Scende al primo piano. Chiede di confermare le posizioni, nessuno risponde. Nel riflesso di una finestra intravede un movimento. Salander.

«Abbassa l'arma e voltati» ordina Lince.

Se-e-allora.

«Ci si sente bene ad avere la vita di una bambina sulla coscienza?» chiede Lisbeth voltandosi lentamente verso Lince. «Proprio tu che ti lamentavi della tua infanzia di merda.»

«Tappati la bocca, se vuoi vivere» risponde lei, risospingendola verso la cucina. «Adesso ascoltami molto bene.

Ho provato a far uscire Svala prima che Branco ci si dedichi fisicamente, e non intendo con sberle o braccia rotte. È un mostro, l'ho visto all'opera con ragazzine dell'età di Svala. Filmini che mostra a una cerchia di eletti. Non era questo che mi aspettavo, quando mi ha reclutato. Capisco che pensi che sia una stronza, ma ti ho mandato un messaggio e tu non hai risposto. Ho scritto a Mikael Blomkvist e mi è arrivata la risposta che è in vacanza e rientrerà lunedì. Chi sta sparando non lo so, e non mi interessa scoprirlo. Di sicuro sta arrivando la polizia, perciò ho intenzione di filarmela.»

«Dove sono Svala e Plague?»

«Stanza 12, quarto piano.»

«Sono vivi?»

«Non lo so, non è riuscita a craccare il codice.»

Lisbeth si irrigidisce. Altri colpi risuonano ai piani superiori.

«Se Svala o Plague sono feriti ne risponderai anche tu, lo sai?»

«Ammetto che è stata mia l'idea di portarlo a Gasskas, ma è vivo grazie a me. Ha avuto un infarto, gli ho salvato la vita e gli ho anche procurato le medicine. La ragazzina è un progetto di Branco. Non la lascerà mai andare.»

«Commovente» risponde Lisbeth. «Rapire Plague per poi salvargli la vita.»

«Era utile. Ci ha fornito il tuo indirizzo, tra le altre cose. Con un amico del genere non si ha bisogno di nemici» commenta, per poi infilarsi lo zaino in spalla e aprire la botola. Per tutta la discesa, attraverso lo stesso passaggio da cui è appena salita Lisbeth, le tiene la pistola puntata contro.

«Mi dispiace che sia finita così. In un altro tempo, un altro luogo... Mi piacevi davvero, Salander, ma non posso rischiare che...»

Si sente il *clic* del cane che viene armato. Il colpo che

attraversa la testa di Lince, mandandola a sbattere contro la botola, scatena un'ondata di shock nel corpo di Lisbeth. I timpani sembrano esploderle, lo stomaco le si rivolta. Istintivamente porta le mani alle orecchie e si rannicchia come un bruco in attesa del colpo successivo.

Che non arriva.

Una mano si posa sulla sua, l'aiuta ad alzarsi, la stringe in un abbraccio finché il bruco non torna a distendersi, ritrovando l'equilibrio. L'abbraccio sa di sudore e lozione antizanzare.

Lo spazzino.

«Cinque minuti» dice Lisbeth una volta recuperata la voce. «Dove diavolo eri finito?»

«Preferisco lavorare da solo.»

Lei ha voglia di litigare. Lo sguardo dello spazzino è già puntato verso il futuro.

«Niente più cinque minuti del cazzo» precisa Lisbeth per sicurezza.

«Va' avanti» risponde lui. «Un individuo è un ago di pino, un gruppo è un albero.»

«Informazioni, grazie» taglia corto lei. «Sai cos'è successo?»

Non chiede di Svala, non vuole sapere, non ancora. La ragazzina è viva. È viva perché deve esserlo, perché se non lo è non sa se lei...

Basta pensare, è ora di andare. Un passo alla volta sulle scale. La tappezzeria con i segni dei quadri che un tempo erano appesi sopra il corrimano è verdastra. Qualcosa di vecchio, di incrostato, le blocca la gola. Si copre la bocca con un braccio, soffocando un colpo di tosse. Lo spazzino le lancia un'occhiataccia, ma l'edificio ormai è immerso nel silenzio.

Lo spazzino avanza per primo. Ogni tanto si ferma, ascolta, prosegue.

Piano due, libero.

Piano tre, libero. Piano quattro. L'ascensore.

Punta l'arma verso il gabbiotto corazzato che scende cigolando.

C'è solo una persona che prenderebbe l'ascensore in una situazione del genere: Marcus Branco. Lo spazzino afferra il braccio di Lisbeth, stringendo forte il giubbotto di pelle pieno di borchie e catene.

«Adesso facciamo così» bisbiglia. «Tu sali a cercare la ragazzina, mi occupo io di Branco.»

Finché Branco è vivo, Svala sarà in pericolo, pensa Lisbeth.

Se Svala è morta, lui dedicherà le sue attenzioni a qualcun altro.

Le motivazioni dello spazzino sono un po' diverse. Non può rischiare che la situazione peggiori, trascinandosi dietro una mezza pazza che vuole vendicare la nipote.

Ha ripassato il piano talmente tante volte che ormai gli sembra fattibile. L'obiettivo principale è Branco, se è possibile anche Lupo e Orso, i suoi collaboratori più fidati. Lince non era sulla lista, ma non è una gran perdita.

Il passo due è più complicato. Se Douglas Ferm ha ragione e quelli in cui si è imbattuto sono i torbidi piani segreti di Branco, avrà bisogno dell'aiuto di un hacker come Lisbeth, che tra l'altro, se non fosse stato per lui, sarebbe già morta.

Salander per fortuna fa come le dice e riprende a salire.

Corre verso la stanza numero 12.

Ai piani inferiori riesplode la guerra.

Le sirene della polizia si avvicinano.

Lisbeth svolta l'angolo di un corridoio e rischia di inciampare su un cadavere che si è irrigidito in posizione semisdraiata. Quando il cervello si ricollega, si rende conto di chi ha appena oltrepassato. Si ferma, torna sulle proprie orme insanguinate, si accovaccia accanto al corpo e gli gira la testa.

L'ex allevatore di renne Elias Hirak. Accanto a lui c'è il

fucile da caccia all'alce. Il lazo sulla spalla come la tracolla di una borsa.

Lì da qualche parte c'è Svala.

Tutte le camere hanno un numero, ma manca il 12.

Prova ad aprire le porte. La maggior parte sono chiuse a chiave, altre vuote. Quella in fondo è senza numero, eppure Lisbeth esita. Sente di aver trovato quello che cerca.

Gli stivali con la punta ricurva di Svala sono ordinatamente allineati accanto alla porta. Il corpo crivellato di colpi di Plague è spiaggiato sul pavimento.

Lisbeth è arrivata troppo tardi. Non c'è più niente che possa fare. Almeno per Plague.

Posa un braccio su di lui, avvicina il viso al suo. La barba incolta e ispida le punge la pelle. Le labbra sono ancora morbide. Gli anni le scorrono davanti: senza di lui non sarebbe sopravvissuta.

«Eri il mio migliore amico» mormora. «Perdonami.»

In quel momento sente muoversi il corpo. Poi vede la mano. Le dita sottili di una ragazzina sotto l'enorme ala di Plague.

Svala?

Lisbeth afferra Plague per la maglia, cerca di girarlo, di fare spazio. Fa leva sul pavimento scivoloso, tira il cadavere verso l'alto per liberare Svala, slitta, perde la presa, ricomincia da capo. Infila la mano sotto il petto di Plague. Sente il contorno di un viso, i capelli, la ragazzina.

«Sei ferita?»

Svala non lo sa. Non sa più cos'è cosa. Ha provato a uscire da lì sotto, ma una gamba non obbedisce. O forse la schiena. Il braccio.

«Aiutami, Lisbeth, non riesco a respirare» bisbiglia.

Quanto pesa uno come Plague? Duecento chili? Di più?

Lisbeth ce la mette tutta, ma è inutile. Non ce la fa. Ormai può solo gridare, chiedere aiuto. Grida e qualcuno arriva ad aiutarla.

Qualcuno con un lazo a tracolla come una borsa. Per-Henrik fa passare la corda attorno alla testa e poi a una spalla di Plague.

«Sei pronta?» dice a Lisbeth, per poi tirare con tutte le sue forze. Immagina di aver preso al lazo una grossa renna riottosa, un maschio che si oppone alla cattività. Immagina che Elias sia al suo fianco, anche se ha visto il fratello esalare l'ultimo respiro. Adesso recuperano la corda. Tirano, recuperano. Tirano, recuperano, finché Lisbeth non riesce a estrarre il corpo insanguinato di Svala da sotto la massa protettiva e mortale di Plague.

Si siedono sul pavimento, Svala con la testa sulle ginocchia della zia. Tra poco attorno a loro l'edificio pullulerà di poliziotti. Uno spazzino ferito si riscuote e scivola nei tunnel sotterranei, come ha già fatto il branco di belve, ormai decimato.

Svala è debole, si muove appena. All'improvviso solleva un braccio e passa una mano tremante sulla guancia di Lisbeth.

«Zia Lisbeth, ti è colato il mascara...»

91

Davanti a Björkavan il fiume scorre placido. Fa una sosta nell'ansa che costeggia la baia, per poi prendere la rincorsa e gettare i gonfi flutti primaverili giù verso il mare.

Nella cucina degli Hirak, Anna-Maria e Svala finiscono gli ultimi preparativi per il rinfresco funebre. C'è da imburrare il pane e guarnire il pan di spagna con panna montata e frutti di bosco. C'è da preparare il caffè e versarlo nei thermos. Tra loro ci sono cose non dette, ma aspetteranno. Tra loro ci sono Simon, Levi Grundström, il gruppo di attivisti ed Ester Södergran.

«Ne parliamo dopo» dice Anna-Maria. Prima devono seppellire uno zio. Per-Henrik ha tirato fuori la macchina e il paesaggio di inizio estate è un quadro dipinto di verde. Con una cornice nera come l'ala di un corvo.

Svala glielo ha chiesto, lui ha risposto che non lo sa. E se lo sa, è meglio tacere. La ragazzina non si arrenderà. La sua lista diventa sempre più lunga. Prima o poi dovrà finire.

Osserva la sua ingombrante gamba ingessata che sale faticosamente le scale. Le stampelle restano inutilizzate nell'ingresso. Per potersi muovere meglio ha tagliato il gesso sulle dita. Ostinata come sua madre. Ancora con il *gákti* di Mammamärta, che rifiuta di togliersi. L'uniforme, la chiama lei. Per il funerale ha concesso a Per-Henrik di regalargliene uno nuovo.

Resterà a Björkavan, ad ogni modo. Per-Henrik si vergogna, se pensa al futuro. Avrà bisogno di lei per occuparsi delle renne. Dovrà avere un ruolo più attivo, prendere il posto di Elias. Altrimenti tanto vale arrendersi.

Andando in chiesa passano davanti a Gaupaudden. Sul ciglio della strada c'è un bambino in bicicletta. Alza una mano per salutare la macchina che passa. Anche nel pieno di quella tragedia, riesce a strappare un sorriso a Per-Henrik, che ricambia il saluto. Pensa alla madre del bambino. Quella con i capelli rossi e gli incisivi storti. Quella che pian piano si è scongelata, con gli occhi che hanno ripreso vita. E lo hanno guardato.

Anche Svala vede Lukas. Al funerale di Henry Salo piangeva accanto alla sua mamma. Pernilla invece ha mantenuto la stessa espressione per tutta la cerimonia. Non ha nemmeno cantato gli inni né posato una rosa sulla cassa, e se n'è andata prima dell'interramento.

Nessuno glielo può rimproverare, meno che mai Mikael Blomkvist. Tutto quello che ha sempre impegnato interamente il suo tempo, compreso *Millennium*, si è trasformato in un passato insignificante.

Sa che sua figlia sta soffrendo. Che a modo suo amava Salo.

Eppure dentro di sé trabocca di gioia. Sua figlia è viva. Tutto si sistemerà. Lei, lui, tutto.

Pernilla ha preso per mano il bambino e si è diretta verso l'uscita senza nemmeno vedere chi ha attorno. Fino all'ultima fila, dov'erano seduti Svala e Per-Henrik. Uno sguardo veloce. Gli occhi in quelli di lui.

Perciò Svala sa perché suo zio sorride nel giorno del funerale del fratello.

Le auto si dirigono a velocità regolare verso Björkavan. Parcheggiano nella corte. Gli ospiti si siedono dove trovano posto, in cucina, in salotto. Alcuni arrivano da lontano. In gran parte uniti dagli amici, dalla lingua, dai ricordi.

Se la cerimonia funebre è stata triste e cupa, ora l'atmosfera è più rilassata. Svala cerca di seguire i discorsi, risponde educatamente alle domande degli ospiti, anche quelle che non li riguarderebbero. Si scusa, beve un bicchiere d'acqua, poi esce e si siede sui gradini. Le zanzare sono tornate alla carica. L'ombra di Elias vaga verso il canile.

Lisbeth Salander si siede accanto a Svala, e subito dopo arriva anche Mikael Blomkvist.

«Mica male il materiale che mi hai mandato» dice. «Come ti ho già detto, sarei felice se volessi fare un tirocinio al *Gaskassen* durante l'estate. Forse potremmo unire le forze e i nostri cervelli fini per provare a scoprire un po' di cose. Una che ancora non ho capito, per esempio, è perché Simon Frisk si è fatto saltare in aria da solo, ma forse aveva i suoi motivi.»

«Li aveva di sicuro» risponde Svala.

«O dov'è finito Marcus Branco. Un bagnante mattutino ha ritrovato la sedia a rotelle nel fiume, ma finora niente corpo. A proposito, l'altro giorno ho visto Douglas Ferm, aveva dei documenti che dimostrano il coinvolgimento di Branco nella scomparsa di Malin Bengtsson, la figlia di Ingvar. Anche se il corpo non è mai stato ritrovato, è chiaro che è morta.»

«Hai intenzione di scriverci qualcosa?» chiede Svala.

«Sì, certo, dobbiamo solo esaminare insieme il materiale di Ferm. Ci sono altri elementi che l'opinione pubblica troverà interessanti.»

«Tipo?»

«Che Ferm subentrerà come finanziatore principale della riapertura della vecchia miniera, per esempio. Se ci sono soldi da guadagnare, ponti e strade saltati in aria non sono un problema. Paradossalmente gli hanno anche offerto il posto di city manager in sostituzione di Henry Salo. Che razza di idea! Finanziatore e city manager nella stessa persona.»

Ausländer raus!

Via la marmaglia!

I ricordi di quella sera sono rimasti in agguato nel buio. Svala ha cercato di recuperarli, di afferrare parole che scivolavano a passo di danza nei recessi dell'oblio. Ora rivede il palco rialzato su cui si trova. Marcus che le solleva una mano. Gli uomini davanti a lei che si confondono in un'unica massa che scandisce slogan. Giacche scure, camicie bianche. Tutti tranne uno, che aveva un farfallino rosso.

Douglas Ferm.

«Era al ricevimento» dice. «Volevano misurarmi la testa.»

Le immagini sono tremolanti, sfocate ai margini, ma è sicura.

«Hanno fondato un nuovo partito. L'Alleanza nordica.»

Ora il mondo va troppo veloce per Mikael Blomkvist. Decisamente troppo veloce. Se la ragazzina ha ragione, crolla tutto. Il suo primo grande scoop sul *Gaskassen*, il suo onore già ammaccato, eppure... Forse non è ancora troppo tardi, o almeno lo spera. C'erano indizi che qualcosa non tornava. Forse è colpa del cancro. O della solitudine. Del desiderio di confidarsi con qualcuno che la pensa come lui.

Le chiede se ne è sicura. Lo è. Un'eternità fa, poco prima di morire, Ester aveva mostrato a Svala una foto sfocata di una riunione di un qualche ordine segreto.

«Guarda» dice. La foto era arrivata con una email anonima. «Tutta la crema di Gasskas riunita. Politici, banchieri, industriali, assicurazioni, media. Solo uomini.»

Alcuni li conosceva di nome. Ferm era uno di quelli.

«E l'Alleanza nordica, chi sono?» chiede Mikael.

«Gente danarosa. Soldi nuovi. Non alta borghesia, secondo me. L'obiettivo è infiltrare la società civile investendo in varie imprese. Branco è stato eletto presidente. Poi hanno cantato l'inno nazionale, storpiandolo subito dopo i primi versi. "Tu antico, tu libero, tu montuoso Nord, ci raduniamo per l'ultima battaglia. È giunto il giorno della nostra razza bianca. Fuori gli stranieri, ora prenderemo il potere." Qualcosa del genere...»

«Oh cazzo» ripete Mikael più volte. «Oh cazzo. Grazie, Svala!»

Si china ad abbracciare la ragazzina, saluta Lisbeth con un cenno e scende i gradini a due a due mentre chiama un taxi, per poi mettersi a correre verso la provinciale.

«Come ti senti?» chiede Lisbeth.

Svala si avvicina di più alla zia. Le appoggia la testa sulla spalla. Masse di parole le attraversano il corpo ma dalla bocca non esce niente. È sul palco. Un indumento dopo l'altro le viene sfilato di dosso. Gli occhi della massa di uomini davanti a lei brillano di eccitazione, di ubriachezza. Un prescelto viene fatto salire per metterle lo strumento metallico attorno alla testa e ad altre parti del corpo.

«Tutto bene» risponde. «Sono solo un po' stanca.»

Un'auto della polizia sale lentamente verso la casa. Al volante c'è l'islandese. L'altra districa le gambe dal sedile. Tiene qualcosa in braccio.

Svala si scherma gli occhi dal sole. Il fagotto tra le braccia di Harnesk si muove, è vivo.

«Ci è venuta un'idea» dice Jessica mettendolo tra le braccia di Svala. «Una sgorbietta, ma si riprenderà. Se vuoi, ovviamente, non sei obbligata a dire di sì. Noi la chiamiamo Tombolina, ma sicuramente tu avrai un nome migliore.»

«Laika» dice Svala. «Si chiamerà Laika.»

Il crepuscolo passa rapidamente il pennello su boschi e montagne, su laghi e fiumi, sulla città e le persone che dormono o vegliano.

Svala prende il quaderno. Tempera una matita.

92

L'11 settembre 2022, giorno di elezioni in Svezia, Erik Larsson supera il controllo passaporti dell'aeroporto di Arlanda. Prende l'ascensore per la lounge, con un paio d'ore di anticipo rispetto alla partenza. Un paio di whisky più tardi alza gli occhi e si guarda attorno. Uomini d'affari immersi in quotidiani e laptop. Vacanzieri in abiti variopinti. Poliziotti e personale di sicurezza che bevono Ramlösa e a intervalli regolari fanno scorrere lo sguardo sulla sala. Poi ci sono quelli come lui. Indefinibili.

Beve l'ultimo goccio e incrocia uno sguardo. Una donna. Una tipina bruna con un paio di sneakers logore e una maglietta dei Ramones sotto il giubbotto di pelle.

Gli si smuove qualcosa all'altezza dell'inguine. Nella sua bellezza, ha un che di brutto. Probabilmente è svedese, il che lo sorprende. In genere le nordiche non lo attirano. Ma quella non sorride. Nemmeno quando le chiede se le può portare qualcosa. Una birra, magari?

«Certo» risponde la donna. «Se ti va. In questo caso una Lager, non sopporto le Ipa.»

«Magari preferisci un gin tonic, o un Baileys?»

«Non credo proprio» risponde lei continuando a scorrere il display del cellulare.

«Tra poco aprono il mio gate» le annuncia quando torna con la birra. «Tu dove vai?»
«In Quebec.»
«Anche io» risponde lui, senza ottenere altro che un «*mmh*» per tutta risposta.
«Vacanza?»
«No.»
«E come mai ci vai, se posso chiederlo?»
«Inizio a stancarmi delle tue domande» dice la donna. Spinge gli occhiali da sole sulla fronte e gli lancia un'occhiata inespressiva.
Il viso è pallido, quasi bianco, le ciglia non truccate. Le labbra screpolate sembrano sul punto di dire qualcosa tipo «tappati la bocca, stronzetto, non ho voglia di parlare con nessuno».
Perciò Larsson torna ai fatti suoi. Beve un altro whisky. La percepisce alle sue spalle quando vanno verso il gate, ma evita di proposito di verificare.

All'ingresso dell'aereo, quando lui viene accompagnato al suo posto in prima classe, si separano. Per poi ritrovarsi diciannove ore dopo al ritiro bagagli. Lui la saluta con un cenno.
Lei guarda da un'altra parte. Prende la sua valigia e si avvia verso l'uscita.
L'aria è fredda e chiara.
Cinque minuti più tardi Malin Bengtsson lascia l'aeroporto in taxi.

Erik Larsson, alias Marcus Branco, entra al Fairmont Le Château Frontenac e prende l'ascensore fino alla suite Charles de Gaulles. Constata che la sua richiesta particolare è stata esaudita. Una teiera di Huang Da Cha della provincia di Huochan, champagne di qualsiasi etichetta e una femmina minorenne seduta sul bordo del letto con aria spaventata al punto giusto.
Lo *spietato* si è svegliato.

Stampato da
Grafica Veneta s.p.a., Trebaseleghe - (PD)
per conto di Marsilio Editori® in Venezia

«Farfalle Marsilio»
Periodico mensile n. 395/2024
Direttore responsabile Giuseppe Lupo
Registrazione n. 1334 del 15.06.1999
Tribunale di Venezia
Registro degli operatori di comunicazione-ROC n. 6388

Le fotocopie per uso personale del lettore possono essere effettuate nei limiti del 15% di ciascun volume/fascicolo di periodico dietro pagamento alla SIAE del compenso previsto dall'art. 68, commi 4 e 5, della legge 22 aprile 1941 n. 633. Le fotocopie per finalità di carattere professionale, economico o commerciale o comunque per uso diverso da quello personale possono essere effettuate a seguito di specifica autorizzazione rilasciata da CLEAREDI, Centro Licenze e Autorizzazioni per le Riproduzioni Editoriali, Corso di Porta Romana 108, 20122 Milano, e-mail autorizzazioni@clearedi.org e sito web www.clearedi.org.

EDIZIONE	ANNO
10 9 8 7 6 5 4 3 2 1	2024 2025 2026 2027 2028